Noa Yedlin • Unter Freunden stirbt man nicht

AF166108

Noa Yedlin
Unter Freunden stirbt man nicht

Roman

Aus dem Hebräischen
von Helene Seidler

KEIN&ABER
POCKET

Ebenfalls von Noa Yedlin:
Leute wie wir

Die Originalausgabe erschien 2016
unter dem Titel *Stockholm* bei Kinneret Zmora-Bitan Dvir
Copyright © 2016 by Noa Yedlin

Coverbild: Key Art Marketing: RTL / Benno Kraehahn
Covergestaltung: Hannes Aechter, Berlin
Satz: satz-bau Leingärtner, Nabburg
Druck und Bindung: CPI books GmbH, Leck
ISBN 978-3-0369-6186-6
Auch als eBook erhältlich

www.keinundaber.ch

»Der Kaufmann des Todes ist tot.«

Eine französische Zeitung 1888 in
einem voreiligen Nachruf auf Alfred Nobel,
der erst im Jahr 1896 tatsächlich verstarb.

MITTWOCH

SOHARA

AUF DEN WETTSEITEN IM INTERNET
STEHEN DIE CHANCEN 8:1

EINS

1

Suche dir niemals einen Beruf aus, der vom Geschmack der Jugend abhängt. Musik, Klamotten, Schönheit, Essen. Nicht, dass die Jugend keinen Geschmack hätte, manche der jungen Leute haben sogar einen sehr guten Geschmack. Aber mit sechzig möchtest du darüber nicht mehr nachdenken, du möchtest die Existenz dieser Art Mensch am liebsten vergessen.

Sie war auf dem Weg zu Avischai, als ihr der Rat ihres Vaters wieder einfiel. Sie hatte sich mit ihrem besten Freund zu einer Konsultation verabredet, obwohl sie in Wahrheit gar keine wollte, sie wollte einfach nur mit ihm reden. Doch eine so simple Interaktion war zwischen ihr und Avischai ausgeschlossen. Auch nach zwanzig Jahren, oder sogar schon etwas mehr, erwartete er von ihr, jedem ihrer Treffen ein Thema zu geben. Entweder musste sie sich den zweiten Teil von *Der Mann ohne Eigenschaften* ausleihen oder sich die letzte Episode von *Breaking Bad* anschauen, etwas fragen, etwas von ihm lernen, etwas richtigstellen, ihm etwas vorbeibringen. Blieb ihr Treffen ohne solchen praktischen Nutzen für sie, dann bedeutete das, dass sie miteinander schliefen. Nur Avischai hatte das Recht, den vorher vereinbarten Zweck gegen

Sie standen nebeneinander in einer Reihe, aber keiner berührte den anderen, nicht einmal Varda ihren Mann, vielleicht, um keine Aufmerksamkeit zu erregen. Er suchte nach den Augen der Freunde, erblickte aber stattdessen deren Hände. Jehudas hingen steif am Körper herab, ein Gymnasiast bei der Feier zum Unabhängigkeitstag, Nili hielt ihre hinter dem Rücken verschränkt, legte sie dann aber vor dem Bauch ineinander, so wie Sohara es von Anfang an getan hatte.

Avischai versank in der Tiefe der Grube, von dort, wo sie standen, war er schon nicht mehr zu sehen, und mit ihm sanken die vergangenen acht Tage ins Grab, als wären sie nie gewesen.

diesen anderen auszutauschen, die Begegnung herabzuziehen. Obwohl sie sich jedes Mal schwor, das nächste Mal Nein zu sagen, wenn auch nur als Zeichen der Selbstachtung, gab sie letzten Endes doch immer wieder nach.

Der Steuerberater, bei dem sie morgens gewesen war, hatte ihr einen perfekten Grund für ein Treffen mit Avischai geliefert, als er ihr vorrechnete, dass sie für das Aufnehmen einer Hypothek nicht genug verdiente, tatsächlich sogar ganz allgemein nicht genug verdiente. Besonders in den letzten drei, vier Jahren, was angesichts des Internets und all dieser Webseiten (www.SchreibenSie IhreFamiliengeschichteselbst.com) eigentlich nicht weiter verwunderlich war. Überhaupt widmeten sich immer mehr Leute der Auftragsschreiberei, und zwar zu Spottpreisen; sie unterboten Sohara (*Biografien auf Bestellung für Familien und Institutionen*) nicht nur ungerührt, sie machten sich obendrein über ihre Qualitätsansprüche lustig.

Zwar hatte sie auf ihren Vater gehört, musste sich nun aber mit ihren achtundsechzig Jahren immer noch auf die Jungen einlassen, auf Enkelkinder, die stets jemanden finden konnten, der die Geschichte ihres Patriarchen günstiger aufbereitete. Trotzdem, dachte Sohara zunächst zufrieden, später jedoch eher besorgt, war ihre Freude, endlich wieder einen triftigen Grund für ein Treffen mit Avischai zu haben, größer als die Furcht vor der eventuell drohenden Altersarmut.

Soharas Freundin Nili behauptete, bei ihr entscheide sich das Schicksal einer Beziehung gleich nach dem ersten Beischlaf, wenn beider Rücken aufs Laken sinken und sie ruhig nebeneinanderliegen. Ich kann dir das nicht erklären, sagte Nili, ich weiß einfach, ob der Mann länger bleiben wird oder nicht, und zwar nach diesem ersten Koitus. Aber mit Sex hat das nichts zu tun, verstehst du? Womit zum Teufel hat es dann zu tun?, erkundigte sich Sohara, und Nili sagte: Das hat etwas mit den Machtverhältnissen zu tun, mit dem, was die Männer brauchen und was ich ihnen gebe. Das muss nicht einmal unbedingt das sein, was sie wollen, ihr Gefühl sagt ihnen, ich besäße genau das, was sie brauchen. Damit kann ich überhaupt nichts anfangen, erwiderte Sohara, und Nili meinte: Lass gut sein, wirklich, lass gut sein, aber wenn du das nächste Mal wieder eine Affäre anfängst, dann versuch mal, irgendetwas anders zu machen als sonst, und wenn es auch nur eine winzige Kleinigkeit ist.

Sohara war inzwischen klug genug, nicht zu fragen, mit wem sie denn überhaupt eine neue Beziehung anfangen sollte. Gelegentlich empfahl Nili ihr ansprechende Männer, nicht nur Ärzte aus dem Kollegenkreis, aber wenn das geschah, kam es mit einer Auflage daher: Sohara hatte vor einigen Jahren in einem Anfall geistiger Schwäche ein Abkommen mit Nili getroffen. Weißt du was, Sohara, hatte die Freundin gesagt, komm, wir machen einen Deal, man will doch immer die ganze Wahrheit wissen, das, was einem normalerweise vorenthalten wird? Wenn ich dir jemanden vorstelle, dann werde ich dir hinterher alles, was er über dich gesagt hat, offen erzählen. So können wir dein Problem vielleicht ergründen, und du lernst etwas für die Zukunft daraus. Sohara hatte sich für die Idee begeistert, sehr sogar, unter anderem auch, um die darin enthaltene Kränkung zu überspielen. Nili nahm von vornherein an, dass der Mann, dessen Identität noch nicht einmal feststand, Sohara ablehnen würde. Außerdem war es ja nur so eine Idee, der sie einfach nicht widerstehen konnte. Wer möchte denn nicht die Wahrheit erfahren, theoretisch zumindest, also prinzipiell? Ein gänzlich unerfüllbarer Wunsch, denn ein ungeschriebenes Gesetz besagt, dass man seine Freunde vor der Realität schützt. Sie mögen uns bitten, ja, anflehen, ihnen die ungeschminkte Wahrheit zu sagen, aber die behalten wir natürlich fürsorglich für uns und würden sie ihnen nie im Leben zumuten.

Aber mit Nili war das anders. Nur Nili brachte es fertig zu fragen: Du willst doch sicher wissen, was er gesagt hat, nicht wahr? Das hilft dir doch weiter, oder? Was hätte Sohara darauf antworten sollen? Die Wahrheit lag ja bereits wie Gift in Geschenkverpackung zwischen dem Salzstreuer und dem Süßstoff auf dem Bistrotisch. Dann musste Sohara sich Folgendes anhören: Ich weiß nicht recht. Oder: Sie ist nett und interessant und sieht übrigens auch recht gut aus, aber irgendwie hat es nicht gefunkt, ich weiß auch nicht. »Ich weiß auch nicht« kam sehr oft vor, »es passt nicht so richtig« ebenfalls. Nili trug diese Aussagen in leichtem Plauderton vor, denn sie hielt sie für ermutigend. Sie waren ja eigentlich nicht kränkend, bei Sohara aber lösten die vagen Bemerkungen eine Qual aus, wie sie bitterer nicht sein konnte. Sie war eben niemals »genau das«, das wusste sie schon längst. Eine bessere Erklärung gab es nicht, sie schien immer irgendwie danebenzuliegen. Eines Tages fragte sie: Was mache ich denn deiner Ansicht nach falsch, Nili, und was erhoffst du dir davon? Etwa dass einer sagt, Sohara sollte Deodorant benutzen, sie riecht unter den Achseln. Woraufhin Nili in lautes Lachen ausbrach.

Mehr als um alles andere beneidete Sohara ihre Freundin Nili um deren Normalität. Keinesfalls aber um diesen Höhlenmenschen, mit dem sie seit einer Weile zusammen war. Sohara fand bärtige Männer unattraktiv, sie gehörten ihrer Meinung nach einer nicht paarfähigen Parallelspezies mit höchst zweifelhafter Romantik an. Sie hätte sich nicht gewundert, von Nili zu erfahren, dass der Typ anstelle des Penis ein Horn trug. Nein, Nili hatte die Passagen von Verliebtheit, Paarung, Hochzeit und Scheidung, Kindern und Enkelkindern hinter sich gebracht, so wie es sich im Alter von sechzig plus gehörte, und nachdem sie nun ihre Fähigkeit zur Normalität bewiesen hatte, durfte sie sich das Ausgefallene erlauben. Sohara selbst hingegen strebte mit achtundsechzig immer noch vehement der ersten Liebe entgegen, die sich doch eigentlich spätestens bis zum sechzehnten Lebensjahr hätte einstellen sollen, und wenn nicht mit sechzehn, dann vielleicht mit sechsundzwanzig, später erschien ihr auch sechsunddreißig durchaus noch akzeptabel.

Vor ungefähr fünfzehn Jahren, als die Freunde sich eines Abends bei Varda und Amos versammelt hatten, trat Sohara auf der Suche nach der Katze arglos ins Zimmer von Hagar, der abwesenden Tochter des Hauses. Dort lag auf dem Regal neben allerlei Gebrauchsgegenständen ganz unverhohlen eine angefangene Schachtel Antibabypillen, als wäre sie Teil des normalen Lebens, und gerade deswegen stand Sohara einen Augenblick still und dachte, die Tochter von Amos ist siebzehn und hat die Liebe schon entdeckt. Die Tochter von Amos. Und dabei hätte doch Sohara selbst auch eine Tochter haben müssen, der sie verzeihen konnte, dass sie die Mutter auf diesem Gebiet eingeholt hatte.

Nicht, dass sie besonderes Interesse daran gehabt hätte, jemanden kennenzulernen. Sie musste nicht unbedingt irgendeinem Unbekannten im Café gegenübersitzen und sich einen hindernisreichen Weg in seine Seele bahnen. Sie wollte Avischai. Sie waren doch in gewisser Hinsicht ohnehin schon ein Paar, allerbeste Freunde, die dann und wann miteinander ins Bett gingen. Von den meisten Paaren in ihrem Bekanntenkreis ließ sich nicht einmal das sagen. Avischai müsste nur endlich begreifen, was nicht zu begreifen eigentlich unmöglich war.

Die Kluft zwischen ihr und der Liebe, zwischen ihr und dem Glück, zwischen ihr und dem Leben, wie es gelebt werden sollte, schien winzig zu sein, nur ein Kopfnicken, und alle Brüche wären gekittet. Aber im Strom der Zeit zerbröckelten die Ufer; die beiden entfernten sich voneinander. Wieder und wieder trat nicht ein, was hätte eintreten sollen. Die verflossenen Jahre nagten an Soharas Seele, an ihrem Begehren, sogar ein wenig an ihrer Liebe, die aber beim kleinsten Zeichen aufzuflackern bereit war. Inzwischen hatte diese Liebe allerdings ein wenig beiseiterücken müssen, damit Sohara überhaupt weiterleben konnte und nicht völlig aus der Bahn geriet.

Wenn er gerade mal keine Freundin hatte, liebte sie Avischai mehr; als er aus dem Ausland zurückgekehrt war, hatte sie sich erneut in ihn verliebt; als er auf die Vierzig zuging, verstärkte ihre Liebe sich und nahm dann wieder ab, als Sohara einsehen musste, dass sie niemals Kinder haben würde. Zwischendurch hatte sie sich auch in andere Männer verliebt, das war ein drängendes, belebendes Gefühl gewesen, aber wenn diese Affären endeten, sank sie in die alte Halb-Beziehung zurück wie in eine mit Trost gefüllte Badewanne.

2

Oft fragte Sohara sich, wie wohl Nili, Jehuda und Amos reagieren würden, sollten sie je erfahren, dass sie und Avischai, der allen gemeinsame allerbeste Freund von ihnen allen, ab und zu miteinander ins Bett gingen. Jehuda wusste nicht einmal, dass sie überhaupt mit jemandem schlief, ebenso wenig Amos, obwohl der in gewisser Weise daran schuld war.

Sie und Amos hatten sich in Jerusalem bei der linken Studentengruppe »Kompass« kennengelernt. Sie studierte Anglistik und Geschichte, er natürlich Volkswirtschaft. Gemeinsam entdeckten sie, dass sie trotz allem Respekt immer auf etwas anderes Lust hatten als auf die sozialistische Revolution. Sie befürchtete, er könne einer jener Männer sein, die sie nicht wollte, die sie aber vehement wollten. Solche gab es, doch bei Amos war sie sich nicht hundertprozentig sicher, und so ging sie mit ihm ins Bett, um den Zweifel auszuschließen.

Nach dem Akt wusste sie, dass sie ihn wollte, doch von Amos ging nun leider ein feiner Hauch der Unlust aus. Um einer Demütigung vorzubeugen, passte Sohara sich geschmeidig den geänderten Umständen an – ein Verhaltensmuster, das sich in jenen Tagen einzuschleifen begann. Seitdem hatte sie jede Erinnerung an die damaligen Gefühle ausgerottet und sie in den Kammern ihres Herzens neben unzähligen anderen aufkeimenden Regungen begraben. Amos wurde anstelle dessen zu ihrem besten Freund und ging dazu über, sie zu ermutigen: Du findest ganz bestimmt jemanden, auf jeden Fall, du wirst es sehen, Sohara, ohne jede Frage. Sie ließ sich von seinen Ermunterungen tragen, obwohl die Logik von ihr das Gegenteil verlangte, sie stand sich immer mehr selbst im Weg. Aber ich finde niemanden, sieh doch selbst, Amos, das ist eine unbestreitbare Tatsache – damit zwang sie ihn, die Ermunterungsdosis zu erhöhen.

3

Warum weihte sie die anderen nicht ein? Wenn sie nachts über ihre Beziehung zu Avischai nachdachte, über Dinge, die in der Luft hingen, manche bereits vergangen, manche lediglich in ihrer Fantasie, führte sie sich die Gründe auf: Sie wollte das feine Geflecht der fünffachen Freundschaft nicht gefährden, niemanden mit diesem zwanzigjährigen Geheimnis verletzten, niemand sollte sich hintergangen fühlen. Sie wollte ihr gutes Verhältnis zu Amos nicht zerstören, der ihr treuherzig so vieles anvertraute, wie sehr er beispielsweise darauf brannte, es Avischai gleichzutun und ebenfalls für den Nobelpreis nominiert zu werden, wenn der gewusst hätte, dass sie manchmal nackt neben Avischai lag … Und wie könnte sie es wagen, Jehudas kindlichen Glauben, Avischai würde ihm alles auf der Welt erzählen, zu erschüttern? Außerdem befürchtete sie, falsche Erwartungen zu wecken. Am Ende würden die Freunde noch denken, es liege im Bereich des Möglichen, dass Sohara und Avischai zusammenzögen, man würde darauf drängen, ja, es mit einem halben Lächeln einfordern. Dabei war das doch wohl völlig ausgeschlossen, oder?

Wurde es dunkel, verdunkelten Soharas sonst hellwache Sinne sich ebenfalls: Was hatte dieses allnächtliche Spiel wohl zu bedeuten? Die diversen Antworten deklamierte sie, obwohl niemand ihnen lauschte, wohl formuliert vor sich hin und versuchte auf diese Weise, ihr im Schutz der Dunkelheit ausuferndes Bewusstsein einzudämmen. Als glaubte sie, wenn sie die Antworten nur oft genug mit innerer Überzeugung wiederholte, würde sie am Ende selbst daran glauben. Erst einmal die Zuhörer überzeugen und dann sich selbst.

Wirklich ausschlaggebend war allerdings nur das eine: Avischai wollte die intime Beziehung zu ihr geheim halten. Aus Gründen, die sie sich gemeinsam vordeklamiert hatten, er als erster und sie mit der Verzögerung einer zehntel Sekunde, wie sie es gelernt hatte und auch bei anderen anwandte: Wie lustig, dass du nicht willst, denn ich will auch nicht. Sohara aber wusste, dass keiner dieser Gründe der Wahrheit entsprach. Avischai wollte es eben unbedingt für sich behalten, das war alles.

So, wie sie wusste, dass sie selbst die vierzigjährige Freundschaft auf der Stelle verraten und auf das Vertrauen, das Amos ihr entgegenbrachte, pfeifen würde, freudlos zwar, aber laut, wenn nur endlich alle von der seit zwanzig Jahren laufenden Geschichte zwischen Avischai und ihr erführen und also erführen, dass Sohara normal war, zu zwei Dritteln jedenfalls, so wusste sie auch, dass Avischai das Geheimnis jederzeit hätte lüften können, wenn er es gewollt hätte, aber er wollte es nun einmal nicht.

Warum wollte er es nicht? Sohara gab sich Mühe, nicht daran zu denken, was ihr zwar nicht völlig gelang, doch zogen sich diese stets ergebnislosen Grübeleien allmählich von allein zurück und erwachten im Dunkeln nur dann wieder, wenn ihr Verhältnis zu Avischai für längere oder kürzere Zeit auf Eis lag und sie die Muße hatte, Avischais Freundinnen aus den vergangenen zwanzig Jahren Revue passieren zu lassen.

Die meisten sahen recht gut aus, aber das störte Sohara nicht besonders; es waren eher die weniger Schönen, die offenbar über verborgene Qualitäten verfügten, die sie beunruhigten. Avischai verriet nicht, woher er sie kannte; über so etwas sprach er niemals, und die Freunde, im stillen Einverständnis, dass Männer wie Avischai überall und stets Frauen kennenlernten, erkundigten sich nicht danach. Diese Gefährtinnen tauchten so unvermittelt auf wie ein Schlagloch auf der Straße.

Einige dieser Gefährtinnen hatten Sprösslinge, und obwohl es chronologisch kaum möglich war, schienen diese Kinder auch damals unabhängig und reif genug gewesen zu sein, um die Mütter klaglos ihren Affären zu überlassen. Vielleicht waren die kindlichen Ansprüche aber nur niemals bis zu Avischai vorgedrungen und hatten deswegen auch Sohara nicht erreicht.

Avischai brachte Kindern einfach kein Interesse entgegen. Drei seiner vier engsten Freunde, Nili, Jehuda und Amos hatten Kinder, und inzwischen auch schon Enkel. Avischai sah sie aufwachsen, heiraten, selber Eltern werden, alles aus nächster Nähe, in einigen Fällen nur ein paar Schritte entfernt. Mit ihren Eltern traf er sich oft, meistens in deren Häusern zum Abendessen, achtete jedoch darauf, den Kleinen nur bei Geburtstagsfeiern zu begegnen. Sohara wunderte sich oft, wie nonchalant er auf diesen Partys durch den Raum segelte und Geschrei, süße Stimmchen, Geistesblitzchen, schmerzhaftes Hinfallen und untröstliche Weinkrämpfe zu ignorieren verstand. Es schien, als wollte er den Nachwuchs seiner Freunde nicht weiter zur Kenntnis nehmen, nachdem der Bund mit ihnen erst einmal geschlossen war.

4

War Avischai wieder einmal in eine Affäre verstrickt, dann übte Sohara sich in Geduld, weil ihr nichts anderes übrig blieb. Im Laufe der Zeit lernte sie das Spiel zu spielen, wusste geschmeidig zu reagieren: Ja, auch bei mir läuft gerade etwas. Manchmal kam sie ihm sogar zuvor und erzählte von bestimmten Versuchungen. Wenn ihr nichts einfiel, dann bediente sie sich der Geschichten ihrer Kunden. In solchen Momenten beneidete sie ihren Vater um seine rege Fantasie, obwohl sie niemals Schriftstellerin hatte werden wollen, ganz im Gegenteil, sie betonte bei jeder Gelegenheit, dass sie keine Schriftstellerin sei, das Schreiben von Biografien und Memoiren habe mit Schriftstellerei so wenig zu tun wie beispielsweise das Einschätzen von Immobilien, obwohl sie sich im Stillen eingestand, dass dieser Vergleich hinkte.

5

Sie nahm sich vor, gegen acht, halb neun losfahren. Sollte sie von unterwegs Eis mitbringen? Ihr war das Eisessen eigentlich verboten, wegen des Zuckers, aber Avischai mochte ohnehin nur Sorbet, und das stellte für sie keine große Versuchung dar.

In ihrem E-Mail-Eingang fand sie eine Nachricht des Wohnungsmaklers: *Hier noch zwei Wohnungen. Achtung, die zweite (Erdgeschoss in der Brandeisstraße) hat einen Obstgarten. Bei Interesse bitte melden.* Sie googelte die Brandeisstraße. Schade, ziemlich in der Nähe. Sie war doch nicht seit sieben Jahren auf der Suche, um am Ende in derselben Gegend zu landen.

Sie lebte in ihrer Wohnung wie auf Abruf, betrachtete ihre Jahre dort als Vorstufe, als Vorbereitung auf etwas anderes, wie jemand, dem der Besitz einer defekten Bleibe aufgedrängt worden ist, dem ein Wunsch erfüllt wurde, bevor er zu Ende gesprochen war. Doch als sie endlich konkrete Schritte unternahm, sich woandershin zu retten, geschah etwas Überraschendes: Aus der vermeintlich wohlhabenden Sohara wurde innerhalb von einer knappen Woche eine arme Frau. Jahrelang wohnte sie nun schon in der renovierten Wohnung ihrer Eltern im Turm von Kiryat Ono und schaute in der Gewissheit über Eigentum und Besitz beruhigt in die Zukunft. Doch dann hatte sie die Immobilienseiten im Netz studiert und anschließend Makler konsultiert, die ihr praktisch zur Begrüßung eiskalt versicherten: Natürlich gibt es auch für Ihr Budget noch eine Menge Angebote auf dem Markt …

Sohara musste einsehen, dass sie eine Frau ohne Vermögen war. Außer dieser einen Wohnung besaß sie nichts. Sie würde im Alter nicht nach Paris oder London ziehen können, vielleicht reichte ihr Budget nicht einmal für Tel Aviv. Diversen Maklern folgend schleppte sie sich zwischen Einzimmerwohnungen in akzeptablen und Dreizimmerwohnungen in nicht mehr akzeptablen Gegenden umher. In einer solchen Wohnung werde ich meine Gäste bewirten und auch sterben müssen, dachte Sohara dann, von hier aus geht es nicht mehr weiter.

Sohara begann sich zu fühlen wie eine, die sich einschränken muss, so nannte sie es vorläufig, denn richtig arm war sie ja nicht. Eher Mittelstand, mit einem Minus auf dem Bankkonto, von der Art Leute, von denen man in letzter Zeit immer öfter hörte, Leute ohne größeren Besitz, die es sich in einer netten Arbeit und in einer netten Wohnung gemütlich gemacht hatten, solange ein gütiges Schicksal es zuließ, bis dann ein Zufall ihnen ihre relative Armut vor Augen führte.

Sie suchte also weiter, und zwar nur in Tel Aviv, als müsste sie, wenn sie die Suche aufgäbe, zu viele andere

Dinge ebenfalls aufgeben. Sie gehörte jetzt zu dem Menschentyp, der die Stadt brauchte, um sein Anderssein zu schützen wie Transgender-Leute oder Gott weiß wer, die in einem Vorort einfach nicht klarkommen. Sie erwartete, eines Tages eine Wohnung und das Glück zu finden. Oberflächlich gesehen verachtete sie die Wohnungsmakler zwar, doch tief in ihrem Inneren glaubte sie ihnen jedes Wort.

Sie wischte durch die Fotos der Wohnung. Der Wohnraum war länglich, genau so, wie sie es nicht mochte. Sie stellte sich vor, dort mit Avischai zu sitzen und starken türkischen Kaffee zu trinken. Dann ließ sie Avischai weg, doch allein sah sie sich dort erst recht nicht.

ZWEI

1

Sie stieg zwei Stockwerke hoch und klopfte an die Tür, Avischai mochte es nicht, wenn man klingelte. Bevor sie noch einmal klopfte, ließ sie eine Weile verstreichen und wartete dann mit dem dritten Anklopfen wieder geraume Zeit. Sollte sie vielleicht doch klingeln? Plötzlich packte sie die Wut. Sie stand hier schwitzend mit der schweren Handtasche und einer Halb-Kilo-Packung Sorbet, die sie waagerecht zu balancieren versuchte, damit sie nicht zu tropfen begann. Und Avischai öffnete einfach nicht, obwohl sie für neun verabredet waren, und jetzt war es schon fast Viertel nach, er saß vermutlich im Arbeitszimmer vor dem Rechner, obwohl er wusste, dass sie kommen würde und obwohl er sie darum gebeten hatte zu klopfen und nicht zu klingeln. Da hätte er sich doch eigentlich im Wohnzimmer aufhalten oder zumindest auf die Tür achten müssen. Dennoch zögerte sie, als hätte sie die Klingel heimlich selbst anbringen lassen, wenngleich der verdammte Knopf vor ihrer Nase ausschließlich für diesen Zweck gedacht war. Zum Teufel mit Avischais Vorbehalten, gestresst wie ein Techniker, der den Auftrag mit der Bemerkung, es sei niemand zu Hause gewesen, möglichst schnell abhaken will,

drückte sie die Klingel. Ein langes wütendes Läuten er-
schallte.

Von der anderen Seite kein Laut. Sie presste ihr Ohr
an die Tür. Wären die Räume von Musik erfüllt, würde
sie ihm vergeben, aber sie hörte nichts. Vielleicht ist er
tot, dachte sie plötzlich, aber das war natürlich lächerlich,
sie war nicht wie jene Frauen, die sich lieber vorstellten,
ihr Liebhaber wäre gestorben, als sich einzugestehen,
dass er ihrer überdrüssig war.

Die Szene war wie für ein TV-Drama gemacht: Gleich
würde sie den Schlüssel aus der Tasche ziehen, den sie,
um allen Missverständnissen vorzubeugen, auf der Paral-
lelschiene der Freundschaft gemeinsam mit Jehuda und
in Anwesenheit der anderen entgegengenommen hatte.
Sie hatte diesen Schlüssel noch niemals benutzt. Worauf
konnte jemand, der, nachdem er geklopft und geklopft,
vergeblich Avischai, Avischai gerufen hatte und dann in
die fremde Wohnung trat, schon stoßen, wenn nicht auf
den toten Avischai? Würde sie ihn erhängt im Badezimmer finden? Nein, das war unvorstellbar. Vielleicht blut-
überströmt auf dem Bett? Für einen Augenblick spielte
sie mit der Vorstellung, Amos hätte Avischai zehn Tage
vor der Bekanntgabe des Nobelkomitees ermordet, um
nicht miterleben zu müssen, wie der Freund den begehrten Preis heimtrug. Amos hätte eher Avischai ermordet,
anstatt sich selbst umzubringen.

Wie sonst kann jemand daheim zu Tode kommen?
Beim Geschlechtsverkehr, natürlich mit einer jüngeren
Frau. Und die war schon abgehauen, hatte die Tür hinter
sich ins Schloss gezogen, und Sohara würde ihn nun mit

einem seltsamen Gesichtsausdruck und vielleicht einer Resterektion im Bett vorfinden … Oder war das einfach nur TV-Klamauk? Aber Avischai schlief doch mit keiner anderen, zumindest nicht ausgerechnet dann, wenn Sohara sich angekündigt hatte. Dieser Satz machte sie traurig, warum war er nicht in der Mitte zu Ende?

Gebeugt ließ sie sich auf eine Treppenstufe sinken. Vor dem nächsten Anklopfen würde sie sich aufrichten und eine fröhliche Miene aufsetzen. Vorsichtig hob sie den Styropordeckel von der Sorbet-Packung und drückte den Zeigefinger in die weiße Abdeckung, er sank viel zu tief ein. Sie wählte Avischais Nummer und hörte sein Telefon drinnen in der Wohnung klingeln. Wahrscheinlich stand er unter der Dusche, fühlte sich Sohara gegenüber so ungezwungen, als wäre sie Teil seines Haushalts. Wieder durchflutete sie die Wut, sie schien jetzt aus der Tiefe zu kommen, aber das mochte an ihrer gebeugten Haltung liegen. Sie stand auf, stellte das Sorbet auf den Treppenabsatz und suchte nach Avischais Schlüssel, es musste der grüne sein, da war sie sicher. Vorsichtshalber klingelte sie noch einmal, wartete ein oder zwei Sekunden und schloss auf.

2

In der Wohnung war es still. Heller Parkettfußboden, weiße nach Maß angefertigte Metallregale. Nur der hereindringende Straßenlärm verband den eminenten Wirtschaftswissenschaftler mit der Levante, als wollte er ihn am vollständigen Abheben hindern.

Avischai, rief sie und ging direkt aufs geräumige Badezimmer zu, doch schon als sie die Schlafzimmertür passierte, sah sie ihn. Er lag mit halb geöffneten Augen und nacktem Oberkörper rücklings auf dem Bett, in Hosen, die man nicht zum Schlafen trägt. Sie dachte kurz daran, jemanden zu rufen, der ihr beistehen könnte, vielleicht die Nachbarn, aber was wussten die schon von Avischai und ihr, sie würden diesen Augenblick nur verderben. Ihr Herz klopfte so schnell, als beobachtete sie ein großes Ereignis aus der Nähe.

Sie erfasste sofort, dass er tot war; sie brauchte ihn nicht zu schütteln: Avischai, Avischai, nun steh doch auf! Er war tot, wirklich tot, Avischai war gestorben. Ein tröstlicher Blitz zuckte in Lichtgeschwindigkeit durch ihr Gehirn – Avischai hatte ihr nicht deshalb nicht geöffnet, weil er ihren Besuch geringschätzte –, bevor ein Haufen hitziger Gedanken in ihr Bewusstsein einbrach und aus allen Richtungen über sie herfiel. Sie würde jemand anderen finden, nein, es war zu spät, für Nili war es nicht zu spät gewesen, aber sie war nicht Nili, nichts würde sich ändern, vielleicht aber doch, jetzt könnte sie es endlich allen erzählen, wer würde diese Wohnung erben, schändlicher Gedanke, er hatte doch eine Schwester, Ruthi, natürlich, als hätte sie das vergessen.

Sie ging zum Bett. Sie hatte bereits Tote gesehen, ihren Vater, ihre Mutter und noch andere, das war jetzt unwichtig, sie hatte von ihnen Abschied genommen, wie es sich gehörte, aber sie war noch nie mit einem Toten allein gewesen. Woher sollte sie wissen, ob er wirklich tot war. Sie starrte ihn aus unnatürlicher Nähe an, Lebende würden eine solche Nähe nicht dulden. Seine Haut war weder grün noch grau, was stand sonst noch in Büchern, ein wenig zu blass vielleicht, mehr nicht. Trotzdem wusste sie genau, dass er tot war. Er lag dort wie niedergeworfen und von einer besonders starken Schwerkraft unter dem Boden angezogen, wie jemand, der sich nie mehr erheben würde, nicht einmal um zu protestieren, ganz egal, gegen welche seiner vielen Regeln sie jetzt gerade verstieß.

Als hätte sie Angst vor einem Kälteschlag oder befürchtete, den Toten doch noch aufzuwecken, setzte sie sich behutsam aufs Bett und berührte seine Schulter mit dem Zeigefinger; da sie überhaupt nichts spürte, legte sie ihm die ganze Hand auf die Brust. Sie hatte noch niemals Körpertemperaturen einschätzen müssen und entschied nach einer prüfenden Weile, dass er lauwarm war. Mit dem Fingernagel kratzte sie ein wenig an der ins Graue spielenden Haut. Er protestierte nicht, und sie ließ es sein.

Sie müsste einen Krankenwagen rufen, das war es doch, was man in solchen Fällen tat. Der würde den Leichnam mitnehmen und irgendwie zum Friedhof schaffen. 101 oder 102, das brachte sie immer durcheinander. Was sollte sie sagen? Hier liegt ein Toter, ich glaube, er hatte einen Herzinfarkt. Bitte kommen Sie sofort. Sie sprach die Worte vor sich hin, um zu prüfen, wie sie sich anhörten. Würde man ihr glauben? Warum denn nicht?

Sie stellte sich einen dicklichen Sanitäter und eine Helferin mit Pferdeschwanz vor, die beiden würden sie bestimmt für die Witwe halten. Sprächen sie Sohara ihr Beileid aus oder bliebe sie unbeachtet? Die Wohnung würde sich mit Trubel füllen, das ganze Gebäude in Aufruhr geraten, ein Krankenwagen vor dem Eingang, eine Tragbahre im Treppenhaus, Jehuda, Nili und Amos würden eintreffen, auch Ruthi müsste verständigt werden.

Nur noch einen Moment, noch fünf Minuten. Sie ließ einen Finger über seine Wange gleiten, aber das war unangenehm. Automatisch stand sie auf und ging ins Badezimmer, um sich vorher noch rasch zu erleichtern, aber als sie neben der Toilette stand, fehlte ihr dazu plötzlich die Kraft.

Sie schlenderte ins Arbeitszimmer und schaltete das Licht ein. Der schwarze Bildschirm des Computers wirkte wie tot. Als sie die Maus berührte, leuchtete der Desktop grün auf, er war fast leer, aber das war jetzt alles zu viel für sie. Sie löschte das Licht und ging in die Küche, wo sie ziellos ein, zwei Schränke öffnete und sich dann an den Esstisch setzte. Wie oft hatte sie davon geträumt, Avischais Leben einmal von innen zu erkunden; einmal in seiner Wohnung allein zu sein, erschien ihr als Zeichen absoluter Intimität. Schade, dass Avischai sterben musste, damit dieser Wunsch sich erfüllte. Nur über meine Leiche – das war nun wörtlich eingetreten. Du möchtest meine Freundin werden? Nur über meine Leiche. Es tat weh.

Sie atmete tief durch, um diese Vorstellung zu vertreiben. Doch als sie ausatmen wollte, hielt die Lunge die Luft zurück, und ihr schossen Tränen aus den Augen. Überrascht schielte sie auf ihre Wangen herab. Das Weinen hatte ihr schon eine ganze Weile unbemerkt schwer auf der Brust gelegen: Avischai war nicht mehr, Avischai war tot, jetzt würde sich vieles ändern.

DONNERSTAG

JEHUDA

AUF DEN WETTSEITEN IM INTERNET
STEHEN DIE CHANCEN 8:1

DREI

1

Rauchen, rauchen, rauchen, rauchen. Rauchen, du lieber Gott, rauchen. Einen Augenblick lang war er versucht zu beichten, jetzt auf der Stelle alles zu gestehen, die Wohltat einer Zigarette würde die Schmach glatt aufwiegen. Bis seine Freunde hier mit dem Gerede fertig wären, könnte er sogar eine halbe Packung durchziehen. Einen Moment, bitte, würde er sagen, legt mal kurz eine Pause ein, ich muss euch etwas gestehen, was mit dieser Sache nichts zu tun hat. Ich habe die Bioköstlerei aufgegeben und wieder angefangen zu rauchen, okay? Wenn sie sich von dem Schock erholt hätten – vor dieser Schockatmosphäre graute ihm, er hatte nicht den geringsten Bock auf die selbstgerechte Empörung, als würde er den Weltuntergang beschleunigen, wenn er sich gelegentlich eine Zigarette ansteckte und ab und zu ein Stück Fleisch verzehrte. Wenn sie dann mit ihren »Aber seit wann denn?«, »Aber warum denn?« fertig wären, würde er einfach sagen: Avischai liegt tot im Zimmer nebenan, sollten wir uns nicht lieber darauf konzentrieren?

Vielleicht verbarg sich hinter dem Gedanken ein zynisches Ausnutzen der Gegebenheiten, doch war Jehuda sicher, Avischai hätte ihm verziehen, hätte über den Verrat des Freundes am gemeinsamen Vegan-Wahn einfach gelacht, hätte darauf hingewiesen, dass er schließlich keiner dieser engstirnigen amerikanischen Sektierer sei. Internetlinks mit Rezepten an Avischai zu schicken, Seitan-Gulasch auf Kartoffel-Auberginen-Püree, Dal aus roten Linsen, Quinoa mit Erbsen und Minze – das war noch die leichteste Übung gewesen. Er hatte ihm außerdem ausführlich vom kläglichen Versagen der konventionellen Medizin berichtet, als er Heilung für seine Kniegelenke gesucht hatte, um mit Avischai wieder Sport treiben zu können. Einmal alle vier bis sechs Wochen hatte er sich sogar breitschlagen lassen, mit Avischai das Restaurant zu besuchen, das allein wegen der vielen Fliegen im Garten schon eine Zumutung war, um zum Dessert »Käsekuchen« – mit Anführungsstrichen stand es auf der Karte – zu verspeisen. Beim Nachtisch verspürte Jehuda stets besonders starke Gewissensbisse.

Wenn er so sicher war, dass Avischai ihm lachend vergeben hätte, warum hatte Jehuda dem Freund die Kehrtwendung dann verschwiegen? Schämte er sich etwa, weil er wieder einmal aufgegeben hatte? Befürchtete er, dabei erwischt zu werden, wie er ein Projekt sausen ließ, dem er kurz zuvor noch sein Leben hatte widmen wollen? Hatte er es satt, den wissend lächelnden Freunden einen weiteren, schon gar nicht mehr nötigen Beweis dafür zu liefern, dass er nun einmal so war? So ist Jehuda eben, da kann man nichts machen. Aber man konnte etwas machen, und ihrem Lächeln fehlte jegliche Grundlage, denn die Dinge waren anders, als sie dachten, er war gar nicht so, und er fand dieses Getue inzwischen unerträglich.

Also erschien er weiterhin zu den von Varda und Idith mit Eifer zubereiteten halb veganen Abendessen, nahm von der falschen Hälfte des Aufgetischten und lauschte Avischais Tiraden über die neu erworbene Fitness. Er selbst verspüre keine dramatische körperliche Veränderung, verkündete Jehuda bei diesen Gelegenheiten, weil er dann das Gefühl hatte, weniger zu lügen, er mache aber weiter, weil es eben die richtige Lebensweise sei.

Jehuda beschloss, sich lieber zu beherrschen und nicht zu rauchen, der Augenblick war für eine Beichte denkbar ungeeignet. Krebs, Krebs, Krebs, Krebs, elendig dahinsiechen, fluchen und bereuen, nicht eher aufgehört zu haben, die Enkelkinder von Daria nicht mehr sehen, Daniella nicht bei der Schwangerschaft begleiten oder sie gerade noch bis zum Ende der Schwangerschaft begleiten und wegsterben, wenn der Junge anfängt zu plappern, sie werden ihn nicht mehr zu mir bringen, weil ich Blut spucke und bereits wie eine Leiche aussehe. Krebs, Krebs, Krebs, Krebs.

Er musste sich konzentrieren.

Sie ist völlig klar im Kopf, jedenfalls soweit ich informiert bin, nicht wahr, Jehuda?, es war Nili, die da redete. Avischais Mutter ist noch ganz in Ordnung, sie kann sich nur nicht mehr so gut fortbewegen, sagte er und fügte hinzu, sie muss weit über neunzig sein, für ihr Alter ist sie in gutem Zustand, in den letzten Monaten wirkte sie allerdings etwas verwirrt. Kann sie denn überhaupt zum Begräbnis kommen?, fragte Nili, und Jehuda antwortete, das wisse er nicht. Er dachte an Pnina, Avischais Mutter, die er in den letzten Jahren nur selten gesehen hatte. Seit sie in das Seniorenheim gezogen war, ging sie kaum noch aus.

Als sie Kinder waren, hatte er Avischai um diese Mutter beneidet. Seine eigene war Mathematiklehrerin an der Städtischen Oberschule, und man sagte ihr nach, sie habe eine Affäre mit einem Mathematiklehrer vom Humanistischen Gymnasium, was der Sohn als kränkend empfand. Warum gab sie sich mit so wenig zufrieden? Weil ihm keine andere Wahl blieb, beteiligte Jehuda sich mit vorgetäuschter Begeisterung an den Versuchen seiner Klassenkameraden, dem Paar nachzuspionieren. Die Alternative wäre zu demütigend gewesen, das wollte er sich keinesfalls einhandeln.

Sehr viel später, nach dem Tod seiner Mutter, fragte er sich manchmal, ob er seinen Vater auf diese Sache ansprechen sollte. In amüsiertem Tonfall, eine Anekdote, über die das Leben längst hinweggegangen war, eine perfekte Gelegenheit, die Geschichte zu bereinigen, wenn er es nur fertigbrachte. Wie oft saß er im Seniorenheim in Ramat HaScharon und suchte angestrengt nach einem Thema, nach erzählenswerten Vorfällen, nach Klumpen im dünnen Teig seines Lebens, um die anderthalb Stunden irgendwie zu füllen. Und dennoch brachte er die wenigen Worte, die dem Zimmer eine andere Dimension verliehen hätten, niemals über die Lippen. Mehr als sechzig Jahre einer beschädigten Elternschaft hätten innerhalb eines Augenblicks ihre Qualität verändern können. Später wurde sein Vater zum Pflegefall, und am Ende gesellte sich noch Alzheimer hinzu. So trat ein, wovor in Fernsehprogrammen wie der *Dr. Phil Show* immer gewarnt wurde: Nahestehende Menschen sterben, ohne dass wichtige Fragen beantwortet sind, und die Tatsache, dass es für immer zu spät ist, tut höllisch weh. Jehuda allerdings verspürte unvermutet Erleichterung.

Sohara sagte, gut, Avischais Schwester Ruthi wird es ihrer Mutter beibringen, nicht wahr? Das wird sie sicher tun, pflichtete Jehuda ihr bei, und Amos fragte: Könntest du Ruthi anrufen? Jehuda nickte, und Amos fügte hinzu: Es wird allmählich Zeit, es ist fast schon seltsam. Ich geh mal kurz runter und besorge uns etwas zu trinken, schlug Jehuda vor, ich rufe sie dann von unterwegs an, es ist mir sowieso unangenehm, das Gespräch vor euch zu führen.

Was auch immer du holst, bring auf jeden Fall eine große Flasche Cola Zero mit, bat Amos, und Jehuda entgegnete, das Gesöff wird von der amerikanischen Polizei zum Entfernen von Blutflecken auf dem Asphalt benutzt, nur dass ihr es wisst. Sohara ergänzte, nicht nur zum Entfernen von Blut, sie desinfizieren auch Leichen damit, woraufhin Amos witzelte, dann bring doch bitte gleich drei Liter mit. Sehr lustig, meinte Jehuda. Es tut mir leid, die Lagerfeueratmosphäre zu zerstören, mischte Nili sich ein, aber die erste Behauptung ist genauso frei erfunden wie die zweite. Und jetzt hol uns bitte Diät-Cola und mach uns nicht verrückt.

2

Jehuda bog zweimal rechts ab, und nachdem er sich vergewissert hatte, dass er sich nicht mehr im Rücken des Gebäudes befand und die Bank eventuell vom kleinen Toilettenfenster in Avischais Wohnung aus beobachtet werden könnte, setzte er sich hin und zündete sich eine Zigarette an.

Anstatt Trauer zu empfinden, war er ärgerlich, oder vielleicht war der Ärger zusätzlich zur Trauer aufgekommen. Seine schlechte Laune legte sich über alles, und er wusste nicht mehr, was genau sich darunter verbarg.

Wie waren sie nur in diese Lage geraten? Er hatte von Anfang an gesagt, komm, lass uns einen Krankenwagen rufen, warum auf Nili und Amos warten, was soll Nili denn noch ausrichten können, ihn wiederbeleben? Aber Sohara meinte: Darum geht es nicht, hier sind äußerst diffizile Entscheidungen zu treffen. Welche Entscheidungen meinst du?, fragte Jehuda, also wirklich, Sohara, wir müssen einen Krankenwagen rufen und die Dinge mit dem Kibbuz-Friedhof besprechen. Bleibt nur zu klären, wer von uns was übernimmt, mehr nicht, und danach lass mich nach Hause gehen und in Ruhe weinen.

Vielleicht will seine verrückte Schwester ihn noch einmal hier in seiner Wohnung sehen, sagte Sohara, sie ist doch auf dem Naturtrip, vielleicht möchte sie ihn auf eine bestimmte Art begraben lassen. Ruthi sollte dankbar sein, dass ihr Bruder so normale Freunde hat, meinte Jehuda, und dort zur Beerdigung erscheinen, wohin wir sie einladen, bezahlen wird sie das Begräbnis wohl ohnehin nicht, das ist mir aber ganz egal, für Avischais Beerdigung komme ich mit Freuden auf. Sohara verzog das Gesicht, um Humor und Sinn für sprachliche Feinheiten zu demonstrieren. Jehuda konnte diese Grimasse nicht leiden und murmelte nur noch: Du weißt doch, wie ich das gemeint habe.

Bitte versetze dich einmal in ihre Lage, Jehuda, sie ist immerhin seine Schwester. Ihr Bruder ist heute gestorben oder vielleicht gestern, keine Ahnung, wie lange er hier schon liegt, und sie weiß von nichts. Ich finde, sie sollte entscheiden, was als Nächstes geschieht, und ein Abschied im Krankenhauskeller vor dem Gefrierfach wird sie wohl kaum glücklich machen.

Dann lass uns jetzt gleich mit ihr reden, hatte Jehuda daraufhin vorgeschlagen, wir dürfen das nicht länger aufschieben, aber Sohara gab zu bedenken: Nili und Amos sind doch schon unterwegs, warte noch fünf Minuten, Jehuda, Nili soll ihn sich wenigstens einmal anschauen, dann können wir Ruthi am Telefon vielleicht schon etwas Genaueres sagen. Nili wohnt ja um die Ecke, sie dürfte gleich hier sein, sie hat mich gebeten, mit allem zu warten, bis sie da ist.

Also hockten sie in Avischais Wohnzimmer und warteten auf Nili und Amos. Gut, dass der Tod ihnen Gesellschaft leistete: Sohara stand dann und wann auf und ging in Avischais Schlafzimmer, wie um nachzusehen, ob sich dort etwas verändert hatte. Jehuda blieb sitzen und stützte den Kopf in beide Hände, eine Haltung, die ihm für einen Trauerfall angemessen erschien, obwohl er an den Schmerz in seinem Innern überhaupt nicht herankam, dazu hätte er Ruhe und eine Zigarette gebraucht.

Früher einmal waren die beiden innerhalb der Fünfer-
gruppe ein festes Gespann gewesen, Sohara war ja Single,
und Jehuda verfügte über recht viel freie Zeit. Seine Frau
Idith störte sich an den Zweiertrefffen überhaupt nicht,
sie beschäftigte sich mit Millionen von anderen Dingen,
und Sohara galt allgemein eher als Schwester. Sie schauten sich zusammen – ohne vorher Kritiken oder sons-
tige Informationen gelesen zu haben – alle Filme in den
Programmkinos an, ob es sich nun um kroatische Uhr-
macher oder koreanische Waisenkinder handelte, und
gingen hinterher beim Italiener essen.

Natürlich zogen sie auch ein wenig über die anderen
her, allerdings stets innerhalb der Grenzen, die sie in Tau-
senden von Gesprächen abgesteckt hatten. So durfte beispielsweise über Avischais Freundinnen geredet werden,
über Nilis Dates allerdings nicht. Was Idith und Jehuda
betraf, so waren alle Fragen erlaubt, was Varda und Amos
anging, waren alle verboten. Bevor sie an ein taufrisches
Thema anrührten, erkundeten sie mit den Zehenspitzen
behutsam die Festigkeit des Bodens. Als Vardas aufblü-
hende juristische Karriere schon allen zu den Ohren
raushing, genügte ein kleiner Hinweis von Sohara, damit
Jehuda zugab: etwas ermüdend, oder?

Sohara verfügte über grenzenlose Geduld, eine Geduld, wie sie nur kinderlose Menschen aufbringen. Jehuda
breitete seine stets vergeblichen Pläne vor ihr aus und be-
leuchtete seine Ideen immer wieder aus allen möglichen
Blickwinkeln, auch wenn diese unverändert dieselben

blieben. Er war ihr dankbar für das erneute Lauschen ohne die Spur jenes Nickens, das besagte: Das kannst du überspringen, das hatten wir schon. Stattdessen stellte sie selbst noch einmal die gleichen gründlichen Überlegungen an und übernahm großmütig und elegant einen Teil seiner Bürde.

Nur einmal wäre ihr fast der Kragen geplatzt. Nach einem Abendessen bei Varda und Amos meinte Sohara, Vardas grandiose Überkompensation von Minderwertigkeitsgefühlen habe etwas Erbarmungswürdiges, woraufhin Jehuda zurückfragte, was ist denn unser aller Leben, wenn nicht ein einziger großer Versuch, Minderwertigkeitskomplexe zu kompensieren? Also meins nicht, auf gar keinen Fall, entgegnete Sohara, ich weiß kaum, was das sein soll, ein Minderwertigkeitskomplex, das heißt, ich weiß natürlich, was du meinst, habe aber selbst so etwas noch nie empfunden.

Darauf Jehuda: Im Ernst, du fühlst dich Leuten, die im Leben mehr erreicht haben als du, nicht unterlegen? Worauf Sohara meinte: Jehuda, wenn du dich Leuten, die im Leben mehr erreicht haben als du, unterlegen fühlst, dann ist das dein Problem und auf keinen Fall meins. Das stimmt nicht, konterte Jehuda, vielleicht sollte ich es genauer sagen: Ich fühle mich Leuten unterlegen, die ihre eigentliche Bestimmung gefunden haben und zu wahrer Größe aufgelaufen sind, das schon. Was zum Teufel soll das sein, »wahre Größe«, das verstehe ich überhaupt nicht, empörte sich Sohara. Jehuda erklärte: Leute, die für ihre Leistung eindeutige internationale Anerkennung erhalten, okay? Dann hat Avischai sich also zu wahrer

Größe aufgeschwungen?, fragte Sohara. Und Jehuda gab zurück: Weißt du was, wenn Avischai wirklich den Nobelpreis erhält, dann würde ich mich für ihn freuen und mit ihm feiern und all das, aber ihm gegenüber vermutlich auch ein gewisses Minderwertigkeitsgefühl verspüren, und ich kann mir keinen Menschen auf der Welt vorstellen, dem es nicht ähnlich erginge.

Also ehrlich, meinte Sohara daraufhin, das hat für mich etwas schrecklich Provinzielles, außerdem überrascht es mich, ich meine, jemand wie du, Jehuda Charlapp, wohlhabend, unglaublich erfolgreich, ein Mann mit Freunden und einer Familie – du würdest dich kleiner fühlen, wenn irgendeiner einen schwedischen Preis erhält, noch dazu auf einem Gebiet, das dir völlig fremd ist. Alles Akademische hat dich doch bisher völlig kaltgelassen?

Jetzt untertreibst du, Sohara, gab Jehuda zurück, es geht um die größte Ehrung der westlichen Kultur, der Nobel ist wie der Oskar. Wir alle, sogar Leute, die nie ins Kino gehen, beneiden einen Israeli, der einen Oskar gewinnt. Und warum? Darum! Denn wenn Erfolg im Allgemeinen relativ ist – was ist Erfolg überhaupt, und wer beurteilt ihn? –, dann gibt es zwei Dinge, die eine solche Diskussion beenden: das sind der Oskar und der Nobelpreis. Nun haben wir beide das Glück, mit jemandem befreundet zu sein, der diesen Preis möglicherweise erhalten wird, und wenn das tatsächlich eintreten sollte, dann wäre das etwas wirklich Bedeutendes, und dann würde ich mich Avischai vermutlich unterlegen fühlen.

Und dass du ihn so gut kennst, dass du die Schwächen und Probleme dieses Menschen so gut kennst, das würde daran nichts ändern?, fragte Sohara. Spricht das nicht eher für das Gegenteil? Sobald man mit diesen Leuten, neben denen unsereins sich deiner Meinung nach minderwertig fühlen müsste, auf vertrautem Fuß steht, sieht man doch die Komplexität hinter der Fassade und erkennt, dass jeder mit seinem eigenen Minderwertigkeitsgefühl zu kämpfen hat, dass sich alles auf irgendeine Weise wieder ausgleicht! Gut, sagte Jehuda, dann frage ich andersherum: Wenn du dich mit Tirza triffst und sie dir von ihren Auslandsreisen und Preisen erzählt … Was dann?, fragte Sohara. Und du erzählst ihr im Gegenzug, sagen wir, dass du jetzt gerade ein Buch zu irgendeinem Firmenjubiläum fertiggestellt hast, meldet sich dann nicht eine innere Stimme und fragt: Wir sind im gleichen Alter, und schau, was sie erreicht hat, und ich, wo stehe ich? Zwar wollte ich nie im Leben Schriftstellerin werden, und ich bin auf meinem Gebiet erfolgreich und all das, aber dennoch: Tirza hat objektiv gesehen in dieser Welt mehr erreicht! Und da ich leider nicht blöd bin, ich bin sogar ganz im Gegenteil sehr intelligent, muss ich mir das eingestehen, oder?

Was soll das, Jehuda, willst du mir jetzt einen Minderwertigkeitskomplex einreden? Um Himmels willen, Sohara, du bist überaus klug, schön und erfolgreich, sonst hätte ich gar nicht erst davon angefangen. Jehuda, unbestritten gibt es Leute, die mehr erreicht haben als ich, die eigentliche Frage ist doch, wie man sich in ihrer Gesellschaft fühlt. Also ganz ehrlich, wenn ich mit Tirza zusammen bin, dann höre ich etliche Dinge, die du nie zu hören bekommen wirst. Wenn du denkst, ihr Leben sei ein Kinderspiel, liegst du ziemlich daneben. Die Hälfte ihrer Zeit muss sie Misserfolge und Fehlschläge verkraften – oder was sie dafür hält, und ich spreche hier noch nicht einmal von ihrem Privatleben.

Er zögerte, aber wirklich nur sehr kurz; diese Diskussion war immerhin interessant genug, um nach absoluter Ehrlichkeit zu verlangen: Wenn es um persönliche Probleme geht, dann hast du selbst ja wohl in dicken Anführungszeichen kaum etwas Tröstliches vorzuweisen. Was soll das nun wieder bedeuten?, fragte Sohara, sollte ich etwa wegen meiner Kinderlosigkeit besonders ausgeprägte Komplexe haben?

Habe ich dich verletzt?, fragte er. Keineswegs, meinte sie, ich selbst konfrontiere dich doch auch mit potenziell verletzenden Dingen. Gut, sagte er, wenn wir das politisch Korrekte also einmal beiseitelassen, dann würde ich meinen, für dich als Single unter lauter Familien könnte die Kinderlosigkeit ein Anlass sein, dich mit anderen zu vergleichen. Sicherlich ist das ein Anlass, sagte Sohara, die Frage ist nur, zu welchem Ergebnis ich komme. Heutzutage ist die Hälfte unserer Bekannten geschieden, und deren erwachsene Kinder haben ihre eigenen Schwierigkeiten. Schau dich doch um, wer von den Kindern, deine eigenen Töchter eingeschlossen, hat keine Probleme? Die niedlichen Dreieinhalbjährigen sind sie doch längst nicht mehr. Mein Leben ist etwas anders verlaufen, und weißt du was, diese Dinge sind eben nicht so eindeutig wie dein Oskar und dein Nobelpreis. Wieso denn meiner, wehrte Jehuda ab. Eins muss ich dir noch sagen, Jehuda, ich kenne dich nun seit fast fünfzig Jahren und habe dich immer für einen sehr klugen Mann gehalten, und nun zeigst du mir auf einmal eine bis jetzt völlig unbekannte Seite.

Wenn du von diesen Dingen gänzlich frei bist, Sohara, dann darfst du dich glücklich schätzen. Es muss schön sein, so zu leben. Die Frage ist nur, ob du wirklich so lebst oder ob du dir das bloß einredest. Das kannst nur du allein beurteilen. Vielleicht sollte ich diesbezüglich wirklich einmal innere Einkehr halten, meinte Sohara, und Jehuda fragte: Du bist doch nicht etwa gekränkt oder so was, das war alles völlig arglos gemeint. Warum denn gekränkt, weil du vermutest, ich sei meiner selbst nicht bewusst genug? Weiß auch nicht, murmelte Jehuda, von diesem ganzen Gespräch vielleicht? Alles gut, Jehuda, beruhigte ihn Sohara.

4

Einige Zeit darauf entschloss er sich, sie wegen seines Buches um einen kleinen Gefallen zu bitten. Sie hatte schon oft wiederholt: Wenn du einmal etwas damit machen willst, dann sag Bescheid, ich berate dich, so gut ich eben kann. Und Jehuda gab dann meist zurück, leider ist es noch nicht so weit, aber vielen Dank.

Vor einigen Monaten war er nun aber mit dem Schreiben fertig geworden und hatte das Dokument einfach ruhen lassen. Er wusste nicht, wer aus seinem nächsten Umfeld sich am besten zum Lesen des Manuskripts eignete. Seine Frau Idith ganz bestimmt nicht, sie war gegen alles, was in Richtung Schreiben ging. Soharas Ansprüche schienen ihm nicht hoch genug zu sein. Es Nili zu geben, wäre eigentlich das Naheliegendste gewesen. Sie kannte seine Bedenken am besten und nahm sie stets ernst. Nili war jedoch im Widerspruch zu ihrer äußeren Erscheinung gefährlich und schwierig, sie verstand sich aufs Zerlegen und Sezieren, bis nichts übrig blieb. Vor ihr wollte er sein Buch – aber auch die gegenseitige Freundschaft – schützen, als würde nichts mehr da sein, wenn sie diesen Fuß abhackte.

In einer bestimmten Phase hatte er an Amos gedacht, ausgerechnet an Amos, den Experten für die *Ökonomie des Glücks*, denn dieser Amos hatte eine höchst unkonventionelle Art zu denken. Jehuda spürte, irgendwie würde Amos sein Buch *Die Furchtlosigkeit des Erfinders* zu schätzen wissen, es mit Vergnügen lesen, ja, vielleicht sogar etwas daraus für sein eigenes Leben mitnehmen. Aber ein solcher Schritt könnte Avischai verletzen, wieso erhielt Amos das Manuskript als Erster? Und so etwas vor Avischai zu verbergen, kam überhaupt nicht infrage.

Natürlich hätte Avischai das Manuskript als erster lesen können, aber das wollte Jehuda nicht. Er meinte vielmehr, der eminente Wirtschaftswissenschaftler müsste der Letzte sein, das letzte Wort haben. Avischai war niemand, dem man einen Entwurf zeigte. Das traf zwar alles zu, in Wirklichkeit aber fürchtete Jehuda sich vor etwas, das er nicht genau benennen konnte. Das war schon so gewesen, bevor er Sohara das Manuskript endlich zur Weiterleitung überließ, bevor überhaupt irgendetwas geschah; in ihm schwelte ein vages Grauen, als könnte das Buch

Freundschaften zerstören, sie sozusagen beim bloßen Umblättern hinwegfegen. Im Rückblick erwies Jehudas bedächtiges Vorgehen sich als die klügste Entscheidung seines Lebens. Avischai las das Buch erst ganz zum Schluss, nachdem es gründlich redigiert und lektoriert worden war, und auf diese Art heimste Jehuda unversehens ein Vorwort ein, freiwillig geliefert aus Avischais Feder.

Tirza Bar-Ness war ihm damals überhaupt nicht in den Sinn gekommen, obwohl er selbstverständlich wusste, dass Sohara mit ihr befreundet war, er selbst hatte ja Tirza in jenem ominösen Gespräch über Minderwertigkeitskomplexe erwähnt. Die erfolgreiche bekannte Schriftstellerin schien ihm zunächst unerreichbar zu sein, doch nachdem Sohara Tirzas Misserfolge und Fehlschläge angedeutet hatte, noch ohne überhaupt vom Privaten zu sprechen, da dachte er, Tirza könne ihn mögen, sie seien einander sogar ziemlich ähnlich.

Sohara und er saßen in einem Lokal, als Jehuda sie wissen ließ, er habe die Arbeit am Manuskript abgeschlossen und überlege nun, wem er es als Erstem zu lesen geben solle, und da sei ihm ihre Freundin Tirza eingefallen, die sei seiner Meinung nach für diese Aufgabe hervorragend geeignet.

Sohara schaute überrascht auf, was Jehuda wiederum verunsicherte. Übertrieb er es etwa, war eine solche Bitte vielleicht völlig unangebracht? Wenn ich dich richtig verstanden habe, ist es eine Art Selbsthilfebuch, sagte Sohara, und nun wusste Jehuda auf Anhieb, dass sein Anliegen unbedingt angebracht war, denn sein Werk ein Selbsthilfebuch zu nennen, zeugte von totaler Fehleinschätzung.

Es verlief also eine Linie von ihm zu Tirza, und sie führte hoch über Soharas Kopf hinweg.

Hör mal, gab sie zu bedenken, Tirza schreibt ernsthafte Romane, verbesserte sich aber sogleich, Tirza schreibt Romane, und ich weiß nicht, ob sie die Richtige für ein Buch ist, das den Verstand trainiert. In welcher Funktion soll sie es denn überhaupt lesen? Erstens, erwiderte Jehuda, ist es mitnichten ein Buch, das den Verstand trainiert, es enthält auch sehr viel Privates, Kindheitserlebnisse, diverse Einsichten, die sich aus meiner Lebensgeschichte ergeben, egal … Das ist nicht egal, fiel ihm Sohara ins Wort, warum sollte es egal sein? Und zweitens, fuhr Jehuda unbeeindruckt fort, was soll das heißen: in welcher Funktion? Als Frau, als kluge Frau, als Schriftstellerin, als Frau von Welt, als Autorin, die sich im Markt auskennt, als Leserin, ist das nicht genug?

Kennst du ihre Sachen überhaupt?, fragte Sohara. Ihr erstes Buch, *Gefälligkeiten und Genüsse*, sagte er. Das ist gar nicht ihr erstes Buch, bemerkte Sohara. Na und? Du hast doch verstanden, was ich meine, und Sohara stichelte, nur nebenbei, das hat sie vor fünfundzwanzig Jahren herausgebracht. Ich wusste gar nicht, dass du ein Fan bist.

Schau, sagte er, wenn es dir nicht passt, dann vergiss es einfach, wenn es dir unangenehm ist, wende ich mich eben direkt an sie, worauf Sohara meinte, nein, nein, das geht schon klar. Schick mir das Buch, ich leite es dann an Tirza weiter, sag mir nur, was ich ihr schreiben soll, welche Art der Beurteilung du erwartest. Sie soll nur alles sagen, was ihr in den Sinn kommt, erwiderte Jehuda, und bloß keine Rücksicht auf mich nehmen.

Das meinte er im Ernst, er wollte tatsächlich die ganze Wahrheit hören, und je mehr er sich bemühte, der naturgegebenen teilweisen Blindheit seinem Werk gegenüber auf die Spur zu kommen, desto weniger gelang es ihm, sich eine andere Wahrheit auszumalen als die, dass sein Buch gelungen sei. Zwar meinte er, auf jedes mögliche Urteil gefasst zu sein, doch sein Gefühl setzte sich gegen die Vernunft durch, sodass er trotz aller Selbstbeschwichtigung mit nichts anderem als mit einem Triumph rechnete.

Drei Wochen später erschien in seinem Posteingang eine E-Mail von Sohara, mit dem angehängten Schreiben von Tirza Bar-Ness:

Lieber Jehuda,

zunächst einmal danke ich für den Text, der mir ein außergewöhnliches Leseerlebnis bescherte. Gleich zu Anfang möchte ich sagen, dass Du Dein Handwerk verstehst. Fast jede der vielen Zeilen Deines Buches bezeugt rasches Denkvermögen und Originalität, ich habe es gerne gelesen, und es hat mir stellenweise sogar großes Vergnügen bereitet.

Dennoch muss es meiner Ansicht nach vor einer eventuellen Veröffentlichung gründlich überarbeitet werden. Zunächst einmal ist die Fokussierung problematisch. Wie im Text eine Art »Anweisung für Erfinder« mit der Biografie eben jenes Erfinders verknüpft wird, mag interessant sein, doch zumindest in der jetzigen Fassung wird dem Leser der Eindruck vermittelt, zwei verschiedene, künstlich zusammengeführte Werke vor sich zu haben, die sich gegenseitig aber kaum in einem neuen Licht erscheinen lassen. Die Struktur wirkt rein assoziativ, beansprucht die Aufmerksamkeit des Lesers, verlangt also von ihm eine gewisse Anstrengung und nimmt ihm die Möglichkeit, sich entweder auf die Erzählungen oder auf die Übungen zu konzentrieren und diese zu genießen.

Ein Beispiel: Wo Du erzählst, wie Du den Tütenöffner erfunden hast, wirkt Deine Geschichte völlig willkürlich. (Vielleicht darf ich die Gelegenheit für einen Dank an Dich nutzen, denn erst durch diesen Text wurde mir klar, dass Du der Mann bist, der mein Leben verändert hat. Und wenn ich nicht strikt dagegen wäre, könnte ich hier gut und gern ein Smiley einfügen.) Auch wenn es sich tatsächlich auf diese Weise abgespielt hat, untergräbst Du damit in gewisser Hinsicht das Fundament des ganzen Buchs. Der Leser fragt sich, was er aus einer solchen Begebenheit lernen soll, was von all dem er in sein eigenes Leben integrieren kann – außer zu beten, auch ihm möge Ähnliches gelingen.

Was die praktische Seite betrifft, so finden sich im Internet seit Jahren schon – und heute in der Facebook-Ära erst recht – die unterschiedlichsten Trainingsmethoden zum Schärfen des Denkvermögens. Hast Du auf diesem Gebiet etwas Neues zu bieten? Darüber lohnt es sich nachzudenken, vielleicht zusammen mit einem professionellen Lektor.

Der Stil ist ein weiterer Punkt, der Beachtung verdient. Die biografischen Kapitel machen den Löwenanteil des Buches aus, und einige der Geschichten sind wirklich anrührend, dennoch solltest Du kürzere Sätze bauen und *bedenken, dass der Leser nicht in Deinem Kopf sitzt. Deswegen müssen ihm die Dinge so deutlich wie möglich vermittelt werden.*

Ich danke nochmals für die Gelegenheit, in eine für mich neue und spannende Welt spähen zu dürfen, und wünsche Dir von ganzem Herzen viel Erfolg.

Tirza

Eine ganze Woche lang vermied er es, Sohara anzurufen. Ob sie Tirzas Schreiben vor dem Weiterleiten gelesen hatte, wusste er nicht. Möglicherweise hatte Tirza Sohara mündlich ins Bild gesetzt. Er wollte sich keinesfalls dem Risiko aussetzen, ihr die Wahrheit sagen zu müssen. Anfangs vermutete er, auch Sohara habe ihre Gründe, ihn nicht anzurufen, sie war schließlich klug genug, um zu wissen, dass ein Gedemütigter sich keine Gesellschaft wünscht. Doch die Vorstellung, der schreckliche Verriss würde sich nun ohne jede Abschwächung in Soharas Bewusstsein festsetzen, machte ihn noch verrückter als der Verriss selbst, sodass er am Ende doch ihre Nummer wählte.

Sie fing nicht davon an, aber irgendwann bemerkte er: Mein Buch hat deiner Freundin nicht gefallen. Ach, nein?, fragte sie. Hat sie dir nichts davon gesagt?, erkundigte er sich. Selbstverständlich nicht, entgegnete Sohara, Tirza ist die Diskretion in Person.

Plötzlich fühlte er sich hilflos, erniedrigt wie noch niemals zuvor, und wusste nicht einmal, zu welchen

Waffen er greifen und gegen wen er sie richten sollte. Zu seiner eigenen Verwunderung hob er unwillkürlich die Hände. Wärst du bereit, es ebenfalls zu lesen, fragte er Sohara. Wenn du es möchtest, gab sie zurück, aber bedenke bitte, dass die ganze Sache mit den Übungsanleitungen nicht in mein Gebiet fällt. Ich vertraue dir, sagte er, und lies bitte auch, was Tirza geschrieben hat, ich möchte wissen, was du darüber denkst. Kein Problem, meinte Sohara, aber schick mir ihre Nachricht bitte noch einmal, ich habe sie bei mir gleich nach dem Weiterleiten gelöscht. Noch in derselben Sekunde wusste Jehuda, dass sie log.

5

Als sie beim nächsten Treffen nach dem Kinobesuch ihre Plätze beim Italiener eingenommen hatten, holte Sohara sein Manuskript aus der Tasche. Er konnte es kaum fassen, dass sie ihn während des ganzen Films hingehalten hatte und ausgerechnet jetzt, ein paar Minuten bevor die Auberginen-Pizza gebracht wurde, darüber sprechen wollte, doch war er auf Anhieb bereit, ihr alles zu verzeihen.

Also meiner Meinung nach schreibst du sehr, sehr schön, begann sie. Aber?, warf er ein. Wieso aber?, fragte sie, meiner Meinung nach schreibst du sehr, sehr schön, und das hier ist ein ungewöhnlich originelles Buch, im Ernst, so etwas habe ich noch nie gelesen, und ich habe einiges gelesen. Okay, sagte er, und sie fuhr fort: Außerdem finde ich es sehr humorvoll, ich habe bei einzelnen Sätzen praktisch deine Stimme gehört. Dieses Buch, das bist du. Okay, besten Dank, sagte er. Nichts zu danken, ich sage nur, was ich denke, eins aber noch. Was denn?, fragte er dazwischen. Gerade weil es eine so schöne Idee ist, den Erfindergeist mit all dem anderen zu verknüpfen, fuhr sie fort, finde ich es schade, dass du das nicht konsequent durchgehalten hast, verstehst du, was ich meine? Es wirkt eher wie ein Buch über viele Dinge, die dich beschäftigen, alle möglichen Gedanken, Ideen und Betrachtungen, das ist völlig in Ordnung, wenn es das ist, was du schreiben möchtest, aber im jetzigen Zustand kommt es als etwas ganz anderes rüber.

Was soll das denn heißen, »alle möglichen Gedanken, Ideen und Betrachtungen«? Es ist die Geschichte meines Lebens, Sohara, genau darum geht es mir, ich habe nicht den geringsten Wunsch, einen weiteren Ratgeber oder Gehirntrainer oder ich weiß nicht was auf den Markt zu bringen. Okay, meinte sie, das scheint mir offenbar entgangen zu sein, ich finde die persönlichen Passagen vergleichsweise weniger gelungen. Aber die persönlichen Passagen nehmen doch den meisten Raum ein, entgegnete er. Ganz und gar nicht, entgegnete sie, so habe ich es nicht gelesen. Was meinst du mit »so habe ich es nicht gelesen«, das haut mich ehrlich gesagt um, wenn etwas keine eindeutige Überschrift trägt, dann seid ihr außerstande, es zu begreifen. Wen meinst du mit »ihr«, fragte Sohara, und was willst du eigentlich von mir? Weiß ich auch nicht, sagte Jehuda, allmählich gewinne ich den Eindruck, dass das Ganze überhaupt nicht funktioniert.

Was funktioniert nicht?, fragte sie zurück, alles eben, sagte er, diese ganze Buch-Idee. Vielleicht erklärst du mir jetzt einmal kurz, in nicht mehr als zehn Worten, worin diese Buch-Idee eigentlich besteht. Es ist die Geschichte vom Aufwachsen eines Jungen in Tel Aviv, sagte Jehuda, aus dem später ein Erfinder wird, weswegen auch dieser Aspekt eingeflossen ist. Prima, sagte Sohara, völlig klar. Vor einer Sekunde hast du noch gemeint, es sei unklar. Vergiss, was ich gemeint habe, erwiderte sie, mir geht es um die Proportionen, das ist alles. Aha, und was sonst noch, fragte er.

Jetzt habe ich Angst, den Mund aufzumachen. Los doch, nun rede schon, forderte er sie auf. Gut, also die Übungsanweisungen, es sind ausgezeichnete dabei, einige habe ich selbst ausprobiert, mit überraschendem Nutzen, andere wirken wie etwas aus der Gemeinschaftskunde, teilweise, versteh mich da bitte richtig, es betrifft gewisse Abschnitte, andere können bleiben, wie sie sind.

Im Großen und Ganzen stimmst du also deiner Freundin Tirza zu. In welchen Punkten genau?, wollte Sohara wissen. Komm, sagte Jehuda, dann frage ich andersherum: Gibt es in Tirzas Kritik etwas, dem du widersprechen würdest? Jehuda, stellst du mich jetzt vor ein Standgericht? Das heißt also, Sohara, das Buch ist schlecht. Jehuda, das Buch ist zurzeit noch nicht so gut, wie es sein könnte, und das finde ich schade, denn du hast das Talent, daraus etwas ganz Hervorragendes zu machen. Gut, sagte Jehuda, dann ist es also ein Buch, an dem zu arbeiten sich lohnt? Das ist doch jetzt die Frage, fuhr er fort, würde die Arbeit sich auszahlen? Aber sicher!, bestätigte

Sohara. Ich würde sowieso nie jemandem raten, sein Buch in der Schublade zu vergraben – ohne jeden Bezug zu dir jetzt, okay? Aber deins ist toll. Na dann, sagte Jehuda, ich habs kapiert.

Nun wirf mir bitte nicht vor, ich hätte dich gekränkt, Jehuda, das wäre unfair, das wäre ja wohl das Unfairste überhaupt. Nein, nein, beruhigte er sie, ich bin keineswegs gekränkt, ganz im Gegenteil, du musst nichts beschönigen, sag mir bitte alles. Aber ich habe doch schon alles gesagt. Wenn ich etwas hinzufügen wollte, wäre es nur Gutes, aber das wirst du mir wohl kaum noch abnehmen. Oh, nur immer frisch von der Leber weg, ermunterte er sie, was denn beispielsweise? Beispielsweise bist du einer der brillantesten Menschen, der mir je begegnet ist. Das reicht nun aber, Sohara, ich bin doch kein Fünfjähriger mehr.

Sie machte ihm dann ein, zwei weitere Komplimente, und er ritt noch ein wenig auf den Beleidigungen herum, entlockte ihr abwechselnd sanftere oder härtere Versionen, bis schließlich beide es gut sein ließen und das Gespräch wie in gegenseitigem Einvernehmen abschüttelten, zugunsten der noch verbleibenden Zeit ihres Treffens, zugunsten der Freundschaft und der geistigen Gesundheit. Den Rest des langen Abends verbrachten sie in einer übertrieben intensiven Unterhaltung, in der es um den Mann ging, mit dem Sohara sich gerade dann und wann traf. Bist du wirklich bereit, dir etwas über ihn anzuhören, passt es dir jetzt wirklich? Bereiter könnte ich gar nicht sein, erklärte Jehuda, und Sohara legte los. Jehuda lauschte bedächtig nickend, ja, ja, doch sein Herz war nicht bei der Sache.

Sie trennten sich mit einer besonders innigen Umarmung in ihrem Auto vor seinem Haus. Du weißt, dass ich dich liebe und für äußerst begabt halte, versicherte sie, und er sagte, schon gut, schon gut, nur kein Melodrama, küsste dann ihre Wangen ein zweites Mal und tätschelte ihr liebevoll den Oberarm in der ledernen Jacke. Damit endete ihr letztes Treffen nur zu zweit.

6

Ein Glatzkopf um die Fünfzig, für sein Alter etwas zu jugendlich gekleidet, überquerte die Straße und kam auf ihn zu. Solche Typen sah man manchmal am Freitagmorgen mit einem Kinderwagen auf dem trendigen Rothschild-Boulevard; sie fuhren ein Baby spazieren und ließen ihre jungen Frauen zur Entschädigung etwas länger schlafen. Der Typ erinnerte ihn an Jossi, Prof. Jossi Vittel, den vierundfünfzigjährigen Mann seiner Tochter Daniella, der siebzehn Jahre älter war als sie. Wenn die beiden zum Abendessen kamen, behandelte der Schwiegersohn Jehuda, als wären sie Verbündete im Alter, als hätten sie beide bereits alles gesehen und gehört, als läge das Leben hinter ihnen, worüber Jehuda sich ungemein ärgerte. Auch Daniella und ihr Mann würden bald ein Baby haben. Plötzlich fiel ihm der tote Freund ein; Avischai, der alte Mensch, und das Baby, der neue Mensch, würden niemals in ein und derselben Welt leben.

Jehuda suchte auf seinem Handy nach Ruthis Telefonnummer – hatte er sie überhaupt gespeichert? – und fand sie auf Anhieb. Er sollte netter zu ihr sein. Er sollte überhaupt netter sein.

Wenn Avischai den Nobelpreis bekäme, dann wüsste das Baby irgendwann, was für einen Freund er gehabt hatte. Und wenn nicht, was könnte man dann über ihn erzählen? Das würde wie bloßes Großvatergeschwätz wirken: Ich hatte mal einen Freund, hörst du mir zu? Damit würde er das Kind nur langweilen. Plötzlich hatte Jehuda das Gefühl, es würde bereits leben, ein fertiger Mensch, der im Bauch seiner Mutter spöttisches Desinteresse zeigte.

Seine Lektorin sollte er ebenfalls informieren. Der Verfasser des Vorworts war tot, ein neuer Umschlag müsste gedruckt werden, mit »kürzlich verstorben« oder so ähnlich. Ob ein Toter den Nobelpreis erhalten konnte? Wäre interessant zu wissen. Höchstwahrscheinlich nicht. Vielleicht in ganz besonderen Fällen, aber was war an diesem Fall Besonderes? Rein gar nichts.

Er gab Nobel ein. »Nobel Energies«, »Nobel Küchen«. Das war es nicht. Aber als er Nobelpreis tippte, bot sich ihm ein Wikipedia-Eintrag an. Nobels Testament, die Preisverleihungsfeier, Kandidatur und Auswahl, nachträgliche Anerkennung der Leistung. Und was war, wenn der Kandidat verstarb? Wo stand etwas darüber? Hier. Das Verbot, den Nobelpreis posthum zu verleihen, bringt verstorbene Mitarbeiter eines Forschungsteams um die verdiente Ehre. Spricht das Preiskomitee diese Anerkennung gegenüber dem Verstorbenen nicht aus, dann tun es manchmal die Preisträger selbst. Während der Verleihung des Nobelpreises für Wirtschaft 2002 beispielsweise erinnerte Daniel Kahneman in seiner Dankesrede an seinen Teamkollegen Amos Tversky, der vor der Bekanntgabe des Nobelkomitees verstorben war und deswegen nicht mit dem ihm ebenfalls zustehenden Preis bedacht wurde.

Jehuda las weiter. Gewinner, die den Preis abgelehnt hatten, Preisträger aus ein und derselben Familie, Vater und Sohn, der älteste Preisträger, der jüngste, er hieß William Lawrence Bragg und hatte 1915 als Fünfundzwanzigjähriger den Nobelpreis für Physik erhalten. Jehuda hatte als Neunundzwanzigjähriger seine Firma verkauft. Damals hatte Amos gesagt, neunundzwanzig, das ist so ein Alter, in dem nichts, was du tust, bleibenden Eindruck hinterlässt. Dabei hatte Jehuda als Endzwanziger bereits eine Million Dollar verdient. Schön und gut, jetzt war er vierzig Jahre älter, am nächsten Sonntag würde er siebzig werden. Vielleicht sollte er lieber nach dem ältesten Preisträger suchen? Er las weiter. Alfred Nobel, Chemiker und Fabrikant, Erfinder des Dynamits, aus dem wiederum der berüchtigte Sprengstoff entwickelt wurde, verspürte wachsendes Unbehagen angesichts der Verwendung seiner Erfindung zu militärischen Zwecken und hinterließ deswegen ein Testament, in dem er die Gründung einer wohltätigen Stiftung anordnete. Ein weiterer Grund für sein Testament soll ein irrtümlicher Nachruf unter der Überschrift »Der Kaufmann des Todes ist tot« in einer französischen Zeitung gewesen sein. Nicht Alfred Nobel war damals gestorben, sondern sein Bruder Ludwig.

Wie würde man ihn, Jehuda, nach seinem Ableben beschreiben? »Der Tütenöffner ist tot«? Nein, vielleicht so etwas wie »Der Erfinder des Tütenöffners ist gestorben«? Vierzig Jahre waren vergangen, und noch immer hatte sich kein passender Name für dieses Instrument gefunden. Die besten Geräte sind eben, was sie sind, so hatte Idith ihn zu trösten versucht, nur vergängliche Dinge tragen flotte Namen. Aber wer würde über ihn als den »Tütenöffner« schreiben? Niemand, weil niemand über ihn schreiben würde. Höchstens an einem besonders nachrichtenschwachen Tag in der linken unteren Ecke des Wirtschaftsressorts, in die man beim Essen nebenbei einmal einen Blick warf.

Den nächsten Absatz über Kandidaten und wie sie ausgewählt wurden, übersprang er. Er wollte wissen, wieso es diesen Menschen passiert war, wo die wunderbare Benachrichtigung sie angetroffen hatte, was sie mit vierzig, fünfzig oder auch siebzig vollbracht hatten, um diese Ehre zu verdienen, und was er falsch gemacht hatte. Konnte er das Versäumte vielleicht noch nachholen?

In der ersten Phase jeder Nominierung schlugen einige Tausend Experten Kandidaten vor. Dass Avischai vorgeschlagen worden war, das wusste er von Avischai selbst, denn der wusste es, obwohl er es offiziell nicht wissen durfte. Jemand hatte dem Komitee ein Gutachten eingereicht und Avischai davon erzählt. Amos würde sich sicherlich noch an die Einzelheiten erinnern.

Verstorbene Kandidaten vorzuschlagen, war nicht erlaubt. Allerdings war es zweimal vorgekommen, dass ein Kandidat zwischen der Einreichung der Kandidatur und der Bekanntgabe (im Oktober) verstorben war. 2011 war der kanadische Immunologe Ralph Steinman drei Tage vor der Bekanntgabe des Preisträgers für Physiologie beziehungsweise Medizin einem Krebsleiden erlegen. Das Komitee hatte davon nichts erfahren und ihm in aller Unschuld den Preis verliehen, der dann im Dezember bei der Verleihung von seiner Witwe entgegengenommen wurde.

Jehuda schloss die Liste seiner Kontaktdaten, um während seiner Recherche nicht versehentlich bei Ruthi anzurufen. Die Entscheidung für den Wirtschaftsnobel würde nächste Woche bekannt gegeben werden. Vielleicht war der Termin inzwischen vorverlegt worden? Der Wirtschaftsnobel, wann genau sollte der Träger des Wirtschaftsnobel in diesem Jahr verkündet werden? Google vervollständigte seine Eingabe automatisch und Jehuda blickte um sich und hinter sich, als könnte ihn jemand bei einem Vergehen beobachten. Er öffnete die exquisite Webseite des Nobelpreises. Physik, Chemie, Frieden, Wirtschaft: am 16. Oktober. Welcher Tag war heute?

VIER

1

Yehuda kehrte mit zweieinhalb Litern Cola Zero und einer Packung Waffeln der Geschmacksrichtung Cappuccino – er brauchte jetzt milde gestimmte Freunde – in Avischais Wohnung zurück. Noch in der Tür, bevor jemand nach Ruthi fragen konnte, erklärte er: Hört zu, ich habe mir unterwegs etwas überlegt. Amos' Frage, hast du mit Ruthi gesprochen?, ignorierte er geflissentlich, stellte die Flaschen und die Waffeln auf den Tisch, ließ sich in den nächsten Sessel fallen, schloss, anstatt zu rauchen, kurz die Augen und sagte: Passt mal eben auf, am nächsten Donnerstag wird in Stockholm bekannt gegeben, wer in diesem Jahr den Wirtschaftsnobel erhält. Nein, korrigierte Amos, das ist nicht am Donnerstag, der 16. ist ein Mittwoch.

Noch besser, antwortete Jehuda, in diesem Jahr wird Avischai ihn erhalten, das ist so gut wie sicher. Diese Dinge kann man nie genau wissen, entgegnete Amos, deine Vermutung ist eine rein theoretische, eine offizielle Kandidatenliste existiert nicht. Gut, meinte Nili, auch wenn es nicht offiziell ist, Avischai wusste, dass er als einer der führenden Kandidaten galt, er war doch im letzten Jahr auf diesem Kongress in Schweden. Meinst du das

Nobel Symposium?, fragte Amos. Dorthin werden nur ernsthafte Kandidaten eingeladen, fuhr Nili unbeirrt fort, jedenfalls hat Avischai mir das so erzählt, das stimmt doch, Amos, oder? Trotzdem, sagte Amos, theoretisch kann man jahrelang auf der Liste stehen und doch niemals gewinnen, die Leute werden zu Symposien eingeladen und nachher warten sie ganz umsonst, was das für eine Folter ist. Jehuda zügelte seine Ungeduld und warf ein: Aber Avischai wusste, dass ein Gutachten für ihn eingereicht wurde. Was für ein Gutachten?, erkundigte sich Nili, und Amos erklärte ihr: Wenn jemand auf die Shortlist kommt – Shortlist, verstehst du, da stehen immer noch Dutzende von Kandidaten drauf –, dann werden andere Wissenschaftler aus seinem Fach aufgefordert, Gutachten zu schreiben, und ein solches Gutachten wurde über Avischai geschrieben, das hat man ihm versichert. Ich gebe aber zu bedenken, fuhr Amos fort, dass erstens auf dieser Liste außer ihm noch Dutzende anderer Kandidaten stehen, die allesamt, das könnt ihr mir glauben, in der nächsten Woche fiebrig neben ihrem Telefon warten werden; und zweitens das ganze Gerede wie »man hat mir erzählt, dass über mich ein Gutachten angefertigt wurde« und »in diesem Jahr bin ich ganz bestimmt dran«, das ist sehr, sehr oft reines Wunschdenken. Damit will ich um Himmels willen nicht andeuten, fügte Amos hinzu, dass Avischai das alles erfunden hat, das sicher nicht, aber in seinem Fach tauschen die Insider gern Schmeicheleien aus, das alles hat noch nicht viel zu bedeuten. Ich kenne einen Wirtschaftsprofessor aus Boston, der Name tut hier nichts zur Sache, der erzählte mir, ein ehrenwertes Mitglied des Nobelpreiskomitees höchstpersönlich, ja?, habe ihm im vergangenen Jahr ausdrücklich versichert, dass er diesmal dran sei. Aber dann war er's doch nicht.

Was ändert das schon?, fragte Sohara, was für einen Sinn hat dieses ganze Gerede überhaupt noch? Es ändert nichts, antwortete Nili, wir sollten es vergessen. Und Sohara fragte, wie kann man so etwas vergessen, wenn er tot im Zimmer nebenan liegt? Du kannst ruhig dran denken, Sohara, sagte Amos, aber es ist einfach – er hob die Hände, in Erwartung der richtigen Worte –, einfach ungemein frustrierend, das ist alles. Jetzt, dachte Jehuda, das ist meine Gelegenheit, aber während er noch nach einer überzeugenden Formulierung suchte, fuhr Amos wie auf Bestellung fort: Auf den Wettseiten liegt er tatsächlich weit vorn. Auf welchen Seiten?, fragte Nili, und Jehuda antwortete: Es gibt Webseiten, auf denen werden wie bei Pferderennen Wetten auf Nobelpreiskandidaten abgeschlossen. Amos hat recht, ich hab auch mal reingeschaut, dort diskutieren Experten aus aller Welt über die möglichen Preisträger in ihrem Fach, und Avischai wird in diesem Jahr tatsächlich als aussichtsreichster Kandidat gehandelt.

Na, er kann den Nobel ja immer noch bekommen, oder etwa nicht?, fragte Nili, und Amos erklärte ihr, dass nur lebende Kandidaten als Empfänger in Frage kämen, so etwas wie eine posthume Auszeichnung gäbe es nicht. Auch wenn wir ihnen nur wenige Tage vor der Bekanntgabe mitteilen, dass der Kandidat verstorben ist?, fragte Sohara, das hört sich für mich unlogisch an, und ungerecht finde ich es auch. Moment mal, sagte Jehuda, hört mir mal kurz zu, ich habe unterwegs gründlich recherchiert, es ist eindeutig, verstorbene Kandidaten bekommen den Preis nicht. Oder genauer: Zum Zeitpunkt der Bekanntgabe der Gewinner müssen die Kandidaten am Leben sein, also jetzt, und wenn sie dann zwischen der Bekanntgabe im Oktober und der Verleihung im Dezember ins Gras beißen, ist das kein Problem mehr. Das stimmt doch, Amos, oder? Keine Ahnung, sagte Amos.

Aber er ist ja nun vor der Bekanntgabe bereits tot, sagte Nili. Richtig, stimmte Jehuda ihr zu, aber es hat bereits Fälle gegeben, da wurde ein Preisträger bekanntgegeben, ohne dass das Komitee von seinem plötzlichen Tod wusste, trotzdem behielt die Bekanntgabe ihre Gültigkeit, das habe ich gerade eben gelesen. Von Avischais Tod werden sie bald erfahren, warf Amos ein, alle werden es wissen. Schon, sagte Jehuda, aber hört mir mal für einen Moment ganz unvoreingenommen zu. Was ich vorschlagen will, erscheint mir selbst absonderlich, aber ich könnte mir nicht verzeihen, wenn ich diesen Einfall einfach für mich behalten würde. Er blickte in die ihm gespannt zugewandten Gesichter, wie ein Todesmutiger vom Dach eines Wolkenkratzers in die Tiefe blickt: Was wäre, wenn wir ihn bis nächste Woche »am Leben ließen«? Das kann nicht dein Ernst sein, sagte Nili grinsend, und Jehuda fühlte sich bestärkt: Denkt doch einmal kurz darüber nach, es gibt zwei Optionen – entweder ist Avischai gestern gestorben und wird als netter alleinstehender Professor der Ökonomie von seinen Freunden, die ihm alsbald folgen werden, begraben. Oder er

stirbt eine Woche später, als Nobelpreisträger, als heraus-
ragender Wissenschaftler, an den man sich ewig erinnern
wird, dessen Lebensleistung nicht vergeblich war, dem
die höchste Ehrung der Menschheit verliehen wurde,
von der Million Dollar oder Kronen oder was auch immer
gar nicht zu reden.

Was sollte er denn mit einer Million anfangen, fragte
Nili, sich das Grab auspolstern? Er hat keine Kinder, er
hat nichts. Entschuldige, sagte Sohara, dass er kinderlos
war, heißt ja wohl kaum, dass er nichts hatte. Ich dachte
ans Vererben, erklärte Nili, wozu braucht er als Toter eine
Million Dollar? Das ist doch ganz egal, meinte Jehuda,
das Geld kann immer noch in die Forschung oder in die
Wohlfahrt gesteckt werden, die Million ist meiner Meinung nach nebensächlich.

Gut, bemerkte Amos, das ist natürlich alles theoretisch, uns steht ja in Wirklichkeit keine Million zur Verfügung. Selbstverständlich nicht, meinte Nili, aber du
musst zugeben, die Vorstellung ist amüsant. Amos pflichtete ihr bei, keine Frage, äußerst amüsant sogar. Und Sohara bemerkte, ich dachte, Jehuda hätte es ernst gemeint.
Ich bin mir selbst nicht sicher, gab Jehuda zurück, das alles ist mir gerade vor fünf Minuten eingefallen, aber warum sollten wir es nicht erwägen, bevor wir es endgültig
unter den Tisch fallenlassen, es geht doch immerhin um
etwas sehr Wichtiges. Erstens wissen wir nicht, wie wichtig diese Unternehmung wäre – und für wen, warf Amos
ein, und zweitens ist der Betroffene selbst tot, ihm ist es
total egal. Da möchte ich dir widersprechen, Amos, sagte
Sohara. Dieser fragte zurück: Für wen täten wir so etwas

dann? Er ist tot, Avischai ist tot, es kann also nicht für ihn sein. Klar, sagte Sohara, er wird nach der Bekanntgabe keine Korken mehr knallen lassen, aber wir würden trotzdem etwas für ihn getan haben, denn wir alle wissen, wie wichtig es ihm war, erinnert zu werden, für eine Leistung zum Wohl der Menschheit etwa. Wir würden etwas eintreten lassen, von dem wir wissen, dass Avischai ihm Bedeutung beimaß, allerhöchste Bedeutung sogar. Wisst ihr, womit man es vergleichen könnte?, fragte Amos, es ist vielleicht, als ob … sagen wir, als ob Jehuda sich sehnlichst ein Enkelkind von seiner Tochter Daria wünscht, nehmen wir einmal an, das sei der Traum seines Lebens. Jehuda nickte eifrig, obwohl das Beispiel sehr weit hergeholt war. Amos fuhr fort: Aber erst nachdem Jehuda gestorben ist, tut Daria alles, um seinen Traum zu erfüllen. Wäre das nicht etwas Großartiges?, fragte Jehuda begeistert, aber Sohara meinte: Der Vergleich hinkt gewaltig, wir reden hier von einem Wissenschaftler, der ein Leben lang auf den Nachruhm hingearbeitet hat, das war sein Antrieb. Aber jetzt ist er tot, fiel Amos ihr ins Wort, und durch nichts mehr zu beglücken, davon müssen wir ausgehen, aber lassen wir das Philosophische einmal beiseite. Meiner Meinung nach ist das keinesfalls eine philosophische Frage, warf Jehuda ein, und Amos gab zurück, lassen wir das, es ist nicht relevant, denn das Ganze ist ohnehin illusorisch, wir können niemanden am Leben erhalten, ob in Anführungszeichen oder nicht, wie willst du das anstellen, es ist unmöglich.

Jehuda wollte darauf antworten, doch als er Amos anschaute, bemerkte er, wie seltsam dessen Wangen wirkten,

oder waren es die Lippen, hatte man seinem Gesicht etwas genommen oder hinzugefügt, war es rot angelaufen
oder kreideweiß, oder hatte Amos schon seit längerer
Zeit so ausgesehen, war der Freund ganz allmählich gealtert oder gerade erst in dieser Sekunde? Hatte er Mitleid verdient? Jehuda blickte erschrocken in die Runde,
aber keiner der anderen schien zu sehen, was er sah, vielleicht, weil es nichts zu sehen gab.

Moment mal, sagte Nili, ich möchte verstehen, worum es hier geht, wenn ihr sagt »am Leben erhalten«, dann
meint ihr doch wohl, seinen Tod einfach verschweigen, oder? Natürlich geben wir bekannt, dass er tot ist,
erklärte Jehuda, aber erst in sieben, acht Tagen, nachdem wir erfahren haben, ob er nun gewonnen hat oder
nicht. Einfach wäre das Verschweigen wohl kaum, meinte
Amos, aber das wäre noch die leichteste Übung, es geht
ja nicht nur um ein passives Verbergen, man müsste auch
aktiv werden, das heißt, wir müssten sehr viele Leute belügen. Wie viele denn?, fragte Jehuda, er hat doch allein
gelebt, das ist schon mal ein Vorteil. Wie viele?, fragte
Amos zurück, seine Mutter beispielsweise? Seine Schwester? Seine Studenten, seine Kollegen, unzählige Anrufer,
wir müssten unzählige E-Mails in seinem Namen beantworten. Noch einmal, fuhr Amos fort: Das wäre der leich-
tere Teil der Übung. Was aber soll mit der Leiche geschehen? Wenn sie hier auf dem Bett liegen bleibt, wird es in
einigen Stunden im ganzen Gebäude zu stinken anfangen. Außerdem verstoßen wir damit gegen das Gesetz.
Ja, da hat Amos recht, sagte Nili, so etwas ist gesetzeswidrig.

Was genau soll daran gesetzeswidrig sein?, fragte Jehuda, haben wir ihn etwa ermordet? Doch Nili erklärte: Einen Todesfall nicht zu melden und die Leiche tagelang privat aufzubewahren, verstößt allemal gegen das Gesetz, sicherlich sogar gegen mehrere Paragrafen. Aber es wird doch niemand wissen, dass wir den Todesfall nicht gemeldet haben, wandte Jehuda ein, es könnte doch auch sein, dass er hier tagelang allein herumliegt, ohne dass jemand etwas merkt, und selbst wenn die Polizei es herausfinden sollte, was würde sie dann wohl tun? Uns alle verhaften, einen Wirtschaftsprofessor, eine Memoirenschreiberin, einen Geschäftsmann und eine Kinderärztin, allesamt in ihren Siebzigern, nur weil wir die Polizei nicht umgehend zu einem Toten gerufen haben, der einem Herzinfarkt erlegen ist? Werden wir den Rest unseres Lebens hinter Gittern verbringen müssen, nur weil wir einen natürlichen Tod mit einigen Tagen Verspätung gemeldet haben? Das ist doch Unsinn. Es mag andere gute Gründe geben, einen solchen Plan zu verwerfen, Angst vor dem Gesetz dürfte aber kaum dazu gehören.

Aber was sollen wir mit seinem Körper anstellen?, fragte Sohara. Was wir mit ihm anstellen werden, Sohara?, sagte Amos, wir werden ihn natürlich begraben, das ist es, was wir tun werden. Dir ist doch wohl klar, dass wir hier nur spekulieren, oder? Moment mal, meldete sich Nili, lasst uns mal logisch denken, wie könnte so etwas vor sich gehen? Wir sollten es einmal in konkrete Schritte zerlegen, damit wir wissen, wovon wir reden. Verwerfen kann man hinterher immer noch alles.

Meines Erachtens nach, sagte Jehuda, geht es in erster Linie darum, Avischais Kommunikation mit der Außenwelt aufrechtzuerhalten, E-Mails beantworten, Nachrichten schreiben etc. Das ist nicht allzu kompliziert, aber dazu müsste einer von uns ständig hier in der Wohnung sein. Man könnte auch eine automatische Rückantwort einrichten wie »Bin zurzeit nicht erreichbar, am 17. wieder da« oder etwas Ähnliches, vielleicht lässt sich das auch auf dem Handy machen.

Nicht erreichbar ist so gut wie abgeschafft, sagte Sohara, heutzutage ist jeder immerzu und überall erreichbar. Erstens nicht unbedingt, erwiderte Jehuda, und zweitens lässt sich dafür eine Lösung finden. Die Leute von der Uni werden alles fressen, »Bin auf einem Kongress«, »Bin in den Karpaten«, »Lese keine E-Mails, arbeite an einem Buchprojekt«, da bietet sich vieles an, und seiner Mutter könnte man mitteilen, er sei für einige Tage verreist. Kriegt die alte Dame überhaupt noch etwas mit?, fragte Nili, und Jehuda sagte, ich glaube schon, ihre Demenz ist erst im Anfangsstadium, sie ist noch recht helle, ich weiß, dass sie und Avischai regelmäßig miteinander sprechen, das heißt sprachen.

Willst du dich etwa als Avischai verkleiden, fragte Sohara, und seiner Mutter etwas vormachen? Ich glaube nicht, dass du das fertigbringst, wenn es ernst wird. Das ist eine der Ideen, die sich aufregend und sexy anhören, aber in echt? Willst du einer Hundertjährigen am Telefon erzählen, ihr Sohn befinde sich auf einer Auslandsreise, während er tot auf seinem Bett liegt? Also, ich weiß nicht …

Er stellte sich vor, wie er nach der Nummer der Seniorenresidenz googelte, dort anrief und Pnina verlangte. Unter Umständen würde er sogar selbst hinfahren. Er hatte sie seit einer Ewigkeit nicht mehr gesehen. Er musste Sohara recht geben. Kaum hatte er den Hergang im Kopf grob skizziert, schon stiegen ihm Tränen in die Augen. Vielleicht könnte einer der anderen das übernehmen.

Ich gebe zu, ich finde das nicht besonders schlimm, meinte Nili. Stellt euch nur einmal die Freude vor, wenn ihr Sohn den Nobelpreis erhält, bevor sie völlig senil wird, das könnte sie trösten, wenn sie danach von seinem Tod erfährt. Doch Sohara entgegnete: Wenn ihr Sohn tot ist, dürfte ihr der Preis wohl kaum noch etwas bedeuten. Auch wenn es der Nobel ist?, fragte Nili, das müsste sie doch aufmuntern. Ist mir gleich, sagte Sohara, macht, was ihr wollt. Dir ist es gleich?, wunderte sich Nili, und Sohara erwiderte, nein, nicht völlig, ich kann nur gerade jetzt nicht klar denken, ich fühle mich wie in einem Albtraum, diese ganze Unterhaltung erscheint mir … Wie soll ein normaler Mensch das beurteilen? Ich vertraue euch, entscheidet nach eurem Gutdünken. Aber eins sage ich euch schon jetzt, ich werde die Leiche auf keinen Fall anrühren. Wieso denn anrühren, fragte Nili, wer berührt ihn denn jetzt noch? Wir schließen die Schlafzimmertür und damit basta.

Jehuda bildete sich ein, das Knarzen der erwähnten Tür zu hören und plötzlich bereute er das Ganze, zwar war es seine Idee gewesen, doch das Interesse, sie umzusetzen, war schlagartig erloschen. Er brachte das nicht fertig, da war er wie Sohara, er konnte in dieser Wohnung mit dem toten Avischai nicht länger bleiben, schon jetzt hielt er es kaum noch aus, unwillkürlich holte er tief und geräuschvoll Luft, vielleicht müsste er selbst gleich sterben. Die anderen aber achteten überhaupt nicht auf ihn, als hätte sich das Spektrum normaler Verhaltensweisen angesichts des Todes erweitert.

Okay, sagte Sohara, aus welchem Grund sollten wir die Idee fallenlassen? Was spricht dagegen? Wenn wir mal für einen Moment vernünftig sind, sagte Nili, dann müssen wir Amos recht geben, es wäre tatsächlich nicht einfach, es gäbe vieles zu bedenken, und zwar gründlich, wir könnten leicht etwas übersehen. Also dann bitte, sagte Sohara, lasst uns noch etwas darüber nachdenken, jetzt ist genau der richtige Zeitpunkt. Jehuda spürte, wie die seltsame Anwandlung von vorhin abflaute und verschwand, seine Behäbigkeit half ihm, die Fassung zurückzuerlangen und auf den Rechten zu bestehen, die ihm als engem Freund des Verstorbenen zustanden.

Amos fragte: Was machen wir, wenn wir am Schluss den Tod offiziell melden, denn das werden wir irgendwann ja wohl tun müssen, oder gibt es noch einen anderen Preis, auf den zu warten es sich lohnt? Jetzt wirst du zynisch, sagte Nili, und Amos fuhr fort, sollten wir vielleicht abwarten, ob er den Israel-Preis bekommt, ihn ablehnt und dann noch etwas prominenter stirbt? Lass gut sein, Amos, sagte Jehuda, wir habens verstanden. Was also macht ihr, fuhr Amos fort, wenn ihr Avischais Tod meldet und die Polizei merkt, dass er schon vor einiger Zeit gestorben ist und nicht erst zwei Stunden zuvor? Wo hat er sich in diesen zwei Wochen rumgetrieben? Acht Tage höchstens, meinte Jehuda, unter Umständen neun, keinesfalls zwei Wochen. Macht kaum einen Unterschied, erwiderte Amos, glaub mir, sogar die israelische Polizei weiß zwischen einer frischen und einer acht Tage alten Leiche zu unterscheiden.

Das haben wir doch schon besprochen, sagte Jehuda, der Mann lebt allein, er stirbt, ohne dass jemand es bemerkt. Niemand muss erfahren, wie viele Freunde er hat und wie oft sie ihn normalerweise besuchen. Er ist in seiner Wohnung entschlafen, und acht Tage darauf findet ihn einer von uns. Ich sehe da kein Problem. Aber, sagte Amos, wollten wir nicht in seinem Namen Nachrichten schreiben, E-Mails verschicken oder sogar erzählen, er sei im Ausland? Er kann nicht Nachrichten schreiben oder verreisen und gleichzeitig tot sein, daran besteht hoffentlich kein Zweifel.

Ich bin übrigens gar nicht sicher, ob wir die Polizei überhaupt einschalten müssen, meinte Nili. Was heißt hier »müssen«?, fragte Amos, üblicherweise ruft man den Rettungsdienst an, und der verständigt automatisch die Polizei, so will es das Gesetz. Dann bestellen wir eben einen privaten Rettungsdienst, erklärte Nili, blättern dreitausend Schekel hin, und die Sache wird stillschweigend erledigt. Ich glaube sogar, dass ich berechtigt bin, den Totenschein auszustellen, vielleicht lässt sich das entsprechende Formular aus dem Netz herunterladen.

Klar, wir haben manches noch nicht berücksichtigt, sagte Jehuda, aber für das alles wird sich eine Lösung finden lassen. Die fundamentale Frage ist doch, ob wir es machen wollen oder nicht. Wenn ja, werden wir zu gegebener Zeit alle Einzelheiten aushecken, das scheint mir innerhalb unserer Möglichkeiten zu liegen, hier sind genug kluge Köpfe versammelt.

Ich schließe mich Jehuda an, meinte Nili, wir sind alle um die siebzig, was könnte man uns schon groß anhaben? Kommt drauf an, was wir anstellen, warf Amos ein. Nili zuckte die Achseln, wir tun doch nichts Böses, alles geschieht in bester Absicht, Avischai wäre es egal gewesen, wenn seine sterblichen Überreste noch etwas länger aufbewahrt werden, der Nobel dagegen wäre ihm keineswegs egal gewesen, das wissen wir doch alle. Dieser Preis war der Traum seines Lebens, fuhr Nili fort, es würde ihn beglücken, wenn er wüsste, dass wir so etwas für ihn tun. Ich bin dafür, dass wir es wagen. Es hätte sogar etwas von einer Feier an sich, wir würden Avischais Leben ein großartiges Finale bereiten, ein bisschen wie im Film *Alex — eine Geschichte über Freundschaft*, in dem alle Freunde sich einfinden, um Alex' Tod auf ganz besondere Art und Weise zu begehen.

Jehuda fiel ein, dass er diesen Film nicht gemocht hatte und sich an kaum etwas erinnerte. *Alex* und *Breaking the Waves* — zwei Klassiker des Arthouse-Kinos, die sich seiner Meinung nach kaum über den Massengeschmack erhoben. Sollte er das als Omen betrachten, oder als Warnsignal? Es kostete ihn beträchtliche Mühe, sich zu vergegenwärtigen, dass er eigentlich doch ein rationaler Mensch war.

Sohara meinte, wenn überhaupt, ähnelt es eher *Lang lebe Ned Devine*. Was ist denn das?, fragte Nili. Sohara wandte sich an Jehuda und Amos, habt ihr den gesehen?

Ist das der mit den Alten, die irgendwo in Schottland im Lotto gewinnen, fragte Amos. In Irland, stellte Sohara richtig, und Jehuda erklärte, also mit *Lang lebe Ned Divine* lässt sich das nun überhaupt nicht vergleichen. Aber der gewinnt doch im Lotto, meinte Sohara, und die anderen Dorfbewohner verheimlichen, dass er gestorben ist.

Jehuda wurde auf einmal überraschend zornig, seine Idee war total originell, geradezu brillant, warum wollte Sohara sie jetzt kleinreden und anderen zusprechen? Was soll das heißen, sie verheimlichen, dass Ned gestorben ist?, fragte er zurück, sie geben sich doch als Ned aus, um an seiner Stelle den Gewinn zu kassieren. Genau, sagte Sohara, und Nili fragte, könnte mir jemand erklären, worum es geht? Jehuda antwortete ihr, es geht um ein Täuschungsmanöver, an dem sich ein ganzes Dorf beteiligt, um reich zu werden. Der Unterschied zu uns ist, dass sie ihn nicht am Leben erhalten wollen, sie benutzen seinen Namen und seine Sozialversicherungsnummer, damit ihnen der Gewinn ausgezahlt wird. So wie bei uns manche Ultra-Orthodoxe ihren Wahlzettel noch in die Urne stecken, nachdem sie längst verschieden sind.

In der Hoffnung, bei ihm Unterstützung zu finden, wandte Jehuda sich an Amos, doch der sagte entschuldigend: Ich weiß nur noch, dass sie nackt Motorrad fahren. Nili, die auf ihr Handy schaute, bemerkte: Bei Wikipedia hört es sich ziemlich anders an. Ich habe nicht behauptet, dass es genau dasselbe ist, entgegnete Sohara, es ist aber näher dran an unserem Fall als *Alex*. Das ist doch jetzt total unwichtig, meinte Jehuda. Und Amos fügte hinzu: Jedenfalls sind wir kein Haufen analphabetischer schottischer Dorfbewohner, es besteht also kein ernsthafter Bezug zum Film. Er spielt in Irland, warf Sohara ein, in Irland! Eine Bande von Dorfdeppen also, fügte Nili hinzu, wir aber sind echte Menschen, zu unserem Leidwesen, schade eigentlich, denn im Film heimsen sie das Geld am Ende ein. Ich dachte, du hättest ihn nicht gesehen, meldete sich Amos. Nili wedelte daraufhin nur mit dem Handy und grinste, Wikipedia. Und Sohara stellte fest, im Kino endet immer alles besser.

Sie schwiegen für eine Weile, dann wandte Jehuda sich an Amos: Amos, du brauchst nicht mitzumachen, wenn es dir irgendwie unangenehm ist, wir müssen nicht unbedingt alle dabei sein, obwohl es natürlich wünschenswert wäre, und Nili fügte hinzu, je mehr angesehene Leute mitmachen, desto weniger kann man uns später anhaben. Hör doch damit auf, Nili, bat Sohara, glaubt hier wirklich einer, man könnte uns deswegen belangen? Niemand wird uns belangen, Sohara, versicherte Jehuda, wir wissen ja noch nicht einmal, ob überhaupt etwas daraus wird, diese Unterhaltung erscheint uns vielleicht morgen früh beim Aufwachen hirnverbrannt, und morgen Nachmittag werden wir Avischai begraben. Dennoch möchte ich hier und jetzt vorschlagen, dass wir anfangen – warum sollten wir es nicht wenigstens versuchen? Vielleicht stellt sich am Ende sogar heraus, dass es ganz leicht ist.

Amos, du kannst dich da raushalten, sagte nun auch Nili, und Jehuda meinte noch einmal, du musst wirklich nicht mitmachen. Klar kannst du dich da raushalten, wiederholte Nili, aber willst du wirklich nach Hause gehen und das alles uns allein überlassen? In dem Fall müssten

wir dich um die Ecke bringen, damit du es nicht aus-
plauderst.

Und wenn er am Ende gar nicht gewinnt?, fragte Amos,
und Jehuda gab zurück: Wenn er am Ende gar nicht gewinnt, dann haben wir uns zumindest wie echt gute
Freunde verhalten. Er wird gewinnen, Amos, glaub mir,
versicherte Nili, Avischai wird ganz gewiss gewinnen.
Wer außer ihm hätte den Preis verdient?

FÜNF

1

Später versuchte er, diese Unterhaltung zu rekonstruieren, ohne dass es ihm gelang, sein Gedächtnis schien ihn beschützen zu wollen.

Es hatte also geklappt, fast wider Erwarten. An einem anderen Tag, zu einer anderen Stunde, bei einer anderen Sitzordnung wäre es vielleicht schiefgegangen. Er hatte die Idee einfach in den Raum gestellt und wäre jederzeit bereit gewesen, sie zurückzunehmen, war ja nur ein Gedanke … Und jetzt hatte seine Vision sich in eine konkrete Möglichkeit verwandelt. Wie unbeständig war doch die Normalität, wie flexibel. Man äußerte eine Idee, von der im Voraus niemand wissen konnte, ob sie plausibel war. Die Leute glaubten, Überzeugungen zu besitzen, waren aber im Bruchteil einer Sekunde bereit, sie aufzugeben.

Einen Toten am Leben zu erhalten, einfach so, war das eine brauchbare Idee? Wer könnte eine ähnliche Geschichte aus dem Ärmel schütteln? Und wie könnte einer »Nein« sagen, wenn es zum Vorteil eines engen Freundes geschah? Plötzlich erkannte Jehuda, wie brutal Altruismus manchmal daherkam, er verschloss die Münder und fegte Widerspruch hinweg. Niemand hatte Lust, ein Spielverderber zu sein, seine Freunde schon gar nicht.

2

Einige Minuten, nachdem Sohara und er das unselige Gespräch über sein Buch beendet hatten, zog einer ihrer Sätze ihm wie Gift durch die Venen: *Ich würde sowieso nie jemandem raten, sein Buch in der Schublade zu vergraben – ohne jeden Bezug zu dir jetzt, okay?* Ohne jeden Bezug zu ihm, das hatte also nichts mit seinem Buch zu tun, Jehuda beruhigte sich so weit, dass er den Abend irgendwie hinter sich bringen und die darauf folgende alberne Unterhaltung durchstehen konnte. Doch sobald er allein war, beschloss er, sich nicht länger dumm zu stellen: Wenn Sohara nicht ihn und seinen Text gemeint hatte, warum dann hatte sie diese Bemerkung überhaupt gemacht? War das nicht ein rot flackerndes Signal: Selbst, wenn ich deine Arbeit für schlecht hielte, würde ich das für mich behalten. Er grübelte in alle Richtungen und gelangte immer wieder zu derselben Erkenntnis: Sohara war in Wirklichkeit der Meinung, er solle sein Buch am besten in der Schublade vergraben, es war für eine Veröffentlichung zu schlecht und nicht zu retten. Doch das wollte Jehuda nicht hinnehmen. Das durfte nicht sein, damit konnte er keinesfalls weiterleben. Ihm fielen die Reality Shows ein, nach denen er ein wenig süchtig war, und die Bikini-Mädchen, die vor der Kamera versuchten, ihr Ausscheiden irgendwie zu rechtfertigen: Die anderen fühlten sich durch mich bedroht, sie waren ja nur neidisch, meine Gewinnchancen waren einfach zu hoch. Jehuda grinste abfällig, wenn er das hörte, wie armselig diese Geschöpfe doch waren, wie dumm, wie oberflächlich. Wer sollte sie schon groß beneiden und worum? War er jetzt nicht selbst ein wenig wie sie? Hätte sich ein Zuschauer nicht genauso über ihn lustig machen können? Man hat dir geraten, dein Werk in der Schublade zu vergraben, hast du das nicht gehört? Nicht weil sie dich beneiden, haben sie das gesagt, sie haben es gesagt, weil dein Buch einfach schlecht ist! Dennoch und trotz allem war es nicht dasselbe, denn er selbst hatte sich diese Möglichkeit bereits vor Augen geführt.

Seine langjährige Beziehung zu Sohara war beileibe nicht unkompliziert; ihre Kritik an seinem Buch hatte eine Vorgeschichte. Widerwillig ließ er in seiner Erinnerung etwas aufsteigen, an das er höchst ungern dachte: Sohara durfte Avischai mit ihrem Körper berühren und besiegte damit ihn, Jehuda, in einem äußerst unfairen Wettbewerb. Manchmal bedauerte er es, von Avischai in das Geheimnis eingeweiht worden zu sein, als Geschenk sozusagen – ich erzähle es nur dir, Jehuda –, als wäre Jehuda noch ein Kind, das von Avischai nun auf diese Art aufgewertet, aber auch erniedrigt wurde.

Hätte er Sohara vergeben können, wenn sie ihm geradeaus geraten hätte: Vergrab es lieber in der Schublade? Jehuda musste zugeben: Nein, das hätte er ihr nie im Leben verziehen. Er hätte sie bis ans Ende ihrer beider Tage gehasst. Was also wollte er von ihr? Was warf er ihr vor? Er hatte sie um die Wahrheit gebeten, das durfte er nicht vergessen. Immer wieder hatte er sie gedrängt: Sag mir die Wahrheit, Sohara, nimm keine Rücksicht auf meine Gefühle. War das etwa gar nicht ernst gemeint gewesen?

Doch, er hatte das aus tiefstem Herzen gewollt, die Wahrheit hören, ohne sich allerdings vorstellen zu können, dass sie so ausfallen würde. Er konnte es sich immer noch nicht vorstellen.

Seit er die Sechziger erreicht hatte, spürte er, dass sich ihm etwas Wesentliches offenbaren wollte, eine Wahrheit, der keine Freundschaft standhielt und die man lieber nicht ergründen sollte. Ihn wunderte die Flexibilität, zu der die Seele zu ihrem eigenen Schutz fähig war; um zu überleben, ersann sie unzählige Manöver und Manipulationen und kam dann am Ende zu dem Schluss, die unbequeme Wahrheit könne keinesfalls wahr sein.

»Lass das Buch lieber in der Schublade«, war eine vergebliche Empfehlung, deren Angemessenheit oder Richtigkeit niemand akzeptieren könnte. Was sollte er damit anfangen? Das Buch in der Schublade vergraben? War das die Konsequenz? Nie und nimmer! Bei allem Respekt vor Sohara, sie war eine Einzelperson mit etlichen Schwächen und verfolgte eigene Motive, die zu ergründen er sich wohlweislich hütete.

3

Er suchte nach dem größten Verlag und schickte sein Buch dorthin. In der Antwort hieß es:

Lieber Jehuda Charlapp, haben Sie besten Dank für das Manuskript. Unsere LektorInnen haben es mit Interesse gelesen. Die gegenwärtige unsichere Lage auf dem Buchmarkt erlaubt es uns leider nicht, Ihr Werk herauszubringen. Wir wünschen Ihnen viel Erfolg.

Sein Körper erschlaffte vor Enttäuschung. Später las er die Antwort ein zweites Mal. Sein Buch war gut, das wurde nicht bezweifelt. Aber es war nicht kommerziell, oder nicht kommerziell genug, und die Veröffentlichung stellte ein Risiko dar – das erregte ihn und beflügelte sein Gemüt, das war ja fast ein Kompliment! Andere Autoren waren auch zunächst abgelehnt worden, vielleicht sogar Proust? Oder Salinger? Einer von beiden auf jeden Fall, sogar mehrere Male, da war er sich fast sicher. Nicht dass er sich mit ihnen vergleichen wollte.

In der Nacht kam ihm eine Idee: Was, wenn er dem Verlag eine Risikoentschädigung anbot? Sollte das das Problem sein, dann gab es kein Problem! Der Gedanke, sein Buch könnte nur aufgrund der finanziellen Schwierigkeiten des Verlags nicht publiziert werden, wurde ihm unerträglich. Endlich hatte er einen würdigen Verwendungszweck für sein Geld gefunden!

Nur einmal während der monatelangen Arbeit mit Hadass, seiner Lektorin im Verlag, sah er die Entschädigungssumme vor Augen, die er eigentlich schon völlig vergessen hatte, so spurlos war sie von seinem Konto verschwunden und von dem des Verlags geschluckt worden.

Das Buch näherte sich der Vollendung, als er sich nach zwei von ihr abgesagten Terminen endlich mit der PR-Beraterin traf. Anders als ihre erstaunlich freundlichen, Achtzigtausend-Schekel-freundlichen Kolleginnen, die er bereits konsultiert hatte, gab diese sich sachlich-kühl, zu kühl. Sein Selbstbild eines Künstlers, in dem er bisher wie in Watte versunken war, verwandelte sich in das eines gekränkten Kunden, der Lust hatte, die Dame bei ihrem Chef anzuschwärzen – »nur dass Sie's wissen, ihr Benehmen ist unangebracht«.

Doch er beherrschte sich und hörte ihr zu, als sie feststellte, niemand kenne seinen Namen, da müsse man realistisch sein, es bestünde so gut wie keine Aussicht auf eine Rezension im Feuilleton, das müsse sie ihm gleich sagen. Jehuda bekam Lust, sie an die Lage der Dinge zu erinnern und fragte: Was ist, sagen wir mal, mit Radiowerbung oder mit Zeitungsanzeigen, mit solchen Sachen? Solche Sachen machen wir nicht, erklärte die Dame, das kostet irre viel Geld. Und wenn ich dafür aufkomme? Ihre Miene spiegelte auf Anhieb Sanftmut und Geduld wider, als hätte er sie und nicht die Zeitungsanzeigen bereits gekauft. Das ist natürlich etwas anderes, aber Sie müssen wissen, dass wir hier von riesigen Summen reden. Können sie diese Dinge für mich arrangieren?, fragte Jehuda. Radio oder lieber Zeitungen?, fragte sie zurück. Alles, sagte Jehuda, sowohl als auch. Das wird echt teuer, meinte sie, und Jehuda sagte, das ist mir egal, lässt sich das Buch mit solchen Aktionen besser vermarkten, hilft das? Und sie sagte, nichts bringt mehr als Radiowerbung, aber das kostet eben sehr viel Geld, deshalb wird sie nur selten genutzt. Nun bekam Jehuda das Gefühl, er könne alles erwerben, die ganze Welt stecke im Münzenfach seines Portemonnaies: Was ist mit den Artikeln, kann man die auch kaufen? Leider nein, sagte die Dame, und hörte sich fast so an, als teilte sie sein Bedauern.

Nach einer Minute meinte sie: Lassen Sie uns noch ein wenig nachdenken, gibt es vielleicht in Ihrer Lebensgeschichte etwas, mit dem man arbeiten könnte, Familie, Karriere oder so etwas? Lustlos sagte Jehuda, es gibt ja da noch den Tütenöffner. Könnten Sie mir bitte kurz erklären, was das ist?, bat die PR-Frau, woraus Jehuda schloss, dass sie sein Buch nicht gelesen hatte. Sie hatte keine Ahnung, worum es ging, sie wusste nicht, wer er war, und sie wollte es auch gar nicht wissen. Ich habe dieses Ding erfunden, mit dem sich Tüten leichter öffnen lassen. Welches Ding?, fragte sie. Nun, sagte Jehuda, ein Ding, das Tüten öffnet, es trennt die Oberseite von der Unterseite. Das verstehe ich nicht, sagte sie, wie muss ich mir das konkret vorstellen? Nun ja, sagte Jehuda, man öffnet die Tüte mit dem Ding anstatt mit den Fingern. Er unterstrich seine Erklärung mit der entsprechenden Bewegung, woraufhin sie meinte, aha, das ist für Behinderte gedacht! Für Behinderte?, staunte Jehuda, keineswegs, es ist für ganz normale Leute gedacht. Und sie sagte, aber normale Leute öffnen eine Tüte doch mit den Fingern. Na ja, gab Jehuda zurück, zwanzig Millionen Menschen auf der ganzen Welt öffnen eine Tüte bereits nicht mehr mit den Fingern. Die PR-Frau sagte, okay, aber im Hinblick auf das Buch bringt uns das nicht besonders viel, es könnte uns höchstens helfen, Sie auf den

Wirtschaftsseiten unterzubringen. Auf den Wirtschaftsseiten war ich schon, sagte Jehuda, und sie meinte: Okay, aber dort verkauft man natürlich keine Bücher.

Was ist mit Avischai Sar-Schalom?, fragte er. Was soll mit ihm sein?, fragte sie. Das ist mein bester Freund, erklärte er. Okay, sagte sie. Er kommt in meinem Buch vor, wir sind seit unserer Kindheit befreundet, im Buch wird die ganze Geschichte ausgebreitet, auf der Avischais bekannte Theorie vom Klassenkönig basiert, nur dass ich der König der Klasse war, nicht er, vielleicht können Sie damit etwas anfangen? Würde er einem Zitat auf dem Einband zustimmen?, fragte sie. Ich glaube schon, meinte Jehuda. Wenn ich so darüber nachdenke, sagte sie, warum schreibt er Ihnen eigentlich kein Vorwort, eine Art Einführung? Nicht, dass ich Ihnen und der Lektorin hineinreden will, Sie sollten das einmal mit ihr besprechen, wenn Sar-Schalom im Buch vorkommt, wenn dort auch seine Kindheit beschrieben wird, zudem ist er Professor der Volkswirtschaft, Spieltheorie und so weiter – das wäre nicht schlecht für ein Buch über einen Erfinder. Avischai hat mit der Spieltheorie nichts am Hut, warf Jehuda ein. Macht nichts, sagte sie, sicher lässt sich da irgendeine Verbindung zu Ihrem Buch basteln.

Avischai könnte jeden Augenblick den Nobelpreis erhalten, ergänzte Jehuda. Schlagartig konzentrierte ihr irrlichternder Geist sich auf ihn, es gelang ihr kaum, ihre Verblüffung zu verbergen. Tatsächlich dürfte er in diesem Jahr den Nobelpreis abräumen, die Chancen stehen ausgezeichnet. Den Nobel?, fragte sie, den Nobelpreis? Wenn Sie ein Vorwort von einem Nobelpreisträger haben,

Jehuda – sie sprach zum ersten Mal seinen Namen aus –, dann spielen wir in einer ganz anderen Liga, was die Öffentlichkeitsarbeit angeht, den Verkauf der Rechte ins Ausland, das allgemeine Interesse am Buch, you name it. Das ist eine Trumpfkarte, vor allem, wenn wir von einem frischen Gewinner sprechen, dann ist das ein brandaktueller Name, der in aller Munde ist.

Na ja, meinte er, Avischai könnte natürlich auch leer ausgehen, aber ein Vorwort von ihm wäre auf alle Fälle vorteilhaft, er ist doch auch so recht bekannt, worauf sie erwiderte: Ich würde mal sagen, der Nobelpreis ist hier der springende Punkt.

Jehuda dachte kurz nach. Avischai hatte das Buch bisher noch nicht einmal gelesen. Doch von dem Moment an, in dem Jehuda den Nobelpreis ins Spiel gebracht hatte, war der Deal besiegelt und Avischai fest eingeplant. Er musste das Vorwort verfassen, und er musste den Nobel gewinnen, denn wenn das nicht geschähe, hätte Jehuda kein Buch.

SECHS

1

Er fand das Ladegerät im Badezimmer auf der Wasch-
maschine und schloss Avischais iPhone an. So konnte er
eingehende Anrufe entgegennehmen, ohne dass die anderen ihm im Nacken saßen. Schade, dass man Avischai
nicht aufladen kann, dachte er, fünf Prozent, sieben Prozent, genug für ein Gespräch, für ein letztes Abendessen.

Das Handy saugte den Strom gierig ein und offen-
barte unterdessen die digitalen Bewegungen der letzten
vierundzwanzig Stunden: drei unbeantwortete Anrufe,
zwei davon von Sohara, der Anfang einer SMS oder einer
WhatsApp-Nachricht, und was war das, eine Reihe blauer
»f«s, ach ja, Facebook gab es ja auch noch, das hatte er
völlig vergessen. Er verspürte die gleiche Panik, die sich
einstellte, wenn er selbst zu lange von seinem Handy getrennt gewesen war und bei seiner Rückkehr entdeckte,
dass verschiedene Leute ihn gesucht hatten, mit ihm hatten sprechen wollen.

Als er mit dem Finger über das Display wischte, fragte
es nach dem Code, er hatte ihn einmal gekannt, und wenn
er sich nicht irrte, war es Avischais Geburtsdatum. Er gab
»zwei, drei, eins, zwei« ein, doch das Gerät schüttelte sich
widerspenstig, woraufhin Jehuda in Richtung Arbeits-

zimmer rief: Sohara, wie lautet der Code, ist das nicht dreiundzwanzig zwölf? Versuch es mal mit »eins, zwei, zwei, drei«, rief Sohara zurück. Das hätte er eigentlich auch wissen können, dachte er, und als er »eins, zwei, zwei, drei« getippt hatte, unterwarf sich das iPhone und gab zwei Textbotschaften, sieben Facebook-Nachrichten und drei unbeantwortete Anrufe frei, für ihn waren das Bomben, die er nun der Reihe nach entschärfen müsste.

Als Erstes nahm er sich die unbeantworteten Anrufe vor. Die beiden von Sohara beachtete er nicht weiter und schaute gleich auf die andere Nummer, 05 23 11 21 68, gestern um halb vier. War Avischai da bereits tot gewesen oder hatte er einfach nicht antworten wollen? Dann drängte sich ihm eine dritte Möglichkeit auf, Avischai auf seinem Bett, mit dem Tod ringend.

Der namentlich nicht identifizierte Anrufer hatte es nur ein Mal versucht, das war ein gutes Zeichen, er hatte also nicht weiter stören wollen, vielleicht erwartete er nicht einmal einen Rückruf. Schon wollte Jehuda sich dieser Aufgabe entziehen, ihm blieb ja eigentlich nichts mehr zu tun, da bemerkte er, dass von derselben Nummer eine Textnachricht eingegangen war, also doch ein Störenfried. *Lieber Avischai, wir möchten die Veranstaltung vom 1. März auf den 12. März verschieben. Bitte bestätige doch so bald wie möglich, ob das für dich in Ordnung geht. Besten Dank. IFSE, Institut für sozialwirtschaftliche Entwicklung.*

Das geht in Ordnung, na klar geht das in Ordnung. Jehuda tippte das Display an und schrieb: *Ich bestätige hiermit den neuen Termin. Danke, Avischai.* Dann löschte er den Punkt. Beendete er Textnachrichten mit einem Punkt? Als er die Antwort noch einmal durchlas, schien ihm, sie sei verdächtig kühl ausgefallen. Er löschte sie und schrieb nun: *Überhaupt kein Problem, schon bei mir vermerkt, Danke. Avischai.* Vielleicht »bei mir« löschen und stattdessen »in meinem Kalender« einsetzen? Doch nun drückte er irrtümlich auf »Einfügen«, das passierte ihm öfter, wenn er auf seinem iPhone etwas löschen wollte, und plötzlich wurden seiner kurzen Nachricht drei Zeilen hinzugefügt, es mussten die letzten drei Zeilen sein, die Avischai in seinem Leben in die Zwischenablage kopiert hatte: *Ich ebenfalls! Vor zwei Tagen habe ich mit Dan vereinbart, dass ich mit Ronnie spreche, und sie wird mir sagen, wann wir bei ihr vorbeischauen können. Im Prinzip haben sie Besuchszeiten.*

Bevor er sie löschte, las er die Sätze ein zweites Mal, vielleicht verbarg sich in ihnen etwas, aber was sollte das sein? Wer war Dan? Wer war Ronnie?

Plötzlich fühlte er sich überfordert, das Vorhaben überforderte sie alle, es auszuführen war unmöglich, wie Amos sie gewarnt hatte. Hatte Avischai die ganzen Anstrengungen überhaupt verdient? Oder bekamen die Freunde nun nachträglich eine Gelegenheit, ihn dafür zu bestrafen, dass er ihnen zu den sich jetzt öffnenden Bereichen seines Lebens keinen Zugang gewährt hatte? Jehuda löschte den markierten Text mit fast schon brutalem Druck, wobei das Wort »vermerkt« gleich mit verschwand. Er gab es erneut ein, jetzt lautete die Botschaft: *Überhaupt kein Problem, schon bei mir in meinem Kalender vermerkt. Danke. Avischai.* Er drückte vehement auf »Senden«.

Danach war er völlig erschöpft. Nach einer einzigen SMS! Wenn es so weiterging, würde er diese Woche wohl kaum überstehen. Er wollte das Badezimmer endlich verlassen, doch bevor er das Handy beiseitelegte, erinnerte eine kleine Zahl auf dem weiß-grünen Symbol ihn daran, dass eine weitere Nachricht zu bearbeiten war. Sie stammte von einer gewissen Liat, der Nachname fehlte, war vor drei Stunden eingegangen und enthielt die Aufforderung: *Drück uns die Daumen!!!*

Er erwog für einen Moment, jemanden aus dem Arbeitszimmer um Hilfe zu bitten, sie hatten vereinbart, sich miteinander zu beraten, wenn sie nicht hundertprozentig sicher waren. Aber dazu fehlte ihm jetzt die Kraft, er hatte einfach keine Kraft mehr. Ihre Stimmen drangen zu ihm, sie saßen dort und stritten sich über die Beantwortung der eingetroffenen E-Mails, sein Geduldsfaden jedoch war gerissen.

Wurde er etwa schon nachlässig? Dafür war es nun wirklich zu früh. Rasch kalkulierte er das Risiko der Antwort – *Daumen schon gedrückt!!!*, mit drei Ausrufezeichen plus Smiley – und fand, sie könnte nicht schaden, also ab damit. Er prüfte die Verbindung vom Ladegerät zur Steckdose und wandte sich zur Tür, doch nun summte das Handy. Liat fragte zurück: *Ein Smiley von dir!?*

Bestand vielleicht die wahre Aufgabe der Freunde darin, Avischai nachträglich in ein besseres Licht zu rücken, indem sie in seinem Namen lächelnde Gesichter mehrten? *Auch mir ist das manchmal gestattet*, schrieb er zurück, ohne Smiley, und starrte eine ganze Minute lang auf das Display, aber Liat reagierte nicht mehr.

2

Sohara und Amos saßen dicht aneinander gedrängt an Avischais Schreibtisch, Nili stand am Fenster und erklärte, wir haben wie besprochen eine automatische Antwort eingerichtet, und jetzt beantworten die beiden alle E-Mails, die sich inzwischen angesammelt haben. Wie habt ihr die Notiz formuliert?, zeigt mal her, bat Jehuda, aber Nili schüttelte rasch und heftig den Kopf, als wollte sie ihn bitten, die Diskussion nicht wieder zu entfachen. Daraufhin wechselte Jehuda das Thema und sagte laut, wir müssen überlegen, was wir seiner Mutter sagen, sie wird ihm ja bestimmt keine E-Mail schicken und dann die Abwesenheitsnotiz erhalten.

Wieso?, sprechen sie etwa jeden Tag miteinander, weißt du das?, fragte Sohara, wie schrecklich, ich darf gar nicht dran denken. Sie ist schwerhörig, erklärte Jehuda, kann kaum noch telefonieren, aber Avischai besucht sie an jedem Schabbat oder fast an jedem. Jemand muss im Heim Bescheid sagen, dass er am kommenden Schabbat verhindert sein wird, ein merkwürdiges Grunzen entfuhr ihm, als er hinzufügte, und an jedem folgenden Schabbat. Er klang in seinen eigenen Ohren wie ein Schwein.

Und wie wollen wir sein Ausbleiben begründen?, fragte Nili. Man könnte sagen, er fühle sich nicht wohl oder er müsse am Schabbat woanders hin, das ist doch kein Problem, meinte Jehuda. Wer auch immer dort anruft, kann sich als Avischai ausgeben, er spricht ja mit einem Heimmitarbeiter, nicht mit der Mutter persönlich, man bittet darum, eine kurze Nachricht an die Mutter weiterzugeben. Dann aber lieber nicht sagen, dass er krank ist, gab Sohara zu bedenken, dann könnte sie sich Sorgen machen und jemanden zu ihm schicken, seine Schwester Ruthi oder sonst wen. Aber wenn man ihr sagt, er sei krank, gab Nili zurück, dann wäre es logisch, wenn er bald darauf stirbt. Außerdem keine Angst, beruhigte Jehuda sie, Ruthi wird hier bestimmt nicht aufkreuzen, meinst du, das verrückte Huhn würde aus Tivon anreisen, um ihrem Bruder Suppe zu bringen? Zudem hätte sie nicht einmal Geld für den Bus! So schlecht ist sie dran?, fragte Nili, die Ärmste. Von wegen Ärmste, erwiderte Jehuda, das ist sie absolut nicht. Aber schon während er das behauptete, fiel ihm ein, Ruthi könnte doch ein wenig zu bedauern sein, und er wunderte sich über sich selbst, er hatte den Kindheitsgroll auf Avischais große Schwester einfach auf die erwachsene Frau übertragen, die jetzt über siebzig sein musste. Ist sie nicht früher einmal auf ein Pyramidensystem hereingefallen?, fragte Nili. Ja, das ist sie, bestätigte Jehuda, vor längerer Zeit, als sie noch Geschäftsfrau war – er sprach das Wort »Geschäftsfrau« mit einer Geringschätzung aus, die er so schnell nicht ablegen konnte. Zurzeit verdient sie ihr Geld als eine Art Ernährungsberaterin, fuhr er fort, genauer gesagt, sie hilft Leuten, auf Zucker zu verzichten. Ach, du lieber Himmel, meinte Nili. Ja, nicht wahr, kaum zu glauben, entgegnete Yehuda. Sie entwöhnt Leute von Zucker?, fragte Amos. Genau, bestätigte Jehuda, sie ist eine Zuckerentwöhnerin. Ist das etwa ein Beruf?, fragte Amos. Nein, Jehuda schüttelte den Kopf.

Freunde, wandte Amos sich an die Runde, einen Augenblick Konzentration bitte. Jehuda, bist du mit dem Handy fertig? Jehuda nickte, da sind noch ein paar Facebook-Benachrichtigungen, aber das sollten wir vom Rechner aus erledigen. Facebook ist nicht dringend, meinte Nili, wir müssen uns nur vergewissern, dass er offline ist, außerdem kennen wir seinen Zugangscode nicht, oder? Er ist offline, sagte Sohara, das haben wir gerade gecheckt, da brauchen wir nichts zu unternehmen, er war auf Facebook nicht besonders aktiv. Was gibt es noch?, fragte Amos. Ich glaube, das ist alles, sagte Jehuda, wer ist übrigens Liat? Kennt einer von euch Liat? Kennen?, fragte Nili, welche Art von kennen meinst du? Eine Liat, die mit Avischai in Kontakt steht, erklärte Jehuda, sie hat ihm eine SMS geschickt, »Wünsch mir viel Glück« oder so. Hast du nicht nachgeschaut, worüber sie sonst noch geschrieben haben?, erkundigte sich Nili. Daran habe ich ehrlich gesagt überhaupt nicht gedacht, gestand Jehuda, mein Gott, bin ich blöd! Und was hast du ihr geantwortet?, fragte Amos. »Viel Erfolg«, gab Jehuda zurück, und Amos meinte, na, dann ist doch alles in Ordnung.

3

Er fragte sich, ob die Freunde ihm wohl jemals auf die Schliche kämen; er befürchtete, das schlechte Gewissen stünde ihm auf der Stirn geschrieben. Er hatte seinen Vorschlag wie nebenbei vorgebracht – *hört mal zu, mir ist unterwegs etwas eingefallen* –, in Wirklichkeit aber loderte die Schuld in ihm. Innerlich arbeitete er bereits an einer Verteidigungsschrift und war auf eine Salve von Anschuldigungen oder sogar auf eine Strafe gefasst: Du willst dir doch nur einen Nobelpreisträger für das Vorwort zu deinem Buch organisieren, Jehuda, sei wenigstens ehrlich.

Natürlich wussten alle, dass Avischai ein Vorwort zu Jehudas Buch verfasst hatte, das gehörte zu den Alltäglichkeiten, die in ihre Unterhaltungen einflossen und an der Oberfläche dümpelten, gelegentlich erinnert, dann aber auch wieder vergessen wurden, es betraf außer Jehuda ja niemanden direkt. Wieder einmal wunderte er sich über den Unterschied zwischen dem, was alle anging, und dem, was nicht – was Jehuda diesmal in die Hände spielte. Wohl wurde Interesse an diesen Dingen bekundet, aber doch nur in gewissem Grad.

So wussten die anderen beispielsweise nichts von den beiden Versionen des Schutzumschlags seines Buches, die im Computer des Grafikers nur darauf warteten, dass jemand auf »Senden« drückte, und warum sollten sie auch etwas davon wissen? Im Verlag hatte man Jehuda versichert, das sei eigentlich überflüssig, denn sobald der Preisträger ernannt worden sei, könnte man blitzschnell einen neuen Schutzumschlag entwerfen. Seine Lektorin meinte sogar, er müsse völlig durchgedreht sein, denn es bringe Unglück, »Nobelpreisträger« zu schreiben, bevor der Mann überhaupt gewonnen habe.

Ausgerechnet jetzt musste ihm das wieder einfallen! Er aber war nicht bereit gewesen, den Erscheinungstermin des Buchs, der exakt auf den Tag der Bekanntgabe hinausgeschoben worden war, auch nur um eine Stunde zu verzögern. Gott sei Dank war er selbst nicht abergläubisch, war es jedenfalls bisher nicht gewesen, und das Bezahlen der Mehrkosten stellte ja ohnehin kein Problem für ihn dar. Noch tausend oder zweitausend Schekel – ihm war das Gefühl für den Wert des Geldes an diesem Punkt abhandengekommen, und was nicht zu kaufen war, erregte seinen Ärger. So erwarb Jehuda immer mehr von der Zeit des Layouters, entriss ihn brutal und genüsslich anderen Autorinnen und Autoren wie Zeruya Shalev oder David Grossman, bis beide Umschläge für sein eigenes Werk perfekt waren: Den einen schmückte im unteren Drittel die weiße Aufschrift *Mit einem Vorwort von Prof. Avischai Sar-Schalom*, bei dem zweiten war die Aufschrift weiter oben, näher an seinem eigenen Namen und verkündete in fetten Lettern: *Mit einem Vorwort des Nobelpreisträgers Prof. Avischai Sar-Schalom.*

Seit er die zweite Version gesehen hatte, schien ihm in der Mitte der ersten ein hässliches Loch zu klaffen, als hätte dort jemand etwas herausgerissen, sie kam einfach nicht mehr infrage. Müsste sie jedoch gedruckt werden, so wäre das wie das Eingeständnis einer Niederlage.

Aber erst als die Freunde in Avischais Wohnzimmer saßen und Jehudas Vorschlag in einem Ton erwogen, der zugleich unheimlich ernst und leicht spöttisch war, erst da begriff er, dass nicht ihre Indifferenz ihn schützte, sondern vielmehr die zwischen ihnen bestehende tiefe Verbundenheit. Das Äußern eines Verdachts hätte Verrat an der Reinheit ihrer Freundschaft bedeutet, denn ein solcher Verdacht hätte einzig und allein dem Hirn eines

Geisteskranken entspringen können. Wer so etwas verlauten ließ, würde nur sich selbst beschuldigen, wie in Kindertagen, in denen man deklamierte: Wer es hat zuerst gerochen … *Glaubst du wirklich, ich würde Avischais Leiche eine Woche lang verbergen, nur um mein Buch zu promoten? Und das hältst du sogar für wahrscheinlicher als, sagen wir, meine Zuneigung zu diesem Freund?* Jehuda hielt sich an solchen Sätzen fest, die abschussbereit in seinem Arsenal bereitlagen. Sogar er würde ihnen momentan glauben, als wäre auch er durch die Kraft jener Freundschaft immun und könnte deswegen kein berechnender Schurke sein. Im Grunde wollte er nur das Beste für Avischai, genau wie er es behauptet hatte, und wenn sein Buch ein wenig davon profitierte, was war daran schlimm?

4

Sie saßen im Wohnzimmer, die Schlafzimmertür war geschlossen, aber dennoch schien es Jehuda, als hätten sie den Fernseher nur angestellt, um die aus dem Nebenraum hereindringende Stille ein wenig zu übertönen.

Wir müssen an den Geruch denken, sagte Nili, und Sohara fragte, was sollen wir über den Geruch denken? Weiß ich auch nicht, gab Nili zurück, aber irgendwann wird es hier anfangen zu riechen. Ach, du lieber Gott, sagte Sohara, und Amos meinte, es sind ja nur noch wenige Tage, weißt du, wie stark es riechen muss, bevor es draußen auffällt? Ja, sagte Nili, dafür muss es richtig stinken, aber wenn er nun tatsächlich anfängt richtig zu stinken? Sohara verzog das Gesicht, und Nili sagte, genau, das kann eklig werden, doch wenn wir es ernst meinen, dann sollten wir darauf vorbereitet sein.

Sie schwiegen. Jehuda gewann den Eindruck, dass die anderen jetzt, genau wie er, ihre Nasen mit imaginierten Gerüchen füllten und es auf ihren Sitzen kaum noch aushielten. Ich glaube, es wird erträglich sein, erklärte er. In welcher Hinsicht erträglich?, erkundigte sich Sohara. Hier herrscht schließlich kein Wüstenklima, in dem Aasgeier kreisen, fuhr er fort, genau weiß ich es auch nicht, bis jetzt rieche ich jedenfalls nichts. Dann fragte Sohara hektisch, und wenn wir das Ganze einfach abbrechen?

Er starrte sie an, wie ein Schauspieler in einer schlechten Serie starrt, diese Frage passte weder inhaltlich noch rhythmisch ins Konzept und untergrub das Gespräch ohne jede Vorwarnung. Schon allein deswegen hatte er Lust, sie zurechtzuweisen und ihren Einwurf rundheraus abzulehnen. Sie bildet sich ein, die Witwe zu sein, dachte er, das ist es, sie hält ihre Trauer für tiefer als die unsere. Er verspürte den Drang, sie – vielleicht sogar im Namen des toten Freundes – daran zu erinnern, dass ihr ein solcher Rang keineswegs zustand. Ich weiß auch nicht, klagte sie, ich spüre nur, dass mir die Energie dafür fehlt, ich bin für so etwas nicht geschaffen. Wie gut ich dich verstehe!, pflichtete Nili ihr bei. Ich muss ununterbrochen an die Momente davor denken, bekannte Sohara, ich kann es nicht lassen. Was genau?, erkundigte sich Amos. Amos, es reicht, fuhr Nili dazwischen, ich will davon nichts hören, ich denke nicht daran und will auch gar nicht erst damit anfangen.

Er hatte höchstwahrscheinlich einen Herzinfarkt, stellte Amos fest, den hätte keiner von uns verhindern können. Doch Nili meinte zweifelnd, das können wir nicht wissen. Was könnte es sonst gewesen sein?, fragte Sohara, und wenn ich nun zwei Stunden früher hier aufgetaucht wäre? Lass das, Sohara, riet ihr Nili, solche Grübeleien führen zu nichts, er hat nun einmal allein gelebt, daran können wir nichts ändern. Auch Menschen, die nicht allein leben, sterben an einem Herzinfarkt, warf Amos ein, tut das eigentlich weh? Es steht noch längst nicht fest, dass es ein Herzinfarkt war, gab Nili zurück, ich habe keine Ahnung, was ihn tatsächlich umgebracht hat. Er sieht aus wie immer, bemerkte Amos, man hat nicht den Eindruck, er hätte groß gelitten. Ehrlich, sagte Nili, ich habe keinen blassen Schimmer.

Hat Avischai es nicht verdient, fragte Sohara, dass wir ihn für einen Moment tot sein lassen? Wir haben so rasch einen so großen Satz nach vorn gemacht, ich meine, wir trauern ja nicht einmal um ihn. Was bedeutet das eigentlich, unterbrach Nili sie, dieses »Trauern«, es gibt so viele Arten zu trauern. Aber diese ganze Idee lässt uns dafür irgendwie keine Zeit, erwiderte Sohara. Zum Traurigsein?, fragte Nili. Genau, bestätigte Sohara, zum Traurigsein. Amos verzog das Gesicht zu einer Grimasse, die Jehuda nicht deuten konnte und Sohara offenbar auch nicht, denn sie fragte: Amos, was ist los? Und der gab zurück: Es ist eben ungemein schwierig, gemeinsam traurig zu sein, da schleicht sich leicht etwas Künstliches ein. Schwierig?, staunte Nili, ich finde, gemeinsam zu trauern, ist das Einfachste von der Welt, und es verschafft einem noch am ehesten eine gewisse Erleichterung. Na ja, meinte Amos, das scheint von Person zu Person verschieden zu sein. Ich weiß nicht, sagte Sohara, wir alle haben diesen Menschen doch sehr geliebt. Und nun ist er tot. Auch wenn wir dafür sorgen, dass er den Nobelpreis bekommt. Falls es uns überhaupt gelingt. Aber dann ist er doch immer noch tot.

Jehuda schien es, als würde eine durchsichtige Wand ihn beschützen, an deren Panzerglas der Schmerz von außen einschlug. Ich will euch verraten, was mir hilft, sagte er, und alle schauten ihn an. Es ist der Gedanke, dass er weiterlebt. Aus meiner Sicht wird er weiterleben. Wenn alles gut läuft natürlich. Wenn wir das schaffen, wird er in gewisser Weise in dieser Welt bleiben und etwas hinterlassen. War es nicht das, was er sich am meisten gewünscht hat? Aber in Wirklichkeit wird er nicht hierbleiben, Jehuda, wandte Sohara ein, für dich und mich wird er nicht mehr da sein. In den Annalen der Ökonomie oder der Geschichte oder was auch immer mag er bleiben, schön und gut, aber was hilft das mir?

Du hast mit jedem Wort recht, Sohara, sagte Nili, aber das eine ersetzt doch das andere nicht. Wenn wir uns jetzt ganz und gar der Trauer überlassen würden, wäre es ja nicht weniger traurig – oder mehr – egal, es ist nun einmal, wie es ist, traurig in jedem Fall. Die einzige Frage bleibt doch die: Willst du diese Geste für Avischai durchziehen, so wie Jehuda es vorgeschlagen hat? Geste?, entfuhr es Amos, doch keiner achtete auf ihn, und Sohara sagte: Schön und gut, aber mir fällt es schwer, ich weiß auch nicht, soll ich mich jetzt zusammenreißen und zu konkreten Taten aufraffen? Es fällt uns allen schwer, erwiderte Nili. Das verstehe ich, meinte Sohara, obwohl es ja gar nicht mehr viel zu tun gibt. Nur wegen des Geruchs müssen wir uns noch etwas einfallen lassen, wie wollen wir den unterbinden? Jehuda atmete noch einmal tief durch, nahm aber außer dem fernen, verführerischen Geruch einer Zigarette nichts wahr.

Er wunderte sich ein wenig über Nilis Eifer. Von Amos war nicht viel zu erwarten, das war ihm von Anfang an klargewesen. Und Sohara wusste nicht, was sie wollte. Sehr viel beitragen würde sie wohl kaum, den Plan aber sicherlich auch nicht vereiteln. Zu seiner Bestürzung überflutete ihn eine Welle der Zuneigung für sie. Nili allerdings blieb unberechenbar, nicht nur in dieser Hinsicht, in jeder Hinsicht. Als sie sich für das Vorhaben aussprach, war er erleichtert gewesen, allerdings nur einen kurzen Moment lang, denn unmittelbar darauf fiel ihm ein, dass vielleicht auch sie dabei etwas zu gewinnen hatte, möglicherweise sogar mehr als er selbst, woraufhin sein Schuldgefühl anschwoll und mit ihm der Ärger.

Bis jetzt ist, glaube ich, nichts zu riechen, sagte er, aber wir sitzen ja hier ununterbrochen im Zimmer herum und würden eine allmähliche Veränderung höchstwahrscheinlich gar nicht bemerken. Wann setzt theoretisch die Verwesung ein?, wandte Amos sich an Nili. Genau weiß ich es nicht, gab sie zurück, dieser Oktober ist relativ kalt. Wenn wir die Fenster und die Tür geschlossen halten und das Zimmer kühlen, wird es wohl einige Tage dauern, bis er zu stinken anfängt. Wozu haben wir eine

Ärztin an Bord?, fragte Jehuda. Und sie gab zurück, Kinderärztin, mein Lieber, ich bin Kinderärztin, oder genauer, ich war Kinderärztin, Gott sei Dank ist das vorbei.

Zwar widerstrebte es ihm, als jemand dazustehen, dessen geistige Welt sich aus Wikipedia speiste, wovon er gar nicht mehr weit entfernt war, dennoch sagte er: Ich lese euch jetzt mal aus Wikipedia etwas über Verwesung vor. Igittigitt, entfuhr es Sohara, aber Jehuda las ungerührt weiter: Also, in den Leichenhallen der Krankenhäuser werden die Toten bei einer Temperatur aufbewahrt, die das Eintreten der Verwesung verhindert. Er hielt inne, um zu fragen: Avischai hat im Schlafzimmer doch eine Klimaanlage, oder? Ja, sagte Sohara, aber ich glaube nicht, dass sie eingeschaltet ist, wir sind ganz schön blöd. Wie bitte, ihr habt sie nicht angestellt?, fragte Nili.

Amos stand auf und ging ins Schlafzimmer, von dort rief er: Auf wie viel Grad soll ich sie einstellen, zehn oder fünfzehn? So niedrig wie möglich, rief Nili zurück, fünf vielleicht oder sogar noch weniger. Nili, wir werden hier noch vor Kälte sterben, wandte Sohara ein. Das lässt sich nicht ändern, erwiderte Nili, wir können uns ja warm anziehen, in den Krankenhäusern ist es noch viel kälter. Amos kehrte zurück und erklärte, niedriger als sechzehn Grad ginge nicht. Das ist unlogisch, meinte Jehuda, und Amos sagte: Nein, das ist sogar ausgesprochen logisch, welcher normale Mensch würde denn seine Klimaanlage auf zehn Grad einstellen? Ein elektrisches Gerät trifft keine Entscheidungen für seinen Besitzer, damit stand Jehuda auf und stolzierte ins Schlafzimmer, ließ die Tür offen und bemühte sich, entschlossen Richtung Fernbedienung und von dort zur Tat zu schreiten, doch leider lag das blöde Ding auf dem Nachttisch neben Avischais Bett.

Avischai war von Kopf bis Fuß mit einem Laken bedeckt und ersparte den Anwesenden den Anblick seiner Haut, wirkte aber dadurch auf Jehuda umso toter. Blitzschnell riss Jehuda die Fernbedienung an sich und presste sie gegen seinen Bauch, als wäre er im Begriff, Avischai zu hintergehen, und befürchte, eine allwissende Hand könnte nach ihm greifen, bevor er entwischte. Zwar drückte er auf der Temperatureinstellung herum, um das Seine getan zu haben, aber er hatte schon vor dem Betreten des Zimmers gewusst, dass Amos natürlich recht hatte. Er verließ den Raum, schloss die Tür hinter sich und setzte sich wieder zu den anderen.

Dass Sohara sein iPhone in der Hand hielt, ärgerte ihn, doch er beherrschte sich und wandte sich an Nili: Sind sechzehn Grad deiner Meinung nach genug? Was heißt genug?, fragte die zurück, genug wofür?, es ist alles eine Frage der Zeit. Fäulnis, las Jehuda nun vor, Zersetzung biotischer Stoffe durch Mikroorganismen. Genau, nickte Nili, deswegen habe ich gesagt, wir müssen sein Zimmer abdichten, damit keine Fliegen kommen und Larven legen, das würde die Verwesung erheblich beschleunigen. Meinst du richtig versiegeln?, fragte Amos, oder reicht es, Türen und Fenster zu schließen? Schließen dürfte reichen, um die Fliegen fernzuhalten, gab Nili zurück. Und Amos grinste, na siehst du, etwas hast du immerhin noch behalten aus deinen Kinderarztzeiten. Glaub mir, erwiderte Nili, das hab ich alles aus *Dexter*.

Alles schön und gut, sagte Sohara, aber ich suche noch nach etwas anderem außer Kälte, gibt es nicht noch etwas, das sich beeinflussen lässt? Nili meinte daraufhin, wisst ihr, wer uns das verraten könnte? Nathan. Jehuda musste überlegen, wer dieser Nathan wohl sein mochte. Ist er nicht Ägyptologe?, fragte Sohara. Und erst jetzt fiel Jehuda ein, dass Nathan der Typ war, mit dem Nili neuerdings ausging. Ja, er ist Ägyptologe, sagte Nili, und sein Spezialgebiet ist Mumifikation, das ist doch genau das, was wir brauchen, damit beschäftigt er sich jeden Tag. Aber sicher nur auf theoretischer Ebene, warf Amos ein, oder hat er tatsächlich schon mal eine Leiche mumifiziert? Ich schlage doch nicht vor, Avischai zu mumifizieren, gab Nili zurück, aber wenn sich jemand in diesen Dingen auskennt – Trockenheit, Salze und so weiter –, dann ist es Nathan, er hat darüber promoviert. Er hat über die Konservierung von Leichen promoviert?, wunderte sich Amos. Ist das hier ein Jobinterview für Princeton?, fragte Nili, ich habe seine Doktorarbeit nicht gelesen. Also ich würde da eher an einen Pathologen denken, sagte Amos. Absolut, gab Nili zu, aber Nathan kommt gleich an zweiter Stelle.

Die Vorstellung, außer ihnen könnte eine weitere Person in dieser Wohnung auftauchen, in dieser Welt, in der kleinen Gruft, die sie gerade nach ihrem Geschmack gestalteten, erfüllte Jehuda mit Horror, als wäre er das Oberhaupt einer Sekte und einer der Jünger hätte seine Eltern eingeladen. Er wollte etwas sagen, aber weder auf seine Stimme noch auf seine Wortwahl war Verlass. Er schien sein Selbstvertrauen verloren zu haben, eine neue

Einsamkeit riss ihn in ihre Arme, doch es gelang ihm, sie abzuschütteln, noch bevor er ihre Bedeutung ergründet hatte.

Nili, sagte Sohara, wir werden niemanden hierher einladen, den du gerade mal einen Monat kennst, damit er sich um Avischais Leiche kümmert. Erstens sind wir schon fast seit einem halben Jahr zusammen, erwiderte Nili, zweitens muss er nicht hierher eingeladen werden, ich könnte ihn doch telefonisch um Rat bitten, falls das dein ganzes Problem ist. Und was willst du ihm erzählen?, fragte Sohara. Die Wahrheit natürlich, dass wir, was Temperatur und Trockenheit betrifft, optimale Bedingungen brauchen, um eine Leiche für ein paar Tage aufzubewahren, etwas praktisch Wirksames, also nicht Formalin und Reagenzgläser, er muss schon wissen, dass wir hier kein Gedankenspiel betreiben. Du vertraust ihm also so weit, stellte Sohara fest, dass du ihm verraten würdest, was wir hier machen? Und wenn ihr euch nun übermorgen trennt? Was ist das für eine Frage, empörte sich Nili, er ist mein Lebenspartner, wem sollte ich vertrauen, wenn nicht ihm?

Meine Güte, Nili, mischte Amos sich ein, du bist gerade mal seit anderthalb Minuten mit ihm zusammen, wir müssen die Reihen schließen, niemand außer uns fünfen, außer uns vieren, darf von dieser Sache wissen. Gut, gut, Amos, sagte Nili, es ist ja nicht … Was ist es nicht?, fragte Amos, was ist es nicht? Und fügte hinzu, es darf auf keinen Fall nach außen dringen, ob es nun gelingt oder schiefgeht. Das ist etwas, was ein Leben, was eine Karriere zerstören kann! Nun mal sachte, meinte

Nili. Und er erwiderte: Gut, dann präzisiere ich, es könnte meine Karriere zerstören! Wenn herauskommt, dass ich mit so etwas wie dem Nobelpreis jongliere, was glaubst du wohl, wie schnell mich das aus meinem Uniposten katapultieren würde!

Heißt das, du wirst nicht einmal Varda einweihen?, fragte Nili. Nili, gab Amos zurück, Varda und ich sind seit siebenunddreißig, achtunddreißig Jahren verheiratet, das kannst du doch nicht vergleichen! Aber weißt du was, nein, ich werde es Varda nicht erzählen. Sie muss demnächst ihre Anwaltsprüfung ablegen und ist gestresst, da will ich sie nicht noch zusätzlich belasten. Von welcher Belastung redest du?, fragte Sohara, es ist ja nicht so, dass sie etwas beitragen müsste. Und ob das eine Belastung ist, erwiderte Amos, sie müsste dann nicht nur Avischais Tod verkraften, da kommt dann auch noch die Sache mit der Leiche hinzu, Varda achtet zurzeit strengstens darauf, nur ja kein Gesetz zu übertreten – wozu braucht sie diesen Horror, nur damit ich mit jemandem darüber reden kann?, dann rede ich eben mit euch. Verstehe, sagte Nili, aber wenn sie jetzt nicht vor einer Prüfung stünde? Bitte, Nili, gab Amos zurück. Und Jehuda warf ein: Also ich werde es Idith auf keinen Fall erzählen, das sage ich euch jetzt schon. Na bitte, meinte Amos.

Jehuda beneidete Amos um die Art, wie er seine Frau automatisch in Schutz nahm, eine solche Reaktion schien tief in seinem Wesen verwurzelt zu sein und musste nicht erst lange erwogen werden. Auch um das Argument, er wolle Varda keine zusätzliche Last aufbürden, beneidete

Jehuda seinen Freund, der darauf bauen durfte, dass seine Frau zweifellos auf seiner Seite und der Seite der Freunde stehen würde.

Was wäre wohl, wenn Idith nicht übermorgen für einige Tage ins Ausland fliegen würde, fragte Jehuda sich. Würde sie ihn, falls er sie einweihte, unterstützen? Er könnte sie natürlich auch jetzt einweihen, noch war sie ja da, aber er tat es nicht. Durfte er nicht auch anführen, im Hinblick auf Idiths Arbeit bei der Zeitung sei es besser, wenn sie nichts von dieser etwas zwielichtigen Sache wüsste? Es gab schließlich genügend Politiker und übrigens auch andere Personen, die nur auf eine solche Gelegenheit warteten, eine Journalistin wie Idith müsse eben möglichst makellos leben. Doch diese Argumente klangen sogar in seinen eigenen Ohren falsch, ähnlich wie so manche Schülerrezitation am Schoa-Gedenktag.

Seit vierzig Jahren war er mit der vielleicht profiliertesten politischen Kommentatorin des Landes verheiratet, und seit mindestens zwanzig Jahren stritten sie darüber, ob diese Arbeit überhaupt sinnvoll war, all diese Satzreihen und Interpretationen, das ewige Für und Wider, wann hätte man mit Worten je etwas verändert? Den besten Beweis lieferte Idith selbst, die nun schon seit fünfundzwanzig Jahren dieselben drei Ansichten wiederkäute, was er ihr oft vorwarf, obwohl er wusste, dass sie sich darüber ärgerte.

Dieses Land hat anderthalb hauptsächliche Probleme, alles andere sind Nuancen und Derivate, worüber also soll ich schreiben?, ich verstehe dich nicht, seufzte sie, deine Vorwürfe sind lächerlich. Jehuda wusste, dass sie recht hatte. Denn er behielt die Trumpfkarte für sich. Er wagte es nicht, ihr zu verraten, wie verächtlich sie auf ihn wirkte, wenn sie sich in panischer Suche nach einem Thema für den in vier Stunden fälligen Artikel die Nachrichten anschaute, wenn sie die Optionen erwog und laut überlegte, welches Problem sie adoptieren sollte, wie eine reiche Frau in einem Waisenhaus, als läge es in ihrer Macht, irgendein Leben zu retten.

Manchmal dachte er, der Tag, an dem er seine Zurückhaltung aufgäbe, müsse zwangsläufig auch der Tag ihrer Trennung sein; andere gestanden möglichweise einen Seitensprung oder eine neue Liebe, er würde ihr einfach nur beschreiben, wie sie aussah, wenn sie händeringend nach einem Thema suchte. Er wusste, das könnte nur böse enden, denn er feilte an dieser irgendwann fälligen Rede schon viel zu lange, und er wusste ebenfalls, dass Idith ihm niemals verzeihen würde.

Unterdessen verfeinerte er seine Theorie, die ganze Meinungsmacherei sei eigentlich sinnlos, weil sie nie zu einem Ergebnis führe, und werde deswegen maßlos überschätzt. Früher einmal hatte er diese ganze Szene ziemlich bewundert, heute aber fand er es nur noch infantil, wenn Siebzigjährige auf unumstößlichen Positionen beharrten, die kaum ernster zu nehmen waren als der Glaube an Gott oder die Zahnfee.

Zeitung hin oder her, er durfte Idith auf keinen Fall einweihen, sabotieren würde sie den Plan vielleicht nicht – obwohl er sich auch das fast mühelos vorstellen konnte –, aber sie würde sich bestimmt weigern, an einem Projekt mitzuwirken, das darauf hinauslief, den Namen Avischais zu glorifizieren. Jehuda führte Idiths Feindseligkeit seinem Freund gegenüber darauf zurück, dass Avischai höchst zufrieden gewesen war, als Idith und Jehuda sich für eine Weile trennten, bevor sie sich entschlossen, doch zu heiraten. Damals hatte Avischai urplötzlich eine präzis formulierte, komplette und vernichtende Charakteranalyse Idiths vorgetragen.

Als Idith und er später wieder zusammenzogen und sein Herz vor erneuerter Liebe überquoll, beging er Verrat an Avischai, indem er Idith in etwa wissen ließ, wie sein Freund sich über sie geäußert hatte. Seitdem konnten die beiden sich nicht leiden. Idith hielt Avischai für einen aufgeblasenen, selbstbezogenen Klugscheißer, und Avischai dachte von ihr etwa dasselbe, und keiner der beiden lag völlig falsch.

Er fand einen einmal gehörten oder gelesenen Satz – von wem er stammte, hatte er längst vergessen, der Inhalt aber war ihm umso gegenwärtiger – immer überzeugender, je öfter er ihn einer Prüfung unterzog: Jede persönliche Entscheidung, jede Wahl, jede Befürchtung, jeder Wunsch lässt sich auf einen einzigen Auslöser zurückführen; alle weiteren Argumente sind lediglich nachträglich angehängte Rechtfertigungen, Abschwächungen, Rationalisierungen, damit das wirkliche Motiv weniger eindeutig, weniger willkürlich, weniger zwingend wirkt. Idiths getrübtes Verhältnis zu Avischai, ihr Ansehen bei der Zeitung – das alles war ihm im Grunde egal; er würde Idith unter keinen Umständen in den Plan einweihen, weil sie ihn auf Anhieb durchschaut hätte: Du willst doch nur den Nobel-Stempel für dein Buch, das ist alles.

Es stört mich, klagte Nili, dass ihr für Nathan kein wirkliches Interesse aufbringt – wobei sie »kein wirkliches« betonte –, schon von Anfang an nicht, und das ärgert mich, das sage ich euch jetzt einmal in aller Offenheit, es geht mir ziemlich auf die Nerven. Nili, das hat mit Nathan persönlich gar nichts zu tun, versuchte Sohara sie zu besänftigen, alle hier haben Nathan sehr gern, mir gefällt er sogar ausnehmend gut, aber eure Beziehung ist eben noch ganz frisch, und du weißt, dass von uns seit Jahren niemand mehr eine so kurze Beziehung hatte, alle sind verheiratet oder leben allein, wir sind an solche Sachen nicht mehr gewöhnt. Du übertreibst, Sohara, konterte Nili, Avischai ist mit Frauen ausgegangen, du selbst triffst dich mit Männern. Aber Nili, entgegnete Sohara, hat denn jemals eins von meinen oder von Avischais Dates länger gehalten? Stell dir nur mal vor, eine dieser Gestalten wüsste etwas von unserem Vorhaben, so etwas würde in der Öffentlichkeit auch Jahre später noch einen Skandal auslösen. Genau, sagte Nili, womit wir wieder bei der Hauptsache wären: Ihr alle haltet meine neue Beziehung für zerbrechlich, weil Nathan gut aussieht und ich dick bin. Also wirklich Nili, fiel Amos ihr ins Wort, und Nili gab zurück, das verletzt mich in keiner Weise, Amos, ich weiß genau, dass er schlank ist und dass ich dick bin. Woraufhin Amos meinte, du bist heute offenbar sehr empfindlich, Nili, du verstehst da etwas falsch, wir freuen uns alle für dich und Nathan, jetzt aber geht es doch darum, wie wir diese Produktion möglichst reibungslos und diskret über die Bühne bringen, wir erzählen ja nicht einmal unseren Kindern davon.

Nun malte Jehuda sich aus, wie Nili die ganze Geschichte ihrem Nathan unterbreitete. Er erinnerte sich an den Typen, er hatte die Clique einmal zu einem Abendessen nach Pardes Hanna eingeladen, wo er in einem geräumigen Haus lebte, das für einen Mann alleine zu groß zu sein schien. Es war rein funktional eingerichtet, Jehuda tat sich schwer, den Stil zu benennen, Zen vielleicht?, viel Schwarz-Weiß, Einzelheiten waren ihm nicht mehr gegenwärtig, aber der Gesamteindruck schon. Zunächst vermutete er, Nathan würde dort zur Miete wohnen, Sohara aber wusste, dass er das Grundstück gekauft hatte, das darauf stehende Gebäude größtenteils abreißen und anschließend von einem Architekten neu erbauen ließ. Jehuda wäre fast vom Stuhl gefallen, als er von Nili hörte, Nathan sei Ägyptologe, er hatte auf Ingenieur oder Zuhälter getippt.

Aus Nathans von einem mächtigen Bart überwuchertem Mund stieg seine Stimme wie die eines Bauchredners auf, trotz allem war er nett und sogar recht amüsant; als Jehuda sich das schließlich eingestand, gerieten seine Ansichten ins Wanken, und er wurde unruhig. Dieser Mann war mindestens so erfolgreich wie er und seine Freunde, und um Nathan das verzeihen zu können, musste Jehuda dringend nach einem Makel suchen. Etwas seltsam war Nathan auf jeden Fall, sonst wäre seine Beziehung zu Nili kaum zu erklären. Hätten Jehuda und Sohara ihre Zweiertreffen fortgesetzt, hätten sie sich mit Sicherheit längst an dieses sensible Thema herangetastet.

Nili war immerhin sechsundsechzig, eine beleibte Frau von sechsundsechzig; ein gut situierter Junggeselle im

selben Alter hätte realistisch gesehen auch eine Fünf-
zigjährige oder sogar Fünfundvierzigjährige haben können. Jehudas achtunddreißigjährige Tochter Daria hatte
ja bereits Schwierigkeiten, passende Männer zum Ausgehen zu finden, jetzt suchte sie gezielt nach einem, mit
dem sie ein Kind haben könnte, das hatte Idith ihm erzählt, aber selbst für diesen Zweck bevorzugten die Männer heutzutage jüngere Frauen, um nach einigen Jahren
ohne Zeitdruck über ein weiteres Baby nachdenken zu
können

Eine dumpfe innere Ahnung raunte ihm zu, Nilis Fall
fiele in eine andere Kategorie: Wie konnte Nathan Nili
begehren, sie war alt und dick, das auszusprechen war
verboten, aber denken durfte man es wohl noch, denn wer
würde das nicht denken, wenn er die beiden zusammen
sähe?

Wieder passierte ihm das, was ihm manchmal passierte, wenn er sich dem Zeitgeist anzugleichen versuchte. Er bemühte sich nämlich in aller Aufrichtigkeit
offenzubleiben, verstand aber eines nicht: Wenn es etwas
gab, was alle sahen und was alle dachten – dafür würde er
seine Hand ins Feuer legen –, warum war es dann so
schrecklich, es auszusprechen?

Er spürte, dass das alles noch aus einem anderen Grund,
dem wichtigsten von allen, an seinen Nerven zerrte, aber
bevor er den vorbeifliegenden Gedanken einfangen
konnte, sagte Nili: Na gut, dann werde ich Nathan eben
nichts davon sagen. Und Sohara erkundigte sich besorgt,
bist du jetzt böse auf uns? Nein, sagte Nili, und als sie
ihre eigene Stimme hörte, fügte sie hinzu, wirklich nicht,

die Beziehung zwischen Nathan und mir auf der einen und wie die Welt uns sieht auf der anderen Seite, das sind zwei verschiedene Dinge, und es wäre nicht richtig, ihn in diese Angelegenheit hineinzuziehen, und jetzt lasst uns weitermachen, ohne jemanden zu konsultieren. Es sei denn, es geschieht etwas Ungewöhnliches, fügte Jehuda hinzu, und Amos sagte, für meinen Geschmack ist das Szenario schon ungewöhnlich genug, ich schlage vor, dass wir uns darauf konzentrieren.

Und was ist jetzt mit der Konservierung, lassen wir das einfach fallen?, fragte Sohara. Ich kann mich ja im Internet ein wenig schlau machen, schlug Jehuda vor, mal sehen, ob sich etwas Brauchbares findet.

SIEBEN

1

Am nächsten Sonntag würde er siebzig werden. Zwei Monate und drei Tage vor Avischai. Als neunjährige Buben hatten sie beschlossen, die Geburtstage zu tauschen, Avischai sollte im Oktober an Jehudas Geburtstag feiern und Jehuda zwei Monate darauf an Avischais. Es fühlte sich an, als hätten sie einen Pakt geschlossen, eine Art Blutsbruderschaft, ohne sich in den Finger stechen zu müssen.

An jenem 13. Oktober wies Jehuda alle Glückwünsche zurück und behauptete, gar nicht Geburtstag zu haben. Das Geschenk seines Bruders, ein Buch – er bekam von seinem Bruder bis heute jedes Jahr ein Buch –, übergab er Avischai, als müsste er sich von Diebesgut befreien. Bis aber der dreiundzwanzigste Dezember heranrückte, war die Pointe abgestumpft, und so kam es, dass Avischai in jenem Jahr zweimal Geburtstag feierte und Jehuda völlig leer ausging.

In diesem Jahr nun würde Avischai kein einziges Mal feiern, die Vergeltung hatte sechzig Jahre auf sich warten lassen, aber ohne Avischai war dieser alberne Schabernack natürlich völlig wertlos. Jehuda verscheuchte diesen Gedanken, fast hätte er nach ihm geschlagen. Wie von einem fieberhaften Motor angetrieben, war er nur auf eine Sache konzentriert; wenn das Rattern plötzlich aussetzte, müsste er den Schmerz hören, so wie in manchen Zeichentrickfilmen der Held in den Abgrund stürzt, sobald er aufhört, in der Luft herumzustrampeln.

Der siebzigste Geburtstag also. Immerhin, Idith würde nicht da sein. Sie befürchtete, das könnte ihn deprimieren, aber das tat es keineswegs. Sie würde im Ausland weilen, wo ihre Anwesenheit unbedingt erforderlich war, es hatte mit der Zeitung zu tun, ein Seminar in Washington, sie hatte es ihm lang und breit erklärt, aber er hatte kaum hingehört. Sie versprach, am darauffolgenden Freitag mit ihm nachzufeiern, mit den Töchtern, vielleicht auch mit seinem Bruder Schuki und dessen Familie, sie würde ihn nach ihrer Rückkehr gehörig entschädigen, aber Jehuda brauchte gar keine Entschädigung, seinetwegen konnte der ganze Geburtstag unter den Tisch fallen.

Er müsste alle wissen lassen, dass er am Sonntag nicht zu Hause sein würde, jedenfalls ab Mittag nicht, das sei unumgänglich, höhere Gewalt sozusagen. Wo er sein würde, das wollte er für sich behalten, und wenn es nach ihm gegangen wäre, hätte nicht einmal Idith davon gewusst.

Aber Idith war mit ihm im Raum gewesen, als er den Anruf entgegennahm. Schalom, spreche ich mit Herrn Jehuda Charlapp? Ja, am Apparat. Guten Tag, Jehuda, hier ist Tirza Bar-Ness, die Schriftstellerin. Jehuda hätte die Erklärung nicht gebraucht – Tirza Bar-Ness, die der Meinung war, sein Buch bedürfe intensiver Bearbeitung, Tirza Bar-Ness, die einiges zu bereuen hatte, und siehe da, sie schien es eingesehen zu haben –, dennoch ließ er sich gleich nach Beendigung des Gesprächs von Google erinnern, was genau sie geschrieben und welche Preise sie gewonnen hatte, damit er Idith und in erster Linie sich selbst die Größe der Stunde vor Augen führen konnte, gleichzeitig war es auch schon eine Vorbereitung auf den Sonntagnachmittag.

Hoffentlich störe ich nicht, hatte Tirza gesagt. Überhaupt nicht, hatte er geantwortet und überlegt, ob er »es ist mir eine Ehre« hinzufügen sollte. Hatten Sie am Ende Erfolg mit Ihrem Buch?, fragte sie. Ja, sagte Jehuda, es steht kurz vor der Veröffentlichung. Oh wie schön, sagte sie, dann habe ich Sie also nicht entmutigt. Anstatt nun zu erwidern, und wie Sie mich entmutigt haben, das Leben haben Sie mir versaut, räusperte Jehuda sich nur kurz. Tirza sagte dann gleich: Wie auch immer, ich beschäftige mich zurzeit ein wenig mit dem Thema »Erfinder und Erfindungen«, aus literarischer Perspektive natürlich, und ich würde sehr gern mehr darüber erfahren, können wir uns vielleicht einmal treffen? Was für eine Frage, sagte Jehuda, es wäre mir eine Ehre und ein Vergnügen. Das freut mich, sagte Tirza, und Jehuda fragte: Könnten Sie mich vielleicht kurz darüber aufklären, was genau Sie wissen möchten, damit ich mich vorbereiten kann. Woraufhin Tirza meinte: Das ist wohl kaum nötig, es ist wegen eines Buches, an dem ich arbeite, wenn ich mich nur einmal mit Ihnen persönlich unterhalten könnte, das wäre wunderbar. Selbstverständlich, gab Jehuda zurück, mit dem größten Vergnügen.

Und jetzt zum praktischen Teil, sagte sie, ist es zu viel verlangt, wenn ich Sie bitte, zu mir nach Aloneh Abba herauszukommen? Aber nein, antwortete Jehuda, obwohl er keine Ahnung hatte, wo Aloneh Abba lag. Ich selbst fahre nicht, erklärte sie. Keine weitere Erklärung nötig, wehrte Jehuda ab, ich fahre sehr gern, das ist überhaupt kein Problem.

Wie sieht es bei Ihnen am Sonntag aus?, fragte sie. Da bin ich tatsächlich frei, gab Jehuda mit Genugtuung zurück. Gegen halb sieben, sieben?, schlug sie vor. Morgens?, fragte er. Nein, nein, am Abend, stellte sie richtig, und Jehuda überlegte für eine Sekunde, ob sie wohl mit jemandem zusammenlebte oder nicht, auch das würde er gleich bei Google überprüfen, dann bestätigte er: Sonntagabend um halb sieben, ausgezeichnet, ich trage es mir gleich ein, wo wohnen Sie? Ha-Charuv 4a, sagte sie, die Straße zweigt von der Ha-Alonim ab. Alles klar, sagte Jehuda, ich werde das GPS einschalten.

2

Einzig und allein um den süßen Augenblick hinauszuzögern, in dem er seiner Frau die Neuigkeit anvertrauen würde, stellte er das schnurlose Telefon in aller Ruhe auf den Akku zurück, obwohl Idith immer behauptete, das Aufladen wäre besonders krebserregend, und tatsächlich fragte sie dann gleich: Nun, nun, was ist? Und Jehuda fragte, weißt du, wer das war? Wer denn?, fragte Idith, und Jehuda verkündete: Tirza Bar-Ness. Tirza Bar-Ness, die Autorin?, fragte Idith nach. Sie und keine andere, bestätigte ihr Mann, sie möchte mich treffen: Was du nicht sagst!, staunte Idith, warum denn? Das ist mir auch nicht richtig klargeworden, gab er zurück, sie interessiert sich für Erfinder und Erfindungen, irgendetwas für ein Buch, an dem sie arbeitet, sie wird es mir dann schon genauer erklären. Ist das nicht toll? Wer weiß, vielleicht hat sie mein Manuskript noch einmal gelesen.

Absolut möglich, pflichtete Idith ihm bei. Doch der Anflug der Begeisterung, der ihr Gesicht erhellt hatte, erlosch, als er sein Manuskript erwähnte. Sie schwieg für eine Sekunde, und Jehuda wusste, ihr lag noch etwas auf der Zunge. Dann sagte sie: Vielleicht gehört das zur Recherche für ihr Buch. Ja, und wenn, was dann?, fragte Jehuda. Nichts, gab Idith zurück, es ist immer noch eine große Ehre und kann ein tolles Erlebnis werden, aber ob es am Schicksal des Buchs etwas ändert, deines Buchs, meine ich? Sie könnte dich in der Danksagung ihrer eigenen Arbeit erwähnen, aber das heißt noch nicht, dass es dir irgendwie weiterhelfen wird. Sie hat dir damals böse Dinge geschrieben, vergiss das nicht. Nur damit du nachher nicht enttäuscht bist, und dann noch an deinem Geburtstag.

Er musterte seine Frau. Alle zwei Wochen schliefen sie miteinander, etwas öfter befriedigten sie sich manuell. Er verstand sie nicht. Was war ihr wichtig, was nahm sie ernst? Er verstand nicht, dass sie nicht verstand. Warum zog sie bei jeder Erwähnung seines Buches diese kleine Grimasse, als sei es etwas Überflüssiges, Störendes, als schlösse sie jede Möglichkeit aus, er könnte in seinem Alter zum Schriftsteller avancieren. Nicht, dass ihn der letzte Teil ihrer Äußerung auf besonders angenehme Weise berührte, aber der Anfang hatte ihn tief getroffen, er fand es unerträglich, dass sie ihm nicht zutraute, jemals als Autor anerkannt zu werden.

3

Sie standen in der Tür zum Flur, konnten sich aber nicht zum Gehen entschließen, fühlten sich schuldig, weil sie Nili hier zurückließen, wussten vielleicht auch nicht, von wem sie sich verabschieden sollten, von der lebenden Freundin oder vom toten Freund. Nun geht schon, forderte Nili sie auf, und Sohara sagte: Vom langen Herumstehen muss ich wieder Pipi machen. Dann geh doch aufs Klo, sagte Nili, und Sohara seufzte, ich bring für mich selbst schon keine Kraft mehr auf, während sie Richtung Toilette verschwand. Die Ärmste, meinte Nili, und Amos brachte sie mit einem vorwurfsvollen schschsch zum Schweigen, denn nun tauchte Sohara wieder auf, Avischais iPhone in der Hand: Wisst ihr eigentlich, dass sein Telefon auf stumm gestellt ist? Dann stell es doch auf laut, riet Amos ihr, Sohara bewegte den kleinen seitlichen Knopf, und prompt fing das Ding zu läuten an. Vielleicht etwas Dringendes, meinte Jehuda, zeig mal schnell her, und Nili reichte ihm das Handy weiter. Ich werde antworten, verkündete er. Bist du verrückt geworden?, fragte sie. Wir müssen doch wissen, wer dran ist, verteidigte er sich, und sie schlug rasch vor: Dann tu so, als wärst du Avischai. Jehuda holte tief Luft: Hallo?

Am anderen Ende rief eine Frauenstimme: Gott sei
Dank! Ich dachte schon, du wärest tot. Stell den Lautsprecher an, flüsterte Nili, und Jehuda sagte ins Telefon: Moment mal, ich stelle den Lautsprecher an. Wozu denn den
Lautsprecher?, fragte die Frau am anderen Ende, Avischai,
wo bleibst du, ihre verstärkte Stimme füllte den ganzen
Raum. Ich bin krank, sagte Jehuda, und Sohara verzog
ihr Gesicht zu einem »bloß das nicht«, was Nili mit einer
Handbewegung wegwischte, als wollte sie zum Ausdruck
bringen, dass das sehr gut sei.

Hier sitzen dreihundert Leute und warten auf dich,
informierte ihn die Frau. Wo?, fragte Jehuda, und da er
seine Stimme verstellte, weil er möglichst schwach klingen wollte, entfuhr ihm ein merkwürdiges Grunzen, sodass seine Gesprächspartnerin ausrief. Wie bitte?, ich
verstehe dich nicht. Und Jehuda fragte nun etwas deutlicher: Wo warten dreihundert Leute auf mich, wo? Hier
natürlich, wunderte sich die Frau, in der Uni. Auf eine
Vorlesung?, Jehuda krächzte dermaßen, dass Sohara eine
fragende Fratze schnitt – wie bringt er das nur fertig? –,
aber Jehuda blieb keine Wahl, er wusste ja nicht, wie weit
die Veranstalterin am anderen Ende mit Avischai und seiner Stimme vertraut war. Avischai, alles okay, was ist mit
dir los?, wollte sie jetzt wissen. Ich bin krank, hab hohes
Fieber, krächzte Jehuda. Soll das heißen, du kommst
nicht? Ich schicke dir ein Taxi, hin und zurück, wir stellen dir einen bequemen Sessel aufs Podium, heißen Tee,
alles, was du willst! Ich kann wirklich nicht, seufzte Jehuda. Avischai, ich flehe dich an, die Leute sitzen hier im
Saal und warten seit zehn Minuten auf dich – Sponsoren

sind auch dabei, setzte sie mit gesenkter Stimme hinzu, denen habe ich schon fünfmal versichert, du hättest von unterwegs angerufen und wärst gleich da. Ich kann mich nicht rühren, ächzte Jehuda, ich bekomme ja kaum einen Laut heraus. Woraufhin die Dame jammerte, so eine Blamage, das ist mein Ende, Avischai, ich erwürge dich eigenhändig. Jehuda fühlte sich unendlich schuldig, als wäre er in Avischais Schuhe geschlüpft, als hätte er persönlich ihr den Abend verdorben, und vielleicht sogar ein Stückchen ihres Lebens.

Plötzlich dämmerte ihm, dass sein grandioser Plan zum Scheitern verurteilt war, das Ganze war einfach zu groß für sie, für menschliche Wesen überhaupt, wer war schon imstande, dermaßen viel zu lügen. Er führte ein imaginäres Messer an seine Kehle, im Sinne von: Ich sag jetzt alles, ich kann nicht mehr.

Sohara blickte zu Nili hinüber, aber Nili kapierte zu spät, was vor sich ging, während die Frau ungeduldig Avischai! rief. Nili formte ein lautloses »Nein« und nahm den Zeigefinger zu Hilfe: Nein, nein, nein, du bist krank und damit basta, sag schon tschüss. Wie ein Kleinkind winkte sie »bye bye«. Lediglich Amos gab seinem Freund mit den Augen zu verstehen: Ja, sag ihr die Wahrheit, ich hab auch genug. Jetzt aber fasste Jehuda Amos erst richtig ins Auge, Amos, der ebenfalls Wirtschaftswissenschaftler war, und er deutete mit dem Zeigefinger auf den Hörer, und da Amos verständnislos die Brauen in die Höhe zog, wiederholte Jehuda das Zeichen und flüsterte sogar: Willst du? Aber Amos verstand immer noch nicht, und Nili zischte: Tschüss, nun sag schon tschüss. Doch Jehuda ächzte und sagte der Frau am anderen Ende: Hör zu, ich schick dir einen Kollegen, okay? Amos' Gesicht war eine einzige Maske des Schreckens. Wen denn?, fragte die Frau unwirsch. Eine echte Koryphäe, versicherte Jehuda, während er Amos beruhigend den Arm tätschelte, er arbeitet auf dem Gebiet des wirtschaftlichen Glücks – der Glückswirtschaft, verbesserte Sohara –, mit ihm werden die Sponsoren großen Spaß haben, glaub mir, anstatt dass ich sie austrockne. Aber wer ist es denn nun, wollte die Veranstalterin wissen. Prof. Amos Barsani, auch ein Nobelpreiskandidat. Das ist nicht mehr lustig, lag in Amos' Blick, Jehuda schloss die Augen und hob die Hand, wie um zu sagen, das geht auf mich, Amos, und in den Hörer hustete er: Er ist in zehn Minuten bei dir.

4

Das mache ich auf keinen Fall, sagte Amos, aber darauf war Jehuda vorbereitet. Genau wegen dieser Haltung, mein Lieber, erklärte Yehuda, erhält Avischai den Nobelpreis und nicht du, und nicht etwa, weil er begabter wäre. Wegen welcher Haltung, fragte Amos. Du packst die Gelegenheit nicht beim Schopf, Amos, du lässt dir Chancen, die dich geradezu anspringen, entgehen, das habe ich dir schon immer gesagt. Ich weiß ja nicht einmal, worum es in dem Vortrag gehen soll, erwiderte Amos. Das ist doch völlig gleichgültig, meldete sich Sohara, die Zuschauer wissen, dass es etwas anderes sein wird, du fungierst schließlich nur als Stellvertreter. Amos blickte

Jehuda vorwurfsvoll an, »nur als Stellvertreter«, hast du das gehört? Und von welcher Chance faselst du überhaupt? Und Jehuda fragte zurück: Weißt du denn, was dort ablaufen wird, welche Sponsoren überhaupt da sein werden? Los, Amos, los, drängte Nili, du musst dich auf den Weg machen. Das ist nicht fair, klagte Amos. Wir werden dich entschädigen, versprach Jehuda, und Sohara meinte, außerdem … In dieser Sekunde klingelte Avischais Handy zum zweiten Mal, und alle erstarrten, nur Jehuda nicht, der den Anruf kurz mit »er kommt schon runter« beantwortete.

Ich habe auf Avischais App ein Taxi bestellt, erklärte er, die Kosten werden dann von seiner Kreditkarte abgebucht, das hatte eigentlich scherzhaft klingen sollen, aber niemand konnte sich ein Lachen abringen.

5

Stand das nicht in seinem Terminkalender?, fragte Nili. Jehuda wartete vergleichsweise gleichgültig, dass ihr jemand antwortete, doch Nili schaute direkt ihn an. War er etwa für den Terminkalender zuständig? Er erschrak. Diese Art von Schreck hatte er in den vergangenen beiden Monaten schon des Öfteren verspürt, wenn ihm schien, ihm sei etwas entfallen, etwas Schicksalhaftes, und wenn es ihm nicht auf der Stelle einfiele, trete eine Katastrophe ein oder sei vielleicht sogar schon eingetreten. Ich weiß nicht, gestand er, da wischte Sohara mit dem Zeigefinger übers Handy und fragte: Wisst ihr, was passiert ist? Was denn?, fragte Jehuda. Die Veranstaltung ist bei ihm für den nächsten Donnerstag eingetragen, stellte Sohara fest. Na so was, meinte Nili. Hier steht es, sagte Sohara und hob das Display hoch. Jehuda jedoch war unfähig, ohne Brille irgendetwas zu erkennen.

6

An Gesichter erinnerte er sich nur selten. Er kokettierte mit seinem schlechten Gedächtnis und erwähnte es öfter als erforderlich. Im Stillen überließ er sich dem Glauben, diese Fehlleistung sei ein Beweis dafür, dass die Welt sich für ihn mehr interessierte als er sich für die Welt. Die Vergesslichkeit der letzten Zeit jedoch hatte eine andere Qualität, es ging nicht mehr um Leute oder Termine, um nichts, was sich nachprüfen oder korrigieren ließe, es war mehr das dumpfe Gefühl, etwas sei gestört.

Leider erinnerte er sich bestens an das, was er am liebsten vergessen hätte. Manchmal stellte er sich auf die Probe: Nein! Es ist immer noch da. Je angestrengter er sich einredete, er habe die Ereignisse jenes Tages, der sein Leben zerstören sollte, vergessen, desto schärfer zeigten sich die Einzelheiten. Dann befürchtete er, dies würde wohl für immer seine letzte Erinnerung bleiben.

Es war im sechsten Semester seines Jurastudiums ge-schehen, das er aus keinem besonderen Grund aufgenom-men hatte, möglicherweise hatte er Avischai lediglich be-weisen wollen, dass auch er sich für etwas interessierte, für etwas anderes als die Wirtschaft, für ein Gebiet, das er ganz allein ausgewählt hatte. Er konnte sich gut vorstellen, mit einer gewissen Macht ausgestattet durch die langen Gänge des Gerichtsgebäudes zu wandeln, und malte sich mit der Fantasie eines Siebenundzwanzigjährigen sogar den Schmerbauch des Fünfzig-, Sechzigjährigen aus. Allerdings gelang es ihm nicht, die Bedeutung der ehrwürdigen Hallen, die Gerechtigkeit selbst, zu begreifen, sie war zu groß für ihn, oder er nahm sie zu leicht, denn ausgerechnet für sie brachte er kein gesteigertes Interesse auf.

Und dann machte er an einem winterlichen Donnerstag seine Erfindung, ohne jeden Heureka-Moment; es gab keine hörenswerte Geschichte, mit der er sich hätte trösten können in den zu langen darauffolgenden Jahren, die er allesamt im Schatten jener beiden schon bald verabscheuten Metallstückchen verbrachte. Ihnen schrieb er alles Schlechte in seinem Leben zu. Er hatte sich an jenem Abend abgemüht, eine leere Mülltüte zu öffnen, was an sich schon hätte nervig genug sein können, es kam aber hinzu, dass sie ein wenig Hasch geraucht hatten, und er dachte – zum ersten und letzten Mal verschwendete er einen Gedanken an eine solche Nichtigkeit –, wie angenehm es doch wäre, wenn es ein Ding gäbe, das so eine blöde Tüte auf Anhieb öffnete.

Er kehrte dann ins Wohnzimmer zurück zu Avischai, Nili, Amos und Chami, mit dem sie damals ebenfalls befreundet waren, Sohara fehlte noch, es war, bevor sie nach Tel Aviv gezogen war, nur Amos kannte sie damals. Jehuda hielt die Mülltüte in die Höhe und erzählte der Runde von seinem Einfall, auf dem sekundenlangen

Weg von der winzigen Küche ins Wohnzimmer war ihm seine Idee genial erschienen, so ein Ding zu basteln war nicht weiter kompliziert, das ließe sich im Handumdrehen bewerkstelligen, seine Fantasie drängte voran zu den wunderbaren nächsten Stationen seines Lebens. Als er den Freunden davon erzählte, setzten sie ein bemühtes Grinsen auf, es war weder abwertend noch verächtlich, zeugte aber von einer gewissen Gleichgültigkeit. Wer hatte an einem solchen Abend schon Lust, über einen Tütenöffner nachzudenken. Und schlagartig verlor auch Jehuda das Interesse daran.

In der Nacht fand er keinen Schlaf, aber nicht einmal wegen des Tütenöffners. Wenn es deswegen gewesen wäre, hätte es die ganze Angelegenheit immerhin ein wenig aufgewertet. Hätte ihn ein unbedeutender flackernder Gedanke, an den er sich heute gar nicht mehr erinnern konnte, damals nicht am Einschlafen gehindert, wäre er heute ein anderer Mensch.

Aber es war ihm nicht vergönnt; hinter seinen geschlossenen Lidern lauerte die unheimliche, absolute Wachheit derer, die sich vergeblich nach Morpheus' Armen sehnten. Am Ende stand er auf und machte sich daran, den Tütenöffner zu basteln. Es gelang ihm nicht, er fand bei sich zu Hause nur kleine Holzstücke unbekannter Herkunft, die er nicht zurechtzuschnitzen vermochte, und außerdem war Holz nicht das geeignete Material. Zwar wusste er genau, was ihm fehlte, aber wie sollte er das um zwei Uhr nachts herbeischaffen. Unverrichteter Dinge schlief er ein und erwachte am Morgen mit dem Groll eines Hungrigen, dessen Bedürfnis nicht gestillt worden war.

In einem Laden besorgte er sich, was er brauchte – er wusste heute noch, dass er damals flüchtig gedacht hatte, schade um das Geld –, und am Sonnabend stand bereits ein kleines Modell fertig vor ihm.

Als ihm aufging, dass er etwas Verwertbares in der Hand hatte, was ihm andere Leute wie auch die Freunde, deren Neugier mit dem Tageslicht erwacht war, versicherten, gründete er eine kleine Firma, die den rechtlichen Rahmen für den Vertrieb einer einzigen simplen Vorrichtung bot, der von seiner Studentenbude aus zu bewerkstelligen war. Auf dem Tisch lagen lediglich zweieinhalb inzwischen effektiver miteinander verbundene Metallstäbchen und schauten ihm und Idith beim studentischen Vögeln zu, das ihn weitaus brennender interessierte, sogar noch, nachdem dieses Vergnügen aus seiner Welt so gut wie verschwunden war und die zusammengebastelten Metallteile ihn zum Millionär gemacht hatten.

Etwas mehr als zwei Jahre darauf verkaufte er seine Firma und sein Patent für ein Vermögen an einen Konzern, gab sein Studium, das er ohnehin hasste, auf und ging gutherzig und gut situiert die Ehe mit Idith ein, als hätte der Mammon ihm alle Möglichkeiten der Welt eröffnet, auch die Möglichkeit zu bereuen.

So war der Tütenöffner geboren worden, ein seit vierzig Jahren kaum verändertes Gerät, das in zwei verschiedenen Versionen inzwischen in fast jeder Küche der Welt zu finden war. Die Ausführung für Euro 12,90.– konnte man an der Wand befestigen, die andere für Euro 8,90.– war kompakt, ähnelte einer Knoblauchpresse und passte bequem in jede Schublade.

Da er in Geld und Zeit schwamm, hing er weiterhin seinen Träumen nach, doch nun, da er sie hätte verwirklichen können, vergaß er, wovon sie handelten.

Was er nicht sein wollte, war klar, nur kein Rechtsanwalt, nur kein Geschäftsmann – Erfinder vielleicht? Kettenrauchend auf dem Balkon vor dem großartigen Ausblick, später dann im Garten seiner Villa, wartete er stundenlang auf eine weitere Idee, auf noch einen Geistesblitz aus jener im Unbewussten sprudelnden Quelle, immerzu hoffend, etwas zu erhaschen, einen Lichtstrahl oder eine Einhornschar, wer wusste schon, in welcher Form die Inspiration sich zeigen würde. Doch nach zehn Minuten wurde ihm die Landschaft langweilig, die Gedanken begannen zu wandern. Wie lange kann man sich schon konzentrieren, wenn man außer warten nichts zu tun hat?

Manchmal erklärte ihm ein Gesprächspartner: Ideen wuchern bei mir wie Unkraut. Manchmal – selten und nur im engsten Kreis – beklagte er sein Elend und musste verwundert feststellen, dass niemand es nachvollziehen konnte, dass nicht jedem dieser Satz andauernd gegen das Trommelfell prallte, auf der Straße, im Café, überall hörte er Menschen sagen: »Ideen wuchern bei mir wie Unkraut.« Oder vertraute man nur ihm, dem auf seinem Gebiet unglaublich erfolgreichen Erfinder, einen solchen Satz an, um ihn wissen zu lassen: »Auch ich habe Einfälle, das Problem ist nur …« Darauf folgte meist ein tiefer Seufzer um anzudeuten: »Na ja, du kennst das ja.«

Dann nickte Jehuda müde zum Zeichen der vermeintlichen Schicksalsgemeinschaft zwischen dem verträumten Loser und dem großen Gewinner – dass er als solcher galt, musste er sich immer wieder erneut bewusst machen – und fragte sich, worauf sie wohl anspielten, auf Mangel an Zeit, an Ruhe, an Vermögen vielleicht? Dann setzte sein Herz für einen Moment aus, und ein Schrei blieb ihm in der Kehle stecken: Woher nehmt ihr sie, eure Ideen, wieso wuchern sie bei euch wie Unkraut? Was gäbe ich nicht dafür, wenn es auch mir lediglich an Geld und Muße fehlte.

Für eine Weile bemühte er sich, den Reichtum zu genießen, einfach zu genießen, sich dank des hereinströmenden Geldes zu leisten, was nur wenige sich leisten konnten, und dabei zu erkunden, ob eine solche Lebensweise ihm vielleicht Erfüllung schenken könnte. Doch bei diesen Versuchen fand er rasch heraus, dass es gar nicht besonders viel zu genießen gab. In erster Linie war da natürlich das Reisen, öfter, ferner, teurer, luxuriöser – und das wars dann aber auch.

Darüber hinaus fanden sich nicht viele Dinge, die er als reicher Mann begehrte, außer Häusern vielleicht, aber wie viele Häuser konnte einer, der kein weiteres Einkommen brauchte, sich wünschen? Yachten und Flugzeuge dienten letzten Endes auch nur dazu, an andere Orte zu gelangen, ihn aber hatte das Reisen nie besonders interessiert, und je öfter er es tat, desto schneller erlosch die Neugier. Gut, gut, alles schön und gut. Manchmal sehnte er sich angesichts der pastoralen Vollkommenheit nach einem Fetzen Hässlichkeit, nach Nahrung für die Seele.

Zudem stellte sich die Befürchtung ein, dass ab einer gewissen, relativ niedrigen Einkommensgrenze die Unterschiede sich nivellierten und die Höhe des Vermögens kaum noch eine Rolle spielte. Die Grundfläche der Villen, die man erwerben konnte, war begrenzt, zumal wenn man über einen eher bodenständigen Geschmack verfügte, und auch die persönliche Genussfähigkeit stieß irgendwann an ihre Grenzen.

Sein Bruder Schuki war ein Leben lang Verkehrsrichter gewesen und bekleidete als Pensionär eine ehrenamtliche Aufgabe an der Kammer für geringfügige Vergehen. Schuki war nicht besonders vermögend, er war lediglich so wohlhabend, wie ehrbare Richter es eben werden konnten, aber Jehuda gewann den Eindruck, Schuki führe ein weitaus erfreulicheres Leben als er selbst. Daraus wollte er keineswegs einen moralischen Schluss ziehen, von wegen Schuki weiß eben, was wirklich zählt, nicht der Mammon, sondern der innere Frieden, die Familie, die Gesundheit – nein, das nicht. Er dachte durchaus an Dinge, die käuflich zu erwerben waren; anders als Jehuda war Schuki mit dem wohlbemessenen Hedonismus dessen gesegnet, der den Genuss seinem Alter und seinem Geldbeutel anzupassen verstand. Das wusste Schuki bis auf den Grund auszukosten, und es blieb ihm unverständlich, wieso sein reicher Bruder wegen eines Hotelzimmers zu fünftausendfünfhundert Euro die Nacht, vor dessen Fenster die Nordlichter leuchteten, nicht aus dem Häuschen geriet.

Wenn Jehuda im Kino Erfinder sah, denen die Arbeitsergebnisse von bösen Konzernen abgejagt wurden, ertappte er sich dabei, dass er diese Helden um die geld-, zeit- und kraftraubenden Kämpfe beneidete, die sie um ihr geistiges Eigentum führen mussten, weil dadurch dem Leben ein gewisser Sinn verliehen wurde. Er hingegen erhielt die Summen, die ihm zustanden, pünktlich, und auch gebührende Anerkennung wurde ihm kampflos reichlich, ja, überreichlich zuteil.

Am Ende wurde er süchtig nach Büchern der Gattung *Wie man bei vier Stunden Arbeit im Monat ein Vermögen macht*, *Wie reiche Menschen denken*, *Wie lässt sich Reichtum erreichen?*, *In zehn leichten Schritten zum Wohlstand*, *Geld machen auf eBay*, *Wieso ist der Idiot reich und ich nicht?*, *Reich werden ohne Ratgeber*, *Wie ältere Frauen reich werden können* und ähnliches. Er besaß sogar ein Buch mit dem Titel *Mit den Geheimnissen der Kabbala Geld scheffeln*. Sie alle schenkten ihm vorübergehend Trost und Erleichterung, wenn er las, was man alles zu unternehmen hatte, um ans Ziel zu gelangen, während ihm das alles in den Schoß gefallen war.

Als das Fass der Selbstzufriedenheit überschäumte, beschloss er, ebenfalls ein Buch zu schreiben, anfangs hieß es *Finde den Erfinder in dir*, später wurde daraus *Vom Mut des Erfinders*. Er kannte den alten Spruch »Wer es selbst nicht bringt, bringt es anderen bei«, war sich also der Ironie des Unterfangens durchaus bewusst, aber da sie allen anderen entging, ignorierte er sie einfach. In seinem Umkreis hielten ihn alle für eine Art MacGyver, einen urigen Kerl und großartigen Improvisator, der notfalls aus Zwirn und Konservendosen ein Zelt zu zaubern imstande war.

Beim Verfassen des Manuskripts, wagte er sich rasch in andere Gefilde vor: Er genoss es, von seiner Kindheit zu berichten, vom Tel Aviv der 1950er-Jahre, auch wenn diese Szenen zu nichts führten, schon gar nicht zum Urknall seines Lebens, der Erfindung, der keinerlei Anzeichen vorausgegangen waren, die aus heiterem Himmel über ihn gekommen war, an der sein Buch sich aber weiterhin vage orientierte. Es drehte sich um Wagemut und Werdegang eines typischen Erfinders, der nebenbei auch sich selbst erfand.

Er selbst öffnete Tüten noch genau so, wie man sie vor fünfzig Jahren geöffnet hatte: Man rieb die beiden Seiten so lange aneinander, bis sie sich ergaben und sich voneinander lösten, und an der Trennungsstelle zog man sie dann mit den Fingern auseinander, und während er mit praktischem Eifer am Reiben war, dachte er stets: Die können mich alle mal …

FREITAG

NILI

AUF DEN WETTSEITEN IM INTERNET
STEHEN DIE CHANCEN 8:1

ACHT

1

In letzter Zeit hatte sie eine richtige Feindseligkeit gegen das Läuten des Telefons entwickelt. Das anfängliche Summen, bevor es richtig loslegte und den ganzen Raum erzittern ließ, kratzte von innen an ihrer Haut, verlangte Behändigkeit und Geistesgegenwart ausgerechnet dann, wenn sie sich der Behäbigkeit und Trägheit hingeben wollte.

Dann überlegte sie rasch: Warum bin ich nicht verfügbar? Was habe ich heute vor, in einer Stunde, in zwei, heute Abend, falls sie einen Babysitter brauchen? Und wenn eins krank ist, dann dauert es bis morgen früh. Die Variablen waren so zahlreich, dass sich in einer einzigen Sekunde die passenden Vorwände kaum festlegen ließen. Welche triftigen Ausreden sollte eine sechsundsechzigjährige pensionierte Kinderärztin mit leerem Terminkalender vorbringen? Keine Notrufe mehr, keine Privatklinik, keine Kongresse, Fortbildungsseminare, Hobbys, nicht einmal einen Mann. Ihre Kinder gingen davon aus, sie sei einzig und allein von Jerusalem nach Tel Aviv gezogen, um in ihrer Nähe zu sein und die Enkelkinder zu hüten. Und wie viele, großer Gott, wie viele das waren! Ein unaussprechlicher Gedanke. Sie musste sich immer wieder vergewissern, dass niemand diese schändlichen Gedanken lesen konnte, dass es ihr erlaubt war, alles Mögliche und Unmögliche zu denken. Im Geist oder vor fiktivem Publikum verkündete sie genauso oft, dass sie ihre Enkel liebte, und ihre Kinder auch. Und das traf ebenfalls zu: Ihre Kinder waren so wunderbar und gut geraten, wie es knapp vierzigjährige Kinder nur sein können, die Enkel ebenfalls. Gerade deshalb wünschte sich Nili, man möge sie in Frieden lassen. Sie hatte das Ihre getan, mehr als genug sogar und mit beachtlichem Erfolg. Wenn ihre Nachkommen alle dermaßen wunderbar waren, durfte die Großmutter dann nicht auch ein wenig davon profitieren? Durfte sie nicht erwarten, dass die gelungenen Jungen mit ihrem Leben allein fertigwurden und die Oma in Ruhe ließen?

Pedantisch beobachtete sie die noch verbleibenden fruchtbaren Minuten ihrer Tochter und ihrer Schwiegertöchter, heutzutage fingen die jungen Frauen spät an mit dem Kinderkriegen und sonnten sich so lange wie möglich in der Illusion, frei, liberal und selbstbestimmt zu sein, um dann im letzten Moment innerhalb weniger Jahre alles nachzuholen, was sie an konservativer Bürgerlichkeit versäumt hatten. Sie brachten im Alter von achtunddreißig bis zweiundvierzig zwei, drei, vier Kinder zur Welt, machten sich zu deren Sklaven und warfen alles andere hin, insbesondere die Frauen, die zu sagen pflegten: Unsere Karriere haben wir gehabt, das reicht uns für den Rest des Lebens. Nili selbst dagegen hatte, wie auch ihre Freundinnen und deren Mütter, ihre Nachkommen in normalen Abständen in kleinerer Zahl zur Welt gebracht.

Als ihre Tochter Schelli ihr anvertraute, sie sei wieder schwanger, reagierte Nili regelrecht schockiert. Jannai war gerade mal elf Monate alt, und Schelli war seit seiner Geburt nur gestresst gewesen und wirkte jetzt, als sie die Botschaft überbrachte, noch gestresster. Nili, die sicher war, es handele sich um ein Versehen, einen Unfall, schlug vor: Du kannst es problemlos abtreiben lassen, keine Jury würde dir das verweigern, kein Mensch würde dir das vorwerfen, macht das nächste Kind in zwei, drei Jahren, das ist ein vernünftiger Abstand. Doch Schelli starrte ihre Mutter daraufhin an wie eine mormonische Jungfrau einen Transvestiten, und acht Monate darauf brachte sie Joel zur Welt.

2

Sie wusste, woran es lag. Es lag daran, dass sie Kinderärztin war, genauer gesagt, gewesen war. Kinderärztin und dick dazu, musste sie da nicht verrückt sein nach den Kleinen? Eine Art Mary Poppins, die sie an die Brust drückte und die Eltern mit dem Satz fortschickte: Meinetwegen braucht ihr gar nicht wiederzukommen, wir werden hier einen Riesenspaß haben.

Die jungen Leute gingen davon aus, als ehemalige Kinderärztin müsste sie überglücklich sein, die kranken Enkel zu hüten; offenbar kannten sie den Unterschied zwischen Kinderärztin und Kindergärtnerin nicht und ahnten nicht, dass Kinderärzte ihre Patienten hassten wie kaum jemanden sonst, was man im Übrigen auch von

Gynäkologen behauptete. Allgemein wurde über Ärztinnen und Ärzte viel Unsinn verbreitet, aber in diesem Fall trafen die Gerüchte ausnahmsweise einmal zu.

Natürlich wussten ihre Kinder, dass Nili ihren Beruf nicht gerade begeistert ausgeübt hatte, alle wussten das. Während der ersten Jahre in der Klinik hatte sie vielleicht weniger gelitten, doch es fiel ihr schwer, diese Zeit zu rekonstruieren. Sie misstraute dem Gedächtnis im Allgemeinen, mehr noch aber misstraute sie dem Urteilsvermögen der jungen Frau, die sie einmal gewesen war, misstraute ihrem damaligen Geschmack wie auch den damaligen Lieben und vermied es, Bücher zu empfehlen, die sie damals gelesen hatte.

Sie hatte Ehrgeiz besessen, das ja, den elementaren Ehrgeiz junger Menschen, der gierig jeden Inhalt in sich aufsog und dem fast jeder Inhalt recht war. Sie hatte zwei Klassen übersprungen, galt als genial, und da geniale Schülerinnen und Schüler sich seinerzeit dem Medizinstudium zuwandten, begann sie gleich nach dem Abitur als Sechzehnjährige Medizin zu studieren. Großer Gott, steh mir bei! Mit Entsetzen dachte sie daran zurück, dass ihr Leben in jenem Jahr schon in feste Bahnen gelenkt und sogar zu einem gewissen Grad beendet worden war.

Sie hätte mit ihrem Verstand so viele faszinierende Sachen anstellen können, anstatt ihn zwischen Eltern aufzuteilen, die dringend nach Antibiotika für ihr Kind verlangten (in den ersten dreißig Jahren ihrer medizinischen Karriere), und Eltern, die sie bei der Polizei anzeigten, wenn sie darauf bestand, dem Kind Antibiotika zu verschreiben (im vierten Jahrzehnt ihrer medizinischen Karriere).

Ein Missgeschick war ihr bereits in der Praxis in Tel Aviv unterlaufen, wo sie wirklich litt. Sie hatte zu einem Elternpaar, ihrer Meinung nach scherzhaft, bemerkt, ihre Tochter habe eine Begabung fürs Dramatische, was durchaus zutraf. Die Kleine legte eine Off-Broadway-Show hin, noch bevor Nili sie überhaupt berührt hatte. Dieser Fall gelangte bis zum Bezirksdirektor der Krankenkasse, der sie beschuldigte, das Mädchen abgestempelt und verurteilt zu haben. In dem darauffolgenden »klärenden Gespräch« fragte man, wie sie dazu käme, ein zehnmonatiges Baby auf diese Art und Weise zu schubladisieren.

Obwohl alle ihr sagten, mit den Enkeln würde es ganz anders werden, war Nilis Geduld aufgrund dieser Erfahrungen womöglich begrenzt; nicht mit den Enkeln, die Gott sei Dank meistens gesund und bezaubernd waren, sondern mit deren Eltern, ihren eigenen Kindern, die sie an die aufgebrachten Eltern in der Praxis erinnerten und versuchten, die Großmutter gegen ihren Willen in eine vielschichtige, ermüdende Elterngalaxie einzubeziehen: Fernsehen war verboten, YouTube dagegen für eine halbe Stunde erlaubt, was sie »Bildschirmzeit« nannten; bevor man den kleinen Gästen Süßigkeiten anbot, mussten deren Mama oder Papa um Erlaubnis gefragt werden, alles andere galt als grober Übergriff; *Hallo Papa* war ein chauvinistisches Buch, oder ein rassistisches, genau wusste Nili es nicht mehr, aber sie hatte es zur Buchhandlung zurückbringen und umtauschen müssen.

Dieser Galaxie hatte sie sich als engagierte Großmutter unter den wachsamen Augen dreier Elternpaare – jedes Paar mit eigenen Vorschriften, da sollte sich mal einer erinnern, wie viel Punkte wofür abzuziehen waren – bis ins letzte Detail unterzuordnen, es war fast wie früher in der Praxis, nur schlimmer.

Wie auch immer, Nili hatte das Ihre getan, hatte ihren Verstand genutzt, soweit man ihn als Ärztin eben nutzte, besonders weit war das nicht, das wusste niemand besser als sie. Der einzige Vorteil in dem von ihr gewählten Beruf mochte immerhin sein, dass »Ärztin« als angesehen genug galt, um sie nicht – wie viele ihrer Freundinnen – in irgendeiner Lebensphase zu zwingen, sich selbst neu zu erfinden. Großer Gott, welch erschreckende Formulierung! Es reichte nicht, sich ein Mal selbst erfunden zu haben, als wäre das nicht schon schlimm genug gewesen, später musste es noch einmal von Neuem vollbracht werden. Sogar den normalen Sechzig-, Siebzigjährigen wurde diese Last aufgehalst, man ließ sie kaum noch geruhsam dem Ende entgegengehen, wie es ihnen eigentlich gebührte.

Besten Dank, Nili hatte genug. Weder Innenarchitektur noch Coaching, weder Kongresse noch Konsultationen und erst recht kein privater Job. Sie hing sich das Schild »pensioniert« um, was heißen sollte: bitte nicht belästigen. Ihre Kinder aber lasen es als Einladung zu stören, stören, stören. Oma hat jetzt alle Zeit der Welt. Dabei wünschte sie sich doch nichts anderes, als in Ruhe gelassen zu werden. Sollten die Kinder sich ruhig ein wenig entfremden, der Ex-Mann die Gespräche mit ihr einstellen, wie es in Filmen und in normalen Familien üblich war, und sie selig und ungestört mit ihrem neuen Freund vögeln lassen.

Nilis Kinder waren natürlich überzeugt davon, dass ihre Eltern zu den Paaren gehörten, die es trotz Scheidung noch immer miteinander trieben; sie würzten das Familienleben mit schwer erträglichen, albernen Anspielungen, bedeutungsvollem Zwinkern, gehobenen Augenbrauen und nahmen die Neue des Vaters und Nilis Nathan als notwendige Verwicklungen einer romantischen Komödie verständnisvoll in Kauf.

3

Aber nun klingelte das Telefon, und es waren weder die Kinder noch die Schwiegertöchter dran, es war Sohara, die sich erkundigte, ob alles in Ordnung sei. Nili war allein in Avischais Wohnung, und Sohara sorgte sich ein wenig. Als Nili die erste Wache freiwillig übernommen hatte, hatten die anderen höflichkeitshalber milde protestiert – aber niemand von ihnen hatte ernsthaft Lust gehabt, den Dienst zu übernehmen, außerdem: Je mehr Zeit verstrich, desto größer wurde die Chance, dass weitere Schichten entfielen, weil sie das Projekt aufgegeben hatten. Aber Nili wusste, was sie dachten: Nili ist schließlich Ärztin, zum klinischen Aspekt hat sie nicht viel beigetragen, das hatte sie wirklich nicht, sie wäre die Erste, die das zugeben würde, also könnte die Clique doch wenigstens in dieser Hinsicht von ihrer Erfahrung im Umgang mit Leichen profitieren, Kinderärztin hin oder her, Avischai dürfte kaum der erste Leichnam sein, den sie je gesehen hatte.

Und nun sorgte Sohara sich um sie! Nili war dem Tod schon viel zu oft begegnet; hatte Sohara womöglich Angst, Nili mit ihm allein zu lassen, weil man nicht wissen konnte, was sie ihm bei dieser Gelegenheit antun könnte? Dabei machte es Nili überhaupt nichts aus, allein in Avischais Wohnung zu sitzen, ganz bestimmt nicht, sie war sogar froh, dass sie den anderen eine lästige Aufgabe abgenommen hatte.

Sie war auf Jehudas Vorschlag mit natürlicher Freude und aus aufrichtiger Freundschaft eingegangen, weil die Vorstellung ihr gefallen hatte. Zugegeben, sie glaubte nicht, dass sich das Projekt bis zum Schluss durchführen ließ, aber allein das Durchdenken einer solchen Möglichkeit besaß für sie einen gewissen Reiz.

Erst als im weiteren Verlauf der Unterhaltung unter dem sinkenden Staub der vagen Idee Einzelheiten aufblitzten, wurde Nili klar, dass sie und Jehuda, oder vielleicht auch Avischai, dem Rest der Freunde gegenüberstanden. Das war so ein Moment im Leben, der einen vor unausweichliche Entscheidungen stellte und dadurch Wunden schlug. Im kritischen Augenblick bestanden Jehuda und Nili den Schnelltest der Freundschaft, des Altruismus, der Liebe zum Verstorbenen mit Auszeichnung und stellten damit ohne böse Absicht die Zögernden im Zimmer bloß.

Nili schämte sich wegen dieses Gedankens und versuchte, sich und ihre Begeisterung für das Wagnis möglichst klein zu machen, so wie sich riesige Regenmäntel mit erstaunlicher Leichtigkeit zu einem kleinen Ball zusammenfalten lassen. Gleichzeitig aber spülte eine Erregung durch ihre Blutgefäße, die sich aus einer anderen Quelle speiste: Dies war der Augenblick, der sie für immer in der Gruppe verankern würde, der sie in den Betonboden der Freundschaft goss.

Normalerweise machte sie sich solche Gedanken nicht. Die Freunde waren, wie sie eben waren, das Leben war das Leben. Aber als sie über Nathan sprachen, beispielsweise … Wenn Sohara nach all den Jahren jemanden zur Gruppe gebracht hätte, wäre die allgemeine Freude dann auch so kleinmütig ausgefallen? Sie waren fünf, sie waren in all den Jahren fünf gewesen, ein Stern mit fünf gleich langen Seiten; und dennoch befürchtete Nili manchmal, in schlimmen Momenten, sie sei nur ein lockerer Anhang, angeheftet an die anderen mit den groben, leicht aufzutrennenden Nadelstichen eines Kindes.

Sie vermied es, allzu oft darüber nachzudenken, als könnte ein solcher Gedanke ein törichtes Hirngespinst Wahrheit werden lassen. Auf die Frage »warum« hatte sie jede Menge Antworten parat. Warum verhielt es sich in ihr so, wie es sich eigentlich gar nicht verhielt?

Nili war zufällig zur Clique gestoßen, sie war nicht ausgewählt worden, aber vielleicht lag es gar nicht so sehr am Zufälligen, vielleicht bedrückte es sie, dass sie nicht um ihrer selbst willen dabei war, sondern wegen der Drogen. Mein Gott, wie lächerlich sich das heute anhörte, völlig unmöglich, aber ja, deswegen hatte man sie eingeladen und lud sie weiterhin ein, auch nachdem sie sich von Eli, der damals dazugehörte, getrennt hatte.

Vierzig Jahre waren seitdem vergangen, vierzig Jahre, in denen keiner von ihnen noch irgendwas geraucht hatte, und dennoch war in Nili aus jener Zeit ein Gefühl der Minderwertigkeit zurückgeblieben, als wollte man sie immer nur wegen irgendetwas dabei haben, aber nicht unbedingt ihretwegen.

Mehr als alles andere bedrückte es sie, dass sie ihre Rolle in der Clique nicht gefunden hatte. Sohara hatte mit Avischai eine sexuelle Beziehung, und mit Amos verband sie ebenfalls etwas Besonderes, eine Freundschaft aus der Studentenzeit, dazu möglicherweise eine uralte Liebelei. Auf jeden Fall war er ihr irgendwie verpflichtet, und zwar permanent. Jehuda war Avischais Freund, der Freund aus Kindertagen, und Amos und Avischai waren gemeinsam in der Welt der Wirtschaft gefangen, in einem ansteckenden Wettbewerb, aus dem es für den, der sich einmal infiziert hatte, kein Entrinnen gab. Und Nili? Sie war nett, sie war eine Freundin. Was war sie sonst noch? Klug? Aber nette, kluge Frauen gab es wie Sand am Meer. Manchmal meinte sie, sie täte bestimmte Dinge nur, um als etwas Besonderes zu gelten. Doch dann schalt sie sich, solche Gedanken seien kindisch, und sie war doch beileibe kein Kind mehr.

Wie auch immer, es fiel ihr leicht, mit Avischai allein zu bleiben. Die Toten machten ihr keine Angst, Angst machte ihr das Leben. Diese Bürde, dieser latente Druck, es gut hinzukriegen, es zu genießen, damit man, wenn der Tod kam, wirklich gelebt hatte, nicht eingedöst war, nicht ständig auf bessere Gelegenheiten, den richtigen Zeitpunkt gewartet hatte. Aber wenn man tot war, war man tot.

4

Offiziell gab es nur eine Tote in Nilis Leben, ihre vier Jahre jüngere Schwester Schulamit, die mit vierundvierzig Jahren an Brustkrebs gestorben war. Schulamits Mann Michael und der gemeinsame Sohn Itai zogen daraufhin von Ramat HaScharon nach Jerusalem, in die Nähe von Nili und Ram. Nili hatte das in aller Aufrichtigkeit vorgeschlagen, war aber doch überrascht, als Michael ihren Rat ohne Weiteres befolgte.

Itai wuchs praktisch bei ihr auf, als viertes Kind, und ihrem Schwager half Nili vom Tod ins Leben zurück, eine Umkehrung des normalen Verlaufs. Ein Date nach dem anderen. Seit Schulamits Ableben mussten es Dutzende, wenn nicht Hunderte gewesen sein, doch selbst nach Jahren schien Michael noch derselbe halb jungfräuliche, frisch verwitwete Mann zu sein, den Schulamit vor dieser Art Leben und vor dieser Art Frauen beschützt hatte, ein einmaliges Glück, ein Wunder, das sich nicht wiederholen ließ.

Vor einigen Jahren hörte Nili, dass Itai jemandem erzählte, seine Mutter Schulamit sei Sozialarbeiterin gewesen. Nili lauschte ihm erstaunt, so wie sie früher Eltern gelauscht hatte, wenn die ihre Dreijährigen über die einfachsten Dinge in der Natur aufklärten, von denen Nili nichts verstand und die auch ihr völlig neu waren: wie die verschiedenen Bäume hießen, wie die Bienen sich vermehrten oder dass der lila blühende Busch den Namen Bougainvillea trug. Nili schien völlig vergessen zu haben, dass ihre Schwester Schulamit jemals etwas anderes gewesen war als tot.

Nili hatte noch eine jüngere Schwester, Smadar, die Zwillingsschwester von Schulamit. Nur selten einmal versuchte Nili sich an die Zeit zu erinnern, als die beiden Nachkömmlinge noch gleich groß gewesen waren, wie bei der Geburt. Danach legte Smadar ein ungestümes Wachstum vor, bis sie fast als Nilis Zwillingsschwester durchgehen konnte und Nili manchmal dachte, Smadar würde noch zu ihrer großen Schwester werden.

Auch Smadar war an Brustkrebs erkrankt und lebte schon seit sieben Jahren mit dem Krebs ohne jede Behandlung, kein Herceptin und erst recht keine Chemotherapie. Aber sie hatte ihre Ernährung völlig umgestellt, eine Veganerin sei sie nicht, auf gar keinen Fall, beteuerte sie, als wäre das eine Beleidigung der Heilmethode, der sie sich verschrieben hatte, der sogenannten »Chanansmethode«, Smadar zog die beiden Wörter ehrfürchtig zusammen, als würden sie sonst ihre Wirkung einbüßen. Chanan selbst hatte sich vor dreißig Jahren mit seiner Methode selbst vom Krebs geheilt, und seitdem waren – hier breitete Smadar die Arme aus, um eine riesige Menge von Leuten anzudeuten – soo viele Menschen auf die gleiche Art geheilt worden, oh ja!

Dann präsentierte sie sich selbst als lebenden Beweis, hob die Arme, damit ihr Körper sichtbar wurde, und zeigte mit den Fingern auf ihre Mitte, wie um zu fragen, sehe ich etwa wie eine kranke Frau aus? Die rhetorische Vorstellung sollte zum Ausdruck bringen: Ich habe keine einzige der von den Ärzten empfohlenen Behandlungen

über mich ergehen lassen, Schalom und auf Nimmer-
wiedersehen, habe ich ihnen gesagt und therapiere mich
nun selbst mithilfe der richtigen Ernährung. Schau mich
an, nun, nun? Aber Nili schien es, ihre Schwester würde
dahinwelken, ihr Körper, ihr Gesicht, alles an ihr wirkte
verdorrt, als nähme die Krankheit den klinischen Verlauf
aus dem Lehrbuch der konventionellen Medizin.

Oder bildete sie sich das nur ein? Nili hatte niemanden, den sie fragen konnte, mit wem hätte sie darüber reden sollen, ganz gewiss nicht mit Smadar selbst, die sich
wie eine Gesunde aufführte. Wenn sie es auch nicht wahr-
haben wollte, sie würde sterben. Wie zu einer Sterben-
den durfte man allerdings zu ihr nicht sprechen, wie zu
einer Gesunden aber auch nicht.

Nili selbst hatte sich nicht auf das bestimmte Krebs-
Genom hin untersuchen lassen, obwohl die Ärzte ihr dazu
rieten. Als Ärztin wusste sie sehr wohl, dass man immer
etwas fand, wenn man nur gründlich genug suchte, in
ihrem Alter kam niemand ungeschoren davon. Zum Ausgleich, vielleicht sogar als Entschädigung für diese Ver-
antwortungslosigkeit, ging sie einfach davon aus, dass auch
sie Brustkrebs hatte, aktiven oder passiven, der sich jeden
Augenblick oder erst im nächsten Jahr melden würde,
und sollte es kein Brustkrebs sein, dann eben ein anderes
Karzinom. Damit verschaffte sie sich selbst feierlichen
Eintritt in die Welt der Todkranken, die niemandem
mehr Rechenschaft schuldeten.

Behutsam, als würde Avischai schlafen, öffnete sie die Tür zu seinem Zimmer. Sie hatte sich an den Zeitungsstapel neben seinem Bett erinnert. Die Zeitung, die am Morgen neben der Tür lag, hatte Sohara eingesteckt. Nimm du sie ruhig, hatte Nili gesagt, ich habe zum Lesen sowieso keine Geduld. Doch jetzt plötzlich hatte sie Geduld. Im Hintergrund war gedämpftes Klopfen zu hören, nebenan schien jemand vorsichtig ein Bild aufzuhängen, um nicht zu stören, oder einer pochte behutsam an eine Tür, um ein schlafendes Kind nicht zu wecken.

Sie schlug das Laken über Avischais Gesicht ein wenig zurück, das war so etwas, das konnte man einfach nicht lassen. Er wirkte immer noch wie Avischai, aber das Gesicht war leer. Nichts mehr da, dachte sie, man kann ihn verbrennen und nichts geschieht. Wie ein ausgezogenes und aufs Bett geworfenes Hemd.

Wo mochte er jetzt sein? Wo war der vollständige Avischai mit Mutter und Vater, die ihm etwas gegeben oder nicht gegeben hatten, wo waren die Eltern und ihre Prägung seiner Seele, die mit seinem Tod verschwunden war, als hätte es sie nie gegeben? Wenn er Kinder gehabt hätte, wäre etwas davon vielleicht bei ihnen geblieben, aber er hatte keine, und selbst wenn er welche gehabt hätte, wäre das Besondere dieses Menschen vielleicht trotzdem für immer verloren. Möglichweise liegt hierin die wirkliche Grausamkeit des Todes, dachte Nili, er löscht das Kind aus, das du einmal warst.

Ihr Rücken schmerzte, vorsichtig setzte sie sich auf die Bettkante zu Avischai. Sein Mund war leicht geöffnet. Sohara hatte mit ihm geschlafen, andere Frauen auch. Plötzlich erschien ihr die ganze Sache mit dem Sex lächerlich. Zwei Menschen wühlten sich ineinander und am Ende, was? Vielleicht war das der effektivste Trick zur Stärkung des Selbstbewusstseins, man stellte sich das Publikum nicht nackt vor, sondern tot. Stell sie dir alle tot vor, vor allem die Männer, die du begehrst.

Sie musterte ihn. Besonders gutaussehend war er nicht gewesen, und zwar auf eine Art, die im Alter kaum noch ins Auge fiel, die vom allgemeinen Älterwerden aufgesogen wurde. Er hatte eine verwirrende Eigenschaft besessen, die Nili vorher noch an keinem anderen Menschen beobachtet hatte. Er steckte voller Anekdoten, war scharfsinnig und klug und auf allen Wissensgebieten bewandert, sodass er als amüsanter Unterhalter galt, in Wirklichkeit aber fehlte ihm jeder Sinn für Humor.

In diesem Zusammenhang bemerkte sie bei sich eine gewisse Selbstgerechtigkeit, auf die sie nicht gerade stolz war, ein Bedürfnis, bestimmte Dinge richtigzustellen, obwohl diese ihr nicht wehtaten und sie eigentlich auch nichts angingen. Im Gegenteil, es freute sie für Avischai, dass man ihm Humor zuschrieb, sie war ganz auf seiner Seite; aber als sie es einmal von Sohara hörte – sie unterhielten sich über Avischais Wesenszüge und über sein im Grunde unverständliches Junggesellendasein –, konnte Nili sich nicht zurückhalten und fragte nach: Amüsant? Also hör mal, fehlt es ihm etwa an vorteilhaften Eigenschaften, dass man ihm auch noch »amüsant« andichten muss? Nicht ha-ha-ha-amüsant, eher im Sinne von, weißt du … von charmant eben, sagte Sohara. Woraufhin Nili klarstellte: Charmant ist charmant und amüsant ist amüsant, das sind zwei verschiedene Dinge. Aber warum regt dich das so auf?, fragte Sohara, und Nili sagte: Nur so, manchmal kommt es mir vor, als wären wir alle eine einzige, großartige und kluge und amüsante Schar, nur weil wir eine Clique sind, dabei sind wir doch alle ganz verschieden.

Nach einer Weile des Schweigens fügte sie hinzu: Ich weiß auch nicht, warum mich das aufregt, vielleicht ist es wegen der Partnervermittlungsportale, da schreiben sich alle dieselben tollen individuellen Eigenschaften zu, das scheint jetzt Mode zu sein, als würden sich früher über die gesamte Bevölkerung verteilte Charakterzüge heutzutage in Einzelpersonen sammeln. Nili, hast du sie noch alle, fragte Sohara, und Nili erwiderte: Schon gut, ich musste das nur mal loswerden.

Sie spähte unter das Laken, und als sie seinen Bauch sah, riss sie es ganz und gar weg. Von der unteren rechten, bereits von Gasen aufgeblähten Bauchseite schob sich etwas ekliges Grünliches nach oben. Sie merkte, dass sie aus ihrer Zeit als Zwanzigjährige doch mehr behalten hatte als vermutet, auf ihrer Zunge breitete sich ein überraschender Geschmack aus, den sie aus jener Zeit kannte. Plötzlich keimte Nostalgie in ihr auf, und sie fragte sich, ob es ihr damals während des Studiums tatsächlich so schlecht ergangen war. Sie holte tief Luft, um den Geruch zu identifizieren, aber statt nach Jerusalem zurückversetzt zu werden, stieg ihr etwas sehr Unangenehmes in die Nase, und sie wandte sich wieder Avischais grünlichem Bauch zu. Er fing an, ein wenig zu riechen, sie wollte den Geruch einatmen, um zu prüfen, wie stark er bereits war, doch schien sie nicht die jetzige Stärke einzuatmen, sondern die weitere Entwicklung, den Endzustand, dem er entgegenstrebte. Ihr wurde übel.

Sie deckte den Toten wieder zu und kehrte ohne Zeitung ins Wohnzimmer zurück. Plötzlich wünschte sie sich, die Wohnung hätte einen Balkon, sie hatte das Bedürfnis, auf irgendeinem Balkon zu sitzen. Sie stand im Raum herum und wusste nicht, wo sie sich hinsetzen oder was sie nun machen sollte. In der Nebenwohnung setzte wieder das Klopfen ein.

Sie schaute zur Uhr, was lief jetzt im Fernsehen? Auf halbem Weg zum Gerät blieb sie unvermittelt stehen, drehte sich um und wandte sich dem Eingang zu: Das kam ja von dort, jemand klopfte an Avischais Tür.

NEUN

1

So fühlte man sich vielleicht in einem Horrorfilm, wenn es keinen Fluchtweg mehr gab und der Mörder unaufhaltsam näher kam. Oder wenn man sie, obwohl unschuldig, für den Mörder hielt. Für einen Moment hoffte sie, es sei vielleicht einer der Freunde, aber die hätten vorher angerufen oder geschrieben oder eher die Klingel benutzt. Auf halbem Weg zur Tür hielt Nili inne; wenn sie erst durch den Spion lugte, dann konnte sie schon nicht mehr nicht öffnen, ganz egal, wer draußen stand, sie kannte sich selbst, sie würde meinen, sich allein durchs Anschleichen, durch bloßes Atemholen verraten zu haben.

Was hatten sie eigentlich vereinbart für den Fall, dass Leute hier auftauchten? Vor lauter erwogener und verworfener Möglichkeiten und Grübelei, was das Beste sei, wusste sie schon gar nicht mehr, auf welche Lösungen sie sich geeinigt hatten. Ihr schien jetzt, sie hätten an diese Möglichkeit überhaupt nicht gedacht, nur an WhatsApp, E-Mails und SMS-Nachrichten. Wer würde schon unangemeldet mitten am Tag bei einem neunundsechzigjährigen Junggesellen an die Tür klopfen? Wer kam heute überhaupt noch persönlich vorbei? Man telefonierte doch nicht einmal mehr miteinander.

Sie musste ja nicht öffnen. Dann würde der da draußen denken, Avischai sei nicht daheim. Schnell, was war besser? So tun, als ob niemand zu Hause war? Oder öffnen und erfahren, wer vor der Tür stand? Wer ihn suchte, würde vielleicht wiederkommen, und wenn sie nicht wussten, wer das war, dann konnten sie sich auch nicht auf ihn vorbereiten.

Das erneute Klopfen wirbelte all ihre Gedanken durcheinander. Sie ging direkt auf die Tür zu. Noch während sie öffnete, schossen ihr diverse Gedanken durch den Kopf. Was du tust, ist nicht klug, wenn dort nun ein Sexualverbrecher oder ein Einbrecher steht. Auch unter normalen Umständen darf man nicht einfach öffnen, frag zumindest, wer es ist. Im Treppenhaus stand eine junge Frau, die Nili erstaunt anblickte, und Nili blickte erstaunt zurück. Schalom, sagte die Unbekannte, und Nili grüßte ebenfalls höflich. Bemüht rief sie sich in Erinnerung, dass es ihr erlaubt war, hier zu sein; sie war die Ältere, sie war eine gute Freundin des Besitzers, sie durfte sich halbwegs so aufführen, als gehörte die Wohnung ihr.

Ist Avischai da?, erkundigte sich die Junge, und Nili sagte, nein. Ich bin Nili, eine gute Freundin von Avischai. Doch ihre innere Stimme fragte: Warum erklärst du, wer du bist, das ist doch gar nicht nötig.

Ach, du bist Nili? Ich hab schon viel von dir gehört!, sagte die Junge. Von Avischai?, wollte Nili wissen, das war dumm, und sie fügte sofort hinzu: Ich hoffe, nur Gutes. Klar doch, antwortete die andere, aber sie hätte es bestimmter sagen können, es klang nicht sehr überzeugend: Ich bin übrigens Liat. Liat, dachte Nili rasch, Liat, von der hatten sie doch kürzlich noch gesprochen, Avischai hatte eine SMS von einer Liat erhalten, doch was darin stand, das hatte Nili vergessen. Sie fühlte, dass sie jetzt ebenfalls sagen müsste: Ich hab auch schon von dir gehört, aber das entsprach erstens nicht der Wahrheit, und zweitens hatte Liat eine kleine Strafe verdient, also sagte sie nur sehr freundlich: Du willst sicher zu Avischai. Ist er da?, fragte Liat. Um die Wahrheit zu sagen, nein, er ist nicht da, erklärte Nili, wart ihr denn verabredet?

Das klang vorwurfsvoller als beabsichtigt, und tatsächlich antwortete Liat leicht verlegen: Eigentlich nicht, ich habe nur gesagt, dass ich am Freitag irgendwann vorbeischaue, vielleicht hat er das vergessen. Nili gewann ihre Sicherheit zurück und erklärte fest, wenn auch nicht sehr elegant formuliert: Avischai musste sich für ein paar Tage von allem freimachen, um irgendetwas abzuschließen, das kam von heute auf morgen, ich passe nur ein wenig auf seine Wohnung auf, aber E-Mails und SMS-Nachrichten beantwortet er, du kannst ihm auch per WhatsApp schreiben, er lässt sein iPhone eingeschaltet.

Er arbeitet also irgendwo?, fragte Liat. Genau, sagte Nili, an einem Artikel oder an der Korrektur eines Artikels, es ist mir ehrlich gesagt ziemlich egal, solange er mich hier wohnen lässt. Dabei wandte sie sich mit gespielter Bewunderung zur Wohnung um, und Liat kicherte höflich beipflichtend und vergewisserte sich dann: Im Ausland ist er aber nicht, oder? Nein, nein, wehrte Nili ab, im Ausland ist er nicht. An diese Absprache mit den Freunden konnte sie sich erinnern, wusste aber nicht mehr, weshalb sie sich darauf festgelegt hatten. Im Ausland, das hätte jetzt völlig logisch geklungen. Er ist in irgendeiner Wohnung, ich hab nicht genau zugehört, wo, eine Art Versteck.

Und Anrufe beantwortet er nicht?, fragte Liat. Er ist nur über WhatsApp, SMS und solche Dinge zu erreichen, sagte Nili, er möchte eben möglichst wenig gestört werden. Dann hörte sie sich sagen: Ich habe gerade das Interview mit Jonathan Franzen gelesen, du auch? Noch nicht, antwortete Liat. Macht nichts, sagte Nili, lies zuerst *Freedom*, sie wurde immer selbstbewusster und fügte hinzu: Avischai hat den Internetzugang an seinem PC gesperrt, damit er gar nicht erst in Versuchung gerät … Aber es läuft doch heutzutage alles über WiFi, wunderte sich Liat, welchen Zugang soll er gesperrt haben? Nili erinnerte sich an etwas, was ihr geschiedener Mann Ram oft gesagt hatte: Lügner erkennt man an der überflüssigen Information, sie versuchen, ihre Lügen mit zu vielen unnötigen Worten zu übertünchen. So breitete sie ergeben die Arme aus und sagte, ich zitiere nur.

Liat schien bloß noch aus Höflichkeit zu bleiben, weil sie die beleibte und höchstwahrscheinlich auch unglückliche alte Freundin von Avischai nicht kränken wollte. Nili musterte die Junge: Sicher schlief sie mit Avischai. Entweder das, oder sie war seine verlorene Tochter, aber diese Art Melodrama kam in ihrer Clique eigentlich nicht vor. Seine Studentin könnte sie auch sein, und in diesem Fall vögelten sie ebenfalls miteinander, Freitagmittag … Ganz egal, wäre es Montagmorgen gewesen, hätte sie dasselbe vermutet.

Liat musste so um die siebenunddreißig, achtunddreißig sein, sie hätte nicht nur altersmäßig Avischais oder ihre Tochter sein können, sie ähnelte ihren eigenen Kindern oder denen von Jehuda und Amos. Recht gutaussehend, ansprechend gekleidet, hielt sie sich an dieser letzten Phase fest, in der man noch auf dreißig plus geschätzt wird, bis etwas einbricht, und man ist vierzig. Braunes, von einer Spange zurückgehaltenes Haar umrahmte ein verhältnismäßig kleines Gesicht. Sie erinnerte Nili an ein niedliches Tier, dessen Name ihr nicht einfiel.

Was mochte Liat wohl mit ihrem Leben anfangen? Heutzutage taten Frauen ihres Alters im Allgemeinen nicht mehr viel: Stoffwindeln vom Designer, Bio-Kuchen backen. Früher einmal hatten sie einen Doktortitel vom Weizmann-Institut und einen Firmenwagen vorzuweisen. Das war total out. Heutzutage waren sie Mütter. Aber Liat war eindeutig keine Mutter, sie war so gut wie sicher Single. Nili musste jetzt unbedingt wissen, womit Liat sich beschäftigte, nur den Vornamen zu kennen, reichte ihr plötzlich nicht mehr. Aber eine solche Erkundigung kam einer Einladung in die Wohnung gleich. Sie erschrak. Hatte sie die Schlafzimmertür eigentlich geschlossen? Liat wandte sich schon zum Gehen, trotzdem war Nili, als wollte ihr Körper sich aufrichten, verfestigten und sich zum ersten Mal im Leben noch weiter ausbreiten, um die Türöffnung ganz auszufüllen. Schreib ihm einfach, sagte sie, da wird er sich freuen. Und Liat versicherte, dass sie das tun werde. Jedenfalls vielen Dank, es war mir ein Vergnügen. Bye bye, sagte Nili, auf Wiedersehen, und schloss die Tür.

Sollte sie Sohara vom Handy oder vom Festnetz aus anrufen? Sie sprach nicht gern vom Handy, aber wenn sie Avischais Haustelefon benutzte, hinterließ sie vielleicht Spuren? Gerade, als sie beschloss, doch das Festnetztelefon zu benutzen, denn das erschien ihr nun sogar vorteilhaft, wenn Avischai seine Freundin Sohara anrief, so war das wie ein Lebenszeichen, da gab Avischais Handy kurz das Klappern seiner Schreibmaschine von sich, das Signal für den Eingang einer SMS. Die musste Liat ihm geschickt haben. Nili erschrak. Wenn die nun draußen vor der Tür stand und ihre SMS eingab? Und dann Avischais Handy hier drinnen klappern hörte? Sie riss das Ding an sich, stürmte ins Badezimmer, gab den Code ein und las: *Liat hat dir ein Bild geschickt*, Nili sah Finger mit schreiendgrün lackierten Nägeln, die etwas festhielten, sie hielt das Gerät weiter weg und kniff die Lider zusammen. Was war das nur?

Sie holte ihre Brille aus dem Wohnzimmer, kehrte ins Bad zurück und vergrößerte das Bild: Die grün lackierten Fingernägel hielten einen Schwangerschaftstest mit zwei rosa Streifen, positiv.

2

In Wirklichkeit hatte sie so etwas noch nie gesehen, höchstens mal in einem Film. Zu ihrer Zeit gab es diese Tests noch nicht, und ihre Kinder hatten keinen Grund, ihr so etwas zu zeigen. Auch das hier ist nicht wirklich, dachte sie, das ist auch nur ein Bild, wie in den Serien, dennoch krümmte sie sich vor Verlegenheit, als sähe sie ein Paar beim Sex, echter Sex zwischen zwei Leuten, die es miteinander trieben, weil sich die Gelegenheit ergeben hatte, nicht besonders fotogen. Sie war allein vor diesem Stäbchen, nur das Display schützte sie vor dem Uringeruch.

Plötzlich fühlte sie sich alt, alt und dick, und begriff, dass sie sich nicht nur vor Verlegenheit gekrümmt hatte, es war zugleich das spontane Bedürfnis gewesen, ihren Leibesumfang zu reduzieren, sie war zu massig für diesen frischen, fragilen Anblick – und außerdem lag nebenan ein Toter. Hastig wischte ihr Zeigefinger nach oben und nach unten, um dem Austausch zu folgen, wollte mit dem frenetischen Suchen ihre Gedanken unter einer möglicherweise hässlichen, aber durchaus allgemein-menschlichen Neugier verstecken, doch was sie fand, war unergiebig, *Auch mir ist das manchmal gestattet*, dann *Ein Smiley?* und dann *Daumen schon gedrückt!!!* mit drei Ausrufezeichen und Smiley. Wer hatte was eingegeben, was stammte von Avischai, was von dieser Liat, etwas könnte auch von Jehuda gewesen sein, fiel ihr ein; sie war zu aufgeregt, um dem Austausch logisch zu folgen, suchte panisch nach einer klaren Mitteilung, nach des Rätsels Lösung, aber etwas Derartiges war nicht zu finden. So kommunizierten die Leute heutzutage eben per Handy.

Sie nahm das iPhone mit ins Wohnzimmer und rief Sohara kurzentschlossen vom Festnetz aus an. Vielleicht sollte ich lieber wieder auflegen, dachte sie noch kurz, doch dann gewann das Mitteilungsbedürfnis Oberhand über das Mitleid, und außerdem war es für Sohara besser, es von Nili zu erfahren.

Du wirst es nicht glauben, sagte sie, und Sohara fragte, was? Und Nili sagte noch einmal, nein, nein, du wirst es nicht glauben, ich bin selbst noch geschockt, du weißt nicht, was ich hier durchmachen muss. Hilfe, sagte Sohara, du jagst mir Angst ein. Nein, nein, beruhigte Nili sie, niemand ist gestorben oder so was, oder besser gesagt, es gibt keine weiteren Toten zu beklagen. Unterdessen überlegte sie, ob sie gleich zum Schluss springen sollte oder Sohara alles von Anfang an erzählen?

Also, ich sitze hier bei Avischai im Wohnzimmer. Und?, fragte Sohara. Plötzlich klopft jemand an die Tür. Nein, rief Sohara, das darf nicht wahr sein. Und ob das wahr ist, erwiderte Nili, ich bin vor Schreck erstarrt! Weiter, weiter, drängte Sohara. Kurz und gut, fuhr Nili fort, ich habe die Tür geöffnet, draußen stand eine junge Frau, so um die achtunddreißig, und fragte nach Avischai. Wer war das, hat sie sich vorgestellt?, wollte Sohara wissen. Warte, sagte Nili, ich erzähle ihr also, dass Avischai nicht da sei, er arbeite in aller Ruhe an einem Artikel, und ich passe auf die Wohnung auf – frag nicht. Aber Sohara fragte, was wollte die von Avischai, hat sie dir das verraten. Warte, sagte Nili, ich schlug ihr vor, ihm eine SMS zu schreiben, er würde nur noch schriftlich kommunizieren, wolle nicht mit Anrufen gestört werden und so weiter, und kaum hatte ich die Tür hinter mir geschlossen, da hörte ich, dass auf seinem iPhone eine Nachricht einging, und was enthielt sie wohl? Nun sags schon, drängte Sohara. Und Nili verkündete: ein Foto, das einen Schwangerschaftstest mit zwei Streifen zeigte, positiv.

Was hat das zu bedeuten?, wunderte sich Sohara. Nun, fragte Nili, was hat das deiner Meinung nach zu bedeuten? Okay, sagte Sohara, aber von wem ist es, von ihm? Was meinst du denn?, fragte Nili. Keine Ahnung, gab Sohara zurück, wer war das überhaupt, und weshalb sollte sie ausgerechnet von Avischai ein Kind erwarten? Weshalb sollte sie ausgerechnet von Avischai ein Kind erwarten?, frotzelte Nili, weil sie mit ihm geschlafen hat, deshalb, das ist doch nicht weiter verwunderlich, aber ob er das gewollt hat oder nicht … schwer zu sagen, wahrscheinlich nicht. Nili, so ein Schock, sagte Sohara. Und Nili sagte, obwohl man höchstwahrscheinlich keinen positiven Schwangerschaftstest schicken würde, wenn man befürchtete, den Empfänger damit zu verärgern, oder? Daraus würde ich nicht unbedingt schließen, dass Avischai der Erzeuger ist, erwiderte Sohara. Klar, gab Nili zurück, bevor wir dem Baby die Million Kronen überweisen, müssen wir das natürlich genau überprüfen, aber warum sollte sie ihm sonst so ein Foto schicken, er ist doch nicht ihr Vater. Woraufhin Sohara sagte, vielleicht sind sie befreundet. Und Nili meinte zögernd, vielleicht.

Hör zu, Nili, sagte Sohara, ich habe jetzt gleich eine Verabredung, ich rufe dich hinterher an, gut? Jetzt eine Verabredung?, fragte Nili. Und Sohara erwiderte: Was soll ich machen, diese Person kann nur an einem Freitag, ich melde mich anschließend wieder, gut? Warte einen Augenblick, bat Nili, was soll ich dieser Liat denn jetzt antworten, dabei brauche ich deine Hilfe, Sohara. Aber Sohara murmelte, die Person ist schon da, Nili, sprich mit Jehuda oder so darüber, ich muss jetzt wirklich Schluss machen.

Nili stand in Avischais Wohnzimmer, das Telefon zwischen Hals und Schulter geklemmt, und war unzufrieden. Wie schade, dass Sohara ihr weiterhin ihr Verhältnis mit Avischai verschwieg, sonst hätte sie hierher kommen können, und sie hätten in aller Offenheit miteinander geredet. Lieber als mit einem der anderen hätte Nili sich jetzt mit Sohara ausgetauscht.

War sie nicht feinfühlig genug gewesen? Möglicherweise, aber Sohara hatte sie ja, sehr zu ihrer Enttäuschung, niemals eingeweiht. Doch vielleicht verdiente die Freundin gerade deswegen Empathie, offenbar wollte Sohara keinen weiteren Verlust beweinen, wollte dieses nochmalige Scheitern nicht formulieren müssen. Es war nicht die Zeit, mit ihr abzurechnen, man sollte ihr lieber das Leben etwas erleichtern.

Wen aber jetzt anrufen, Jehuda oder Amos? Oder vielleicht sogar Nathan? Nur um zu reden, um die Anspannung irgendwo abzuladen. Sie neigte zu Amos, der hatte immerhin Frau und Kinder, eine normale Familie, er würde besser als Jehuda verstehen, worum es ging; bei Jehuda hatte sie manchmal den Eindruck, er lebte innerhalb seiner Familie wie ein Schiffsbrüchiger auf einer einsamen Insel, der seinem alten oder schon dem nächsten neuen Leben zuwinkte. Gleichzeitig verdächtigte Nili sich selbst, dieser Gedankengang sei nur ein Vorwand, ihrem Freund Amos einmal ein intimes Gespräch zu entlocken und sich etwas von der verlorenen Ehre zurückzuholen. Nicht, dass Amos sie respektlos behandelt hätte, eher im Gegenteil, er erwies ein Übermaß an Respekt. Zu den anderen, zu Jehuda, zu Sohara, zu Avischai, unterhielt er eine echte Beziehung, und sie, Nili, saß unberührt dabei, ein Teil der Dekoration, ein dem Fünfeck angefügtes Gerüst, mehr nicht.

Dabei mochte sie Amos. Sie mochte ihn sogar sehr. Er besaß den trockenen, vergnüglichen Humor, der irrtümlich Avischai zugesprochen wurde, doch niemals ihm, Amos, dem man dieses Talent zugunsten seines Freundes wegnahm, als dürfte es keinesfalls beiden gehören. Nili hatte große Lust, dies einmal richtigzustellen, nicht zuletzt, weil Amos die Fehleinschätzung so demütig akzeptierte. Nili lernte Amos kennen, nachdem sein jüngerer Bruder, Arnon, gerade im Sechstagekrieg gefallen war. Das konnte sie nicht vergessen, obwohl Amos niemals von ihm sprach, auch nicht, als er seinen ersten Sohn nach ihm benannte.

Sie glaubte damals, er würde ihre Zuneigung schon von allein spüren und das würde reichen. Aber zu ihrer Verwunderung reichte es nicht. Alle ihre Versuche, eine Erklärung für seine Verschlossenheit zu finden, verliefen im Sand, sie grub sich nur noch tiefer ein. Laut äußerte sie die Vermutung, es sei so, weil er sie anziehend fand, aber insgeheim befürchtete sie etwas anderes: Sie hatte versucht, Amos mit einer gewissen Bürgerlichkeit zu erobern, die ihnen beiden gemeinsam war und über die Nili im Allgemeinen gern spottete, obwohl sie sich deren Vorzüge insgeheim eingestand. Hatte er die Widersprüchlichkeit ihres Verhaltens bemerkt und hielt sie deswegen für unaufrichtig oder doppelzüngig?

Dabei zeigte sich hier doch nur die Komplexität ihres Wesens.

Ab und zu meinte sie, Amos hege den Verdacht, den übrigens auch sie selbst hegte, sie habe sich aufgrund der Gutmütigkeit der anderen in die Clique einschmuggeln können, gehöre aber im Grunde gar nicht dazu. Eigentlich hätte sie sich beweisen und irgendeine von ihr selbst zu erkennende Prüfung ablegen müssen, aber sie hatte das Wesen dieses Tests nicht erraten und ihn somit auch nicht bestehen können.

Sie suchte im iPhone nach Jehudas Nummer und wählte sie dann vom Festnetz aus. Hör mal, Nili, meldete er sich, du hast keine Ahnung, wie es sich anfühlt, jetzt von Avischais Telefon aus angerufen zu werden. Entschuldige, sagte Nili, ich wollte dir keinen Herzinfarkt verursachen. Und Jehuda fragte: Was ist los, wie kommst du dort klar? Du wirst es nicht glauben, fing sie an. Was ist los, fragte Jehuda noch einmal, und Nili sagte: Nein, du wirst es nicht glauben, ich bin immer noch geschockt, du kannst dir nicht vorstellen, was ich gerade durchgemacht habe. Nun rede doch endlich, sagte Jehuda.

3

Nun, Jehuda, fragte sie, was sagst du dazu? Und er meinte, keine Ahnung, was ich dazu sagen soll, hast du das schon verdaut? Ich fange gerade damit an, gab sie zurück. Und er fragte, was machen wir denn jetzt? Ich denke, wir sollten zunächst einmal auf die SMS reagieren, die ist vor ca.

einundzwanzig Minuten gekommen, meinte sie. Du hast einundzwanzig Minuten gebraucht, um mich anzurufen?, staunte er. Was willst du von mir, erwiderte sie, ich stand unter Schock.

Was könnten wir denn schreiben, ich verstehe mich nicht auf diese Dinge, ich habe eine geschlagene Stunde gebraucht, um nur eine Terminverschiebung zu akzeptieren, sagte er. Gut, sagte sie, dann machen wir das gemeinsam, besonders kompliziert ist es ja nicht, wir könnten beispielsweise »gratuliere« mit drei Ausrufezeichen schicken, das wäre das Einfachste, was meinst du?, das Einfachste ist in diesem Fall vielleicht das Beste. Aber wenn es von ihm ist, gab Jehuda zu bedenken, dann ist »gratuliere« etwas merkwürdig, oder? Hat dein Mann etwa »gratuliere« gesagt, als du ihm erzählst hast, dass du schwanger bist? Wenn Avischai der Vater ist, passt »gratuliere«, sagte Nili. Und Jehuda meinte, man kann nie wissen, wir kennen diese Frau doch überhaupt nicht. Es ist höchstwahrscheinlich von ihm, entgegnete Nili. Ja, höchstwahrscheinlich, stimmte Jehuda zu, aber dennoch.

Du wolltest wissen, was mein Ex damals gesagt hat?, fragte Nili. Aber Jehuda meinte: Vergiss es, das hilft uns momentan auch nicht weiter, inzwischen ist mir eingefallen, was ich Idith geantwortet habe, aber die Situation war natürlich eine ganz andere, kein Schwangerschaftstest per SMS.

Sie schwiegen eine Weile, dann schlug Nili vor: Vielleicht kommst du kurz vorbei, und wir schauen uns das zusammen auf dem Bildschirm an, dann fällt einem eher etwas ein, außerdem könnte ich ein bisschen Gesellschaft gut gebrauchen. Sorry, Nili, ich kann nicht weg, gab er zurück, Idith fliegt morgen früh ins Ausland, und heute Abend kommen die beiden Töchter vorbei, aber keine Bange, wir werden das Problem gleich beheben – wie wäre es mit »du hast mich glücklich gemacht?«, das fände ich nicht schlecht. Schlecht ist es nicht, sagte sie, aber denk mal kurz nach, wenn das Kind nun nicht von ihm ist und die Sache landet vor Gericht, was durchaus passieren kann, falls Avischai den Preis erhält, dann könnte eine solche Antwort als Vaterschaftserklärung gelten. Die Sache ist knifflig, fuhr sie fort, wir müssen gut achtgeben. Nili, du bist ein Genie, meinte Jehuda, und Nili sagte, tausend Dank.

Wie ist es mit »großartig«?, fragte er. Eher nicht, sagte sie, aber weißt du was, jetzt hab ichs, das ist es. Nili, ich liebe dich, sagte er, schieß los. Ja, ich bin wirklich genial, erklärte Nili. Nun spucks schon aus, sagte Jehuda. Und Nili sagte: Ich schreibe nichts, ich schicke ihr einfach Party-Emojis mit Feuerwerk und all dem Zeugs, das bedeutet überhaupt nichts, ich versende so etwas oft. Und Jehuda fragte: Bedeutet es nicht, dass er sich freut? Ja, sagte Nili, es bedeutet eine allgemeine Freude, eine unverbindliche Fröhlichkeit, aus einem Clownshut mit Konfetti dürfte kein Gericht der Welt eine Vaterschaftserklärung hervorzaubern. Das ist es, Nili, bestätigte Jehuda. Und Nili sagte, gut, dann geht das jetzt ab, wünsch mir Glück, aber wenn sie etwas erwidert, rufe ich dich noch einmal an, das sage ich dir jetzt schon. Kein Problem, gab Jehuda zurück, ich bin den ganzen Abend zu erreichen.

ZEHN

1

Sie setzte sich mit Avischais iPhone in den Fernsehsessel und stellte das Festnetztelefon neben sich, so konnte sie alles Notwendige erledigen, ohne aufstehen zu müssen. Aber Liat reagierte nicht, und Nili konnte ihre Augen nicht vom Display abwenden.

Das Kind müsste wohl ein Einzelkind bleiben, für ein zweites hätte Liat keine Zeit als alleinerziehende Mutter, sie wäre mit dem Aufziehen des ersten voll ausgelastet, aber immerhin ein Sprössling von Avischai, eine ausgezeichnete Wahl, ob mit oder ohne Nobelpreis, Liat hätte es schlechter treffen können.

Ob die Freunde ihr beistehen müssten, wie die Großeltern vonseiten gefallener Väter? Wie könnte das funktionieren, wie wäre das in ihr Leben zu integrieren? Noch ein Enkel, Gott behüte. Ins Kino oder in eine Kindervorstellung würde sie ihn wohl kaum mitnehmen, das wäre zu seltsam, außerdem hatte sie wegen der eigenen Enkelkinder dafür gar keine Zeit. Aber Sohara vielleicht? Die könnte doch als Oma väterlicherseits fungieren, es könnte ihr sogar gefallen.

Aber ob es dieser Liat auch gefallen würde? Wegen der Gespräche, die sie in diesen Tagen führten, wegen der Pläne, die sie schmiedeten, hielt Nili sich und ihre Freunde für so merkwürdig, dass sie kaum zu glauben vermochte, eine normale junge Frau würde solche Menschen in ihr Leben lassen. Andererseits waren sie natürlich erstklassige Großmütter und Großväter, die besten, die es überhaupt gab; weder stopften sie die Kleinen mit Süßigkeiten voll, noch schickten sie ihre Schützlinge auf öffentliche Spielplätze. Obendrein waren sie gutherzig, gebildet und relativ normal, denn nur gutherzige, gebildete und relativ normale Leute ließen sich auf ein solches Abenteuer ein und trauten sich, für zehn Tage einmal nicht normal zu sein.

Nili stellte sich vor, diese Aufgabe würde Sohara in die Schuhe geschoben, allein schon um die anderen zu entlasten, doch dann erschien ihr diese Lösung nicht optimal, Avischais Kind hatte eine etwas spritzigere Betreuung verdient, und schon hörte Nili sich selbst: Ich bin da, wann immer du mich brauchst, Liat. Vielleicht sogar: Meine liebe Liat, ich betrachte dieses Kind als zusätzlichen Enkel, du kannst auf mich zählen, auch wenn du nur einmal einen netten Nachmittag mit einer Freundin verbringen willst, das ist in meinen Augen nicht weniger heilig als arbeiten oder einkaufen gehen, ja, vielleicht sogar noch um einiges heiliger.

Die Natürlichkeit, mit der dieser Monolog ihr über die Lippen kam, die erstaunliche Aufrichtigkeit, mit der er sich anbot, bestürzte Nili, denn eigentlich wollte sie doch nichts mehr von all dem wissen. Gut, dass sie allein in der Wohnung war, nun konnte sie sich in aller Ruhe vorbereiten und die Situation unter Kontrolle bringen.

Das Kind müsste natürlich auch an der einen oder anderen im Freundeskreis organisierten Mahlzeit teilnehmen, das auf jeden Fall. Sie wünschte sich, zur Bar-Mizwa eingeladen zu werden. Ohne selbst viel zu investieren, wollte sie beobachten, welche Art Mensch Avischais Lenden entsprossen war, wofür sein Sohn sich interessierte und was er liebte. Sie wollte sich die Schulvorstellungen anschauen, bei denen dieses Kind zweifellos glänzen würde, und wäre gelegentlich auch bereit, ihm einen Rat zu geben, besonders in der Pubertät.

Nathan kam ihr in den Sinn, der einmal etwas Ähnliches geäußert hatte: Wenn es möglich wäre, ein fertiges, sprechendes, mit einer Persönlichkeit ausgestattetes Kind zu bekommen, dann würde er unter Umständen auch eins wollen, aber das war natürlich unmöglich.

Diese Aussage beruhigte sie bei gewissen Gelegenheiten bis zu einem gewissen Grad. Er wollte keine Kinder, hatte niemals welche gewollt, deswegen ging er mit einer gleichaltrigen Frau aus. Einer gleichaltrigen, dicken Frau. Er besaß die nötige Selbstsicherheit, die Selbstsicherheit eines gutartigen Kindes. Nili kannte diese Art Kinder aus ihrer Schulzeit, erinnerte sich gern an sie, nette junge Jerusalemer, denen ihr Körperumfang schnurzegal war, sie beäugten sie und sagten auf Anhieb: Nili ist große Klasse. Benutzte man diesen Ausdruck heute überhaupt noch, »große Klasse«? Ach, egal, laut würde sie es sowieso nicht sagen: Nili ist große Klasse. Jedenfalls hatte sie dank dieser Kinder in der Schulzeit reüssiert, obwohl sie bereits damals etwas zu mollig war. Dick, hatte sie in jenen Jahren wiederholt und tat es heute auch noch, um dem Spott zuvorzukommen, aber auch, um einen ganz eigenen, nicht zu benennenden Charme zu betonen, der ihr in die Wiege gelegt worden war und der alle körperlichen Attribute in den Schatten stellte.

Nach ihrer Scheidung war sie ziemlich selbstbewusst in die Welt getreten; seitdem waren fast vierzig Jahre vergangen, aber Menschen ändern sich im Grunde nicht, das wusste sie. Es hängt nicht von den Falten und nicht von der äußeren Schale ab, erklärte sie wiederholt, insbesondere ihrer Freundin Sohara, Attraktivität ist ein Teil der Persönlichkeit; wenn Menschen anziehend sind, dann bleiben sie es auf ihre spezielle Art bis in ihre letzten Tage. Wer aber unattraktiv ist, der bleibt es ebenfalls bis zu seinem Ende. Insofern bin ich froh, immer schon etwas zu dick gewesen zu sein, ich brauchte nie auf mein Äußeres zu bauen, verstehst du?

Wenn sie sich vor etwas fürchtete, dann nicht etwa davor, nackt neben einem neu kennengelernten Mann zu liegen oder so etwas, nein, sie fürchtete sich vor der angezogenen Nili, die lebte, wie sie eben lebte, und die sich Nahrung einverleibte, wie sie es eben tat, und die deswegen Angst hatte, sie würde nur noch allein und nie wieder in Gesellschaft eines Mannes essen können.

Gelegentlich ergaben sich zumeist nicht besonders gelungene sexuelle Begegnungen, normalerweise aber ergab sich gar nichts. Nachdem sie mit Erstaunen festgestellt hatte, wie leicht es war, mit Männern zu schlafen, deren Typ sie eigentlich gar nicht war und die auch keineswegs ihrem Typ entsprachen, unterließ sie diesbezügliche Bemühungen und führte sich auf wie eine prüde Zicke, das weibliche Pendant zu den schwerfälligen, bigotten, lüsternen Kerlen, die sie gleichgültig musterten.

Eine Zeitlang verschlang sie Artikel, die sich mit diesem Thema beschäftigten, Ratgeberkolumnen, Bekenntnisse in Frauenzeitschriften, Dokumentarfilme und sogar romantische Komödien, die alle davon sprachen, wie schwer es nach der Scheidung besonderes für reifere Frauen sei, eine zweite oder dritte Liebe zu finden. Sie las oder betrachtete dieses Material mit gesteigerter Aufmerksamkeit, als wollte sie sich unter diese ganz normalen Frauen mischen, die scheiterten, wo auch sie scheiterte, und vielleicht bei ihnen Schutz finden.

Ab und zu kam es vor, dass sie es war, die nicht wollte, es kam sogar des Öfteren vor. Sie traf Männer, die sie begehrten, aber Nili zeigte ausdrücklich keinerlei Interesse. Dennoch lebte sie in der Annahme, Bekannte und Freunde in ihrer Umgebung würden ihre Partnerlosigkeit auf ihr Übergewicht zurückführen. Natürlich sprach niemand darüber, sie waren ja nicht völlig verrückt, aber das regte Nili nur noch mehr auf, denn so bekam sie keine Gelegenheit, die irrige Meinung zurückzuweisen und richtigzustellen. Und je mehr sie selbst ihren Leibesumfang verdächtigte, desto größer war ihr Ärger über die Leute, die ihr nicht glaubten, dass selbstbewusste Männer sie trotzdem begehrten und immer begehrt hatten.

Mit der Zeit wuchs der Druck, dies unter Beweis zu stellen. Nili beobachtete sich dabei, dass sie nicht mehr alles erzählte, wenn nur die allgemeine Tendenz gewahrt blieb: Es lief gut oder es ging schief, zum Lügen ließ sie sich nicht verleiten.

Und dann tauchte plötzlich Nathan auf, der sie ohne jede Haarspalterei eindeutig begehrte, wie ein Außerirdischer, dem man die Liste der auf diesem Planeten geltenden Gesetze noch nicht ausgehändigt hatte – ach, ich hätte sie nicht begehren dürfen? Warum denn nicht? Kann mir das mal einer erklären? Seitdem versuchte sie unablässig herauszufinden, ob er auch wirklich ein gutartiger Junge war, und falls nicht, welches Problem er wohl hatte.

2

Sie erkundigte sich ein wenig, manchmal auch ausgiebig, nach den Frauen, die er vor ihr gehabt hatte, immer bemüht, das als die übliche Fragerei zu kaschieren, damit er nicht merkte, was sie einzig und allein interessierte: ob sie ebenfalls dick gewesen waren. Ihr Geheimnis lag in ihrer vermeintlichen Selbstsicherheit, und sobald sie ihre Schwäche einmal zu erkennen gäbe, ließe sie sich nicht wieder verheimlichen. Jedoch war sie ungeübt in dieser Art des Verhörs – »erzähl mir doch ein wenig von deinen früheren Beziehungen« – und kam sich selbst wie eine alberne TV-Moderatorin vor, sodass sie Nathan am Ende ganz direkt fragte und alles ans Licht kam.

Schlanke Frauen möge er nicht, sagte er, aber das hatte sie natürlich schon selbst gemerkt und glaubte es ihm ohne Weiteres, doch seine Verflossenen waren einigermaßen normalen Umfangs gewesen. Etwas übergewichtig vielleicht, aber keinesfalls so beleibt wie Nili. Der Gedanke, sie sei eine extreme Version seiner sexuellen Vorlieben, machte ihr zu schaffen. Warum begehrte er sie? Gab sie sich selbst die Antwort – weil ich toll bin, einfach großartig, warum sollte er mich nicht wollen, wer mich nicht will, ist ein Idiot –, dann war das ebenso glaubhaft wie der tausendfach vervielfältigte Zettel in einem Glückskeks. Andererseits wollte sie ihn nicht zu sehr bedrängen, ihn nicht auf irgendwelche Ideen bringen.

Vielleicht bin ich wirklich gut im Bett, dachte sie manchmal. Sie war es tatsächlich, das wusste sie, aber wie gut musste eine sein, um dreißig Kilo zu viel wettzumachen? Was musste sie im Bett anstellen, um das zu erreichen? Was immer es auch sein mochte, sie würde es ganz gewiss nicht bringen.

Er könnte ja auch noch Kinder wollen. Avischai hatte ebenfalls gesagt, er wollte keine, und nun, siehe da. Die Dinge ändern sich gelegentlich, wenn man ihnen genug Zeit gibt. Hatte Avischai vielleicht immer welche gewollt? Sie wusste nicht mehr, ob sie jemals mit ihm darüber gesprochen hatte und fühlte sich plötzlich schuldig, falls nicht. War sie zu selbstbezogen gewesen? Hatte sie ihm etwa niemals richtig zugehört? Sie hatte in ihm stets den Don Juan gesehen, der dem allen bewusst entronnen war, den Windeln, den Sorgen, dem Joch, obwohl das natürlich nicht ganz stimmte, denn Joch konnte das nur nennen, wer es erlebt hatte. Sogleich fühlte sie sich als schrecklich unaufrichtige Person, wenn sie am Telefon Avischai gegenüber immer dieselbe Show abzog: Sei froh, mein Lieber, das Schicksal hat dir viel erspart.

Zum ersten Mal seit seinem Tod verspürte sie echte Panik. Sie wollte ihn fragen, ob sie wirklich so gewesen war, wenn auch nur manchmal, und gegebenenfalls um Verzeihung bitten, dass sie ihn nie darüber ausgefragt hatte, ihm zeigen, dass sie von selbst daraufgekommen war, bevor man sie gescholten oder ermahnt hatte. Das würde sie jetzt nie erfahren, oder Avischai würde es nie erfahren, was auch immer.

Mehr als alles andere wünschte sie sich, von ihm getröstet zu werden. Red keinen Unsinn, Nili, sollte er sagen, lass den Quatsch. Wozu sind wir Freunde? Du redest, wie dir der Schnabel gewachsen ist, und ich ebenfalls. Und wenn du unbedingt die Beziehungskiste aufmachen willst, dann bitte ohne mich, alles klar? Dann würde Nili sich unter den eventuell strömenden Tränen zerbrechlich, aber gerechtfertigt fühlen und lächelnd nicken: alles klar.

3

Nach der Scheidung schien es für kurze Zeit, als ob Avischai ausgerechnet mit ihrem Ex-Mann befreundet bleiben würde. Ram war von Beruf Toningenieur, beriet Opernhäuser in aller Welt und verfügte über eine unerschöpfliche Quelle unwiderstehlicher Anekdoten.

Seit er pensioniert war, sprach er mit Stolz und großem Ernst von seiner oft ehrenamtlichen Tätigkeit in den Ländern der Dritten Welt. Nili fand es eher belustigend, soweit es erlaubt war, diese Angelegenheiten lustig zu finden, wenn er sich als jemanden darstellte, der am Erfolg des aufstrebenden afrikanischen Kontinents beteiligt war. Wen zum Teufel scherte das Klangdesign der sudanischen Oper?

Avischai hatte Ram immer gemocht und geschätzt, anscheinend wegen der Tontechnik und der Opernhäuser. Avischai schätzte Menschen, die ihm in Bezug auf Lebensstil und Mysterium etwas voraushatten. Bis er irgendwann einsehen musste, dass sein Blick recht naiv war. Das geschah, als Nili ihm von ihrer ungefähr zehn Jahre zurückliegenden Affäre erzählte. Sie arbeitete damals in einer Praxis im Jerusalemer Viertel Beit HaKerem. Ihre Beziehung zu ihrem Mann war gut und freundschaftlich, dann und wann lebte die Verliebtheit auf, aber das blieb folgenlos, ohne Begehren und fast ohne Vögelei. Das seltene, lustlose Vögeln wurde eine Weile lang verlegen belächelt und dann von Schüchternheit gänzlich übertüncht. Die Erinnerung daran kam nur dann auf, wenn in Fernsehserien oder in Filmen ältere Paare über Sex sprachen oder Sex hatten, und dann stand einer von ihnen auf und ging in die Küche, um sich irgendetwas zu holen.

Ob das auch schon so gewesen war, als sie im Alter von achtundvierzig, neunundvierzig eine Affäre begann, vermochte Nili nicht mehr zu sagen, aber zumindest war es hinterher so, in all den Jahren bis zur Scheidung. Die einzige Phase, die Nili von diesem Einerlei der Nicht-Vögelei unterscheiden konnte, das waren die ersten fünf Jahre ihres Zusammenseins.

Sie waren sich auf einer Party in Jaffa begegnet. Nili war damals fünfundzwanzig, und eine Stunde bevor sie

Ram traf, hatte der umstrittene Literat und notorische Frauenheld Dan Ben-Amotz sie gefragt, ob sie nicht Telefonnummern austauschen wollten. Sie wusste nicht, wer er war, und erwiderte, sie sei mit ihrer Telefonnummer ganz zufrieden. Von dieser Begebenheit hatte sie seitdem wohl Millionen Mal erzählt, aber dass sie die umschwärmte Kulturikone damals überhaupt nicht erkannt hatte, behielt sie für sich.

Ram war der erste, an dem sie diese Anekdote ausprobierte. Natürlich wollte er sie daraufhin unbedingt und sofort. Von dem Augenblick an und während der ersten drei Jahre rauchten sie vornehmlich Hasch, so jedenfalls hatte sie das in Erinnerung. Dann kamen die Kinder. In den folgenden achtunddreißig Jahren hatte sie nur noch zweimal Haschisch geraucht und das Wort vielleicht ein Dutzend Mal benutzt. Sie hatte sich dabei jedes Mal als schlechte Mutter gefühlt.

Wie auch immer, eines Tages tauchte ein Mann namens Avi in ihrer Praxis auf – ungefähr so alt wie sie, geschieden, mit einem fünfjährigen autistischen Sohn. Er gefiel ihr auf Anhieb, wie das sogar im echten Leben manchmal vorkommt. Er saß ihr zehn Minuten gegenüber, und sie spürte, dass es um sie geschehen war. Er war aus demselben Holz geschnitzt wie sie. Wer Glück hat, dem begegnet ein solcher Partner vielleicht zweimal im Leben, es ist allerdings nicht unbedingt immer ein großes Glück.

Sie fühlte sich wie ein albernes, verzogenes Mädchen und machte sich den ganzen Tag lang Vorwürfe: Sie mit ihren gesunden Kindern und den angenehmen Lebensumständen durfte sich eine solche Liebesfantasie wohl erlauben. Aber er war mit ganz anderen Dingen beschäftigt, das war ihr klargeworden, während er ihr gegenübersaß: Er trug eine schwere Bürde. Wenn man ein autistisches Kind hat, denkt man nicht an Affären.

Aber am nächsten Tag tauchte er allein in ihrer Praxis auf. Sie hatte sich getäuscht, er dachte sehr wohl daran und erteilte ihr damit eine Lektion, an die sie sich ein Leben lang erinnern sollte: Daran denkt man immer.

4

Als sie zehn Jahre später ihren Mann vom Flughafen abholte, erzählte er ihr im Wagen, noch bevor sie vom Parkplatz gerollt waren, er habe sich in die Kostümbildnerin des Luxemburgischen Nationaltheaters verliebt. Er brauche wohl nicht zu betonen, dass zwischen ihnen noch nichts passiert sei, und es würde auch bis zur Scheidung nichts passieren. Diesen Worten entnahm Nili, dass Ram sie in all den langen sexfreien Jahren nie betrogen hatte. Trotz all der Reisen und Opernhäuser. Er hatte einfach gelebt, ohne zu vögeln.

Sie war davon ausgegangen, dass im Vermeiden des Themas zwischen ihr und Ram ein unausgesprochenes Einverständnis lag. Nun verteilte sie ihre schrecklichen Schuldgefühle auf die langen Jahre des Nicht-Erzählens und auf Avi – es war zwar eine kurze Affäre gewesen, sie hatte nicht wirklich mit dem Vater eines autistischen Kindes zusammenleben wollen, aber es war gewesen. Zehn

Jahre Scham stiegen schlagartig in ihr auf, dazu eine rasende Wut auf ihren Mann. Um sich zu rächen, an ihm, an sich selbst, gestand sie ihm den Fehltritt. Als sie zu ihrer Verteidigung vorbrachte: Ich dachte, auch du würdest herumvögeln, reagierte er empört: Was ist denn das für ein Argument, was ist das für eine Beziehung, in der jeder voraussetzt, dass der andere lügt? Sie blieb ihm die Antwort schuldig.

Später wollte die Luxemburgerin Ram nicht mehr. Die beiden Eheleute standen ausgehöhlt voreinander, zu verlegen, um weiterzumachen, selbst wenn sie es gewollt hätten. Sie ließen sich scheiden wie zwei pubertäre Jugendliche, die sich mal eben trennen, anstatt ins Kino zu gehen. Ihre Kinder verstanden überhaupt nicht, was mit den Eltern los war. Nili spottete gern über den Konservatismus ihrer Kinder, doch in diesem Fall konnte man ihnen wirklich keinen Vorwurf machen.

5

Wie gut sie Avischai kannte! Als sie ihm erzählte, dass sie ihren Mann betrogen hatte, nahm sie das winzige Flackern in seinen Augen wahr; er hatte etwas bisher Unbekanntes über sie erfahren, über ihre Machtbeziehung zu dieser Welt, sie war eine Suchende, gab sich nicht zufrieden, so war das bei ihr, nicht nur Ram gegenüber, sondern im Leben allgemein – obwohl sie dick war.

Das war in einer Phase gleich nach der Scheidung gewesen, in der Avischai sich ein wenig mit Ram angefreundet hatte. Nili hatte nichts dagegen, nicht dass man sie gefragt hätte. Sie befürchtete, Ram könnte einsam sein, denn insbesondere, nachdem die Kostümbildnerin aus Luxemburg ihn hatte abblitzen lassen, wirkte er hilflos. Nili wusste, dass das Avischai gerade recht kam, er brauchte Publikum, aber ein anspruchsvolles, so jemanden wie Ram eben. Sie förderte die Gemeinsamkeiten zwischen ihnen nach Kräften, aber die Freundschaft überdauerte nicht, vielleicht, weil es einfach schwierig ist, im Alter von sechzig Jahren eine neue Beziehung aufzubauen. Als die Freundschaft abflaute, war Nili dermaßen dankbar, dass sie Avischai mit ihrer eigenen Zuneigung entschädigte.

Das passte ihr sehr gut: Avischai war der Einzige, mit dem man sich über Beziehungen unterhalten konnte, wie es sich gehörte, der Einzige, der wie sie ungebunden war. Das war Sohara zwar auch, aber Sohara war eine ewig Ratsuchende, und Nili hatte die Rolle der Ratgeberin während zu vieler langer Jahre gespielt. Avischai verstand einfach alles, er war der Einzige, der ihr abnahm, dass sie begehrt wurde, dass Nathan sie wirklich wollte, vielleicht, weil auch Avischai dieses gewisse Etwas besaß, das die Leute anzog, ganz egal, wie man aussah. Darin glichen sie sich vielleicht von allen fünf am meisten und hatten damit den anderen etwas voraus. Nicht dass es Avischai jemals eingefallen wäre, etwas mit einer dicken Frau anzufangen, daraus machte er keinen Hehl. Aber sie spürte, dass auch er es spürte, dass er etwas wahrnahm, das er nicht verstand, eine Art Paralleluniversum der Anziehungskraft.

Neben Avischai vermochte sie ungeniert zu essen, obwohl er Veganer war; er starrte nicht wie Jehuda auf ihren Teller, als könnte er den Blick vor lauter Widerwillen nicht abwenden. Vielleicht verhielt sich das so, weil Avischai und sie generell darauf verzichteten, sich gegenseitig zu beurteilen, höchstens nach den Kriterien Liebe, Beziehungen, Sex, und in dieser Hinsicht war bei Nili immer etwas los; deswegen war es ihr, ihrer beider Regeln zufolge, auch erlaubt zu schlemmen, wie es ihr gefiel, das hatte sie sich redlich verdient.

Nur gelegentlich, wenn Avischai sie wieder einmal heftig gegen eine erlittene Abfuhr verteidigte, dachte Nili über das seltsame Wesen ihrer Freundschaft nach: Unendliche Empathie für die Abgelehnte, aber auch unendliche Empathie für ihn, der sich das Ablehnen zur Gewohnheit gemacht hatte.

Ab und zu war sie versucht, Avischai direkt nach Sohara zu fragen. Nicht dass sie nach einer Erklärung für ihre Affäre gesucht hätte, das war, außer für Sohara, für jeden fast schon beleidigend transparent. Aber es reizte Nili, die intime Festung zu erobern, zu der Avischai nur Jehuda Zutritt gewährt hatte. Natürlich gab Jehuda die Nachricht an sie weiter, was sie allerdings mit Bitterkeit quittierte, sie hätte es viel lieber von Avischai selbst gehört, warum verschloss er sich ihr gerade in dieser Sache?

Hatte sie länger mit Sohara zusammengesessen, war sie anschließend versucht, Avischai zu fragen, was ist schlecht an Sohara? Warum genügt sie nicht? Nili spürte, dass er hier falsch lag. War sie dann aber wieder in die Umlaufbahn seiner ansteckenden Heiterkeit, seiner fiebrigen

Energie, seines sprühenden Charismas geraten – wir beide verstehen das alles viel besser als die anderen –, dann verriet sie Sohara, ohne dass es jemand merkte.

6

Irgendwann kriegte auch Ram sein Leben wieder auf die Reihe. Er selbst erzählte nichts, ob es nun etwas zu erzählen gab oder nicht. Diese Zurückhaltung mochte Nili zur Vermutung verleitet haben, er gehe ebenfalls fremd. Aber er war ihr treu gewesen, weil er an seiner Attraktivität zweifelte. Möglicherweise hatte ihr Erstaunen darüber damals sein Sexchakra geöffnet.

Seit einigen, nicht einmal wenigen Monaten hatte er eine Freundin, das spürte sie mit aller Bestimmtheit. Dann hörte sie es auch von den Kindern, irgendeine Tul-Tul, wahrscheinlich eine Kurzform von Thalia, die dem Vernehmen nach sehr viel jünger war

Es machte sie wahnsinnig, wenn die Kinder die Neue in ihrer Gegenwart Tul-Tul nannten, als würde auch sie damit verpflichtet, diese Person zu mögen. Auf jeden Fall waren Ram und diese Tum-Tum gerade damit beschäftigt, eine vegane Eisdiele zu eröffnen, die Junge hatte Ram, wie sich herausstellte, in diese Sache hineingezogen.

Zu viele Leute in ihrem Umkreis wurden vegan, das allein nervte sie, vor allem aber hoffte sie, Ram wäre nicht so dumm, sein Geld, das Erbe ihrer Kinder, in dieses Projekt zu stecken. Wie auch immer, Nili ließ Jehuda und Avischai wissen, bald gäbe es in ihrer Nähe eine vegane Eisdiele, sie bräuchten sich nicht länger zu beschweren, dabei hatten sie sich gar nie darüber beschwert und bekundeten darum auch keine allzu große Freude.

Auf der Sessellehne vibrierte Avischais Handy. Das Display mit der Botschaft, die Nili selbst abgeschickt hatte, lag weit geöffnet da. Es dauerte einen Moment, bis sie begriff, dass eine neue Nachricht eingegangen war. Liats Antwort. Zweimal zwei Tänzerinnen in schwarzen Ballettanzügen; eine Frau im roten Kleid, die ein Bein zeigte, ebenfalls in doppelter Ausführung, der Konfettihut, zwei gegeneinanderklatschende Handflächen, dann drei applaudierende Handpaare. Du lieber Gott, hoffentlich brachte die kein schwachsinniges Kind zur Welt.

ELF

1

Sie hätte sich gern etwas zu essen bestellt, wollte aber nicht, dass jemand an der Tür klingelte. Also ging sie in die Küche. Am Rand der Arbeitsfläche stand klaffend offen und sehr aufrecht die Tüte mit den Keksen, die Jehuda gestern mitgebracht hatte. Als Nilis Hand hineinfuhr, ergab sie sich und legte sich flach wie ein gehorsamer Hund.

Sie öffnete den Kühlschrank und fuhr zurück, der Inhalt stach ihr in die Augen, rote, grüne, gelbe, ganz helle Paprika, Sellerie und Zimtäpfel, Auberginen, Weintrauben, Kirschtomaten, einladend und ganz sicher gewaschen, demonstrierten geradezu unverschämt Vitalität, ganz anders als bei ihr im Kühlschrank, der eher als Gemüsefriedhof gelten würde. Wie ein Werbeplakat für gesundes Essen, fünf- oder neunfarbig, sie gab es auf, die Farben zu zählen, wie die Bilder, die in den 1970er Jahren in den Mutter-und-Kind-Kliniken hingen. Das war keineswegs der Kühlschrank eines kinderlosen Junggesellen. Avischai würde diese Vitaminbomben nicht mehr genießen.

Für einen Augenblick verharrte sie gebeugt im Licht und in der Kühle, so wie sie manchmal mitten in der

Nacht auf dem Klo einschlief, und meinte, die Kälte käme aus der Wohnung hinter ihr, während dem offenen Kühlschrank lebendige tropische Wärme entströmte. Und wenn sie die Tür zuschlüge, würde ihr Körper für immer in die Welt der Toten eingesogen.

Sie schüttelte sich, warf die Tür zu und wandte sich, auf ihren Hunger konzentriert, den Schubladen zu. In der oberen befand sich das Besteck, dazu Backpapier, kleine Plastiktüten, neue Päckchen mit Taschentüchern, Putzlappen und alle Arten von Batterien, in den unteren Schubladen stapelten sich Teller, Tassen, Schüsseln, Schalen, Becher. Ganz unten gelangte sie zu den trockenen Nahrungsmitteln und wollte ihre Suche schon enttäuscht aufgeben, als sie noch weiter unten neben einigen Plastikbehältern eine kleine Tüte Erdnussflips entdeckte, dreieckige Toblerone-Packungen, rot verpackte Schokoladenriegel, gelbliche Schachteln mit Zitronenwaffeln, auch eine Familienpackung Nachos, und alle strahlten ihr erfreut entgegen wie ein Kleinkind, das in seinem Versteck von den Eltern gefunden wurde: Habt ihr etwa gedacht, ich sei gar nicht da?

Sie griff nach einer KitKat-Tafel, riss die Verpackung auf und biss noch im Stehen gierig hinein wie in ein Stück Brot, ohne sich die einzelnen Stücke abzubrechen. Als sie fertig war, stopfte sie das Papier in ihre Hosentasche. Dann warf sie noch einen Blick in die Schublade, es lagen noch weitere KitKat da, aber ihre Lust war befriedigt. Sie holte tief Luft und war glücklich. Sie versuchte, ihre Freude über die unverhoffte Nascherei beiseitezuschieben, der Trost allein hatte sie fast vollständig gesättigt.

Avischai also hatte das auch gelegentlich gebraucht, genau wie sie. Da war nichts zu machen, daran führte kein Weg vorbei, so war der Mensch, er verbarg seine Sünden tief unten in einer kleinen Schublade. Avischai hatte anscheinend heimlich und allein genascht; ein winziges Ventil, ein bisschen Dreck, ein kleiner Transfettfleck, verräterisch wie ein Fingerabdruck.

Sie hätte jetzt gern jemanden angerufen, um ihre Aufregung abzuladen, machte sich dann aber rasch bewusst, dass sie damit nur ihre eigene Gier bloßlegte. Warum regt dich das eigentlich so auf? Sie stieß die Schublade mit dem Fuß zu, im Augenblick brauchte sie sie nicht mehr, jetzt war sie fähig, sich zu beherrschen. Ein merkwürdiges Gefühl erfüllte sie, eine Art Hochmut dem Toten gegenüber, denn ihr ging es besser als ihm, vor ihr breitete sich noch ein Stückchen Leben aus, sie könnte sich noch ändern, ganz wie es ihr gefiel.

Gegen die Arbeitsfläche gelehnt, dachte sie ernsthaft über diese Einsicht nach, wieder mit dem Gefühl, etwas entginge ihr. Seit Avischais Tod wollte sie unbedingt etwas über ihr Leben, über sein Leben lernen. Wenn sie schon auf ihn verzichten musste, so wollte sie wenigstens irgendetwas davon haben, wollte ab jetzt besser leben, seinetwegen oder in seinem Namen, seine Fehler nicht wiederholen. Aber jede Möglichkeit, die sie erwog, schien ihr trübseliger als die vorherige, ähnlich wie Aufmunterungsgespräche mit Schwerkranken.

Was hätte sie denn beispielsweise lernen können? Wie das Leben so spielt? Das wusste sie bereits. Oder vielleicht doch nicht? Sie wusste es nur so gut, wie man es als Lebender eben wissen kann, mehr nicht. Dass man jeden Tag genießen sollte, als sei es der letzte? Ihr fiel nichts ein, was es am letzten Tag des Lebens verdient hätte, noch genossen zu werden, außer einer anständigen Schlemmerei. Aber das tat sie ja bereits und verkürzte damit eifrig die ihr noch verbleibende Lebenszeit.

Sie ließ ihren Kopf auf die Arbeitsplatte sinken und schüttelte die Gedanken ab wie Schuppen, dann richtete sie sich auf, streckte sich und suchte mit den Augen nach etwas, auf das sie sich konzentrieren konnte. In dem Winkel, in dem die Arbeitsfläche auf den hölzernen Esstresen traf, lag unter einem Poststapel ein größerer brauner Umschlag. Intuitiv wusste sie, dass sie jetzt etwas Neues über Avischai herausfinden würde, etwas, das mit Sex zu tun hatte, denn was gab es sonst noch? Avischai und sie hatten über dieses Thema gesprochen, recht oft sogar, aber eher theoretisch. Rasch riss sie das Kuvert auf und zog einen bunten Katalog heraus, in ihrer Fantasie war sie dermaßen auf etwas Bestimmtes gefasst, dass sie eine Weile brauchte, um den Lego-Katalog als solchen zu erkennen.

Ein Pädophiler, fiel ihr spontan ein, Avischai ist pädophil, welcher normale Siebzigjährige bestellt sich einen solchen Katalog? Schon sah sie einen Lego-Keller vor sich, einen Lego-Folterkeller, aber Avischais Wohnung hatte ja überhaupt keinen Keller. Und dann begriff sie: Der war für die Enkel bestimmt, für die Enkelkinder seiner Schwester Ruthi. Avischai war nicht pädophil, er war ein ganz normaler Großonkel.

Beinahe wäre sie in Gelächter ausgebrochen, aber nach einem Moment verspürte sie überrascht so etwas wie eine Kränkung. Avischai war ein normaler Großonkel, kaufte Spiele, besorgte Geschenke, plante Besuche, lud Ruthis Enkelkinder zu sich ein. Die Kinder seiner Freunde aber hatte er niemals zu sich eingeladen und deren Kinder erst recht nicht, sie schienen aus seiner Sicht kaum zu existieren. Aber die Enkel von Ruthi! Na und? Ruthi war schließlich seine Schwester. Eine weitere Beleidigung. Er stand seiner Schwester sehr viel näher, als er den Freunden erzählt hatte. Ruthi belegte den ersten Platz. Auf Kosten der Clique, auf Nilis Kosten, auf wessen sonst?

Sie öffnete die unterste Schublade erneut und fischte die Familienpackung Chips heraus, eine so große hatte sie noch nie gesehen. Nun wirkte die Schublade erheblich leerer und bot ihr einen wohlbekannten Anblick: Schokoriegel, Waffeln, viele kleine Tüten Erdnussflips. Eine Schublade mit Naschereien. Für Ruthis Enkelkinder.

2

Sie griff nach den restlichen Briefumschlägen, als wollte sie ihre Kränkung durch das Betrachten unbezahlter Rechnungen abschwächen, aber die Buchstaben verschwammen und schienen ihr sehr klein zu sein. Nun erst bemerkte sie, dass es um sie herum dunkel war. Sie zog die Jalousien hoch, doch die Dunkelheit wich nicht, es war tatsächlich Abend geworden. Wie spät mochte es sein?

Sie knipste das Licht in der Küche an und dann die Lampen im Wohnzimmer, alle, auch wenn sie die Schalter erst suchen musste. Im Flur hielt sie neben der geschlossenen Schlafzimmertür inne. Ob es besser wäre, auch dort Licht anzumachen? Sie lugte durch einen schmalen Spalt und schlug die Tür wie von der Finsternis gebissen rasch wieder zu.

Dort zu schlafen war ausgeschlossen. Wo aber sollte sie schlafen? Im Wohnzimmer? Im Arbeitszimmer? Sollte sie überhaupt gemeinsam mit Avischais Leiche hier in der Wohnung übernachten? Sie würde kaum ein Auge zumachen. Unmöglich. Hier konnte niemand zur Ruhe kommen.

Wo also die Nacht verbringen? Sie hatte große Lust hinauszugehen, sich irgendwo hinzusetzen, vielleicht sogar einen Film anzusehen. Ein Hotelzimmer zu nehmen. Sich in der Stadt wie eine fremde Besucherin zu bewegen. Aber das ging natürlich nicht. Sie durfte ihre Pflicht unter keinen Umständen verletzten. Sie müsste hierbleiben und die Stellung halten. Plötzlich fühlte sie sich eingesperrt.

Außerdem, was hatte sie da draußen zu suchen? Woher rührte ihre Unruhe? Jetzt ging es um Avischai und sie, eine Lebende gegen einen Toten, ein Zweikampf, der sich bis zum Morgen entscheiden würde.

Nili stand auf und wandte sich zur Haustür. Auf dem Weg dorthin fiel ihr ein, dass sie ja am Morgen für Liat geöffnet hatte, sie war also gar nicht eingesperrt. Dennoch öffnete und schloss sie die Tür dreimal, als wollte sie die Scharniere schmieren oder kurz einen Blick auf einen Vorbeieilenden werfen. Am Ende schloss sie die Tür geräuschvoll und legte auch noch den inneren Riegel vor.

Sie setzte sich mit dem Rücken zur Wand ins Wohnzimmer und ließ den Blick durch den Raum schweifen, von der Essecke zum Eingang. Niemand konnte Avischais Zimmer betreten oder verlassen, ohne von ihr bemerkt zu werden.

Dann ging sie in die Küche und fischte sich aus der untersten Schublade zwei kleine Tüten Erdnussflips, eine Tüte mit Brezeln und dazu Cheetos, obwohl sie die wie grundsätzlich alles Knusprige verabscheute. Die süßen Leckereien ließ sie liegen.

Zurück auf dem Sofa öffnete sie die Tüte mit den Brezeln und ließ ihre Hand drinnen so schamlos herumfuhrwerken, wie man es eigentlich nicht einmal bei sich zu Hause tat, als könnten das Knistern und Krachen ihr beweisen, dass sie existierte, oder aber jemanden in die Flucht schlagen.

Sie nahm das Handy und wischte durch die Nachrichten und E-Mails und die unbeantworteten Anrufe, ganz gewiss wurde sie irgendwo gebraucht, aber niemand wartete darauf, dass sie sich meldete. Ihr Blick fiel auf die letzte Nachricht von Liat, die Tänzerinnen in schwarzen Ballettanzügen, die Frau im roten Kleid, die ein Bein entblößte, der Konfettihut, die gegeneinanderklatschenden Handflächen. Sie wischte weiter nach oben, Liats Nachricht war da, das Bild vom Schwangerschaftstest und dann *Auch mir ist das manchmal erlaubt*, das war grün, das musste Avischai geschrieben haben, dann *Smiley?*, das war von Liat, und dann *Schon gedrückt!!!*.

Sie fragte sich, ob jeder SMS-Austausch so seltsam wirkte, wenn er verkehrt herum gelesen oder überhaupt noch einmal wiedergelesen wurde. Wie war das wohl zwischen Nathan und ihr? Aber sie schickten sich ja keine SMS, sie tauschten sich per WhatsApp aus, Avischai whatsappte außer mit der Clique mit niemandem, das war unter seinem Niveau, viel zu vulgär. Plötzlich fiel ihr ein, auf das Datum zu achten, zehnter Oktober, für das alles war bereits Jehuda verantwortlich, also ehrlich, so ein Idiot. Oder war sie selbst die Idiotin?

Sie wischte mit dem Daumen nach oben, zu einem früheren Austausch. *Ich bin unten,* das war noch von Avischai, dann: *Morgen Nachmittag um drei im Café Lindner, er wollte uns in sein Büro locken, aber ich bestand höflich und bestimmt auf Tel Aviv,* das war ebenfalls von Avischai, es klang auch nach ihm. Nili wischte weiter nach oben. Liat schrieb: *Verzichten wir doch auf morgen,* und dann: *Sekunde, vielleicht habe ich eine Lösung, kannst du am Dienstag um 12:30?.* Was war das nur für trockenes Zeug. Avischai schrieb: *Ich kann, sag ihm, wir hätten uns verabredet und damit basta. Keine Ausflüchte mehr.*

War das der Austausch eines Liebespaars? Sie öffnete ihre WhatsApp-Korrespondenz mit Nathan: *Koriander und Petersilie?* – Ja – ff – ??? – Irrtum – *Die Soße haben sie zurückgenommen.* Auf der Suche nach kleinen Zeichen der Zärtlichkeit sprang sie weiter nach oben, plötzlich war es ihr wichtig, zwischen *Ich rufe gleich an* und *Er kommt ohne die Kinder* etwas Intimes zu entdecken: *Nimm das für Jehuda auf, da wird er sich freuen* – *Nicht so schlimm, dann warten wir* – *Soll ich es mit dem berühmten Witz versuchen?* – *Dann komm eben allein.* Wie sinnlos das alles war, abgebrochene Sätze und angedeutete Witze, das durfte nicht noch einmal gelesen werden, es entstellte die Beziehungen wie Zerr-spiegel den Körper auf dem Jahrmarkt.

Sie scrollte nach unten zum Ende des Austauschs, zu den Tänzerinnen in schwarzen Ballettanzügen, der Frau im roten Kleid, die ein Bein entblößte, zum Konfettihut, zu den gegeneinanderklatschenden Handflächen. Wer sagte denn, dass die beiden überhaupt ein Liebespaar wa-ren? Sie schienen eher einen Co-Parenting-Vertrag ab-geschlossen zu haben, und das Büro, von dem die Rede war, war möglicherweise das Büro eines Rechtsanwalts.

Ob Liat eine Antwort erwartete? Nili tippte das Display an, und die Tastatur erschien. *Bist du glücklich?*, gab sie ein, löschte es aber gleich wieder. *Bist du aufgeregt?*, auch das wurde gelöscht. Sie vollführte eine ihrem Körper fast unmögliche Drehung, um sich zu vergewissern, dass die Schlafzimmertür geschlossen war, als könnte das Tippen in seinem Namen Avischai vom Tod ins Leben zurückkit-zeln. Dann schrieb sie: *Hast du gerade Zeit?*, und drückte auf »Senden«. Die Antwort erschien sofort: *Ja!* Und gleich darauf: *Ich wollte dich nicht stören, du hast dich offenbar wegen einer Arbeit völlig zurückgezogen. Soll ich dich anrufen?*

Nili erschrak. Dann schrieb sie: *Kann momentan nicht reden, nur schreiben.* Die Antwort von Liat kam augen-blicklich: *Kein Problem*, und unmittelbar darauf: *Was sagst du dazu? Das haben wir gut hingekriegt, oder?* Gut hinge-kriegt, diese Liat drückte sich altmodisch aus. Nili schrieb: *Sehr gut!*, und löschte es wieder, dann: *Absolut!*, aber auch das gefiel ihr nicht. Sie durften doch die Eltern- oder Va-terschaft auf keinen Fall anerkennen, noch vor einigen Stunden hatte sie scharf unterscheiden können zwischen dem, was man Liat antworten konnte, und dem, was nicht, und sie hätte sich nötigenfalls beschützend auf die Leiche gelegt. Jetzt aber erschien ihr alles konturlos, die Nacht hatte die Entschlossenheit verwischt, der Logik Zügel angelegt. Schließlich schrieb sie: *Wir haben das gut hingekriegt? Du hast das gut hingekriegt!*, doch noch bevor sie es abschicken konnte, schickte Liat etwas: *Nicht, dass wir noch Zeit hätten, es uns anders zu überlegen, das sage ich dir gleich, dazu ist es zu spät*, und darauf, *im zweiten Teil hat sich nichts geändert, deswegen habe ich den nicht mitgeschickt.* Was zum Teufel meinte sie damit? Nili wartete, vielleicht würde Liat ja noch die Erklärung liefern, das wäre das Einfachste, doch nun herrschte Schweigen am anderen Ende, und irgendwann kam dann: *?*, sodass Nili eiligst ihr *Wir haben das gut hingekriegt? Du hast das gut hingekriegt!* senden wollte, aber jetzt fand sie das total idiotisch und löschte es, um fast gedankenlos ein einzelnes Smiley los-zujagen. Vielleicht war Jehuda doch kein so großer Idiot, und schon reagierte Liat: *Ich freue mich, dass du gutge-launt bist*, worauf Nili spontan fragen wollte, *Warum denn nicht?*, sich aber eines Besseren besann und stattdessen formulierte: *Warum sollte ich nicht gutgelaunt sein?*, was ihr aber auch nicht behagte, und schließlich fragte sie nur: *Du etwa nicht?* Liat antwortete umgehend: *Bin sehr sehr sehr gestresst und sehr sehr aufgeregt*, und Nili schrieb: *Das ist nur zu verständlich*, und Liat: *Auf jeden Fall wiederhole ich noch einmal, dass du in jeder Phase deine Meinung ändern kannst, das wäre aus meiner Sicht vollkommen in Ordnung*, und nach einer Sekunde kam die Korrektur: *Aus unserer Sicht.*

Nili wartete dringend auf Weiteres, wenn von Liat nichts mehr käme, würde sie sich umbringen, Liat hüllte sich natürlich gerade jetzt in Schweigen, und erst nach sehr langer Zeit traf eine längere Nachricht ein: *Geld ist das eine, aber wenn du meinst, dich auf irgendeine Art einbringen zu wollen, dann fühl dich frei, das zu tun. Im schlimmsten Fall würden wir deine Vorschläge dankend ablehnen, weiter nichts. Den Vertrag kannst du vergessen, du weißt, dass wir hier nicht nach Paragrafen arbeiten, aus unserer Sicht ist der so gut wie nicht existent, ehrlich.*

Avischai hatte also ein Kind laut Vertrag gemacht. Aber welche Art von Vertrag? Und was sollte sie antworten? Wollte er sich einbringen, wollte er sich nicht einbringen, was wusste sie? Und was würde das groß ändern, er würde sich ja niemals mehr einbringen können.

Sie müsste jetzt schreiben, wie Avischai geschrieben hätte. Aber wie würde er schreiben? Um sich Inspiration zu holen, stellte sie ihn sich vor, im Zimmer nebenan auf dem Bett. Dann versuchte sie, das Bild zu beleben. Aber die Gestalt, die sie mühsam halb aufrichtete, war sehr hinfällig und sah sie gleichgültig an.

Nun wurde sie wütend. Avischai hatte sie einfach im Stich gelassen. Nicht erst, als er gestorben war, viel früher schon. Er hätte im zweiten Lebensabschnitt, dem, der auf die Kinder folgte, ihr Mentor sein, sie an der Hand in sein Leben mitnehmen sollen, in das gute Leben, das ihr vorschwebte. Aus dieser stillen Abmachung zwischen ihnen war er irgendwann ausgestiegen. Er ließ sie reden und lachte und nickte dazu, erzählte gelegentlich auch etwas von sich selbst, grub aber unterdessen einen Tunnel in genau die entgegengesetzte Richtung, um aus diesem Leben auszubrechen und mit siebzig ein Kind zu zeugen. Du lieber Gott.

Vielleicht war das die Botschaft, die einzige, die er ihr vermacht hatte: dass sie es waren, sie, die Kinder waren alles. Sie erst gaben dem Leben seinen Sinn. Hast du das gemeint?, wollte sie ihn fragen, doch in ihrer Einbildung wechselte Avischais Miene unablässig den Ausdruck, und am Ende zeigte sein Gesicht nur noch Spott. Glaubst du das etwa?

Gezwitscher kündigte eine SMS an. Liat schrieb *In Ordnung*. Nili hatte sie fast vergessen. Was war in Ordnung? Sie las die vorherige, unbeantwortete Nachricht noch einmal durch und verstand das »In Ordnung« auch jetzt nicht. War das ein abschließendes »In Ordnung!«, oder eher ein fragendes »In Ordnung?«.

Sie tauschte sich sehr gern über WhatsApp oder per SMS mit anderen aus und rief schon niemanden mehr an, und wer sie anrief, über den zog sie her: Das ist heutzutage fast schon impertinent, ein Einbruch in die Privatsphäre. Aber in diesem Moment fühlte das virtuelle Medium sich völlig fremd an, als sei sie, Nili, vor hundert Jahren gestorben und in einem neuen, anderen Universum aufgewacht, ohne Ton, ohne Zeichensetzung, in dem man nie wusste, ob jemand zu reden anfing oder aufhörte. Auf jeden Fall aber schuldete sie Liat eine Antwort.

Was hätte Avischai wohl geschrieben? Sie war nicht in der Lage zu schreiben wie er. Per SMS wie ein anderer zu schreiben, das war ja wie ihn beim Onanieren zu imitieren.

Aber sie brauchte doch gar nicht wie Avischai zu schreiben. Was sollte schon groß passieren? Würde Liat etwa denken, Avischai sei tot, und die Freunde würden das vor ihr verheimlichen? Sie waren zumindest in dieser Hinsicht durch die Normalität und Logik aller anderen, und übrigens auch ihrer eigenen, bestens geschützt. Sie könnte schreiben, was immer ihr einfiel, und sie schrieb: *Ich möchte mich gern etwas mehr einbringen, weißt du, ja, ich glaube, das möchte ich.* Warum nicht? Welche Prüfung müsste dieser Satz schon groß bestehen, wenn es leeres Geschwätz war, dann war es das eben. Warum also diese Liat nicht ein wenig beglücken, sollte sie, wenn auch nur für kurze Zeit, ruhig denken, ihr Junge würde einen richtigen Vater haben, dann könnte sie ihm später einmal erzählen: Er bestand darauf, sich einzubringen. Von Liat kam *???!*, und gleich darauf *Seit wann denn das?*, und dann *Wie auch immer, ich freue mich so!!!!* Und Nili schrieb *Ich ebenfalls* und fügte einen Smiley mit einem kleinen Herzen im Mundwinkel hinzu, woraufhin Liat fragte: *Willst du vielleicht auch zur Eröffnung kommen?* Warum nicht, er würde zur Eröffnung erscheinen, selbstverständlich, also schrieb Nili: *Sehr gern*, und Liat antwortete *Großartig, willst du auch schon Nili und Jehuda und Amos mitbringen, oder ist das noch zu früh?*

Als Nili ihren Namen sah, geriet sie kurz unter Druck und dachte angestrengt nach. Gab es hier etwas, das sie nicht berücksichtigt hatte? Richtete sie etwa Schaden an? Ihrem Plan schadete sie wohl kaum, aber fügte sie dieser jungen Frau vielleicht Leid zu? War es ein Vergehen, sie einfach ein bisschen aufzumuntern? Aber was würde anschließend geschehen? Würde man ihr auf ewig verschweigen, dass der Vater ihres Sohnes gestorben war? Wieso wagte sie es, mit diesen Dingen zu spielen?

Noch bevor sie antworten konnte, zwitscherte eine weitere Nachricht ein: *Ich habe sie übrigens heute gesehen.* Nili schaltete nicht gleich und dachte, Liat habe vielleicht ihr Baby per Ultraschall gesehen und wüsste bereits, dass es ein Mädchen war, deshalb fragte sie nach: *Wen gesehen?* Die Antwortet lautete: *Deine Nili,* und Nili lächelte über die Zuschreibung »Deine«, sie war seine Nili und Avischai war ihr Avischai, auch wenn er ihr nicht alles erzählte, so sprach er doch von ihr, und sie würde ihm verzeihen. Was eigentlich? Das hatte sie bereits vergessen. Sie begann zu schreiben: *Richtig, sie hat es erwäh…,* als eine weitere Nachricht von Liat eintraf. *Sag mal, was ist eigentlich mit ihr los?* Nili erstarrte, löschte nichts, fügte nichts hinzu, schickte nichts ab, und Liat schrieb: *Also, wenn ich ganz offen sein darf, ja?* Nili reagierte nicht, und von Liat kam jetzt: *Sie muss wunderbar sein.* Nili wartete auf ein »aber«, das jedoch ausblieb. Dann schrieb sie selbst unter einiger Mühe: *Ja, sie ist wunderbar,* doch kaum hatte sie das abgesandt, da erschienen fast gleichzeitig einige Zeilen von Liat. *Aber hör mal, das ist doch schon krankhaft, sie sieht aus wie eine Siebzigjährige im neunten Monat, ein medizinisches Wunder.* Nili schrieb nichts mehr, fragte sich nur, ob Liat beim Tippen wohl ihre Bekräftigung »Ja, sie ist wunderbar« zur Kenntnis genommen hatte. Nach einer kleinen Weile erhielt sie einen Smiley.

SONNABEND

AMOS

AUF DEN WETTSEITEN IM INTERNET
STEHEN DIE CHANCEN 1:9

ZWÖLF

1

Automatisch ging er ins Bad, obwohl er nicht wirklich
pinkeln musste. Dort warf er einen neugierigen Blick in
den Medizinschrank. Ihm schien, so etwas habe er noch
nie getan, habe es bisher lediglich in Filmen gesehen. Er
wühlte ein bisschen hinter den Halsbonbons und anderen
Erkältungsmitteln herum. Als interessantester Fund erwies
sich ein mildes Schlafmittel. Irgendetwas musste Avischai
also nachts umgetrieben haben. Amos überlegte, was das
gewesen sein könnte. Auch er selbst nahm, ohne besondere Sorgen zu haben, gelegentlich eine Schlaftablette,
wenn auch nicht Ambien, sondern Melatonin. So war es
eben, die Leute konnten nicht einschlafen.

Avischai würde bald gehörig schlafen können. Das
beste Schlafmittel waren Kinder, die einem keine Ruhe
gönnten. Der Freund würde bald ein Kind aufziehen müssen. Unglaublich. Der Ärmste. Das Leben war auch ohne
das kompliziert genug, besonders nachdem der Nachwuchs ausgeflogen war. Und dann jetzt noch, in seinem
Alter, damit anfangen?

Aber nein, er würde ja gar nicht mehr Vater werden.
Er war tot. Fast hätte Amos laut aufgelacht, eine merkwürdig unpassende Regung. Er hatte sich kurz eingebildet,

Avischai wäre noch am Leben, hilflos vielleicht, aber lebendig, ein geplagter Vater. Er war gerade rechtzeitig gestorben, das musste man ihm lassen.

Er ließ den Film zurückspulen bis zu dem Punkt, an dem die Zeit gefror. Vorher, was war vorher gewesen? Im Leben davor, als sie noch mit ihm zusammen waren, vor der großen Selektion – hier die Toten, dort die Wartenden. Avischai hatte also noch Kinder gewollt. Das hatte ihn beschäftigt. Hätte er Amos um Rat gefragt, hätte der sich als Fachmann dazu äußern können: Kinder erhöhen das Glücksniveau keineswegs, das wusste jeder Anfänger auf dem Gebiet der ökonomischen Glücksforschung. Einigen Studien zufolge verminderten sie es sogar. Aber nun hatte sich herausgestellt, dass die Kinderlosigkeit Avischai gestört hatte; die Abwesenheit von Kindern stört eben nicht weniger als ihre Anwesenheit.

Amos hatte Kinder, Avischai nicht. Damit hätte er sich eigentlich abfinden müssen. In seinem Vortrag hatte er sogar darüber sprechen wollen. Kinder und das Glück – dafür interessierten sich alle, vor allem in einem solchen Vortrag. Unterwegs im Taxi suchte Amos auf der Webseite der Universität nach der Veranstaltung und fand sie auf Anhieb. Er wollte wissen, wohin er überhaupt unterwegs war. Dann ermahnte er sich selbst, auf keinen Fall von Avischai anzufangen, also nichts wie: Professor Sar-Schalom entschuldigt sich, dass er heute Abend nicht bei Ihnen sein kann, auch ihn hat die augenblicklich grassierende Grippe erwischt. Nur nicht in aller Öffentlichkeit lügen. Das war seine größte Befürchtung: Eines Tages, vielleicht schon morgen, könne alles herauskommen, und er und seine Freude wären der Lächerlichkeit preisgegeben. Da war es schon besser, Avischai erhielte den Nobelpreis, und sie könnten sich ungeschoren aus der Affäre ziehen.

Doch als er dann auf dem Podium stand, die Macht in Form eines Mikrofons in der Hand, und dreihundert Augenpaare zu ihm aufschauten, packte ihn die Lust, die selbst auferlegte Zurückhaltung aufzugeben wie eine Geisel, die das Eintreffen der Befreier beobachtet. Er beschloss, vom Tod zu sprechen, vom Tod und vom Glück, sich also auf dünnes Eis zu begeben, wenn auch nur in seinem eigenen kleinen Kopf.

Er sprach über sein Forschungsvorhaben, über den Unsicherheitsindex, und er nannte den Tod als typisches Beispiel für die Art, in der die Unsicherheit das Glücksbarometer beeinflusst. Obwohl nichts gewisser ist als der Tod, gelingt es uns, irgendwie zu leben. Aber lassen Sie uns von dem sprechen, was danach kommt. Was ist gewiss und was ist ungewiss?, sagte er, nicht für die Toten – allgemeines Kichern –, sondern für die Hinterbliebenen. Da stellen die Dinge sich auf den Kopf. Man würde erwarten, die absolute Gewissheit des Todes hätte etwas Tröstliches an sich, was aber nicht der Fall ist. Ich beziehe mich auf eine relativ neue Studie von Eschenbach, der zurzeit im Mittelpunkt eines Wissenschaftsstreits in der ökonomischen Glücksforschung steht. Diese Fragen beschäftigen allerdings nicht nur die Experten, sondern auch die internationale Wirtschaft, sie können heute sogar allgemein für die Beilegung von Konflikten relevant sein. Wie dem auch sei, Eschenbach zeigt, dass der Tod eines nahestehenden Menschen einen ausgesprochen negativen Einfluss auf den PUI, den Persönlichen Unsicherheitsindex, hat. Und das Interessante dabei ist, dass der Tod sich nicht nur auf den PUI auswirkt, das wäre ja eigentlich, sagen wir einmal, nur natürlich und in gewissem Maße zu erwarten, denn der Tod ist todsicher, nicht wahr …

Plötzlich hallten die Worte »der Tod ist todsicher« in seinem Inneren wider, als hätten sie schon seit längerer Zeit vergeblich am verriegelten Zugang gerüttelt und erst jetzt sei es ihnen endlich gelungen, zu ihm vorzudringen. Darüber waren sie in Wut geraten, und bereit, auf alles einzudreschen, was ihnen in die Quere kam. Wieder stieg eisige Kälte in Amos auf, dieselbe bedrohliche Kälte, die er empfunden hatte, als sie in Avischais Wohnzimmer saßen. Diese Kälte verlangte von ihm, dass er verschwand oder sich in eine Ecke kauerte, damit er für einen Moment innehielt und etwas anerkannte. Amos aber wusste nicht, was er anerkennen sollte und verspürte auch nicht die geringste Lust, darüber nachzudenken. Jetzt stiegen ihm auch noch die unerwünschten Tränen in die Augen, drängten sich ihm geradezu auf, aber dass er jetzt einfach in Tränen ausbrach, würde hier in diesem Rahmen glücklicherweise niemand für möglich halten. Und so entschuldigte er sich, nahm rasch einen Schluck aus der Wasserflasche, räusperte sich, obwohl seine Kehle klar war, und sprang im Text ein ganzes Stück vorwärts. Er ließ an dieser Stelle in seinem Vortrag bewusst ein Loch klaffen, das war ihm jetzt egal, denn die Worte in der Mitte bargen eine große Gefahr.

Die Frage ist, fuhr er fort, wie sich der Unsicherheitsindex auf die Bereiche des persönlichen Lebens auswirkt, mit denen er nicht direkt in Verbindung steht, wie z. B. Arbeitstätigkeit, Freizeit, politische Sicherheit und sogar die Religionsfreiheit. Zu unserer Überraschung erhöht sich die Sicherheit auf diesen Gebieten in Korrelation mit dem Sinken des Glücksindexes. Wir haben es mit einem Unsicherheitsparadoxon zu tun, das wir nun einmal näher erläutern wollen … Amos redete ohne Unterlass und gewann im unaufhaltsamen Strom der Sätze und dem Marathon der Worte allmählich seine Fassung zurück. Während er sprach, fragte er sich, ob das alles tatsächlich zutraf. Avischais seltsamer Tod mit unbekanntem Ausgang schien ihm eine einmalige, ganz besondere Forschungsmöglichkeit zu bieten, auch versuchte er, an sein eigenes vorhandenes oder nicht vorhandenes Glück zu denken, aber es wollte ihm nicht gelingen, und er scheiterte ähnlich wie ein Arzt, der sich selbst behandeln will.

Er schloss den Medizinschrank und fühlte sich immer noch wie ein Eindringling, obwohl er nichts an sich genommen hatte. Avischai in seinem Bett schien die Wahrheit zu kennen, verfolgte ihn trotz fest geschlossener Lider mit den Augen und setzte ihn nur deshalb nicht vor die Tür, weil er tot war.

Er hatte das alles von Anfang an für keine gute Idee gehalten. Albern statt abenteuerlich; schwer umzusetzen, möglicherweise sogar gefährlich; das war es, was er weiß Gott in Wahrheit gedacht hatte. Irgendwann in ihrem bemüht sachlichen Gespräch, als alle ein wenig dafür und ein wenig dagegen gewesen waren, meinte er plötzlich, die Augen der Freunde wären auf ihn gerichtet, und er stünde nackt und entblößt da, völlig durchschaubar in seiner Verletzlichkeit, ein schlechter Freund.

Möchtest du, dass Avischai den Nobel gewinnt? Nein, das möchtest du nicht. Oder vielleicht: Du möchtest es, gut, wir alle möchten das, aber wie viel Anstrengung bist du bereit, dafür auf dich zu nehmen, das ist der springende Punkt. Selbstverständlich möchten alle, dass Avischai gewinnt, aber Freundschaft wird auch am Bemühen gemessen, an der Anstrengung, die man auf sich nimmt. Etwas nur zu wollen, reicht nicht.

Ob Amos sich das lediglich einbildete oder nicht, von diesem Augenblick an war er entschlossen, sein Zögern wiedergutzumachen, indem er nachdrücklich und eindringlich bewies, vor allem sich selbst, dass er kein schlechter Freund war. Denn das war er nie und nimmer.

Erst später wurde ihm klar, dass er im Eifer der Wiedergutmachung den Ausweg, der federleicht zu seinen Füßen flatterte, übersehen hatte: Im Gegensatz zu den anderen hatte er etwas zu verlieren; schließlich war er kein müßiggängerischer Millionär oder gelangweilter Pensionär, er war Akademiker mit Ämtern, der Nobel gehörte zu seinem täglichen Leben. Langeweile oder Müßiggang waren ihm fremd. Aber als er begriff, dass er die falsche Strategie gewählt hatte, war es bereits zu spät gewesen. Jeder nachträgliche Rückzugsversuch, jede Spur von Widerstand würde die Waagschale seiner Schuld nur noch weiter beschweren und zu Boden sinken lassen.

Um sein Handy zu finden, musste er es vom Festnetz aus anrufen, dann sah er es merkwürdigerweise neben einem gläsernen Reisbehälter auf einem Regal in der Küche und konnte sich nicht mehr erinnern, wann oder warum er es dort neben Avischais iPhone abgelegt hatte. Er war den ganzen Tag von ministerieller Verantwortung durchdrungen mit den beiden Handys durch die Wohnung gewandert und fragte sich jetzt, wieso er sich so unbedacht und leichtsinnig von den Geräten getrennt hatte.

Er entdeckte nur einen unbeantworteten Anruf, von seiner Frau Varda. Automatisch gab er mit dem Daumen den Code ein, um sie zurückzurufen, während er mit einem Auge auf Avischais Gerät schielte wie ein Babysitter auf seinen schlafenden Schützling. Plötzlich drang vom Eingang her übertriebener Lärm an sein Ohr, es hörte sich an, als machte sich jemand an der Haustür zu schaffen. Er griff mit der freien Hand nach Avischais Handy und ging ins Wohnzimmer, um seinen Verdacht zu zerstreuen, wie er es bereits unzählige Male in seinem Leben getan hatte. Doch die Haustür war tatsächlich geöffnet worden, und im Eingang stand eine Frau, deren Gesicht er nicht sah, da sie den Kopf seitlich nach unten neigte, um in ihre Handtasche zu spähen. Dann hob sie den Blick und fuhr mit dem Ausruf »Herr im Himmel« erschrocken zurück, mit etwas Verspätung aber erkannte sie Amos, schloss die Augen, wie um die verlorene Fassung zurückzugewinnen, legte sich eine Hand auf die Brust und sagte, hast du mich erschreckt, und Amos gab tonlos zurück: Ruthi.

Sie kam näher. Amos! Ich habe dich jahrelang nicht mehr gesehen! Dabei tippte sie auf seinen Schmerbauch und sagte, du solltest auf weizenlose Kost umsteigen, mein Lieber. Amos hasste sie auf Anhieb, sie und ein wenig auch ihren Bruder, wegen dem er zu dieser seltsamen Veranstaltung gezwungen war. Aber jetzt musste er sie auf seine Seite ziehen und sagte noch einmal: Ruthi, denn etwas anderes fiel ihm nicht ein. Ruthi trat weiter in die Wohnung, sodass der Abstand zwischen ihr und ihrem toten Bruder sich stetig verringerte – warm, heiß, noch heißer, kochend heiß –, dann ließ sie sich aufs Sofa fallen und fragte: Wie geht es so, alles in Ordnung? Klar, gab Amos zurück und merkte nicht einmal, dass er log. In seinem Kopf war zurzeit alles in Ordnung, Avischai lag behütet und umsorgt in seinem Bett. Machst du uns einen Kaffee?, fragte Ruthi.

Amos Blick überflog die Wohnung in Windeseile, obwohl er gar nicht wusste, wonach er eigentlich suchte, nach welchen Beweisstücken, die ihn wofür auch immer beschuldigten, aber da war natürlich Avischai selbst. Und nun schien die ganze Wohnung eine einzige Anklage zu sein und loderte vor Hohn über den idiotischen Plan.

Insgeheim wünschte er sich, Ruthi würde alles entdecken und alle Beteiligten von diesem Joch befreien, so sah die Wahrheit in ihm aus. Aber das sollte möglichst nicht in seiner Gegenwart und nicht durch seine Schuld geschehen; er hatte nicht die geringste Lust, sich für einen solchen Vorgang rechtfertigen zu müssen, und es würde ihm auch kaum gelingen, da kannte er sich zu gut. Wenn Ruthi jetzt »Aber warum denn?« oder »Wieso denn das?« fragte, würde er ihr spontan in die Arme fallen und die Freunde hemmungslos anschwärzen: Ich weiß, ich weiß, genau das habe ich ja auch gesagt.

Willst du Avischai besuchen?, erkundigte er sich, und Ruthi erklärte im Tonfall der Selbstverständlichkeit: Ich schlafe heute hier. Amos konnte sein Erstaunen kaum zu verbergen: Du willst hier übernachten? Ganz gelassen antwortete Ruthi: Wie an jedem Samstagabend, denn am Sonntagmorgen gehe ich zu meinem Kurs. Sie ist tatsächlich nervig, dachte Amos, das war ihm bereits beim ersten »Amos« aufgefallen und jetzt verstärkt, sie gehörte zu den Leuten, die »zu meinem Kurs« so intonieren, als wären sie sicher, ihr Gegenüber habe in den letzten fünfzehn Jahren im Gegensatz zu ihnen nichts für seine Bildung getan. Aha, ja, ja, Avischai hat mir davon erzählt, ich habe es einfach … Doch sie unterbrach ihn: Wo ist er denn? Und Amos fragte zurück: Wer, Avischai? Die Frage klang zu rhetorisch, und Ruthi reagierte nicht.

Amos begriff, dass nun alles zu Ende war, er würde das nicht weiter durchziehen können, was ihm wohl auch keiner verübeln dürfte, doch gleichzeitig wusste er, dass sie ihm sehr wohl die Schuld gäben, wenn auch ohne es auszusprechen. Nur, um sich vor dem zukünftigen Gericht der Freunde verteidigen zu können, öffnete er den Mund und brachte irgendwie heraus: Er muss einen Artikel fertigschreiben, deswegen ist er für ein paar Tage weggefahren. Wohin denn?, fragte Ruthi, und Amos fragte zurück: Wie bitte? Wo ist er denn hingefahren?, wiederholte Ruthi. Ich weiß es nicht mehr, gab Amos zurück, und als er merkte, wie merkwürdig das klang, fügte er hinzu: Hab nicht richtig zugehört, und fühlte sich genial.

Warum hat der Idiot mir nicht Bescheid gesagt?, fragte Ruthi, während sie ihr Handy aus der Tasche zog, um es sich ans Ohr zu halten. Plötzlich fing das Gerät in Amos Hand zu klingeln an, auf dem Display stand *Ruthi*, aber Ruthi kam überhaupt nicht auf die Idee, das iPhone könnte ihrem Bruder gehören. Amos wollte sich herausreden, wusste aber nicht wie, zeigte nur auf ihren Namen und behauptete. Er hat mir sein iPhone dagelassen. Woraufhin Ruthi ungläubig fragte: Avischai hat dir etwa sein Handy geliehen?

Amos ergriff die Gelegenheit beim Schopf, ohne die möglichen Folgen abzuwägen: Genau, er wollte sich ja ohnehin abschotten, und meines war gerade kaputtgegangen, da hat er mir seins dagelassen, er selbst ist zurzeit nur per E-Mail erreichbar, aber ich glaube kaum, dass er seine elektronische Post mehr als zweimal täglich abruft, es sei denn, er kann sich nicht beherrschen, das war jedenfalls der Plan. Amos zählte im Geist seine brillanten Manöver, so wie einer in einem aussichtslosen Boxkampf Punkte sammelt, um seiner Mutter nachher zu berichten, dass er sich zumindest bemüht hat.

Jetzt verstehe ich, warum er meine SMS nicht beantwortet hat, meinte Ruthi. Genau, sagte Amos und öffnete Avischais iPhone – SMS?, wovon redete Ruthi? Doch schon erschienen drei frische grüne Ballons, eingegangen vor zwei und drei Stunden, die wie gewohnt ihre Geschichte von hinten erzählten, wie um sich über den Leser lustig zu machen: *Wenn du nicht da bist, benutze ich meinen Schlüssel – ? – Ich steige jetzt in den Bus.*

3

Er nahm ihr gegenüber auf dem Sofa Platz. Sie lächelten einander zu, sie natürlich, er bemüht, vielleicht bemühte auch sie sich, was wusste er schon? Einen Augenblick lang schien ihm, sie warteten auf Avischai, der sich im Nebenzimmer anzog und gleich erscheinen und alles gestehen würde.

Ihr weißes Haar war kurz geschnitten und verbarg seine Spärlichkeit mithilfe gegelter Spitzen, die ihr vom Kopf abstanden und sie größer wirken ließen, als sie war. Sie trug graue Hosen und eine weiße Bluse, und nur dank die an ihrer Seite baumelnde riesige Stofftasche sah sie nicht wie eine Rechtsanwältin aus. Eigentlich sah sie ganz normal aus, sie sah fast genauso aus wie Avischai, ehrlich gesagt, nur etwas schlanker. Diese Ähnlichkeit erfüllte Amos mit Schuld, er dachte nicht genug an Avischai, war über dessen Tod nicht traurig genug, war zu sehr mit anderen – nichtigen, aber wichtigen – Dingen beschäftigt. Avischai hatte Besseres verdient.

Auch Ruthi gegenüber empfand er Schuld, die Freunde hatten sie jahrzehntelang nicht gesehen und sie unterdessen mit ihrem Spott bis zur Parodie herabgewürdigt. Jetzt aber stellte sich heraus, dass sie ein wirklicher Mensch war, der den letzten engen Angehörigen verloren hatte.

Ruthi war einmal Miss Charme oder Miss Israel oder so etwas gewesen, fiel ihm ein, zu Beginn der 1960er Jahre, noch bevor die Clique sich kennengelernt hatte, und galt immer, auch später noch, als große Schönheit. Traf das auch jetzt noch zu? Er versuchte, es herauszufinden, konnte sich aber nicht entscheiden, und das machte ihn ebenfalls traurig. Er fühlte sich wie jemand, dessen Gemüt durcheinandergeraten war und den die falschen Dinge betrübten.

Auf jeden Fall war Ruthi jetzt verwelkt. Wie alt mochte sie sein? Sie war älter als Avischai, bestimmt schon über siebzig, dreiundsiebzig, vierundsiebzig. Vielleicht sah sie deswegen einfach nur noch normal aus, wegen des Alters, das weder Schöne noch Hässliche verschonte.

Sie saß da, ohne etwas zu sagen. Während er darauf wartete, dass dies alles ein Ende nähme und aufflöge, sofort und irgendwie von selbst, und sich Ruthis Reaktion ausmalte, die er allein würde ertragen müssen, versuchte er, sich darauf zu besinnen, wer diese Frau eigentlich war. Verrückt, manipulativ, eher ärmlich hatte er gestern gehört, aber was war sie sonst noch? Er begriff, dass die Katastrophe für ihn größer sein würde als für Jehuda oder Nili; jede eventuell später vorgebrachte Rechtfertigung würde nichtig erscheinen. Wenn Ruthi wüsste, was er und die Freunde angezettelt hatten, könnte sie sein Leben zerstören. Wie genau, das wusste er nicht, Leute wie er wussten so etwas nicht. Panik ergriff ihn, eine Regung, die bei antriebsarmen Personen wie ihm natürlichem Tatendrang am nächsten kam, aber welche

Richtung er dieser Energie geben sollte, das erkannte er nicht.

Was machst du hier überhaupt?, fragte Ruthi arglos, ohne jeden Verdacht, was Amos dermaßen verblüffte, dass er den Satz zunächst nicht verstand, und als er ihn verstanden hatte, fragte er zurück: Du wolltest Kaffee, oder? Ich wollte und will immer noch, bestätigte sie. Gut, sagte er, dann kochen wir Kaffee und reden hinterher über alles. Aber als er in die Küche ging, dachte er, es sei unverantwortlich, Ruthi wie ein Kleinkind allein und unbeobachtet zurückzulassen.

Er machte kehrt und spähte ins Wohnzimmer, sie saß reglos auf ihrem Platz und blickte nur fragend zu ihm hoch. Wir haben leider keine Milch, sagte er, trinkst du auch türkischen Kaffee? Dann lieber Tee, meinte sie, und er fragte: Wie viel Zucker? Ruthi riss die Augen auf und verzog das Gesicht zu einer Grimasse, die Amos nicht zu deuten wusste. Was ist?, fragte er und fühlte sich wegen so vieler Dinge schon wieder so schuldig, dass er bezweifelte, ob seine Sinne und sein Gefühl ihre Warnfunktion überhaupt regulieren konnten. Ruthi aber fragte vorwurfsvoll: Wie viel Zucker? Ach so, ja, sagte er mürrisch und musterte sie noch für einen Moment. Es war einfach lächerlich zu befürchten, sie würde in der Wohnung herumschnüffeln.

Rasch begab er sich wieder in die Küche, brühte Tee auf und trug das fast überschwappende, kochend heiße Getränk mit Trippelschritten ins Zimmer. Ruthi erhob sich, und er meinte, um ihm den Becher aus der Hand zu nehmen, aber sie wandte sich dem Flur zu, und Amos entfuhr ein Nein! Was hast du denn?, fragte sie, und Amos stotterte: Nichts, nichts, ich dachte schon, ich hätte Tee verschüttet. Darf ich vielleicht auf die Toilette gehen?, fragte sie irritiert. Aber sicher doch, sagte Amos, stellte den Becher behände auf dem Tisch ab, schlängelte sich auf den Flur und lehnte sich – bemüht um beiläufige Natürlichkeit – in der Nähe der Schlafzimmertür elegant wie John Travolta an die Wand.

Ruthi sah ihm dabei amüsiert zu, und plötzlich befürchtete Amos, sie könnte den Eindruck gewonnen haben, er fahre auf sie ab. Ja, das schien sie zu glauben, Gott behüte, und während ihre Augen noch auf ihn gerichtet waren und sie sich von der Toilettentür weg langsam zu ihm umdrehte, wie um mit einem Liebhaber zu flirten, erklärte sie: Ich will nur kurz die schwere Tasche ablegen, und streckte die Hand nach der Klinke der Schlafzimmertür aus. Amos packte Ruthis Arm, stellte sich vor die Tür und beschützte sie mit seinem ganzen Körper, wobei ihm blitzartig aufging, dass Ruthi und er drauf und dran waren, sich zu küssen. Er erschrak und wurde sehr aufgeregt, seit 1974 hatte er außer Varda keine Frau mehr geküsst, nicht einmal daran gedacht, fremde Lippen hatten sich ihm nie angeboten. Jetzt musterte er sie, diese fremden Lippen, oder genauer die sie umgebende, leicht vibrierende Haut, und ihm schien, dort sammelte sich die Begierde und entsandte mittels feiner Fältchen lautlose Überschallsignale. Sein Inneres, die Angst, die Begierde, die Schuld, die Wünsche, alles das wurde nach oben gezogen, als hätte man ihm ein Staubsaugerrohr in den Schlund gedrückt.

Bevor es ihm gelang, etwas zu denken oder zu tun, rief Ruthi: Wusst ichs doch! Amos hatte keine Ahnung, was sie meinte, fühlte sich aber ertappt, sie hatte ihn geprüft, und er war durchgefallen, er wurde ausgelacht, er war gescheitert. Alter Schwerenöter, murmelte Ruthi, und Amos fühlte sich unvorbereitet in ein Paralleluniversum einladender fremder Lippen und betrügerischer Ehemänner versetzt, wo man auf diese Weise zu sprechen schien. Er aber brauchte dafür ein Wörterbuch und fragte nur: Wie bitte? Du bist nicht allein hier, deswegen benimmst du dich so merkwürdig, schloss Ruthi. Amos blieb stumm. Das braucht dir nicht weiter peinlich zu sein, meinte sie weiter, ich bin die Diskretion in Person. Jetzt endlich kapierte Amos: Ruthi vermutete, dort im Schlafzimmer wartete eine Frau auf ihn, das wars, der Himmel hatte ihm einen Ausweg beschert.

Eigentlich sollte er jetzt froh sein, war es jedoch nicht, er fand den Preis zu hoch. Aber warum so verklemmt sein, auf wessen Ehre nahm er Rücksicht, auf welche dubiose Moral, wen kümmerte schon, was er jetzt erfand, wen kümmerte, dass Ruthi Sar-Schalom für vierundzwanzig Stunden oder sieben Tage glaubte, er würde Varda betrügen oder hätte sich gar von ihr getrennt. Doch es war möglicherweise nicht nur für eine Woche, fiel ihm ein, wenn das Vorhaben gelang, würde Ruthi das auf ewig glauben, doch bevor er entscheiden konnte, was schlimmer wäre, fragte Ruthi: Sind zwei Stunden genug? Wofür?, fragte Amos. Und Ruthi riss in gespielter Unschuld die Augen auf: Das geht mich ja nichts an.

Nun verspürte Amos Widerwillen, was sollte in den zwei Stunden wohl vor sich gehen?

Ich breche gleich zu meinem Treffen auf und bin so gegen zweiundzwanzig Uhr zurück, sagte Ruthi. Und Amos fragte gar nicht erst, zu welchem Treffen, es lag ja auf der Hand, er fragte jedoch: Meinst du, du könntest das etwas in die Länge ziehen? Er fühlte sich schmutzig, als hätte er auf Ruthis Vorschlag hin bereits zwei geschlagene Stunden gevögelt. Ist zwölf Uhr besser?, fragte sie. Zwölf Uhr nachts?, fragte er zurück, meinst du Mitternacht? Meinetwegen könnte ich auch noch länger wegbleiben, erklärte Ruthi, aber nach Mitternacht fährt kein Bus mehr. Und plötzlich vereinte sich die Frau, die vor ihm stand, mit Elementen einer früheren Ruthi, die hoch über ihrer beider Leben in der Luft schwebten. Intuitiv verstand er etwas über sie, zumindest empfand er es so, und sie rührte an sein Herz.

Wieso denn Bus?, fragte er, Ruthi, du nimmst dir ein Taxi, hin und zurück, das geht auf meine Kosten. Amos, das ist doch nicht nötig, wehrte sie ab. Amos aber hielt sich an das erforderliche Szenario: Keine Widerrede, Ruthi, bitte, ich habe mich in eine peinliche Lage manövriert und möchte mich etwas weniger unwohl fühlen. Gut, sagte Ruthi, wenn du unbedingt willst, gegen dich kommt man schwer an: Und er sagte: Sekunde, ich hole nur schnell mein Portemonnaie.

Er wusste genau, dass Avischais Portemonnaie auf der Kommode neben der Haustür lag, denn er war im Verlauf des Tages schon zu oft daran vorbeigegangen. Nun öffnete er es zum ersten Mal und fühlte sich wie ein Dieb. Es wäre mit Sicherheit stilvoller, wenn er selbst die Taxikosten übernähme. Wie hoch könnten die schon sein? Außerdem spielte das ja gar keine Rolle, aber er verspürte nicht die geringste Lust, sein eigenes Geld dafür herauszurücken, symbolisch gesehen hielt er das für äußerst unfair, die Freunde spielten wegen Avischai verrückt, er selbst aber kam ungeschoren davon und bezahlte für gar nichts.

Wieder einmal fühlte er sich kleinmütig und knauserig, nicht so sehr wegen des Geldes, eher wegen der Freundschaft zu Avischai, die doch eigentlich auch Freigiebigkeit beinhaltete, erst recht in Zeiten des Todes, in denen man sich eigentlich gegenseitig versichern sollte: Ich bin bereit, dir in allem beizustehen. Aber ein solches Angebot müsste natürlich ehrlich gemeint sein, sonst war es widerwärtig. Andererseits tat er, Amos, doch sein Bestes. Was tat er eigentlich nicht alles, um sich nützlich zu machen, mehr war schlicht unmöglich.

Wie hätte Avischai sich wohl verhalten, wenn Amos tot im Bett gelegen hätte? Er versuchte, sich das wirklichkeitsnah vorzustellen, aber der Vergleich hinkte natürlich, weil Amos' Name im Zusammenhang mit dem Nobelpreis noch niemals erwähnt worden war. Er sah sich eher als Toten denn als Nobelpreiskandidaten. Sollte er sich davon deprimieren lassen? Am Ende mussten doch alle sterben und er, ein neunundsechzigjähriger schmerbäuchiger Raucher, ganz gewiss, aber längst nicht alle Alten und Beleibten erhielten einen Preis.

Dieser Gedanke bedrückte ihn. Er würde vor allen sterben, vor fast allen, zu früh, es würde einfach eintreten, vielleicht schon im nächsten Moment, wenn er das Rauchen nicht sofort aufgäbe, wenn er seinem Bauch nicht beikam. Was war dringender, das Rauchen oder das Abnehmen? Eine überflüssige Frage, denn er würde beides nicht fertigbringen. Ein rationaler Professor der Volkswirtschaft, Träger des Dan-David-Preises, des Talcott-Parsons-Preises der American Academy of Arts and Sciences, der Syms-Warren-Medaille der Society of Experimental Economics, der Frank-P.-Ramsey-Medaille der Decision Analysis Society sowie einer Anerkennungsurkunde für seine Lebensleistung von der Society for Medical Decision Making.

Vor lauter professioneller Entscheidungsfindung war er unfähig, einen vernünftigen Entschluss zu fassen und morgens auf weißen Zucker und auf Kohlehydrate mit Schokoladenüberguss zu verzichten, auf das Verputzen von riesigen Chips-Tüten, die ihm doch nur Bauchschmerzen verursachten, und betrug sich im Allgemeinen wie ein Fünfjähriger, den nur die Eltern von Eiscreme-Kübeln und anderer ungesunder Nahrung trennten.

Darüber hatte Nili ihm einmal das Klügste gesagt, was er jemals von ihr gehört hatte: Die menschliche Vernunft muss in irgendeinem Bereich die Disziplin über Bord werfen. Leute wie wir, die auf den meisten Gebieten Erfolg hatten, erlauben sich eben ein Ausweichen zu ungesunden Fetten, den unverschämten kleinen Brüdern ihrer anderen Lebensbereiche, die den Körper unschön anschwellen lassen und seine Proportionen verhunzen.

Er hatte die Richtigkeit dieser Feststellung auf Anhieb erkannt, so wie man eine zutreffende Traumdeutung auf Anhieb erkennt, und wunderte sich nur, dass er nicht schon vor Langem selbst daraufgekommen war. Dennoch hatte es ihn geärgert, dass Nili sie beide in einen Topf warf, als ließe sich Nilis Umfang mit seinem zugegeben beachtlichen und ständig wachsenden Schmerbauch vergleichen, mit dem er aber nicht zur Welt gekommen war und der ursprünglich nicht zu ihm gehörte. Nili und er zählten seiner Meinung nach nicht zur selben Sorte Mensch.

Zu Beginn ihrer Bekanntschaft, nachdem Nili sich von einem Mitbewohner in Avischais und Jehudas Studentenwohnung getrennt hatte und danach trotzdem weiter bei ihnen auftauchte, konnte er sie nicht ausstehen. Sie erschien ihm gekünstelt, etwas zu bemüht mit all ihren sanften Drogen und unendlichen Geschichten aus dem Medizinermilieu, die irgendeine Wahrheit über den Beruf und vielleicht sogar über das Leben an sich offenbaren sollten, vor allem aber sollten sie hervorheben, dass Nili nicht so beschränkt war wie andere angehende Ärzte.

Später fand Amos sie dann richtig nett, er fing an, ihr zu glauben, und gab zu, dass einige ihrer Anekdoten tatsächlich gut waren, vor allem die über Eltern, die sie in ihrer Praxis konsultierten. Nilis Geschichten von kleinen

Patienten öffneten bei den Freunden sogar ein beinahe verschlossenes Ventil, an das normalerweise nicht gerührt werden durfte. Als Arnon, Amos' Sohn, ein Problem mit den Ohren hatte, setzte Nili sich hingebungsvoll für ihn ein, ganz so, als wäre Amos ihr Bruder und nicht bloß der Freund von Freunden.

Anschließend bemühte sie sich um seine Zuneigung aufgrund der Annahme – wie er später herausfand –, sie beide wären Geschwister in der Not, beide eingebunden in ein eher graues Familienleben. Weil ihm das nicht besonders behagte, wies er die ihm unterschwellig angetragene Einzelfreundschaft zurück und zog es vor, Nili nur innerhalb der Clique zu sehen.

Waren sie beide einmal als Erste eingetroffen, kurz vor den anderen, machte sich eine leichte Verlegenheit bemerkbar, bei Nili ausgelöst von seiner Befangenheit, bei Amos von Nilis eindringlichem Blick, der bis in die Tiefen seiner Mittelmäßigkeit vorzudringen schien und nach Ehrlichkeit verlangte. Blieb sie aber auf ihren Gruppenanteil beschränkt, dann mochte er sie gern und genoss ihre Gesellschaft.

Nur eines ging ihm auf die Nerven, Nili kugelte sich stets vor Lachen, wenn sie etwas Witziges zum Besten gab. Das war Varda aufgefallen, ihm selbst gar nicht so sehr, aber seitdem seine Frau ihn wie nebenbei darauf hingewiesen hatte, gewann Amos den Eindruck, Nilis Gelächter ziele aus ihrem offenen Mund absichtlich direkt auf seine Nervenstränge.

Amos fand in Avischais Portemonnaie vier Kreditkarten und musste einen Augenblick überlegen, bis er zu dem Schluss kam, es sei einerlei, welche er nahm. Er investierte Gedanken und Mühe in diese Angelegenheit, das war offensichtlich. Hätte Avischai etwas Ähnliches getan, um den Nobelpreis für Amos zu sichern? All diese Gedanken gerieten ins Wanken angesichts einer Wahrheit, an der Amos unerschütterlich festhielt: Avischai und er waren einander charakterlich ähnlich, und wenn es einen verlässlichen Test gab, dann war es dieser. So wie Amos sich in dieser Sache verhielt, so hätte Avischai sich ebenfalls verhalten.

Hätte auch Avischai sich auf dieses Unternehmen eingelassen und damit die Ähnlichkeit zwischen ihnen bestätigt? In jüngeren Jahren mit Sicherheit. Sie hatten sich auf dem »Post-Army-Trip« ins Ausland kennengelernt, den fast alle Israelis nach ihrem Militärdienst antreten. Sie nannten es zwar »Trip«, aber bewegt hatten sie sich nicht gerade viel. Zehn bis zwölf ständig wechselnde junge Leute lungerten in einer engen New Yorker Wohnung herum, rauchten, tranken und vögelten reichlich, die meisten jedenfalls.

Amos war irgendwie dort gelandet, und später gesellte Avischai sich hinzu – es war der einzige Ort, den Amos in seinem ganzen Leben je als Erster vor Avischai erreicht hatte. Dort wurden sie allmählich Freunde, zwei in dieser frivolen Umgebung fremde Gewächse, flüchtige Schaugäste jener Leichtlebigkeit, vorzeitig vernünftig geworden, ernster als die anderen, obwohl sie später alle ihren Weg machten und in sie gesetzte Erwartungen nicht enttäuschten.

Es war Amos gewesen, der seinen Freund dazu gebracht hatte, sich den Wirtschaftswissenschaften zuzuwenden, denn Avischai hatte zunächst keine Ahnung gehabt, was er studieren sollte. Na gut, dann eben die Wirtschaft, warum nicht, eine prima Idee, er würde das mit Soziologie kombinieren, das war sein Dreh. Amos ergriff instinktiv die Flucht und ging an die Hebräische Universität nach Jerusalem, denn es war nicht ratsam, neben Avischai zu studieren, aus welchen Gründen genau, das blieb ihm im Alter von Anfang zwanzig noch verborgen.

Später erzielten beide Erfolge. Avischai spezialisierte sich zunächst auf die soziologischen Aspekte der Wirtschaft, konzentrierte seine Untersuchungen in den vergangenen Jahren aber auf die sogenannte Ökonomie der Macht und entwickelte das »Modell des Klassenkönigs«, das ihn weithin bekannt machte.

Amos hingegen, der sich lange mit Wohlfahrtsökonomie beschäftigt hatte, machte sich in späteren Jahren einen Namen auf dem zunehmend populärer werdenden Gebiet der ökonomischen Glücksforschung und wurde inzwischen mit Richard Easterlin, Bruno Frey und Richard Layard in einem Atemzug genannt.

Er erforschte vor allem die Auswirkungen von Unsicherheit auf das Glück. In seiner bekanntesten Studie hatte er gemeinsam mit Frey und Andrew Oswald den »Personal Uncertainty Index« (PUI) entwickelt, der darauf angelegt war, individuelle Unsicherheitsfaktoren zu quantifizieren und deren Einfluss auf den Einzelnen zu messen.

In seinem Artikel »The Uncertain Way to Happiness: The Economic Puzzle of Personal Choices« wies Amos nach, dass ein hoher Unsicherheitsquotient nicht nur die typischen Faktoren des »Happy Planet Index« (HPI) wie Einkommen, persönliche Freiheit, freie Entscheidung, Beschäftigung, Freizeit etc. direkt beeinflusst, sondern auch das Glücksgefühl selbst. Steigt der Unsicherheitsfaktor an, so steigt laut Amos' Studie das Glücksgefühl ebenfalls an, ein Sachverhalt, den er »das Paradoxon der Unsicherheit« nannte.

Obwohl Amos' Kritiker seine Arbeit nur als einen kleinen Schritt auf dem umstrittenen Gebiet der ökonomischen Glücksforschung einstuften, erfreute er sich eines glänzenden Rufs. Seine Arbeiten wurden an verschiedenen, an der Gestaltung der nationalen und globalen Wirtschaftspolitik beteiligten Instituten zitiert, und sechzehn Staaten weltweit hatten den von ihm entwickelten Index adaptiert.

Als er sich dieses Gebiet aussuchte – mit ehrlichem Interesse, denn er hatte die Wohlfahrtswirtschaft in ihrer engen neoklassischen Variante gründlich satt, aber auch aus dem Wunsch heraus, endlich einen innovativen Forschungsbereich für sich zu entdecken –, war er überzeugt, es sei sexy. Wenn schon Wirtschaft, was konnte da heißer sein als die Ökonomie des Glücks? Seitdem hatte er einsehen müssen, dass erotische Anziehungskraft sich nicht berechnen ließ. Mit der ihm eigenen Trockenheit schaffte er es, das glühende Feld in dürres Grau zu tauchen.

Avischai mit seiner trügerischen Diskrepanz zur Macht hingegen wurde ein Star, ein richtiger Star, der sich wie irrtümlich auch noch mit Wirtschaft befasste.

Wie hatte das nur geschehen können? Amos fand auf diese Frage keine Antwort, obwohl sie ihn wie keine zweite in der Welt beschäftigte. Eins musste er allerdings zugeben, fragte man irgendjemanden, Varda vielleicht ausgenommen, welcher der beiden Freunde witziger, unterhaltsamer oder scharfsinniger sei, würde wohl keiner zweimal überlegen. Und so musste Amos noch etwas einsehen: Eine gewisse Art des persönlichen Charmes ging mit Humor einher, und die Leute verorteten Humor sogar dort, wo er fehlte. Avischai besaß weiß Gott keinen, doch er zog die Menschen in seinen Bann, weswegen ihn eine gewisse heitere Leichtigkeit umgab, aber wer ihn gut kannte, wusste um seinen abgrundtiefen Ernst.

Diese Ausstrahlung entfaltete ihre Wirkung besonders bei jüngeren Menschen, und wenn er das mitansehen musste, wurde Amos schier verrückt. Bei Altersgenossen störte es ihn weniger, sie waren ja ohnehin kaum noch begeisterungsfähig, vielleicht sogar bereits unheilbar beschädigt und dösten in alten Freundschaften dahin. Avischai sonnte sich in seinem Ruhm als hipper Professor, der sich sogar mit Bachelor-Studenten im Café traf, der Bonusfragen nach Problemen aus *Games of Thrones* stellte, um deren Unlösbarkeit zu kaschieren. Er lief fast unentwegt in Jeans herum und zwängte sich nur zu sehr besonderen Anlässen einmal in einen Anzug. Jahr um Jahr führte er die Liste der beliebtesten Professoren an.

Wieso durchschaute niemand die Anbiederei? Amos, der Avischai seit vielen Jahren kannte, wunderte sich stets erneut über die Schwäche, die sein Freund an den Tag legte, sobald sich in seinem Umkreis ein junger Mensch, ob weiblich oder männlich, zeigte. Dann schmolz der selbstsichere, ein wenig überhebliche Professor dahin, geriet in Wallung und wandte mit mitleiderregender Intensität alle Mittel an, um das Herz der Jungen zu erobern, als ginge es um Leben und Tod.

Hier zeigte sich Avischais blinder Fleck, eine Schwäche, die er offenbar nicht zu unterdrücken vermochte. Vielleicht machte ihn das menschlich. Aber was war mit den Zwanzig- bis Dreißigjährigen los, dass sie sich mit so wenig abspeisen ließen? Na gut, in einer Buchhandlung in New Haven war Avischai einmal dem Schriftsteller Paul Auster begegnet, aber wie oft hatte man schon Lust, sich ein und dieselbe Geschichte anzuhören?

Hätte nicht auch er, Amos, Wirtschaftswissenschaften und Soziologie kombinieren und dem Ganzen einen schönen Namen geben können, so wie Avischai? »Ökonomie der Macht« – war das nicht selbstverständlich? Wenn Amos daraufgekommen wäre, hätte er es eben deswegen sofort verworfen, er war aber nicht daraufgekommen. Wieder einmal ärgerte er sich über die feine Grenze zwischen dem Genialen und dem Trivialen, wegen der Leute wie er ins Hintertreffen gerieten. Aus diesem Grund erhielten bestimmte Wissenschaftler den Nobelpreis und andere nicht. Es lag weder am Glück, wie er früher einmal geglaubt hatte, noch an einer besonderen Begabung, wie er in seiner naiven Phase vermutete. Es lag nicht einmal am hündischen Spürsinn, der seine Besitzer zum nächsten relevanten Problem führte wie einen Model-Scout zum nächsten langbeinigen Mädchen. Es war vielmehr das unerschütterliche Vertrauen in die eigene Leistung, die man nicht zu kritisch betrachten durfte, nein, man musste sie im Gegenteil so dreist anpreisen wie ein Marktschreier, etwas blieb immer hängen.

6

Zu Beginn ihres Wegs war alles noch in Ordnung gewesen. Beider Karrieren entwickelten sich erfreulich, und die gemeinsame Arbeit auf demselben Gebiet brachte den Vorteil mit sich, dass niemand sie so gut verstand, wie sie einander verstanden, wie zwei Überlebende ein und derselben Katastrophe. Holte einer von ihnen gelegentlich einen Vorsprung heraus, so ging es lediglich um wenige Prozentpunkte.

Avischai promovierte am MIT, Amos in Stanford; Avischai brachte einen ersten Artikel im *Journal of Political Economy* unter, Amos im *Review of Economic Studies*; ihre Gespräche drehten sich um fachliche Probleme, die Karriere, das akademische Leben, und darüber kamen sie sich auch in anderen, persönlicheren Bereichen nahe, über ihre privaten Sorgen und Nöte sprachen sie allerdings nie, als könnte sie das beim Wettrennen behindern.

Bis eines Tages Avischai glatt an ihm vorbeizog. Lange Zeit waren sie parallel nebeneinander hergelaufen, sodass man fast den Eindruck gewann, ihr Wettbewerb spiele sich in einer anderen Dimension ab, in der es weder Sieger noch Verlierer gab, so wie man Kindern manchmal vorgaukelt, bei einem bestimmten Spiel hätten sie alle gesiegt.

Die vergeblichen Versuche, den unseligen Moment auszumachen, in dem er sich ein kurzes Blinzeln gegönnt hatte, trieben Amos an den Rand des Wahnsinns. Er zerbrach sich darüber beinahe unentwegt den Kopf, ließ jeden Preis, jeden Kongress, jede akademische Ehrung, jede Medaille unzählige Male Revue passieren, bis er schließlich die Jahre von 1984 bis 1986 einkreiste. 1984 war Avischai als Gastprofessor an die Universität Chicago eingeladen worden, und ausgerechnet jenes Jahr war für Amos ausgezeichnet gelaufen: Er gelang ihm, einen Artikel im *Quarterly Journal of Economics* unterzubringen, und gegen Ende des Jahres erschien sein zweites Buch *Between Well and Fair: Policy and Anti-Policy in Post-Eisenhower America* bei der Oxford University Press.

1985 allerdings wurde Avischai zum Herausgeber der *American Economic Review* ernannt; ein Jahr später publizierte er *The Dollhouse Bargain* und ließ Amos weit hinter sich, die verdammte Studie war schon mehr als viertausend Mal zitiert worden, Amos' Arbeit brachte es unterdessen auf tausendeinhundert Nennungen, eine phänomenale Leistung wie alle meinten – außer Avischai.

2003 tauchte plötzlich ein Wikipedia-Artikel über Avischai auf. Sie saßen bei Sohara zusammen, als er beiläufig erwähnte: Wikipedia hat einen Artikel über mich hochgeladen, und dabei so erfreut klang, wie nur einer klingt, der einen Wiki-Eintrag vorzuweisen hat. Was steht denn drin?, erkundigte sich Sohara. Nichts Besonderes, gab Avischai zurück, etwas über meine Forschungsarbeiten, die Veröffentlichungen sind aufgelistet, nichts Interessantes, ich meine, nichts Persönliches, übrigens ohne Foto. Schick ihnen doch eins, schlug Nili vor. Zunächst einmal, wem sollte ich es schicken, wen meinst du mit »ihnen«?, fragte Avischai. Ach, wunderte sich Sohara, du weißt nicht einmal, wer das verfasst hat? Das wird von den Herausgebern der Wikipedia hochgeladen, erklärte Nili, die stellen die Erkundigungen an, oder, Avischai? Keine Ahnung, sagte Avischai, einer meiner Studenten hat mich darauf hingewiesen, sonst hätte ich nichts davon gewusst.

Amos hatte dem keine besondere Bedeutung beigemessen, so wie er damals das Einsetzen des Unheils nicht beachtet hatte, 1986 nicht und in den Jahren davor schon gar nicht, und er bemerkte es wiederum nicht, als Nili ihn fragte: Hast du so was auch, Amos? Worauf er nur lässig zurückgab: Keine Ahnung, ich glaube kaum. Doch dann fiel ihm plötzlich ein, dass es vielleicht auch über ihn einen Eintrag geben könnte, das müsste er zu Hause einmal überprüfen, und als er keinen Artikel über sich fand, merkte er immer noch nichts.

Im Eintrag über Avischai stand:

Avischai Sar-Schalom (geb. 23.12.1943) ist Professor für Volkswirtschaft an der Universität Tel Aviv und ein weltweit bekannter Forscher auf dem Gebiet der Machtöko-

nomie. Im Jahr 2000 Träger des Israel-Preises für Wirtschaft. 1992 Verleihung des Distinguished Scientific Contributions Award der Society for Industrial and Organizational Psychology, 2003 wurde er mit dem Distinguished Fellow Award der American Economics Association geehrt und 2006 gewann er die Syms-Warren-Medaille der Society of Experimental Economics. 1997 Aufnahme in die Israeli National Academy of Sciences, 2002 in die United States National Academy of Sciences. Sar-Schalom erhielt von mehreren Universitäten den Titel Dr. h.c., darunter die University of Pennsylvania (2001), die Ben-Gurion-Universität Beer Scheva (2002), die University of British Columbia (2002), die Northwestern University (2003) und die Universität Haifa (2006). In den 1990ern gehörte er einem Thinktank an, der die Verhandlungen mit den Palästinensern begleitete.

Sar-Schalom gilt als bahnbrechender Theoretiker der Verbindung von Ökonomie und Soziologie sowie als Wegbereiter der »Machtökonomie«, einer Sparte der Wirtschaftswissenschaften, die durch offene oder verborgene Machtgefälle verursachte Markteinbrüche analysiert und in den letzten drei Jahrzehnten das theoretische Konzept des Finanzwesens und anderer Wirtschaftsbereiche revolutioniert hat. Sar-Schaloms Artikel »The Dollhouse Bargain« legte das Fundament für heute international akzeptierte Wirtschaftstheorien, sowohl auf den Gebieten der politischen Ökonomie, der Politikwissenschaft als auch der Soziologie.

In seiner bekanntesten Arbeit entwickelte Sar-Schalom das »Klassenkönig-Modell«, mit dem machtpolitische Veränderungen in Gruppen antizipiert werden können. Sar-

Schalom vergleicht eine Gruppe mit einer Schulklasse, in der ein von allen Mitgliedern anerkannter »König« dominiert, der seine engsten Vertrauten zu Vertretern verschiedenen Grads ernennt. Sar-Schalom erläutert Abläufe, die in Gang gesetzt werden, wenn ein »Neuer« mit Führungsqualitäten und dem Ehrgeiz, sie anzuwenden, auftaucht: Der bisherige Klassenkönig« landet umgehend auf der untersten Stufe der sozialen Leiter, während jene, die ihm im zweiten und dritten Rang gedient haben, ihren Status unter dem neuen »König« wahrscheinlich beibehalten und höchstens einen Bruchteil ihres Ansehens verlieren.

Sar-Schalom wies anhand ihm vorliegender Daten nach, dass ausgerechnet die mächtigste Figur in einer Gruppe die geringste Chance auf ein langfristiges Überleben und den Erhalt ihrer Privilegien hat, während ihre weniger herausragenden Untergebenen bessere Aussichten besitzen, ihren Status langfristig zu sichern.

Sar-Schalom bedient sich einer historischen Perspektive, um nachzuweisen, dass ähnliche Prozesse sich seit Menschengedenken abgespielt haben und dass die beinahe einzige Veränderung in der Art der Bestrafung des abgesetzten »Königs« besteht. In biblischer Zeit wurden ihm Gliedmaßen abgehackt, heute in der modernen Geschäftswelt wird der CEO als Erster gefeuert und verliert seinen Status innerhalb der Gruppe. In diesem Zusammenhang stellt Sar-Schalom die These vom »Optimismus als Ankündigung des Scheiterns« auf und weist unter anderem nach, dass eine optimistische Einschätzung der eigenen Macht und Ressourcen, wie sie gebraucht wird, um in den Krieg zu ziehen oder beispielsweise in einen von Monopolen kontrollierten

Geschäftszweig einzubrechen, langfristig oder kurzfristig das Risiko, dramatisch zu scheitern, erhöht.

Mit dem Ansteigen der Fälle aufgedeckter Regierungskorruption in den letzten Jahren hat Sar-Schalom von seinem akademischen Werk unterstützte Annahmen ausgesprochen, denen zufolge im zurzeit herrschenden politischen Klima allein der Ehrgeiz, in höhere Positionen aufzusteigen, beträchtlichen Optimismus und sogar Hybris erfordert, da nur sehr wenige öffentlich wirkende Persönlichkeiten von — möglicherweise bereits in der Anfangsphase begangener — Transgression frei sind, die irgendwann ans Tageslicht gezerrt werden und zum permanenten Verlust der hochrangigen Position führen. Funktionsträger der zweiten Reihe hingegen, die das Rennen zur Spitze der Pyramide a priori aufgegeben haben, behalten nicht nur ihren Status und ihre Stellung, sondern können sich auch einen gewissen Aktionsradius innerhalb des gesetzlichen Rahmens erlauben. Mehr dazu hier: …

Avischais Eintrag nahm mit der Zeit an Umfang zu und wurde ebenfalls um einen Lebenslauf erweitert. (*Die Eltern, Aharon und Pnina, geborene Brida, Sar-Schalom, waren beide Psychiater, und der Vater fungierte sogar als Direktor des Gesundheitsministeriums.*) Unter *Veröffentlichungen* hieß es: *Sar-Schalom hat ca. 150 Artikel verfasst und folgende Bücher publiziert: …*.

Zu diesem Zeitpunkt war Amos bereits süchtig nach jener Webseite und vermutete, dass Avischai, auch wenn er bei der Erstellung der Seite seine Hand möglicherweise

nicht im Spiel gehabt hatte, später zweifelsfrei zu groß-
zügiger Zusammenarbeit bereit gewesen war. Amos hielt
das für einen Makel, konnte dessen Beschaffenheit allerdings nicht genauer definieren und bemühte sich sehr,
den stechenden Schmerz mithilfe dieser Einschätzung
immerhin ein wenig zu lindern.

Dass das infantil war, wusste er selbst: Wer zum Teufel
scherte sich um einen albernen Wiki-Eintrag? Das war
provinziell und lockte niemanden hinter dem Ofen hervor. Außerdem hätte er leicht einen Eintrag über sich
selbst schreiben können, wenn es ihm wirklich wichtig
gewesen wäre, aber es wäre ihm natürlich nicht einmal
im Traum eingefallen, so etwas jemals zu tun, das stand
ja in krassem Widerspruch zur ganzen Wiki-Idee.

Doch so sehr er sich auch bemühte – das ist schließlich nur eine Internetseite, das ist eine von fünfzehnjäh-
rigen Kindern gestartete Initiative, das taucht heute auf
und ist morgen wieder verschwunden – und so hilfreich
Varda ihm dabei zur Seite stand, der Artikel über »Professor Avischai Sar-Schalom« nahm in Amos' Fantasie
dennoch mythische Ausmaße an. Er schien ihm den ein-
deutigen Sieg des Freundes zu symbolisieren, die Essenz
all jener flüchtigen Augenblicke: Erst war es ein armseli-
ger Doktor h.c., und im nächsten Moment galt lediglich
einer von ihnen *als führender Nobelpreiskandidat im Fach
Wirtschaftswissenschaften,* wie es eine in den Artikel wer
weiß wann eingeschmuggelte Zeile verkündete, die Amos
tagelang, vielleicht sogar wochenlang übersehen hatte,
weil er in seiner Dummheit den Absatz Ökonomische
Theorie nicht mehr genau durchging – was sollte sich

dort schon groß verändern. Aber es war lange vor der Einladung Avischais zu jenem verfluchten Nobel Symposium gewesen, da war Amos sich ganz sicher.

Insgeheim hatte er gehofft oder sogar damit gerechnet, der Erste zu sein, der den Nobel auf dem Gebiet der Glücksforschung erhielt. Er malte sich aus, den Preis gemeinsam mit den Kollegen Frey und Oswald entgegenzunehmen, auf diese Art schien aus dem Wunsch eine bescheidene, aber reale Möglichkeit zu werden.

Varda hatte in einem ihrer endlosen Zweiergespräche über dieses Thema einmal gesagt: Schau mal, du hast so viel, was Avischai nicht hat, und Amos ärgerte sich und schämte sich zugleich, als er begriff, dass sie sich und die Kinder gemeint hatte und nicht die Frank-P.-Remsey-Medaille. Das war eine jener Äußerungen, gegen die man nichts einwenden durfte, aber als tröstlich empfand Amos sie keineswegs.

7

Als Avischai im vergangenen September zu jenem Kongress nach Schweden eingeladen wurde, beschwerte Amos sich bei seiner Frau; da sich kein anderer Anzuklagender in der Nähe befand, schob er Varda die Schuld zu, schließlich hatte sie ihn all die Jahre immer wieder beschwichtigt, war ihm mit Argumenten gekommen, wie sie eine Ehefrau ihrem Mann gegenüber aus Liebe vorbringt, einer in diesen Zusammenhängen völlig irrelevanten Regung also. Es wäre besser gewesen, dieser Tag hätte ihn nüchtern und auf alles gefasst angetroffen. Mit einer solchen Einladung war Avischais Kandidatur, wenn auch noch nicht offiziell bestätigt, so doch realistisch und ernst zu nehmen. Das Komitee zog den Israeli Sar-Schalom tatsächlich in Erwägung.

Als Avischai wieder da war, nach fünf oder sechs Tagen in Stockholm, in denen Amos einfach tierisch litt, weil er obendrein seinen Schmerz unbedingt hinter dem Anschein der Normalität verbergen musste, erzählte er von seinen Erlebnissen in leichtem, anekdotischem Plauderton wie einer, den das alles nicht direkt etwas angeht, als wäre er lediglich ein Zaungast gewesen, ein vielversprechender Doktorand oder ein Mitglied des Preiskomitees.

Ganz schön durchtrieben, unser Avischai, dachte Amos bei sich, welch elegante Art, uns wissen zu lassen, dass dort alles gut gelaufen ist, dass er unbeschwert, sorglos und ohne große Illusionen zurückgekehrt ist. Und dann dachte Amos, so muss es allen gegangen sein, die heute zu den Vergrämten und Enttäuschten zählen, die auch einmal als vielversprechende Absolventen des Stockholmer Symposiums in Hochstimmung heimreisten. Vor dem verhältnismäßig jungen Avischai lagen möglicherweise noch etliche solcher Jahre.

Ruthi saß rauchend auf dem Sofa, und Amos wurde von
einem kurzen Moment heftigen Glücks erfasst wie stets,
wenn er noch einen Raucher erblickte, einen weiteren
Idioten. Und jetzt sogar eine Frau, die älter war als er und
dazu noch ihre Mitmenschen vom Zuckergenuss ent-
wöhnte.

Er verspürte die größte Lust, sie um eine Zigarette zu
bitten, und wog die Lust gegen den Preis ab, der sich auf
sieben Minuten Unterhaltung belaufen würde. Zu seiner
Verwunderung bemerkte er, dass er überhaupt keine
Angst hatte, er könnte Ruthi in solch einer Situation etwas von dem ganzen Vorhaben und von dem Tod ihres
Bruders verraten. Wovor er sich aber fürchtete, waren
ihre zudringlichen nächtlichen, nikotinschwangeren, von
einem dünnen Speichelfilm hastiger Intimität bedeckten
Fragen: Na, Amos, wie gehts, was gibts Neues bei dir?
Fragen, die nach nichts als der Wahrheit verlangten; noch
mehr verwunderte ihn allerdings die Gewissheit, dass er
in Tränen ausbrechen würde, sollten sie gestellt werden.

Er hielt ihr einen Zweihundert-Schekel-Schein hin
und fühlte sich wieder schmutzig. Sie hob den Schein in
die Luft und sagte: Das Wechselgeld bringe ich dir zurück.

DREIZEHN

1

Sie saßen zu viert in Avischais Wohnzimmer. Amos fühlte sich als Gastgeber, völlig zu Unrecht, fiel ihm ein, sollte sich doch jeder seinen Kaffee gefälligst selbst kochen.

Ich muss mir Schukis Van besorgen, sagte Jehuda, und Nili fragte: Passt er denn nicht in ein normales Auto? Lieber gleich einen Van nehmen, sagte Jehuda, für Experimente bleibt uns keine Zeit. Ich meine ja nur, sagte Nili, damit wir Schuki nicht auch noch mit hineinziehen. Ich werde ihm ja wohl kaum sagen, zu welchem Zweck ich das Ding brauche, gab Jehuda zurück, und außerdem ist es ihm egal. Dann bringen wir ihn also woanders hin?, fragte Sohara. Haben wir denn eine Wahl, wollte Jehuda wissen. Keine Ahnung, klagte Sohara, könnten wir nicht noch einmal über das nachdenken, was wir Ruthi erzählen wollen?

Jehuda blickte in die Runde, als müsse er sich vergewissern, dass er noch normal war: Hatten wir nicht beschlossen, seinen Tod bis Mittwoch zu verbergen? Und Sohara erwiderte: Das war, bevor wir einen Leichentransport organisieren mussten. Was würdest du denn vorschlagen, Sohara?, erkundigte sich Jehuda und setzte, als er ihre gequälte Miene sah, hinzu: Ich meine es ernst,

schlag etwas anderes vor, dann können wir darüber nachdenken. Ich weiß nicht, sagte Sohara, man müsste überlegen. Na, dann mal los, sagte Jehuda, lasst uns überlegen,
aber schnell, wir haben noch gerade …

Amos bemerkte, dass Jehuda Unterstützung brauchte
und führte den Satz zu Ende … Sagen wir zwei Stunden. Obwohl die korrekte Zeitangabe eine Stunde und
vierzig Minuten hätte lauten müssen, das war die maxi-
male Spanne, wenn man sich auf Ruthis Versprechen
verließ.

Wieder schien er auf einem schmalen Grat hin und her
zu schwanken, ein Fuß hier, ein Fuß dort, einerseits nichts
sabotieren, nicht lügen, das war strengstens verboten, andererseits: Sollte Ruthi doch ruhig kommen und ihnen
allen das Weitere ersparen. Er wollte keineswegs, dass
diese Person mit dem losen Mundwerk den Plan durchschaute, um Himmels willen nicht, aber in zwei Stunden
ließ sich einiges so einrichten, dass sich alles ganz von
alleine auflösen würde. Man könnte Avischais Leiche soeben entdeckt haben und es der Schwester mitteilen.
Avischai ist gerade verschieden, Ruthi, richtig, ja, genau,
jetzt heißt es, über die nächsten Schritte nachdenken. Man
müsste nur den richtigen Augenblick abpassen, um ihr
das zu unterbreiten.

Sie einzuweihen, kommt wohl kaum infrage, oder?,
meinte Nili, und Amos fragte: Wie, sie einweihen und
die ganze Sache zusammen mit ihr durchziehen? Was
denn sonst?, fragte Nili zurück. Amos wurde schlagartig
klar, dass er vorhin, als er mit Ruthi allein war, an diese
Option überhaupt nicht gedacht hatte, sondern meinte,

im Moment der Entdeckung müsste alles auffliegen und ihn befreien.

Augenblicklich überfielen ihn Horrorszenarien. Das hatte ihm gerade noch gefehlt. Der Albtraum würde andauern, und Ruthi mit ihrem Leichtsinn und ihrer Klatschsucht und ihrem vermeintlichen Wissen über das, was Amos angeblich in Avischais Schlafzimmer getrieben hatte, würde sie alle auffliegen lassen. Nein, nein, nein, nein, nein, nein, nein, tut mir den Gefallen, nur das nicht, ich bin Ruthi ja gerade begegnet, sie ist keine Frau, der man vertrauen kann. Genau, pflichtete Jehuda ihm bei, das geht auf keinen Fall. Dann wollt ihr also aufgeben?, fragte Nili. Eine Frage, die ungefiltert und ihrer Zeit dreist vorausgreifend auf die Freunde niederging. Amos fasste Sohara und Jehuda ins Auge, die ihrerseits – hoffnungsvoll, wie ihm schien – zu Nili hinüberblickten.

Aufgeben, das heißt, alles stoppen?, fragte Sohara. Weiß ich auch nicht, sagte Nili, aber wenn ihr meint, es ist zu viel. Ich verstehe euch nicht, meldete sich Jehuda, habt ihr etwa gedacht, es reiche aus, seine SMS zu beantworten, ist das alles, was wir für ihn zu tun bereit sind? Ahmst du hier die Helden von Massada nach?, erkundigte sich Sohara. Nein, erwiderte Jehuda, ich weiß es ja selbst nicht, aber sollen wir jetzt alles hinwerfen, nachdem wir schon so viel geschafft haben? Was haben wir schon groß geschafft?, entgegnete Sohara. Oh doch, wir haben, versicherte ihr Nili, du vielleicht nicht, weil dein Wachdienst noch aussteht. Gut, dann nehme ich das zurück, sagte Sohara. Und Jehuda fügte hinzu: Ich fände es sehr schade … Also, ich weiß auch nicht, meinte Nili, wahrscheinlich hat jeder von uns die letzten Tage ein wenig anders in Erinnerung, jeder hat seine eigene Toleranzgrenze, das ist völlig in Ordnung, aber jetzt müssen wir umgehend eine Entscheidung treffen.

Ihm war, als sähe er einem Tennismatch zu, bei dem er gewettet hatte; seine Augen hingen am Ball, sein Schicksal hing vom Glück ab, vom Spiel des Zufalls.

Ich weiß nicht recht, sagte Sohara, sollen wir ihn wirklich bewegen? Ihn tot auf unseren Schultern tragen? Die Leiche aufheben und zum Auto schleppen? Da streikt meine Fantasie, muss ich gestehen, ich kann mir nicht vorstellen, dass wir so etwas fertigbringen. Beruhige dich, sagte Jehuda, du brauchst ihn nicht auf den Schultern zu schleppen, wobei er das »du« betonte. Zurückbringen müssen wir ihn später auch noch, stellte Sohara fest. Na klar, das müssen wir, sagte Jehuda, oder hast du gedacht, dass die Blumen für den Nobel zu Amos geschickt werden?

Amos fühlte sich aus den Kulissen brutal auf die Bühne gestoßen. Zu Amos? Wieso denn zu Amos? Er könnte übrigens auch bei Amos sterben, sagte Nili, ich meine, er könnte doch dort gestorben sein. Und Amos fragte noch einmal ungläubig: Bei Amos? Nili, sagte Jehuda, er kann nicht bei Amos sterben, dann müsste die Leiche ja noch eine ganze Woche lang bei Amos herumliegen, ohne dass die Familie es merkt. Ach ja, gab Nili zu, und Amos fragte erneut: Bei Amos?

Es muss ein alleinstehendes Haus sein, erklärte Nili, also kommt nur deins oder Jehudas infrage, und irgendwie erscheint mir dein Haus passender, weiß auch nicht, wieso. Amos aber wusste sehr wohl, wieso, wegen Idith natürlich, aber über eine solche Waffe verfügte er schließlich auch, und noch bevor er entschieden hatte, in welche Richtung er feuern sollte, sagte Jehuda bereits: Bei mir geht es, kein Problem, Idith ist verreist. Bist du sicher, fragte Nili. Ja, sagte Jehuda, kein Problem. Ich glaube nicht, dass wir das auf Jehuda abschieben sollten, erklärte Amos nun, ich möchte noch einmal betonen, dass wir eine kreative Lösung brauchen. Und noch beim Sprechen merkte er, wie unaufrichtig er war.

Und wenn nun Jehudas Töchter plötzlich nach Hause kommen?, fragte Sohara. Warum sollten sie das tun?, fragte Jehuda zurück. Weiß auch nicht, meinte Sohara. Keine Bange, versicherte Jehuda. Und Amos wusste, es war aus und vorbei, er hatte seine Chance ungenutzt verstreichen lassen. Nachdem Jehuda sein Haus angeboten hatte, vermochte Amos keinen anderen Vorschlag mehr einzubringen, schon gar keinen defätistischen Plan, der Avischais offizielles Begräbnis für morgen vorsah.

Für eine Weile herrschte Schweigen. Dann fragte Sohara: Du willst also Schukis Van borgen? Wieso ist sie plötzlich so erpicht darauf?, wunderte sich Amos. Und Jehuda sagte: Bin schon so gut wie unterwegs, das wirkliche Problem stellt allerdings Avischais Überbringung vom Bett zum Van dar.

Jetzt verstehe ich plötzlich, sagte Nili, warum sie in Filmen die Leichen so oft zerstückeln. Natürlich, sagte Jehuda, und Amos meinte: Wir werden Avischai doch wohl nicht zerstückeln. Nein, nein, meinte Nili, das habe ich nicht vor.

Amos holte unwillkürlich so laut und tief Luft, dass er befürchtete, sein Innerstes zu offenbaren. Nun sollte Avischai also woanders hingebracht werden, sie würden eine Leiche transportieren müssen, es war an der Zeit, sich damit abzufinden, die Fassung zurückzugewinnen. Diese Angelegenheit musste reibungslos vonstattengehen. Und dürfte keinesfalls entdeckt werden.

Ich fürchte, wir laufen Gefahr, wie Kriminelle zu denken, sagte er, das wäre ein Fehler. Wir wirken normal, das ist unser Vorteil, deshalb wird uns niemand verdächtigen, da ist es schon fast egal, was wir im Einzelnen tun. Wir könnten ihn auf dem Rücken tragen wie einen Betrunkenen oder Schlafenden oder so und ihn rasch und sicher zum Auto bringen. Danach fühlte Amos sich, als hätte er auf dem Weg zur Begnadigung einige Punkte gesammelt.

Einer allein kann ihn nicht auf dem Rücken schleppen, sagte Jehuda, dafür ist er zu schwer, wir brauchen mindestens zwei Leute, einer fasst die Beine, der andere die Arme, die Frage ist, ob er dann immer noch wie ein Schlafender oder Betrunkener wirkt. Und ob wir noch normal wirken, setzte Nili hinzu. Ganz allgemein, sagte Sohara, ich fürchte, dass wir es mit der Normalität, die wir uns selbst zuschreiben, etwas übertreiben, diese ganze Geschichte von »keiner wird uns etwas anhaben, weil wir so normal sind, eine Ärztin, ein Geschäftsmann, ein Professor« und so weiter. … Das hat niemand behauptet, stellte Jehuda richtig. Heute nicht, sagte Sohara, aber an dem Tag, an dem wir ihn tot auffanden, und jetzt auch, ich meine, wir sind normal und sehen normal aus, aber nur, solange wir uns normal benehmen, das ist keine angeborene, in unserer DNA verankerte Eigenschaft. Hören wir auf, uns normal zu benehmen, werden wir wohl kaum noch normal wirken.

Sagt mal, riecht er eigentlich schon?, fragte Amos, hat das mal einer gecheckt? Ich bestimmt nicht, sagte Sohara. Ich bin gar nicht hineingegangen, fuhr Amos fort, und Nili meinte: Ein wenig riecht er schon, ich war gestern drinnen, um mir eine Zeitung zu holen, aber nur, wenn man ihm nahekommt, doch wie gesagt, das war gestern. Nur damit es nicht in der ganzen Straße zu stinken anfängt, erklärte Amos. Ich persönlich rieche von hier aus nichts, stellte Sohara fest, aber im Schlafzimmer könnte das natürlich anders sein.

Amos versuchte, ganz rasch alle möglichen Szenarien durchzuspielen, welches Geschehen wäre nach seinem Geschmack, und welche Konsequenzen würde es mit sich bringen, doch die Abläufe versanken in seinem Kopf, als hätte man sie mit Wasser übergossen, und Panik ergriff ihn. Welche Wendung auch immer die Dinge nahmen, erwischen lassen durften sie sich auf gar keinen Fall.

Ich war seit Donnerstag nicht mehr hier, sagte Jehuda, habe also keine Ahnung. Na, dann mal los!, forderte Amos sie auf, ohne zu wissen, was eigentlich losgehen sollte.

Sie reihten sich vor der Schlafzimmertür auf, Nili als Erste, nachdem Amos sie mit einer ritterlichen Geste, die sie beide belustigte, passieren ließ. Ladies first, was?, fragte sie und verdarb damit den Scherz. Dann kam Amos, dann Sohara, dann Jehuda. Vor dem Öffnen der Tür schaute Nili hinter sich, als wollte sie die Anwesenheit aller prüfen, und Amos fragte: Soll das hier eine Überraschungsparty werden, nun geh schon rein. Nili öffnete die Tür mit äußerster Vorsicht, trat behutsam ins Zimmer und stellte sich gleich in die rechte Ecke, um den anderen Platz zu machen, die nun nacheinander ebenfalls eintraten und sich in einer Reihe neben Avischais Bett aufbauten.

Amos musterte die konzentrierten Gesichter, die sich blähenden Nasenflügel, die nach oben gerichteten Pupillen, als sei das eine vorher vereinbarte Riechgrimasse; in den rollenden Augen lag Verlegenheit: zu schnuppern war peinlich, es nicht zu tun, desgleichen.

Nicht besonders ausgeprägt, oder?, meinte Nili, und gleichzeitig sagte Sohara: Ich hab völlig vergessen, dass er zugedeckt ist. Wie bitte?, fragte Nili nach. Ich hab völlig vergessen, dass er zugedeckt ist, wiederholte Sohara, sonst hätte ich es nicht ertragen. Wir müssen ihn aber gleich abdecken, sagte Jehuda, nur für eine Sekunde, wir müssen einfach den Geruch darunter prüfen. Aber wozu denn?, fragte Sohara, ihr könnt ihn doch auch zugedeckt hinaustragen. Bist du verrückt, zugedeckt?, polterte Amos, außerdem müssen wir es wissen, Jehuda muss wissen, was ihn erwartet, und der Geruch darunter dürfte wohl ein, zwei Tage gereifter sein als der Geruch im Zimmer, Nili, nicht wahr? Entschuldigt, prustete Nili, aber das kann ich nicht für mich behalten, so ist es doch auch, wenn man unter der Decke pupst, oder? Ich sehe, Nili, du bist zu Scherzen aufgelegt, gab Amos zurück.

Soll ich etwa weinen?, fragte sie. Das wäre auch eine Option, sagte Sohara. Ich weiß nicht, sagte Nili, irgendwie habe ich hier das Gefühl, aktiv zu sein, als könnten wir den Tod noch bekämpfen, Amos, du auch? Es ist, fuhr sie fort, als würde man im Krankenhaus bei jemandem wachen. Ich weiß nicht recht, sagte Amos, ich bin mir hier ziemlich blöd vorgekommen, völlig nutzlos. Bei mir war es etwas anders, sagte Nili, vielleicht, weil diese Liat hier aufgetaucht ist, da hatte ich echt eine Aufgabe zu erfüllen. Und ich nicht?, fragte Amos, hatte ich etwa keine? Ach ja, meinte Jehuda, du Ärmster musstest ja Ruthi abfangen.

Ein wenig Geruch ist schon da, stellte Jehuda fest, das merke ich jetzt. Ja, stimmte Nili zu, genau wie ich es gesagt habe, aber nichts Dramatisches, draußen wird es kaum zu riechen sein. Amos ging um das Bett herum, also ich muss sagen, ich rieche etwas, es stinkt noch nicht richtig, aber es hängt hier zweifellos ein gewisser Geruch in der Luft, er stellte sich neben die Kommode und sagte, ich werde das Laken jetzt abnehmen. Sollte ich nicht lieber hinausgehen?, fragte Sohara, und Jehuda schlug vor: Amos, bevor du es ganz abziehst, schau doch mal kurz drunter und sage uns, ob er noch normal aussieht. Supernormal sieht er bestimmt nicht mehr aus, wusste Nili, das kann ich euch jetzt schon versichern, erwartet bitte keine Attraktion.

Amos atmete unwillkürlich tief durch – wieso war er hier zum mutigen Vorreiter mutiert? – und hob das Laken für eine Viertelsekunde an. Sein kurzes Erschrecken war eigentlich grundlos, Avischais Gesicht war wohl etwas angeschwollen, sah aber noch immer aus wie Avischai. Amos zog das Laken ein Stückchen weiter zurück. Was ist denn das?, fragte Sohara und zeigte von Weitem auf Avischais unteren Rücken. Nili setzte ihre Brille auf und beugte sich vor: Das scheinen mir die sogenannten Blutergüsse des Todes zu sein, die Zirkulation kommt zum Erliegen, das Blut strömt nach unten und staut sich in den Blutgefäßen, erklärte sie und zog das Laken mit einer ausholenden Bewegung ganz weg. Und dann ist da noch das Grünliche am Bauch, aber etwas Schlimmeres verbirgt sich hier nicht. Was ist das, fragte Jehuda, ist das so etwas wie Fäulnis? Das ist Fäulnis, sagte Nili.

Er wollte sich auf das Grünliche in Avischais Körpermitte konzentrieren, aber es war die entblößte, Leben vortäuschende Brust des Toten, die seine Aufmerksamkeit anzog. Hatte sich nicht dort unter der ergrauten Behaarung und dem leichten Schmerbauchansatz all die Jahre schon Avischais Schwäche verborgen?

Sohara musterte Amos, während er den fast nackten Avischai musterte, und plötzlich war ihm ihre Anwesenheit peinlich, als würde sie ihn mit auf das gemeinsame Lager einladen. Er bemühte sich, nicht zu ihr hinüberzuschauen.

Avischai sah nicht toter aus als am Tag, an dem sie ihn gefunden hatten. Hingestreckt auf seinem Bett lag ein wirklicher Mann. Amos schämte sich, wie er sich einige Stunden zuvor bereits einmal geschämt hatte, als er sich bewusst gemacht hatte, dass Ruthi ein wirklicher Mensch war, keine Parodie und keine Fantasiegestalt. Was hatte es bloß mit dieser Familie auf sich?

Dichter an ihm dran riecht es, stellte Jehuda fest, das ist nicht zu bestreiten, doch kaum stärker als im Zimmer sonst. Was heißt das jetzt, fragte Nili, wollt ihr ihn so hinuntertragen? Das müssen wir wohl, sagte Jehuda, eine andere Wahl haben wir ja nicht.

Nili und Amos standen mit gesenkten Köpfen wie ein Ärzteteam, das den Schmerz der trauernden Familie teilt, neben Avischais Bett, Jehuda hatte sich mit verschränkten Armen vor dem Bett aufgebaut, Sohara lehnte sich an den Schrank in der Ecke. Aber wir müssen ihm doch etwas überziehen, sagte sie.

VIERZEHN

1

Er sah auf die Uhr. Zweiundzwanzig Uhr vierzig. Vielleicht sollte er Jehuda anrufen und fragen, was mit dem Van war und wo er blieb. Viel Zeit hatten sie nicht, und eine Leichenüberführung sollte lieber nicht unter Druck vonstattengehen. Andererseits ließ so etwas sich wohl kaum in aller Ruhe durchführen, eigentlich aber sollte so etwas überhaupt nicht durchgeführt werden. Inzwischen glaubte Amos jedoch fest an das Vorhaben. Zum Scheitern waren die Beteiligten einfach alle zu erfolgreich, zu gebildet, zu erfahren.

Varda schickte eine SMS: *Ich gehe schon mal ins Bett.* Was hatte die Clique wohl Vardas Einschätzung nach am Schabbatabend bei Avischai zu schaffen? Glücklicherweise interessierte seine Frau sich nicht besonders dafür, sodass Amos auch nicht zu lügen brauchte. Aber er hatte ja bereits gelogen, natürlich hatte er das, Avischai war seit drei Tagen tot, und Amos hatte seiner Frau noch nichts davon erzählt.

Am Mittwoch sollte Varda ihr juristisches Staatsexamen ablegen, also war ihr ein leeres Haus ohne Kinder und Enkel, auch ohne Amos, gerade recht. Doch je mehr Tage verstrichen und je öfter er diese Begründung vor den

Freunden wiederholte, desto fadenscheiniger fand er selbst sie, ja, er erinnerte sich kaum noch an die Begründung, obwohl sie einmal zutreffend gewesen war, dass wusste er mit Bestimmtheit.

Er vermied es, Varda einzuweihen, allerdings nicht nur, weil er ihre Unkenntnis noch brauchte, um sein Haus und sein Leben vor einer Leiche zu schützen. Was aber war der wirkliche Grund? Er konnte es selbst nicht genau sagen. Ihm schien, er habe sich in den letzten Tagen von seiner eigentlichen Persönlichkeit entfernt, oder war eher das Gegenteil der Fall, hatte er sich entblößt und seine wahre lepröse Fratze gezeigt? Wann auch immer er Varda die Wahrheit zumutete, sie würde von da an nur noch die Entstellung sehen.

2

Im Alter von zweiundsechzig Jahren, fünf Tage nach ihrem Ausscheiden als Personalchefin des SANO-Konzerns, hatte Varda ihrem Mann mitgeteilt, sie hätte sich für ein Jurastudium eingeschrieben. Amos hielt das anfangs für einen Scherz. Weshalb hatte sie sich, relativ jung und rundherum rüstig, pensionieren lassen, wenn nicht, um die Zeitspanne vor Krebs und Alzheimer noch ein wenig zu genießen? Und dann Jura! Wieso ausgerechnet Jura?

In den vierzig Jahren, in denen Amos seine Frau nun schon kannte, hatte sie niemals besonderes Interesse für das Rechtswesen gezeigt. Nun behauptete sie, immer schon einen ausgeprägten Gerechtigkeitssinn gehabt zu haben, was Amos allerdings verborgen geblieben war. Im Gegensatz zu seinen Freunden verstand sich die lebenslustige Varda auf Genuss und Spaß und verspürte keinerlei Zwang zu Spitzfindigkeiten.

Gerechtigkeit hatte sie niemals gestört, das mochte sein, aber nun gleich Richterin werden? Denn das war es, was Varda jetzt anstrebte. Eine Richterin hat mehr Einfluss, erklärte sie. Und als Amos fragte, worauf eine Richterin mehr Einfluss habe, erklärte Varda: auf die Welt. Prompt sehnte Amos sich zurück nach seiner Personalchefin, obwohl sie ihm gegenübersaß.

Varda war hochgestimmt in Pension gegangen, mit allerlei Plänen, die nichts mit Gerechtigkeit zu tun hatten, die meisten davon beruhten sogar auf der unterschwelligen Ungerechtigkeit, die ein gutes Leben erst ermöglichte: ausreichend Geld.

Aber eine Woche nach der für sie veranstalteten Abschiedsfeier stieß Varda in der Zeitung auf das Interview mit einer inzwischen sechzigjährigen Richterin, die in ihren Vierzigern trotz ihrer vier Kinder, von denen eins noch ein Baby gewesen war, ein Jurastudium absolviert hatte. Das ist der einzige Weg, die Welt zu verändern, behauptete diese Richterin, insbesondere, was das Thema Ageism betrifft. Was ist denn das?, fragte Amos, und Varda warf ihm einen enttäuschten Blick zu, als hätte er mit seiner Frage die Notwendigkeit ihrer beruflichen Aufstiegswünsche bestätigt. Das ist Altersdiskriminierung, erklärte sie, und Amos sagte: aha.

Amos wunderte sich immer wieder über diese neue Welt, in der sie jetzt lebten, ein Labyrinth mit versperrtem Ausgang, in dem er zu nicken und zu lächeln hatte und sich kaum erlauben durfte zu bemerken, was er dachte: Entschuldige, aber das haut doch gar nicht hin, unter Berücksichtigung der Ernennungsprozedur und des vorgeschriebenen Pensionsalters dürftest du höchstens für anderthalb Minuten auf dem Richterstuhl sitzen, und auch das nur, wenn du dich sputest. Das zu erwähnen, war verboten, das spürten alle, genau das wäre ja eindeutig Altersdiskriminierung gewesen, möglicherweise sogar etwas Böseres, dessen Namen er nur noch nicht gehört hatte.

3

Gegen seinen Willen musste Amos zur Kenntnis nehmen, dass eine Lüge zur nächsten führte, dass eine Sünde nicht allein blieb. Dreißig Jahre lang hatte er Varda nicht belogen, hatte es einfach nicht über sich gebracht, selbst wenn er eine schöne Frau gesehen und vielleicht auch begehrt hatte, beichtete er es daheim. Und nun türmte er eine Unwahrheit auf die andere.

Er verschwieg ihr, dass ihre neue Karriere und alles, was damit zusammenhing, ihm verhasst war: das Studium, das sie mit der Ernsthaftigkeit einer Todeskandidatin in einem Hollywoodfilm betrieb; die Art, wie sie das Wort »Altersdiskriminierung« aussprach; die obsessiv geführten Diskussionen beim Abendessen, besonders mit Freunden. Das alles war ihm dermaßen verhasst, dass er große Lust verspürte, selbst zu einem Altersdiskriminierer zu werden, ein Alter, der Alte verabscheute, so etwas wie ein antisemitischer Jude.

Dennoch ließ er nichts davon verlauten, nicht ein einziges Wort, damit ein Wort nicht das nächste ergab, damit seine fortgesetzten Lügen verborgen blieben, damit er Varda nicht das Herz brach.

Neuerdings log er auch noch wegen der Sache mit Avischai. Er hätte es lieber ganz alleine getan, ohne Zeugen, aber die drei anderen waren nun mal Teil der Sache, und so meinte er, seine Frau doppelt, dreifach und vierfach zu betrügen, er kam mit dem Zählen schon gar nicht mehr nach.

FÜNFZEHN

1

Er legte sich aufs Sofa, um den müden Augen ein wenig Ruhe zu gönnen, und dachte an seine letzte Reise mit Avischai, vielleicht, weil das alles sich jetzt gerade so ähnlich anfühlte wie kurz vor einer Auslandsreise, das Aufbrechen in Nachtstunden, das Umschiffen der natürlichen Ordnung der Dinge, die düstere Vorahnung eines Abenteuers.

Vom Post-Army-Trip in die USA abgesehen, hatte Amos zwei Auslandsreisen mit Avischai gemacht: 1997 waren sie zu fünft, ohne Partnerinnen und ohne Kinder, für zehn Tage nach Wales geflogen. Und vor drei Jahren hatten sie beide an einem Kongress der Universität Uppsala teilgenommen. Damals waren sie getrennt angereist, Avischai aus Israel und Amos direkt von einem anderen Kongress, und nach der Tagung waren sie gemeinsam über Stockholm, wo sie einen halben Tag Aufenthalt hatten, und dann über Kopenhagen nach Tel Aviv zurückgekehrt.

Amos war vor etlichen Jahren bereits einmal in Stockholm gewesen, Avischai jedoch kannte die Stadt noch nicht. Beide freuten sich über die Gelegenheit, dort einige Stunden zu verweilen, und suchten gar nicht erst nach einer schnelleren Verbindung, die mit Sicherheit teurer gewesen wäre. Im Zug, der sie ins Stadtzentrum brachte, waren beide noch bester Stimmung, bis bei Amos der Groschen fiel: Stockholm, das war ja die Stadt des Nobelpreises, daran hatte er vorher überhaupt nicht gedacht.

Jetzt war alles zu spät. Gequält suchte er nach einem Ausweg aus dieser Situation, aber ihre Zeit war begrenzt. Es war nicht mehr zu verhindern, sie würden sich das Schloss ansehen müssen, in dem alljährlich im Dezember der Nobelpreis verliehen wurde. Er würde einen halben Tag durch Säle, prächtige Gärten und über weitläufige Treppenfluchten spazieren, und das ausgerechnet in Gesellschaft eines potenziellen Gewinners.

Während sie sich Wasser und Snacks besorgten, scannte sein Gehirn eiligst die Umgebung nach einem Ausgang. Als er Avischai zum Bezahlen allein ließ, um ein vielversprechendes grünes Straßenschild aus der Nähe zu betrachten, stand darauf in aller Schärfe *Zum Nobelmuseum* vor ihm. Purer Horror trieb ihn zum Kiosk zurück.

2

Wie ein Verurteilter oder ein Gefangener schleppte er sich neben Avischai dahin und gab sich den Anschein, den Stadtplan vom Touristeninformationszentrum zu entschlüsseln, um seinen inneren Widerstand zu kaschieren. Sie überquerten eine Brücke und stiegen ein paar enge Gassen hoch, bis sich unvermittelt das Schloss vor ihnen erhob, so wie sich im Ausland manche Monumente unvermittelt vor einem erheben, und plötzlich staunt man über ein unglaublich schönes Monstrum.

Das Schloss ist nach einem Brand wiederaufgebaut worden, erklärte Avischai, deswegen wirkt die Fassade etwas grau. Amos schaute prüfend auf seine Hände, hielten sie den Stadtplan noch, oder war er zu Avischai hinüber gewandert? Er sah, dass er ihn noch hielt und empfand nun weiteren Groll, weil Avischai sich im Gegensatz zu ihm informiert hatte und vorbereitet war.

Sie bezahlten einhundertfünfzig Kronen und gingen hinein. Amos hätte hier liebend gern einen ganzen Monat mit seinem Freund verbracht, hätte er nicht mit Sicherheit gewusst, dass der sich in Gedanken mit dem möglichen Nobelpreisgewinn beschäftigte. Er kannte ihn so gut, weil er sich selbst so gut kannte.

Je weiter sie durch riesige goldglänzende Säle, mit Edelsteinen geschmückte Gewölbe, mit Samt ausgeschlagene Korridore unter überdimensionalen funkelnden Kronleuchtern in das Innere des labyrinthischen Palasts vordrangen – Amos hatte den Schweden einen etwas besseren Geschmack zugetraut –, desto geringer wurden seine Chancen, das fühlte er: Das Schloss wirkte zunehmend wie eine Simulation, eine Art Parodie auf die Monarchie oder den Überfluss. Doch dann stahl sich ohne sein Zutun das Bild des ehrwürdigen, strengen Komitees, das sich in einer Ellipse um den König und den Preisträger scharte, in seine Vorstellungswelt, spottete über den Spötter und schickte einen kalten Schauer über den Rücken des Sterblichen, der hundertfünfzig Kronen Eintritt hatte hinblättern müssen.

Im fiel ein, was Jehuda manchmal nach einer Europareise sagte: Es ist einfach zu schön, man möchte kotzen, so schön ist es.

Für Amos hatte sich das immer wie Unsinn angehört, ausgelöst von übermäßigem Reichtum und der Langeweile, ähnlich wie der Veganismus, es mochte aber auch das genaue Gegenteil sein, also Jehudas Versuch, trotz seines Wohlstands wie ein normaler Mensch zu wirken, der barfüßige Junge aus dem alten Tel Aviv, der sich kaum verändert hatte. Doch nun verstand er Jehuda, der Palast mit seinen sich ins Unendliche erstreckenden Flügeln und den vielen Schichten der Schönheit schien bei ihm ebenfalls Übelkeit zu erregen.

Als sie in einen steinigen Hof traten, eine tödlich-öde Zäsur, an deren anderem Ende sich ein weiterer Flügel öffnete, spürte Amos, dass seine Kraft und vielleicht auch sein Herz zu versagen drohten. Sollen wir uns nicht lieber auf den Rückweg machen?, fragte er, vielleicht geraten wir vor dem Flughafen in einen Stau oder so was. Einen Stau?, lachte Avischai, wir sind in Stockholm, mein Lieber, nicht in Tel Aviv. Ich bin ehrlich gesagt ziemlich geschafft, gab Amos nun zu, und Avischai meinte: Ich ehrlich gesagt auch. Vor lauter Erleichterung wäre Amos dem Nobelpreiskandidaten beinahe um den Hals gefallen.

Auf der Suche nach dem Ausgang hatten sie gegen den Besucherstrom anzukämpfen und kreuzten leichtfüßig lange Touristenschlangen, flink wie zwei Jugendliche, die sich anschickten, die Schule zu schwänzen.

Während Avischai auf einem Sofa in der Abflughalle wartete, überflog Amos in der Raucherzelle einen der

Flyer, die in ordentlichen Stapeln auf einem hohen Regal lagen: *Besuchen Sie den blauen Konzertsaal am Hötorget-Platz, in dem jeden Dezember die Nobelpreise zeremoniell verliehen werden. Im Anschluss an die Verleihung und das Festessen im Blauen Saal findet alljährlich der Nobel-Tanzball im Goldenen Saal des Rathauses statt.*

Da gab es nichts weiter zu sagen, er war ein totaler Idiot.

SECHZEHN

1

Er erwartete, dass die anderen gut gelaunt zurückkehren würden, als hätten sie ohne ihn Fröhlichkeit getankt, doch sie kamen behutsam zur Tür herein, sodass er kein Ventil für seinen Unmut fand.

Hat Ruthi sich gemeldet?, wollte Sohara wissen. Sie ist momentan nicht erreichbar, gab Amos zurück, aber eine SMS hat sie mir immerhin geschickt, sie wird mir Bescheid geben, wenn sie von dort aufbricht. Unterdessen begaben sich alle ins Wohnzimmer, allerdings ohne Platz zu nehmen oder die Jacketts auszuziehen, um die Pause kurz zu halten.

Wusstet ihr, dass er jetzt bei neun zu eins steht?, fragte Sohara. Wie, wie, wie, wie bitte, fragte Jehuda zurück. Sohara erklärte: So stehen Avischais Chancen auf den Internetseiten der Wettbüros. Ach so, meinte Jehuda, ja, richtig, und Sohara wiederholte: Er steht jetzt bei neun zu eins. Was heißt das, fragte Nili, ist das viel oder wenig? Ich verstehe auch nichts davon, sagte Sohara, aber ich sehe dort einige mit vier zu eins, fünf zu eins. Das besagt noch gar nichts, erklärte Jehuda, und Amos meinte: Neun zu eins ist im Grunde nicht besonders hoch, aber es ist auch nicht besonders aussagefähig, hier geht es ja lediglich ums Wetten, noch hat keiner einen blassen Schimmer, wer gewinnen wird, außerdem variieren die Zahlen von Wettbüro zu Wettbüro. In den Wirtschaftswissenschaften müssen sich oft zwei oder drei Kandidaten den Preis teilen, fuhr Amos fort, damit erhöhen sich Avischais Chancen weiter.

Plötzlich breitete sich Großmut in ihm aus, selbstverständlich hatte Avischai seine volle Unterstützung verdient. Neun zu eins, das war tatsächlich nicht viel. Aber es war unbedeutend und kaum ernst zu nehmen. Als er Dozent in Massachusetts gewesen war, hatte sein ganzer Fachbereich auf den Nobelpreisgewinner gewettet, das hielten sie in jedem Jahr so, eine Art Büroamüsement. Amos hatte damals falsch gelegen und zehn Dollar verloren.

Neun zu eins hin und her, Avischai könnte ebenso gut leer ausgehen. Amos spürte, dass der Gewinn in seinem Kopf bereits zur festen Tatsache geworden war, an der nur ein unvermuteter Schlenker des Schicksals noch rütteln könnte. Der Beschluss der Freunde, das Versteckspiel auf sich zu nehmen, hatte der großen Frage nach dem Gewinn kurzerhand einen Riegel vorgeschoben, und die Frage, ob das Unternehmen des Versteckens gelingen würde, war in den Vordergrund getreten.

Du suchst immerzu nach einem Grund aufzugeben, warf Jehuda Sohara vor, und sie fragte bestürzt: Ich? Ich war doch von Anfang an die eifrigste Befürworterin, wovon redest du? Amos teilte Soharas Verwunderung, wirklich, wovon redete Jehuda? Insbesondere jetzt, wo er transportiert werden muss, fuhr Jehuda fort, und davor hattest du es mit der Normalität, dass wir schon nicht mehr normal wirken, und jetzt stellst du plötzlich den Gewinn infrage. Jehuda, das ist unfair, warf Nili ein, was Sohara sagt, ergibt durchaus Sinn. Wenn ich jetzt bereit bin, ihn als Toten für fast eine Woche in meinem Haus aufzunehmen, dann spricht das wohl für sich, und es gibt nichts weiter zu diskutieren. Wenn er den Preis nicht bekommt, bekommt er ihn nicht, das lässt sich dann nicht ändern. Vielleicht aber bekommt er ihn, nicht wahr? Das ist alles. Ihr habt dabei nichts zu verlieren.

Ist doch kein Problem, Jehuda, sagte Sohara, wir ziehen das jetzt bis zum Ende durch. Aber lass mich bitte kurz erklären, warum ich die Wette überhaupt erwähnt habe, und reg dich nicht gleich auf. Bitte sehr, sagte Jehuda, und Sohara erklärte: Ich war ausgesprochen dafür, ich bin immer noch dafür, aber nun haben wir hier eine gewisse Eskalation, mir scheint, wir sind dabei, eine Grenze zu überschreiten. Es geht nicht mehr nur darum, in der Wohnung Wache zu halten, jetzt müssen wir mitten in der Nacht eine Leiche durch Tel Aviv kutschieren. Ich will nicht sagen, dass wir es unterlassen sollten, aber es ist etwas anderes, das ist alles, was ich zu bedenken geben wollte in Anbetracht der Tatsache, dass er den Preis vielleicht gar nicht bekommt. Nein, Sohara, das ist eben nicht alles, entgegnete Jehuda. Wo bleibt dein Gegenvorschlag? Ich rege mich nicht auf, ich frage nur. Sollen wir ihn denn einfach hier liegen lassen? Nein, nein, wehrte Sohara ab, ich weiß ja auch nichts Besseres. Deswegen habe ich mit der Wettsache gewartet, bis Amos auch dabei ist, er versteht von der ganzen Wahlprozedur und so weiter mehr als wir, ich weiß es nicht, ich wollte es nur vorgebracht haben.

Meiner Meinung nach hat sich nichts geändert, sagte Amos, das neun zu eins bedeutet so gut wie nichts, falls das eure Frage war, diese ganze Sache mit den Wetten ist Kinderkram. Er kann immer noch gewinnen, oder auch nicht, das haben wir doch die ganze Zeit gewusst, das ist keineswegs neu. Die Frage ist nur, wovon wir ausgehen wollen.

Sie schwiegen.

Das ist jetzt deine Chance, dachte er. Er hatte Avischais Aussichten korrekt eingeordnet und durfte sich deswegen einen Vorschlag erlauben, also sagte er: Lasst uns Ruthi einfach mitteilen, dass er tot ist. Lasst uns der ganzen Angelegenheit ein Ende machen.

Die Entscheidung liegt bei euch, sagte Jehuda, meine Einstellung kennt ihr.

Amos starrte zu Nili und Sohara hinüber und versuchte, sie mit seinen gefurchten Brauen zu beeinflussen. Okay Jehuda, sagte Sohara, ich bin der Meinung, wir sollten ihn zu dir bringen wie geplant. Wir sollten alles tun, um Avischai den Gewinn zu ermöglichen.

2

Sie gingen ins Schlafzimmer. Mist, entfuhr es Jehuda, wir müssen ihn ja noch anziehen, wir haben fast keine Zeit mehr. Aber Amos hält doch Kontakt zu Ruthi, oder etwa nicht?, fragte Nili, sie wird dich benachrichtigen, nicht wahr, Amos? Ja, bestätigte Amos, aber wenn sie nun plötzlich zwanzig Minuten vorher aufbrechen will? Und mir keine Nachricht schickt? Wir dürfen uns nicht darauf verlassen. Gut, sagte Nili, nur eine Sekunde.

Sohara öffnete den Schrank und zögerte: T-Shirt oder Hemd? Das ist scheißegal, sagte Jehuda, also wirklich. T-Shirt, meinte Nili, und Sohara zog ein grünes T-Shirt mit einem aufgedruckten Segelboot hervor und schien zu überlegen, an wen sie es weiterreichen sollte, schließlich gab sie es Jehuda, der nun bat: Richtet ihn mal kurz auf. Sohara schaute zu Nili hinüber, die eine verlegene Grimasse zog, doch Amos trat forsch ans Bett, um den Ausweichversuchen und der Verlegenheit ein Ende zu bereiten. Er war dabei, Avischais Oberkörper anzuheben, aber der war schwerer als vermutet, und die Berührung der fahlen Haut war ihm widerwärtig. Amos riss sich zusammen, aber nun begann die Haut des Toten sich unter seinen Fingern abzuschälen, sodass er die Hände wegzog und Avischai stattdessen mit den bekleideten Armen aufrechthielt. Doch weil die Leiche so schwer war, ließ er sie wieder aufs Lager zurückgleiten, musterte seine Finger und rieb sie unüberlegt am Toten ab, dessen Haut sich nur weiter abschälte. Da ist nichts zu machen, sagte Nili, so ist es eben, das sind Bläschen, die sich manchmal bilden und die Haut abheben. Jehuda legte das T-Shirt ab, sprang Amos zur Hilfe und hob Avischai an, der daraufhin aufrecht im Bett saß, eine Schulter in Jehudas Hand, die andere unter drei von Amos' Fingern, der ausprobierte, wie viel Finger er abziehen konnte, ohne dass der Körper zurückfiel.

Du lieber Gott, sagte Sohara, wie schrecklich, schaut nur mal, sein Rücken ist ganz lila. Nili, drängte Jehuda, nun zieh ihm doch endlich das T-Shirt über! Nili näherte sich, weitete die Öffnung für den Kopf mit beiden Fäusten, so wie man es tut, wenn man ein Baby ankleidet, und versuchte gleichzeitig, Avischais seitlich herabhängenden Kopf mit den Ellenbogen aufzurichten, was ihr aber nicht gelang. Hilf ihr doch mal, forderte Amos Sohara auf. Sohara ging zum Bett und bemühte sich, Avischais Kopf anzuheben, zunächst mit einem Finger, dann mit zweien, bis ihr keine Wahl blieb und sie ihre ganze Hand unter Avischais Hals schob und so den Kopf hochhielt, wobei sie ihr Gesicht so weit wegdrehte, wie es nur ging. Auf ihrer Miene spiegelte sich Abscheu, doch niemand redete ihr gut zu, denn inzwischen war allen der Geduldsfaden gerissen.

Nili zog ihm rasch das Shirt über den Kopf, die beiden Männer halfen ihr bei den Ärmeln, und endlich war Avischais Oberkörper in ein grünes T-Shirt mit dem Abdruck eines schwarzen Segelschiffs gekleidet, und sein Kopf hing vornüber.

Zieh mal eben das Laken weg, bat Jehuda. Sohara warf es kurzerhand zu Boden, und Nili sagte: Schuhe, bückte sich und zog ein Paar Schuhe unter dem Bett hervor, das sie Avischai über die Füße streifte. Die passen zwar superschlecht zur Hose, meinte sie, aber das ist jetzt wohl zweitrangig.

Bist du so weit?, fragte Amos, und Jehuda sagte: Ich hebe ihn jetzt an, und daraufhin hoben beide gemeinsam Avischai hoch, jeder hatte ihn unter einer Achsel gepackt.

Hierher zu mir, auf meine Seite, sagte Amos, und sie zerrten den Körper mühsam zur rechten Seite des Betts, bis Avischais Hintern auf dem Spannteppich landete und die Füße am Bettrand hängenblieben. Jehuda lehnte sich mit dem Rücken an die Wand, um sich und Avischai aufzurichten, und Amos folgte seinem Beispiel.

Wir schaffen das nicht, sagte Sohara, statt zu ermuntern, setzte sie auf Resignation. Wir schaffen das, und ob wir das schaffen, erwiderte Jehuda, macht mal bitte die Tür so weit wie möglich auf. Er zog Avischai zur Tür. Warte doch, ich helfe dir, sagte Amos. Nicht nötig, stöhnte Jehuda, aber macht mir den Weg frei. Und schon stolperten alle drei rückwärts aus dem Schlafzimmer und beobachteten Jehudas Rücken, der den auf dem Rücken liegenden Avischai in die Mitte des Wohnzimmers schleifte, ihn auf dem Parkettboden neben dem Sofa ablegte und sich langsam aufrichtend bat: Kann ich wohl ein Glas Wasser haben? Sohara eilte in die Küche, kehrte mit einem gefüllten Glas zurück und reichte es ihm entschuldigend: Richtig kaltes Wasser gibt es hier leider nicht.

Jehuda nahm einen Schluck und gab ihr das Glas zurück: Gut, ich schlage vor, dass eine von euch sich im dritten Stock aufstellt und die andere im Erdgeschoss, falls jemand auftaucht, ruft ihr »Jehuda« oder »Avischai«, irgendetwas eben. Wozu soll das gut sein?, fragte Nili, was willst du mit ihm mitten auf der Treppe machen? Ich setze ihn auf einer Stufe ab und umarme ihn, als wäre ihm schlecht geworden oder so, erklärte Jehuda, aber wer sollte schon kommen, es ist ja fast Mitternacht.

Wo steht der Van?, fragte Amos, etwa sieben Häuser weiter die Straße runter, antwortete Jehuda, direkt vor dem Haus war natürlich kein Parkplatz frei, aber das ist jetzt egal, es ist nicht besonders weit. Wir sollten den Wagen hierherholen, meinte Amos, und direkt vor dem Hauseingang parken, meinetwegen sogar mit eingeschalteten Warnblinkern, es wäre ja höchstens für fünf Minuten. Aber der Van ist so breit, er würde die ganze Straße versperren, gab Jehuda zurück. Ist es trotzdem nicht besser, als Avischai noch hundert Meter weiter zu schleppen?, fragte Amos, nicht nur, dass er schwer ist, man könnte uns dabei beobachten. Wir sollten die Sache nicht komplizierter machen, als sie ist, erwiderte Jehuda, es wird schon gut gehen.

Übrigens müssten wir uns beim Tragen abwechseln, es wirkt normaler, wenn einer von uns ihn auf den Rücken nimmt wie einen Betrunkenen oder Verletzten, als wenn wir beide an seinen Armen und Beinen herumzerren, meinte Jehuda. Einverstanden, sagte Amos, soll ich den Anfang machen? Nein, ich bin als Erster dran, sagte Jehuda, geht ihr schon mal ins Treppenhaus und lasst die Tür offen, damit ich euch hören kann, falls ihr etwas ruft. Nili und Sohara huschten hinaus, Amos und Jehuda blieben im Wohnzimmer zurück.

Wie sollen wir wissen, ob wir loslegen können?, fragte Jehuda, und Amos meinte: Lass uns eine Minute warten, und wenn wir dann von den Frauen nichts hören, gehts los. Hast du gedacht, dass du so etwas einmal machen würdest?, erkundigte sich Jehuda. Ein einfaches Nein wäre eine glatte Untertreibung, gab Amos zurück. Da haben wir uns eine großartige Woche eingebrockt, was?, meinte Jehuda, und Amos überlegte kurz, bevor er fragte: Bist du nicht ganz schön gestresst? Warum sollte ich gestresst sein?, fragte Jehuda zurück. Keine Ahnung, meinte Amos, weil man uns auf die Schliche kommen könnte? Wer sollte das sein und wie sollte er das anstellen? Keine Ahnung, gab Amos wieder zurück. Glaub mir, das ist alles Unsinn, versicherte Jehuda, alles das … Plötzlich schrillte sein Handy mit so erschreckender Lautstärke, dass es aus dem Treppenhauses zurückhallte und auf die Tiefe der Nacht hinwies. Jehuda drückte sofort auf Grün, um das schreckliche Geräusch abzustellen, während er Amos »Sohara« zuflüsterte, dann lauschte er kurz und erklärte dem Gerät: Weil wir nicht wussten, ob ihr schon Stellung bezogen habt, alles klar, dann kommen wir jetzt.

Los gehts, bedeutete er Amos, kniete neben Avischais Rücken nieder und sagte: Leg ihn mir über die Schultern. Amos bückte sich und versuchte, Avischais Oberkörper anzuheben, dabei malte er sich aus, wie das Ganze am Ende aussehen würde, und fragte: Sollten wir ihn nicht lieber umdrehen, dann ruht sein Bauch auf deinem Rücken, und nicht Rücken an Rücken, weißt du, was ich meine? Du hast recht, stimmte Jehuda zu, komm, wir drehen ihn um; gemeinsam wendeten sie Avischai, sodass er mit dem Gesicht zum Boden lag, dann ging Jehuda wieder in die Knie und bot der Leiche seinen Rücken dar.

Amos nahm Avischais Arme und wollte sie Jehuda um den gebeugten Hals legen, aber sie verdrehten sich und schwangen mit unnatürlichen Bewegungen hin und her,

254

die einem Lebendigen mit Bestimmtheit große Schmerzen zugefügt hätten. Amos fuhr unwillkürlich zurück.

Zum ersten Mal im Leben dachte er über den religiösen Begriff »Unversehrtheit des Körpers« nach, ein Toter sollte möglichst nicht mehr angerührt werden, im Judentum gab es ein entsprechendes Gebot, an das er sich jetzt nicht erinnerte. Er hatte es immer verspottet, wenn es wieder einmal durch die Medien ging, weil eine orthodoxe Familie sich gegen die Obduktion eines Verstorbenen wehrte. Jetzt aber schien ihm, es müsse doch etwas dran sein. Sie zerrten hier unbedacht an Avischai herum, ließen ihn fallen, verdrehten ihm die Glieder, und wenn die nun nachgaben, wenn er Avischai die Arme ausriss? Fiel das bei einer Leiche nicht mehr ins Gewicht?

Die vergangenen Tage waren desaströs gewesen. Sie hatten Avischai misshandelt. Dem jüdischen Glauben zufolge durfte die Beerdigung nur in Notfällen über den Tag des Todes hinaus verschoben werden, und vielleicht war das so auch vernünftig und richtig.

Avischais Körper war dabei zu verfaulen, er hatte zu riechen begonnen, war gestört und entehrt worden. Zwar geschah es zugunsten des Toten und in guter Absicht, aber Avischai hatte niemanden um diesen Dienst gebeten, er lag hilflos herum, und seine Freunde hatten einfach für ihn entschieden, hatten in seinem Namen so einiges angestellt, waren in seine Wohnung und seine Privatsphäre eingedrungen und hatten sogar erfahren, dass er Vater wurde, was er selbst niemals erfahren würde.

Lass das, lass das sein, sagte Jehuda, streckte seine Arme nach hinten und befahl: Jetzt gib mir seine Hände.

Vorsichtig griff Amos nach Avischais Händen und reichte sie Jehuda. Sobald die Finger sich berührten, griff Jehuda nach den toten Handflächen und richtete sich mit einem Ruck auf. Avischai wurde vom Boden hoch auf Jehudas Rücken gerissen, der nun begann, sich schwankend fortzubewegen.

3

Amos sah Jehuda zu, wie er einen Fuß vor den anderen setzte, Avischai wurde ihm schwer, das war offensichtlich, und Amos fragte sich, ob er selbst den toten Freund wohl würde tragen können, wenn er an der Reihe war.

Jetzt erschien Nili wieder und sagte: Gib mir mal die Autoschlüssel, dann kann ich den Motor schon anlassen. Hol sie dir aus meiner Jackentasche, sagte Jehuda und blieb stehen, während Nili erst die linke und dann die rechte Tasche durchwühlte, bis sie das Bund endlich hervorzog. Ein schwarzer Seat Alhambra, erläuterte Jehuda, steht vor dem Haus Nr. 10.

Ohne ein weiteres Wort überholte Nili die Männer und ging voraus, Jehuda wankte mit Avischai auf dem Rücken hinter ihr her, und Amos bildete das Schlusslicht. Auf der Straße legte Jehuda keine Pause ein, und Amos meinte ihn sagen zu hören: Wenn ich jetzt Halt mache und dann wieder von Neuem losgehen muss, wird alles nur noch schwerer. Er würde den Toten bis zum Van nicht mehr ablegen.

Amos beobachtete den Mann, der einen gleich schweren Mann auf dem Rücken schleppte, mit einiger Mühe zwar, aber durchaus kompetent. Amos' Physis hingegen war kaum noch belastbar, mit nutzlosen Auswüchsen beschwert, es musste an der Ernährung liegen. Jehuda ernährte sich gesund, trieb Sport und hatte das Rauchen aufgeben, das war also nur fair, dann aber auch wieder nicht. Hinter dem Deal verbarg sich kein Geheimnis, alle wussten das inzwischen, wer gesund aß und nicht rauchte, der lebte länger und sah passabel aus, unfair daran war, dass es sich einfach anhörte und es ihm dennoch so schwerfiel wie Armamputierten das Winken.

Er rief sich in Erinnerung, dass er Jehuda keineswegs beneidete, und das half ein wenig. Wenn schon, dann tat Jehuda ihm eher ein bisschen leid, das ermöglichte die Freundschaft zwischen ihnen und verschmolz sie zu einer Einheit. Amos wusste sehr wohl, dass Jehuda ihn ebenfalls ein bisschen bedauerte. Jehuda unterstützte Amos von ganzem Herzen, wie es nur jemand vermag, der den anderen ein wenig bemitleidet, weil er sich mit dem eigenen Leben zufriedengibt, oder so ähnlich.

Amos störte das nicht im Geringsten, es amüsierte ihn sogar, er hatte es längst aufgegeben, Jehuda klarzumachen, dass im akademischen Rahmen sein Leben im Grunde relativ glanzvoll war. Im Gegenzug bedauerte er Jehuda wegen des Buchprojekts, das im Sand verlaufen würde, und wegen all der anderen Vorhaben Jehudas, die bereits im Sand verlaufen waren. So tat einer dem anderen ein wenig leid, und unterdessen waren sie die besten Freunde.

Hinter einer Steinmauer verdeckt standen drei etwa Zwanzigjährige und rauchten. Jehuda beschleunigte seine Schritte, doch Amos' Blick traf auf die neugierigen Blicke der jungen Leute, und er machte einen Schritt zurück, weil er meinte, er müsste auf ihr Erstaunen reagieren. Unser Freund fühlt sich nicht gut, erklärte er, und die junge Frau fragte: Braucht ihr Hilfe? Nein, nein, nein, wehrte Amos ab, unser Van steht ganz in der Nähe, besten Dank. Viel Erfolg, rief sie zurück. Amos bedankte sich noch einmal, und einer der jungen Männer rief: Gute Nacht.

Er fühlte sich verspottet, sie waren zwar höflich gewesen, würden jetzt aber bestimmt über ihn herziehen, sie hielten ihn sicher für einen seltsamen alten Kauz. Er verspürte Lust, ihnen zu verraten, was hier wirklich ablief, um sie zu überraschen: Nicht nur ihr seid jung, und ich bin nicht nur alt, oh, nein.

Er schloss zu Jehuda auf, und sie schritten gemeinsam rasch voran, so rasch, wie Avischais Gewicht es erlaubte, ihre Blicke schweiften gelegentlich über die unmittelbare Umgebung. Jehuda hielt abrupt an, um das Gewicht auf seiner Schulter etwas besser zu verteilen, und ging dann wieder weiter, Avischais Oberkörper baumelte nun vor seiner Brust. Plötzlich schwappte trübe Flüssigkeit aus Avischais Mund, als hätte er sich gerade in einen lebenden Betrunkenen verwandelt. Wie ein Mann, der eine Küchenschabe auf seinem Pullover entdeckt hat, erschrak und ekelte Jehuda sich dermaßen, dass er seine

Last unüberlegt abschüttelte und auf den Gehsteig fallen ließ.

Amos gelang es gerade noch zu denken: Er lebt, natürlich er lebt, das ist viel logischer, ein peinlicher Irrtum, eine Anekdote für die Enkel, ein erhebendes Ende dieser elenden Farce. Doch als sie ihre Gesichter dem gefallenen Körper näherten, sagte Jehuda als erster: Avischai? Der Tote entließ keine Flüssigkeit mehr aus den Lungen wie ein knapp vor dem Ertrinken Geretteter, brachte keinen Laut heraus und rührte sich auch nicht mehr. Amos überlegte, ob der Aufprall den Schädel zertrümmert und den Toten nach der kurzen Wiederbelebung ein zweites Mal erledigt haben könnte. Ein klassischer Fall, dachte er, jetzt haben wir uns tatsächlich schuldig gemacht und sind zu Mördern geworden, das ist die Konsequenz guter Absichten.

Ich rufe Nili an, sagte er. Das Sprechen fiel ihm so schwer, als wäre er selbst für einen Moment tot oder zumindest gelähmt gewesen, und er schaffte es erst nach einem weiteren Anlauf, sein Handy aus der Tasche zu ziehen. Wo bleibt ihr?, fragte Nili, und Amos sagte: Er hat sich übergeben, Avischai hat gekotzt, es schwallte ihm nur so aus dem Mund.

Wie bitte?, fragte Nili. Er liegt hier auf dem Trottoir, erklärte Amos, es floss ihm etwas Ekliges aus dem Mund. Er liegt tot auf dem Trottoir?, fragte Nili nach: Ja, so scheint es, bestätigte Amos. Alles klar, sagte Nili, ich hatte es nicht gleich kapiert, so etwas kommt vor, das ist der Mageninhalt, der jetzt wegen der Schieflage abgelaufen sein dürfte. Ist es das, was er vor einigen Tagen gegessen hat?, fragte Amos. Ja, das nehme ich stark an, sagte Nili, es könnte aber auch Dekompositionsflüssigkeit sein. Ist das normal?, fragte Amos. Woher soll ich das wissen, fragte Nili, normal ist, dass einer zwei Stunden nach seinem Tod begraben und nicht in der Mitte zusammengefaltet herumgeschleppt wird, aber es scheint mir durchaus logisch zu sein.

In diesem Augenblick sauste ein Wirbelwind an Amos vorbei und hätte beinahe seinen Arm gestreift, er hob den Kopf gerade noch rechtzeitig, um einen Elektrobiker mit aller Kraft auf die Bremse treten zu sehen. Jehuda schaute verständnislos um sich oder hatte vielleicht kurz vor ihm, auf alle Fälle aber ebenfalls zu spät, begriffen, dass Avischai gerade von einem Elektrobiker überfahren worden war.

Der Typ wandte den Kopf zurück, und Amos flehte: Nun hau schon ab, fahr einfach weiter, begehe Fahrerflucht wie jeder normale Jugendliche. Doch der Biker sprang von seinem Gefährt, nahm den Helm ab, schmetterte ihn zu Boden, um sich dann panisch über den toten Avischai zu beugen. Ich habe ihn umgebracht, brachte er heiser vor Schreck hervor, ich habe ihn umgebracht – so mochte sich echter Schmerz anhören. Amos und Jehuda schauten einander entsetzt an, rührten sich aber nicht vom Fleck.

Dies könnte möglicherweise der entscheidende Moment sein, dachte Amos, um meine Haut und die meiner Freunde zu retten, aber er schaffte es nicht, den Blick von dem etwa zwanzigjährigen jungen Mann abzuwenden, der weiterhin jammerte: Ich habe ihn umgebracht, und seine Hände auf Avischais Brustkorb legte, als wollte er ihn wiederbeleben, ohne allerdings die Arme zu bewegen, und heftete unterdessen seinen klagenden Blick auf Amos und Jehuda.

Er tat Amos direkt leid. Was wusste ein Zwanzigjähriger schon?

Während Amos zu lange über die falschen Dinge nachdachte, rief Jehuda dem Biker zu: Nein, nein, wen denn? Ambulanz, sagte der Junge und tippte in sein Handy. Aber wir haben dort schon angerufen, versicherte Jehuda, ist alles schon erledigt, ist erledigt, versicherte Jehuda ungerührt weiter wie ein Roboter. Inzwischen aber antwortete die Notrufzentrale am Handy des Jungen, und dieser sagte: Einen Augenblick bitte. Jehuda bedeutete ihm, das Gespräch zu beenden. Wenn man dort doppelt anruft, verzögert sich alles, fuhr er fort. Und der Junge sprach in sein Handy: Ich höre gerade, dass von hier bereits ein Rettungswagen angefordert wurde, tschüss dann. Doch nun schien er den Moment hinauszuschieben, in dem er in sein neues, schrecklich verändertes Leben zurückkehren müsste.

Er legte sein Handy auf dem Boden ab und wandte sich wieder dem Toten zu. Wir sollten ihm das T-Shirt aufreißen, damit er Luft bekommt, sagte er, und Amos wurde plötzlich bewusst, dass weder er noch Jehuda Gefühle gezeigt hatten. Ihr Freund lag tot oder verletzt, aber auf jeden Fall überfahren am Boden, und sie zeigten sich völlig ungerührt. Sofort hockte er sich neben den Biker, stieß sogar dessen Arm zur Seite, als müsste er sich freie Bahn verschaffen, und begann, Avischais Bauch und sein

Gesicht mit einer Hand abzutasten, mit der anderen verscheuchte er die Fliegen.

Er ist eindeutig noch am Leben, stellte er fest und spähte zu Jehuda hinüber, der verwirrt wirkte, als könnte er noch nicht entscheiden, ob das, was Amos da veranstaltete, gut oder schlecht war. Der Biker aber meinte: Echt jetzt, Mann?, und in seiner Stimme lagen Zweifel und ein Anflug von Glück.

Wie heißt du?, erkundigte sich Amos nun. Ich?, fragte der Junge zurück. Ja, ja, du natürlich, mit wem haben wir die Ehre? Es war an der Zeit, den nervigen Onkel zu spielen, die einzig mögliche Verteidigung. Gidi, gab der Junge zurück. Gidi, hör mir mal gut zu, unser Freund hier ist am Leben, du kannst dich also beruhigen. Er ist total besoffen, mischte Jehuda sich jetzt ein. Gidi wunderte sich wieder: Er ist betrunken? Blau wie eine Haubitze, bestätigte Amos, vielleicht weißt du nicht, dass auch Siebzigjährige manchmal gern einen über den Durst trinken. Aber er atmet doch nicht mehr, widersprach Gidi. Von wegen, protestierte Amos, riechst du die Whiskyfahne etwa nicht? Dann näherte er seinen Mund und sein Ohr den Lippen Avischais, vergaß unterdessen aber, wonach er suchte und wie sich das Gesuchte finden ließ.

Aber ich habe ihn doch überfahren, beharrte Gidi. Das bestreitet auch keiner, gab Amos zu, unser Freund hier lag allerdings bereits zehn Minuten lang auf dem Gehweg. Gidi schaute die beiden an und stellte fest: Tatsächlich, er hat sich übergeben! Wie bitte?, fragte Amos. Ja, klar, sprang Jehuda ein, er hat gekotzt, regelrecht gekotzt. Und erst jetzt schaltete Amos – ihre stärkste

Karte hatten sie noch gar nicht ausgespielt, wie idiotisch, Avischai lag ja wirklich in einer Lache von Erbrochenem, in der Dekompositionsflüssigkeit oder in seinen Magensäften, auf jeden Fall besoffen, wie es im Buche stand.

Er riecht tatsächlich ein wenig, meinte Gidi. Er stinkt, sagte Amos, du kannst es ruhig aussprechen. Und Gidi fragte: Kennt ihr das von ihm? Ist das bei ihm normal? Wir sind seit fünfzig Jahren befreundet, erläuterte Jehuda, ich habe ihn in dieser Zeit wohl, sagen wir, fünfhundert Mal so erlebt. Und er hat hier tatsächlich seit zehn Minuten flachgelegen?, vergewisserte sich Gidi. Ja, tatsächlich, bestätigte Jehuda, wir haben ihn auf dem Rücken getragen, und dann ist er uns runtergefallen. Ach, du Scheiße, sagte Gidi. Ja, leider, meinte Jehuda, wir selbst sind auch nicht nüchtern, weißt du, aber gleich heben wir ihn wieder hoch, versicherte Amos, kein Problem.

Der Rettungswagen wird ihn bestimmt mitnehmen, vermutete Gidi, und Amos erinnerte sich daran, dass sie ja eine Ambulanz erwarteten. Jehuda sagte, ich nehme an, sie werden ihn hier an Ort und Stelle kurz untersuchen und uns dann alle nach Hause schicken. Genau, sagte Amos, lebendiger als jetzt wird er kaum noch, woraufhin Jehuda ihm einen ärgerlichen Blick zuwarf, im Sinne von: Musst du dermaßen übertreiben?

Gut, meinte Gidi, bis der Rettungswagen kommt, können wir ja schon mal unsere Kontaktdaten austauschen.

Alle drei saßen vor Kälte zitternd neben Avischai auf dem Boden und warteten auf die Ambulanz, die niemals eintreffen würde. Amos erlitt einen Schwächeanfall, als wollte sein Körper ihn von der Verpflichtung zur Anstrengung befreien, für einen Moment bildete er sich sogar ein, die Polizei sei auf dem Weg zu ihnen, und die Leiche war ja ohnehin schon vor Ort.

Dann wurde ihm mit einem Mal bewusst, wie sie sich hätten verhalten sollen. Sie hätten den Biker nach Strich und Faden fertigmachen müssen, aber sie waren eben Idioten. Anstatt sich wie normale Menschen zu benehmen, begingen sie den Fehler, den Kriminelle und Lügner in der Regel als Erstes begehen: Sie hatten sich verteidigt, anstatt anzugreifen, sie waren eben keine ausgekochten Verbrecher und wollten es auch nicht sein.

Er spielte im Kopf die Möglichkeiten einer taktischen Verhaltensänderung durch, vielleicht war es noch nicht zu spät. Doch so oft er auch innerlich einen Anlauf nahm, er konnte sich einfach nicht vom Bürgersteig erheben, um verbal auf Gidi einzudreschen: Du hast sein Leben zerstört, ein ganzes Menschenleben hast du überfahren, rast wie ein Wilder über den Gehweg einer Hauptverkehrsstraße, wer hat dich großgezogen, den möchte ich mir mal vorknöpfen, du und deine Kumpel, ihr meint immer, die ganze Straße gehöre euch, wage es nur nicht, dich neben meinen verletzten Freund zu stellen, erweise ihm wenigstens die Ehre, gebührenden Abstand einzuhalten!

Immerhin war er geistesgegenwärtig genug gewesen,

Gidi Avischais Adresse und Telefonnummer zu geben und nicht etwa seine eigene oder die von Jehuda, Avischais Handy war ja sowieso bei ihnen und die Wohnung leer. Er hatte überlegt, ob er falsche Angaben machen sollte, das wäre zweifellos das Sicherste gewesen, aber er fürchtete sich zu lügen. Sobald er Avischais Telefonnummer erhalten hatte, erklärte Gidi: Ich rufe ihn gleich an, dann hat er meine Nummer ebenfalls.

Amos war überzeugt, dass sein Leben in den nächsten Stunden ein Ende finden würde oder es bereits gefunden hatte. Professor transportiert Leiche. Das würde morgen in der Zeitung stehen.

Fliegen umsummten Avischais Augenhöhlen und Nasenlöcher. Ob es sich wohl um die normalen Tel Aviver Fliegen handelte – oder waren es besondere vom Verwesungsgeruch angelockte Brummer, gab es da überhaupt einen Unterschied? Auf alle Fälle würden sich, solange Avischai noch dalag, weitere dazugesellen, um wer weiß welche Aufgabe zu erfüllen. Nili hatte auch Larven erwähnt; bei diesem Gedanken verdrängte aufsteigende Übelkeit sein Entsetzen.

Er zog sein Handy hervor und wollte so tun, als würde er eine Nachricht schreiben, um den neben ihm sitzenden Jehuda unauffällig zu fragen: Was tun wir jetzt? Doch leider hatte er die passende Brille nicht dabei und hob den Blick, um die Pupillen zu fokussieren, da tauchte aus der Dunkelheit eine beleibte Gestalt auf, Nili, ach ja, Nili, er hatte das Gespräch mit ihr mittendrin abgebrochen, sie musste unterdessen etliche Male angerufen haben, aber die Handys waren alle stummgeschaltet.

Was ist los?, fragte sie, die Arme zu beiden Seiten ausgebreitet, doch bevor sie »mit euch« oder »warum antwortet ihr nicht« hinzufügen konnte, bemerkte sie den Biker, vielleicht aber auch bemerkte der Biker sie zuerst, jedenfalls fragte er: Sind Sie vom Rettungsdienst? Nein, gab sie zurück, und Amos dachte, Mist, sie ist also doch nicht besonders schlau. Aber da rief Yehuda schon: Es ist alles in Ordnung, nur hat der junge Mann hier mit seinem E-Bike aus Versehen unseren Freund überfahren, wir warten alle gemeinsam auf den Rettungsdienst, den wir vor längerer Zeit angerufen haben, aber noch hat sich von dort niemand blicken lassen.

Amos schien, Jehuda hätte die letzten beiden Sätze mit besonderer Betonung hervorgebracht, sie sollten wohl eine unterschwellige Botschaft weitergeben. Unser Freund ist kaum verletzt, fuhr Jehuda fort, aber der Fahrradfahrer hier ist sehr verantwortungsbewusst und will unbedingt auf den Notarzt warten. Dafür hat er zweifellos Respekt verdient.

Nili lauschte mit undurchdringlicher Miene und erklärte schließlich: Ich weiß, ich weiß, die haben alle Hände voll zu tun, immerhin haben sie mich schon mal vorausgeschickt, wir sind ein Subunternehmen, das für den Rettungsdienst arbeitet, weil jede Menge Ärzte fehlen, besonders am Wochenende. Sie ist genial, fuhr es Amos durch den Kopf, und Nili befahl: Machen Sie den Weg frei!

Sie beugte sich über Avischai und hob das T-Shirt an, doch dann fiel ihr wieder ein, was sich dort verbarg, die Verfärbung auf dem Bauch und die vom Rücken her herankriechenden lila Flecken, ein Anblick, den sie besser bedeckt lassen sollte. Über dem Brustkorb wies das Shirt Abdrücke von Reifen auf, die allerdings nicht bluteten. Amos kannte sich nicht so recht aus, aber das erschien ihm völlig unnatürlich.

Nili führte an Avischais Brustkorb Bewegungen aus, die Amos an die Imitation eines Erste-Hilfe-Kurses in einer Fernsehserie erinnerten, aber vielleicht musste das so aussehen, und etwas später fragte er sich, ob Nili es nicht übertrieb und diesem Gidi zu viel Zeit gab, um sie zu durchschauen. Oder wartete sie darauf, dass die Freunde etwas unternähmen? War ihnen vielleicht auch eine Rolle zugedacht?

Er hat etwas getrunken, erklärte Jehuda, und Nili sah ihn vorwurfsvoll an: Etwas? Deswegen muss man ihn ja nicht gleich überfahren, warf Amos ein. Hat er sonst noch was genommen?, fragte Nili. Sind Sie verrückt geworden?, fauchte Jehuda zurück, und Amos fragte: »Sonst noch was«, was soll das bedeuten, Drogen? Keine Ahnung sagte Nili, Drogen, Medikamente, irgendwas. Wenn, dann vielleicht eine halbe Vaben vor dem Schlafengehen?, überlegte Amos laut. So was zählt nicht, meinte Nili, und Jehuda beteuerte: Drogen waren ganz sicher nicht im Spiel.

Sie haben unerhörtes Glück gehabt, stellte Nili fest und wandte sich dann etwas schulmeisterlich an Gidi, Sie haben ebenfalls unerhörtes Glück gehabt, junger Mann. Wie meinen Sie das?, fragte Jehuda. Morgenfrüh schon wird Ihr Freund sich wie neugeboren fühlen, erklärte Nili. Dann ist ihm also nichts weiter passiert?, wollte Gidi wissen. Das heißt aber noch lange nicht, dass du das verdammte E-Bike nicht auf den Müll befördern solltest, brummte Nili, heute hast du Glück gehabt, morgen könntest du ein Kind überfahren und im Gefängnis landen. Zu Jehuda gewandt fragte sie: Sind Sie in der Lage, ihren Freund nach Hause zu bringen, oder soll ich den Rettungswagen trotzdem noch anfordern? Das geht klar, versicherte Amos, das schaffen wir, keine Sorge, haben Sie vielen Dank. Aber Gidi sagte: Anfordern, unbedingt anfordern, ich komme dafür auf. Himmel und Herrgott, ist das ein lästiger Kerl, dachte Amos, laut aber sagte er: Gidi, lass gut sein, du hast alle Pflichten erfüllt.

Kann ich sonst noch etwas für Sie tun?, fragte Nili. Amos schüttelte den Kopf und bedankte sich ein weiteres Mal. Aber Gidi fragte: Schreiben Sie denn keinen Bericht oder so was, für die Versicherung? Das wird heute alles online erledigt, erklärte Nili, mit den Angaben, die Sie telefonisch gemacht haben. Gidi schien immer noch unzufrieden, traute sich aber offensichtlich nicht, weitere Fragen zu stellen.

Nili schloss ihre Tasche und sagte: Richten Sie Ihrem Freund aus, dass zu viel Alkohol der Gesundheit schadet, er ist schließlich keine zwanzig mehr. Wird gemacht, versicherte Jehuda, danke bestens. Nili sagte dann nur noch: Auf Wiedersehen, alles Gute, und eilte davon.

Ich helfe euch beim Tragen, erklärte Gidi, doch Jehuda reichte ihm die Hand zum Abschied und meinte: Junger Freund, hier trennen sich unsere Wege. Haltet mich auf dem Laufenden, bat Gidi, lasst mich wissen, dass er okay ist. Na klar, sagte Jehuda, machs gut. Gidi richtete sein Bike auf und führte es zögernd am Steuer. Den werden wir wohl nie mehr los, dachte Amos, aber dann verschwand der Junge doch allmählich in der Ferne.

Amos lauschte der Stille ein wenig, bevor er sich zu Jehuda umdrehte. Dieser stand unnatürlich steif da, den Blick wie zu einer späten Totenwache starr auf Avischai gerichtet. An Jehudas Hemd klebten Klumpen von Erbrochenem. Amos bemerkte den starken Gestank erst jetzt, als hätte Gidi auf seinem Bike auch ihren Schrecken mitgenommen, der nun den Platz für anderes räumte.

Du solltest dein Hemd ausziehen, sagte Amos; Jehuda schaute ihn verständnislos an. Amos richtete sein Kinn auf Jehudas verdreckte Vorderseite, und erst jetzt blickte Jehuda ungläubig an sich herunter. Um das Ausziehen zu bewerkstelligen, wollte die rechte Hand nach der linken Manschette greifen und die linke nach der rechten, doch währenddessen rutschten die Brocken in die sich bildenden Falten, und die beim Ausziehen drohende Berührung mit der Stirn erschien bereits in der Vorstellung unerträglich. Jehuda gab das Vorhaben auf und streckte beide Arme weit von sich; Amos begegnete dem verzweifelten und zutraulichen Blick eines Fünfjährigen, der sich in seinem Pyjama verfangen hat.

In einem Ruck, rief er zur Ermutigung, in einem Ruck über den Kopf. Gut, sagte Jehuda, kniff in Vorbereitung auf die Ausführung die Augen zusammen, beugte sich aber urplötzlich über den Rinnstein und kotzte sich die Seele aus dem Leib.

Als sie den Van erreichten, saß Nili bei laufendem Motor am Steuer, wie bei einem Raubüberfall, dachte Amos. Sohara lehnte sich eher symbolisch seitlich zu Jehuda hin, der sich bemühte, Avischai möglichst behutsam auf die Rückbank zu bugsieren. Er, Amos, war also nicht der Einzige, der physisch kaum etwas beitrug. Er begab sich aber auf die andere Seite des Wagens, zog die Tür zur Straße auf und zerrte an Avischais Schultern, bis der tote Kopf am Ende des Sitzes lag.

Was war da los bei euch?, fragte Nili. Lass das jetzt, gab Jehuda zurück, wir bringen das hier erst mal zu Ende, später können wir über alles reden.

Avischais Beine hingen zu zwei Dritteln noch aus dem Auto wie eine Brücke zum Bürgersteig, und Jehuda war dabei, sie auf den Wagenboden zu stopfen. Dreh ihn mal um, sagte er zu Amos, dreh ihn auf die Seite. Sie drehten und drückten von beiden Enden, bis Avischais Körper endlich ganz und gar im Auto verstaut war.

Ich mache hier jetzt zu, sagte Amos und wollte die Tür mit Rücksicht auf den leblosen Schädel zunächst sanft schließen, musste dann aber doch mehr Kraft aufwenden, die Tür durfte während der Fahrt ja keinesfalls aufspringen. Jehuda tat auf seiner Seite dasselbe, nachdem er Avischais Beine noch ein wenig tiefer in das Auto gepresst hatte.

Amos schaute durch die Heckscheibe auf den Körper, der ein Dreieck bildete, der Hintern drückte als obere Spitze gegen die Mitte der Rücklehne, die Füße lagerten hinter dem Beifahrersitz, und der Kopf baumelte hinter der Lehne des Fahrersitzes in der Luft. Embryonal, wie Amos gehofft hatte, wirkte das nun weiß Gott nicht.

Er löste den Blick von Avischai und trat wieder auf den Bürgersteig. Nili rutsche auf den Beifahrersitz, Jehuda nahm hinter dem Lenker Platz, Amos und Sohara blieben nutzlos zurück. Treffen wir uns dort?, fragte Nili durchs Fenster. Ja, sagte Sohara, gute Fahrt. Jehuda betätigte den Winker und scherte aus dem Parkplatz aus.

Bist du in der Lage, mir zu erzählen, was unterwegs passiert ist?, fragte Sohara. Ich bin völlig fertig, stöhnte Amos, später im Auto.

7

Sohara regte sich dann sehr auf: Was sollen wir bloß tun? Keine Ahnung, sagte Amos, wir besprechen das nachher mit den anderen. Ist er verletzt, hat der Körper Spuren davongetragen?, wollte sie wissen, sind Knochen gebrochen? Nach dem, was ich gesehen habe, hat er ein paar Kratzer auf dem Bauch, kleine Risse, so was. Was sollen wir bloß tun?, jammerte Sohara, das lässt sich doch nicht wegerklären, es ist aus, jetzt kann er wohl kaum noch im Bett an Herzversagen gestorben sein. Was meinst du damit?, fragte Amos, er war unendlich müde. Wenn er im Bett gestorben ist, woher stammen dann die Kratzer, Risse und was weiß ich sonst noch?

Amos wunderte sich, dass er selbst überhaupt nicht daran gedacht hatte, er hatte sich eher Sorgen wegen der

Telefonnummern gemacht, der Biker kannte Avischais Handynummer, hielt also das Ende des roten Fadens in der Hand, mit dem sich alles Weitere aufdröseln ließ. Aber Sohara hatte natürlich ebenfalls recht.

8

Würde Jehuda in Anbetracht der Umstände wohl langsam fahren oder rasen? Als sie vor seiner Villa eintrafen, war er gerade dabei, die Haustür zu öffnen. Avischai lag vermutlich auf der Schwelle wie die Morgenzeitung.

Sohara und er saßen im Wagen vor der versperrten Einfahrt und warteten, bis jemand sie hereinließ. Dass sie den Bürgersteig versperrten, war ihnen Grund genug sitzen zu bleiben, anstatt auszusteigen und sich nützlich zu machen, obwohl um Viertel nach eins in der Nacht wohl kaum ein Kinderwagen aufkreuzen würde.

Sie schwiegen für eine Weile, dann meinte Sohara: Varda weiß also von nichts!? Das war dermaßen aus der Luft gegriffen, dass Amos sich fragte, ob sie ihn wegen mangelnder Kooperation bestrafen wollte? Ich weihe sie erst nach dem … wie soll ich das nennen … nach dem Ja oder Nein zum Nobelpreis ein, ich beabsichtige nicht, es auf ewig vor ihr zu verbergen, verstehst du?, erklärte er. Wird es sie nicht verletzen, dass du so etwas tagelang vor ihr verheimlicht hast? Das glaube ich nicht, sagte Amos, ich schätze, sie wird einsehen, dass es so am besten für sie ist. Dass du ihr Avischais Tod anderthalb Wochen lang vorenthalten hast, dafür soll sie Verständnis aufbringen, ist das dein Ernst? Ihr wird keine Wahl bleiben, sagte Amos.

Er nutzte eine winzige Pause in der Unterhaltung, um Sohara zu bitten: Schau doch mal nach, was sie dort treiben, sie scheinen uns vergessen zu haben. Sohara stieg aus, ging über den Gartenweg zum Haus, klingelte und wurde von der Villa verschluckt.

Für sein Gefühl verweilte sie dort sehr lange, die Gebote der Höflichkeit waren offenbar außer Kraft gesetzt, doch dann erschien Jehuda, eilte zum Tor, öffnete es und wartete, bis er seinen Wagen geparkt hatte. Dann gingen sie gemeinsam hinein.

Avischai lag seitlich auf dem riesigen grünen Sofa, der Kopf reichte über die Armlehne hinaus, ein Fuß ruhte auf dem Teppich und rührte an ein Bein des feinen Designer-Couchtischs. Das T-Shirt war so weit aufgerissen, dass es von den Schultern zu rutschen drohte, im Licht waren die klaffenden, von den Reifenspuren nur oberflächlich bedeckten Risse deutlicher zu erkennen und offenbarten das blutleere Fleisch. Avischai sah aus, als hätte man ihn im Stress abgeworfen. Amos vermutete, dass Jehuda dort unter der Last zusammengebrochen war und sich nicht die Mühe gemacht hatte, den Körper zurechtzurücken, so wie man auch die Glieder einer Leiche am Tatort nicht verrücken durfte, wie verrenkt auch immer sie dalagen.

Auf den zum Sofa passenden Sesseln saßen Nili und Sohara wie Teilnehmerinnen einer bizarren Talkshow, in dem üppigen weichen Polster wirkte sogar Nili zart. In Anbetracht der orientalisch anmutenden Einrichtung mit den afghanischen Läufern, den großen gläsernen Leuchten und der funkelnden Küche meinte Amos, einen exklusiven kleinen Harem vor sich zu haben, in dem etwas schrecklich schiefgelaufen war.

SONNTAG

SOHARA

AUF DEN WETTSEITEN IM INTERNET
STEHEN DIE CHANCEN BEI 9:1

SIEBZEHN

1

Sie würde sich die linke Schrankhälfte nehmen. Zuerst war sie versucht gewesen, ihre Sachen nach Gutdünken zu verteilen, was er zu Lebzeiten niemals erlaubt hätte, aber das würde jetzt zu viel Zeit kosten, und sie wusste nicht, wie viel Zeit ihr noch blieb, das heißt, sie wusste nur zu gut, wie viel Zeit ihr noch blieb, aber was sie in dieser verbleibenden Zeit alles schaffen müsste, das war unklar. Sicher war nur, dass sie es schaffen musste, ihre Sachen in seiner Wohnung unterzubringen. Das war zunächst einmal das Wichtigste, aber sie begab sich auf Neuland, da war es wohl besser, eine Zeitreserve einzuplanen.

Als sie mit dem Aussortieren fertig war, häuften sich auf ihrem Bett Kleidungsstücke, Hosen, Blusen, Röcke, Gürtel, Schals, Handtücher, Bettwäsche und allerhand Decken, dünne und dicke. Sie suchte in mehreren Küchenschubladen nach Müllsäcken und fand schließlich eine Rolle unter der Spüle, riss einige Beutel ab, ließ sie mechanisch von Jehudas unter den Schränken angebrachter Erfindung öffnen und nahm sie klaffend mit ins Schlafzimmer, wo sie die schwarzen Säcke mit bitterer Genugtuung vollstopfte, ohne Rücksicht auf die sorgfältig zusammengelegten und gefalteten guten Stoffe.

Unwillkürlich musste sie an die gestrige Nacht denken. Was sie jetzt tat, fühlte sich vergleichsweise sündhaft an, sie schmiedete Ränke gegen die Ränkeschmiede, und zwar bei klarem Verstand und am helllichten Tag.

Sollte sie erst einmal alle Säcke an der Wohnungstür sammeln und dann zum Auto schaffen, oder sollte sie die beiden ersten schon hinuntertragen und im Kofferraum unterbringen? Sie beschloss, gleich zu gehen, und tastete nach Avischais Schlüssel in ihrer Jackentasche. Das hätte ihr gerade noch gefehlt, vor Avischais Wohnung zu stehen und nicht hineinzukönnen.

Als sie den Kofferraum aufmachte, begann ihr Auto zu jaulen, als wollte es seine Besitzerin verpetzen. Sie presste hektisch alle Knöpfe der Fernbedienung, bis endlich ohne ersichtlichen Grund Stille eintrat, dann hob sie die beiden Beutel an, verstaute sie und schlug die Klappe zu. Sie hätte sich gern ein wenig ans Auto gelehnt, befürchtete aber, es könnte wieder aufheulen, hingesetzt hätte sie sich ebenfalls gern, aber wo? So stand sie eine Weile unendlich müde da, der Gedanke an das Hinaufsteigen in die zweite Etage vertiefte ihre Müdigkeit, doch ihr blieb ja keine Wahl.

Niemals hatte Sohara sich verlassener gefühlt als an diesem Morgen beim Durchforsten der unzähligen Ergebnisse ihrer Google-Suche nach einer Anwältin oder einem Anwalt für Familienrecht. Normalerweise hatten Leute wie sie es nicht nötig, bei Google nach einem Rechtsanwalt zu suchen, man bat im Bekanntenkreis einfach um Empfehlungen. Doch wen hätte sie angesichts ihres Vorhabens jetzt fragen können?

Wieder erfüllte sie die von Tag zu Tag wachsende Wut auf Avischai, der sie auf seine nonchalante Art zum Schweigen gezwungen, sie in das Gefängnis der Geheimhaltung verbannt hatte, sodass sie in ihrer Welt stumm und sehr allein bleiben musste, fast wie eine geschlagene Frau. Diese Formulierung drängte sich ihr immer wieder auf, obwohl sie übertrieben war, natürlich wurde sie nicht geschlagen, und dennoch, hieß es über diese Frauen in den Medien nicht immer, dass der Mann sie nach und nach isoliert, ihr alle Möglichkeiten, Rat oder einen Ausweg zu suchen, verbaut hatte, sodass ihr Schicksal nur noch von ihm allein abhing?

Avischai hatte sie niemals von sich abhängig machen wollen, das war richtig, er hatte nie um ihre Nähe gebeten, eher im Gegenteil, das war ihm also nicht vorzuwerfen. Aber er hatte sich ihrer zwanzig Jahre lang geschämt. Wie sollte man das nennen?

Schließlich hatte sie sich für eine Anwältin entschieden, deren Name ihr gefiel: Ada Porat. Sie bevorzugte eine Frau. Ada Porat stellte ihr einige Fragen, Familienstand: ledig. Kinder: keine. Dann sagte sie: Bitte Sohara, erzählen Sie mir, was Sie zu mir führt.

Sohara wollte loslegen, aber es ging nicht. Die nette Anwältin sah sie aufmerksam an, Sohara sammelte ihre Kraft und konzentrierte sich gezielt auf die untere Gesichtshälfte, doch ihr Mund blieb stumm, aus ihren Augen aber purzelten Tränen.

Ada Porat schwieg. Sie war noch ziemlich jung, höchstens vierzig. Schön war sie auch, nicht der Typ der gepflegten Rechtsanwältin, über den sich leicht lästern ließ. Auf jeden Fall verheiratet oder in einer Beziehung, daran bestand kein Zweifel; was Kinder anging, war Sohara sich nicht sicher. Sie streckte die Hand nach dem hübschen Behälter mit den Papiertüchern aus, der auf Adas Seite des Schreibtisches stand. Ada schob ihn ihrer Klientin hin, und Sohara putzte sich gründlich die Nase. Plötzlich war sie sehr durstig und hoffte, Ada würde ihr etwas zu trinken anbieten, aber das tat sie nicht.

Sohara schnäuzte noch einmal kräftig ins Taschentuch, um die Nase vom letzten Rest Irrsinn zu reinigen. Ich brauche Ihren Rat bezüglich einer Beziehung. Dann schaute sie Ada an, vielleicht würde deren Miene ihr verraten, wie sie jetzt fortfahren sollte, aber Adas Gesicht blieb undurchdringlich.

Soharas Plan war es gewesen, möglichst wenig zu erzählen, sich vielmehr lediglich nach juristischen Richtlinien zu erkundigen und die relevanten Fragen zu klären, preisgeben wollte sie nur das absolute Minimum. Doch als sie jetzt dieser ruhigen, gefassten Frau gegenübersaß, schlüpfte sie blitzschnell in die Rolle der gutgläubigen

Klientin und fragte lediglich fürs Protokoll: Worüber wir hier sprechen, das bleibt doch unter uns, nicht wahr? Selbstverständlich, lächelte Ada Porat, es sei denn, Sie haben vor, jemanden zu ermorden. Damit rief sie Sohara das Vergehen in Erinnerung, an dem sie gerade beteiligt war, zwar hatten sie niemanden ermordet, aber immerhin eine Leiche transportiert.

Also dann, sagte sie, die Lage ist folgendermaßen: Ich habe seit gut zwanzig Jahren eine Beziehung zu einem etwa gleichaltrigen Mann. Ist er ledig?, fragte Ada, und Sohara bestätigte das. Ada machte sich eine Notiz und wollte jetzt wissen: eine Liebesbeziehung? Ja, meinte Sohara, so könnte man es nennen, wir waren erst viele Jahre sehr, sehr gute Freunde, und in einer bestimmten Phase kam es zu Intimitäten. Eine Liebesbeziehung oder ein sexuelles Verhältnis?, erkundigte sich Ada. Beides, antwortete Sohara, obwohl das nicht ganz der Wahrheit entsprach.

Gut, meinte Ada, und Sohara sagte: Und jetzt ist er gestorben. Oh, das tut mir leid, sagte Ada. Sohara dankte, und Ada fragte: Ganz plötzlich? Ja, völlig überraschend, bestätigte Sohara, Herzstillstand. Dabei überging sie Nilis Erläuterung: Er ist nicht an Herzstillstand gestorben, versteh das bitte richtig, an Herzstillstand sterben wir am Ende alle, auch wenn wir Krebs haben, bei Avischai war es vermutlich Herzmuskelversagen oder eine Herzrhythmusstörung, so etwas. Oh, sagte Ada, und Sohara fuhr fort: Ich möchte von Ihnen wissen, welche Bedingungen erfüllt sein müssen, damit unser Verhältnis als eheähnliche Gemeinschaft gilt, das heißt, vor Gericht als solche anerkannt wird. Sie haben also diesbezüglich keinen Vertrag miteinander geschlossen, stellte Ada fest. Wovon reden Sie?, fragte Sohara, Ich rede von einer rechtsgültigen Erklärung über eine nichteheliche Gemeinschaft für potenzielle bürokratische Zwecke. Nein, sagte Sohara, das haben wir nicht. Gibt es ein Testament?, fragte Ada. Keine Ahnung, gab Sohara zurück, ich glaube eher nicht. Dann fiel ihr ein, woher sie wusste, dass es keins gab.

Jehuda hatte hartnäckig versucht, seine Freunde dazu zu überreden, als er selbst eins machte, bis Nili ihn fragte: Was ist los, bekommst du Mengenrabatt? Nili hatte damals wegen ihrer Scheidung bereits ein Testament gehabt, bei einer Scheidung muss das sein, behauptete sie, und Avischai behauptete: Wenn man keine Kinder hat, muss das nicht sein. Darauf meinte Jehuda: Das stimmt nicht, mein Anwalt hat mir das genau erklärt. Unterdessen fragte Sohara sich, an wen ihre Wohnung nach ihrem Tod wohl ginge, und kurz darauf hatte sie das alles wieder vergessen.

Nein, nein, es gibt kein Testament, das ist mir jetzt wieder eingefallen, korrigierte sie sich. Okay, sagte Ada, aber Sie wohnen zusammen? Nein, sagte Sohara, das heißt, ich bin sehr oft bei ihm, aber ich habe meine eigene Wohnung in Kirjat Ono. Was heißt »sehr oft«?, fragte Ada, haben Sie Ihre Wohnung in Kirjat Ono nur für den Fall der Fälle behalten, oder leben Sie dort und verbringen nur gelegentlich eine Nacht bei Ihrem Partner? Meine Wohnung steht nicht leer oder so was, sagte Sohara, ich lebe dort.

Sie möchten also wegen der Erbschaft als Partnerin in einer eheähnlichen Gemeinschaft anerkannt werden, stellte Ada fest. Und Sohara entgegnete: Ich weiß noch gar nicht, was ich will, vorläufig will ich mich nur einmal informieren. Adas versiegelter Blick ignorierte höflich und überaus korrekt die seelischen Abgründe, die eine Rechtsanwältin nichts angingen, aber Sohara hatte das loswerden müssen, um Ada und sich selbst zu beweisen, dass sie gerade sehr aufgewühlt und deshalb noch normal war. Ada aber erwartete eine Antwort auf ihre Fragen, und so erklärte Sohara: Es geht nicht nur um die Erbschaft, eigentlich sogar fast überhaupt nicht, ich möchte als seine Lebensgefährtin anerkannt werden, als seine Witwe, wenn ich das einmal so nennen darf.

Das verstehe ich, sagte Ada, aber nach dem Ableben eines Partners geht es in der Regel um finanzielle Belange, Rentenansprüche und so weiter. Er besitzt also eine Eigentumswohnung, ist das richtig? Ja, sagte Sohara, und Ada fragte: Gibt es weiteren Besitz? Er wird bald eine größere Summe erhalten, sagte Sohara. Und Ada erkundigte sich: Aus welcher Quelle? Er dürfte aufgrund seiner akademischen Verdienste bald einen renommierten Preis erhalten, erklärte Sohara. Ada staunte: Obwohl er gestorben ist? Ist das ein Preis, der posthum verliehen wird? Ganz recht, versicherte Sohara, es wird sich in diesen Tagen entscheiden.

Eine hohe Summe?, fragte Ada. Eine sehr hohe, Sohara nickte und fragte: Habe ich Anspruch auf das Geld oder zumindest auf einen Teil? Woraufhin Ada fragte: Hat er nähere Angehörige? Eine uralte, fast demente Mutter und eine Schwester, der Vater ist längst verstorben. Keine Kinder?, fragte Ada. Keine Kinder, bestätigte Sohara, aber dann erinnerte sie sich plötzlich an etwas.

3

Seit seinem Tod fiel ihr das Einschlafen unendlich schwer, meistens döste sie erst gegen Morgen vor lauter Erschöpfung ein. In den ruhelosen nächtlichen Stunden spann sie an einer Parallelhandlung, die düsterer war als das, was tagsüber geschah.

Es begann damit, dass sie sich die Stunden nach der Bekanntgabe seines Todes vorstellte, anschließend sah sie sich selbst beim Begräbnis, eine Trauernde unter vielen, ohne Status oder besondere Rechte, ebenso beherrscht weinend wie alle anderen. In späteren Tagen würde der Gram über die versagte Anerkennung sie zerfressen und vorzeitig altern lassen, die stolze Baronin einer zerstörten Monarchie, und wenn sie sich die Nächte nach den so verbrachten Tagen ausmalte, dann verspürte sie keine Melancholie, sondern Höllenqualen. Die Zukunft hielt nur noch physische Schmerzen bereit, die ihre Haut abschmirgelten und ihre Seele erschöpften, bis sie diese Fantasien beiseiteschob, manchmal sogar mit einem richtigen, heftigen Kopfschütteln, um dieser Art von Leid ein Ende zu bereiten.

Kaum war sie diese Vorstellungen losgeworden, nahm hinter ihrer Stirn ein anderer Gedanke Gestalt an: Avischai würde den Nobelpreis erhalten, und wenn das eintraf, wäre die Beerdigung ihr geringstes Problem. Jede Zeitung im In- und Ausland würde über ihn schreiben, man würde nach Material suchen, nach Zitaten, Geschichten, Anekdoten, auch bei ihr würden Journalisten nachfragen, bei Amos, bei Nili, bei Jehuda, kein Bekannter, kein Angehöriger müsste seine Trauer und Bestürzung für sich behalten.

Und dann die Zeremonie! Jemand müsste dorthin reisen, um den Preis entgegenzunehmen. War das nicht eigentlich die Rolle, die ihr gebührte? Das alles hätte ihrs sein müssen, so wie auch Avischai selbst ihr hätte gehören müssen. Jetzt aber würde ihr nicht nur der jahrelang entbehrte Stempel der Normalität endgültig entgehen, sondern auch die Anerkennung ihrer engen Beziehung zu einem Nobelpreisträger, die absolute Bekräftigung ihrer Existenz.

Anschließend kam sie auf die Frage, was wohl wäre, wenn sie sich als Avischais Gefährtin präsentierte? Die Vorstellung versengte sie wie glühende Kohlen, erweckte und erschreckte sie gleichermaßen, und sie hielt inne, um sicherzustellen, dass niemand ihre Gedanken belauschte, bevor sie sich weitertreiben ließ. Würde sie damit jemandem schaden? Und wenn ja, wem? Avischai sicherlich nicht, er hatte bereits ein grandioses Grabmal erhalten. Und war ihr etwas schuldig geblieben.

Selbstverständlich würde sie das im Alltag niemals wagen, aus vielerlei Gründen, vor allem aber auch, weil es genug Leute gab, die genau wussten, dass das nicht stimmte, die aufstehen und lauthals erklären würden: Hallo, hallo, diese Frau war nie im Leben seine Gefährtin.

Wer könnte so etwas tun? Jehuda, Nili, Amos, die Mutter, die Schwester, vielleicht auch Bekannte von der Uni. Hätte Avischai eine Lebensgefährtin gehabt, dann hätten diese Menschen davon gewusst. Aber musste man die denn fragen? Eigentlich blieben nur Jehuda, Nili und Amos übrig, für alle anderen ließen sich Ausreden finden.

Welche konkreten Schritte wären zu unternehmen? Zuerst müsste sie ihre Freunde über die jahrelange intime Beziehung zu Avischai informieren, dabei dürfte sie gern ein wenig übertreiben. Die Freunde müssten dann natürlich öffentlich bestätigen: Ja, die beiden waren ein Paar, gar keine Frage, sie haben fast alles gemeinsam gemacht, erschienen zusammen bei Feierlichkeiten, zu Treffen bei Freunden. Das entsprach ja im Übrigen auch den Tatsachen. Wann hatten die beiden anlässlich einer Beschneidung, einer Bar-Mizwa, einer Hochzeit nicht zusammen an einem Tisch gesessen? Jedes Mal, wenn Avischai einen Preis erhielt, war Sohara dabei gewesen, zumindest bei den bedeutenden Auszeichnungen – und falls sie eingeladen worden war. Er hatte sie in seinen Dankesreden nie erwähnt? Unwichtig. Avischai bedankte sich nie bei irgendwem.

Eine solche Inszenierung war zweifellos sehr viel einfacher hinzukriegen als das jetzige Unterfangen. Keine Leichen und kein Verwesungsgestank, keine gefakten SMS und fiktive E-Mails, keine Heimlichtuerei. Damit würden die Freunde das Los einer Frau verbessern, die noch am Leben war – und nicht das eines toten Mannes.

Dann kam ihr noch ein lustiger Gedanke. Sie könnte behaupten, sie sei diejenige gewesen, die auf Geheimhaltung bestanden und Avischai nicht erlaubt habe, ihr intimes Verhältnis publik zu machen, weil sie sich keine Verpflichtung aufhalsen wolle. Und jetzt nach seinem Tod melde sich ihr Gewissen. Die Entscheidung, die Welt über ihre besondere Beziehung zu informieren, sei ein letztes Geschenk an ihn. Doch ob ihr das jemand abnehmen würde?

Irgendeiner würde vom Geld anfangen. Höchstwahrscheinlich der ohnehin schon maßlos gestresste Amos. Sohara, bei allem Respekt, würde er sagen, so einfach und romantisch ist das nicht, so etwas hat weitreichende wirtschaftliche Konsequenzen, der Mann könnte in den nächsten Tagen in den Besitz einer Riesensumme gelangen, und du willst uns hier weismachen, dass sie dir zusteht, wenn ich dich richtig verstanden habe. Also bitte, Schluss damit. Wir alle sind letztendlich ehrliche Menschen, die versuchen, etwas Gutes zu tun, und nun sieht es so aus, als würden wir dabei ins Kriminelle abgleiten.

Ja, richtig, da war die Sache mit dem Geld, daran hatte sie tatsächlich überhaupt nicht gedacht. Doch während fiebrige Gedanken durch ihr Hirn geisterten und sie sich versuchsweise von ihnen weitertreiben ließ, tauchte der an den Ufern ihres Bewusstseins begrabene Begriff »eheähnliche Gemeinschaft« auf, ein Begriff, der wohl allgemein geläufig war, dessen eigentliche Bedeutung aber niemand wirklich kannte. Sohara sprang leichtfüßig und hellwach wie ein Kind, dem man zu schlafen befiehlt, aus dem Bett, auf dem sie ohnehin nur gezwungenermaßen gelegen hatte, setzte sich an ihren Rechner und wusste innerhalb von zehn Minuten so gut wie alles, was es über die eheähnliche Gemeinschaft zu wissen gab.

Was mit dem Preisgeld passieren würde und ob sie einen Anspruch darauf hätte, ließ sich nicht herausfinden, denn die Frage, »Mein Partner ist gestorben und hat eine Woche nach seinem Tod den Nobelpreis erhalten, was muss ich jetzt tun?«, gehörte nicht gerade zu den häufig gestellten. Aber sie fand immerhin heraus, dass sie Anspruch auf die Hälfte seines Eigentums inklusive Sparguthaben und Pension hatte.

An diesen Aspekt der Sache hatte sie nicht gedacht, das durfte sie reinen Herzens behaupten. Wenn es sich aber nun einmal so verhielt, warum nicht? Wem würde das Geld sonst zufallen? Ruthi? Hatte Ruthi es eher verdient als Sohara? Was hatte die Schwester je für Avischai getan? Und wenn Jehuda, der so gut wie bei der Familie aufgewachsen war und die beiden besser kannte als jeder andere, immer noch sauer war auf Ruthi wegen ihrer Bosheit dem kleinen Bruder gegenüber, war das doch Grund genug, dass Sohara das Geld bekam und nicht Ruthi.

Im Gegensatz zu Ruthi wäre Sohara dank dieser Erbschaft in der Lage, ihr Leben zu verändern und sich selbst für die vielen schlechten Jahre zu entschädigen. Sie würde Avischais Bleibe nicht verkaufen, sie würde einfach einziehen und könnte dann ihre vergebliche Wohnungssuche, die eigentlich nur noch ein Witz war, mit Hurra beenden. Sie würde in Tel Aviv residieren und sich ein gutes Leben leisten können, möglicherweise würde sie sogar jemanden kennenlernen.

Vielleicht war es gerade das, was ihr noch fehlte, um endlich die richtige Bekanntschaft zu machen: Sie müsste die alte Hülle abstreifen, etwas Wildes, aber gerade noch Akzeptables anstellen, was, wenn vielleicht auch nicht vor dem offiziellen Gesetz, so doch vor dem Gericht der Seele allemal gerechtfertigt war.

Bot sich hier nicht die Gelegenheit ihres Lebens, die ersehnte Eintrittskarte in die Normalität? Sie würde Avischais Witwe sein, eine Rache, die er zweifellos verdient hatte, seine Reparationszahlung sozusagen. Selbst wenn er den Nobel nicht bekäme, dachte sie plötzlich, sie brauchte diese Entschädigung. Vielleicht wäre es sogar besser, er bekäme ihn nicht, dann könnte sie das ihr Zustehende still und ohne großes Aufsehen in Empfang nehmen.

Sohara erlebte einen Augenblick der Befreiung. Jemand hatte Avischai das Leben genommen, weil sie dazu selbst nicht fähig gewesen war. Sie brauchte keine Eintrittserlaubnis, das wurde ihr plötzlich klar, sie brauchte eine Austrittserlaubnis, eine Begnadigung. Sie hatte eine lebenslängliche Strafe abgesessen, und ihre törichten Fluchtversuche waren immer wieder verhöhnt worden. Eine lebenslängliche Strafe endete mit dem Tod. Und der war eingetreten.

Den Freunden bliebe keine Wahl. Sohara hatte sie in der Hand. Jede Begründung, die sie für das Geheimhalten der Leiche hatten, galt auch für sie. Alle Argumente lagen bereits fertig auf dem Tisch: ein aufregendes Erlebnis, wir tun etwas Gutes, das obendrein noch aufregend ist. Lasst uns einfach mal anfangen, wir können ja jederzeit wieder aufhören. Und wenn man uns ertappt? Wer wird schon einem Ökonomieprofessor, einer pensionierten Kinderärztin, einem gutsituierten Erfinder etwas anhaben können?

Und wenn sie sich dennoch sträubten? Ihr mit Einwänden kämen, an die sie nicht gedacht hatte? Und wenn sie selbst die Energie, mit ihnen zu argumentieren, nicht aufbrächte?

Ich würde das Folgende lieber nicht sagen müssen, aber ihr zwingt mich dazu, würde sie dann erklären, und das spricht nicht gerade für eure Freundschaft. Wenn euch mein Wohl so wenig am Herzen liegt, dann werde ich unsere Abmachung in Sachen Avischai brechen. Das versteht ihr doch sicher.

4

Sie fragte sich, ob die Information über das Baby relevant war. Es handelte sich ja lediglich um einen Embryo, und wer wusste schon, ob daraus je ein Kind werden würde. Obwohl die Antwort Ja lautete, grübelte sie noch ein wenig darüber nach, während Ada bereits einen Schritt weiter war: Dann haben wir also drei potenzielle Erben, die Mutter, die Schwester und Sie. Hier warf Sohara ein: Da ist noch eine junge Frau, die behauptet, von ihm schwanger zu sein.

Auf Adas Miene zeigte sich ein verwunderter Vorwurf, sei es wegen Avischais Lüsternheit oder wegen Soharas verspäteter Mitteilung. Was meinen Sie mit »behauptet«?, wollte sie wissen, hat der Verstorbene es denn bestritten? Er hat nichts mehr davon erfahren, sagte Sohara, die Frau hat sich erst nach seinem Tod gemeldet. Hatten die beiden eine Affäre, während er mit Ihnen zusammen war?, fragte Ada. Das behauptet sie zumindest, sagte Sohara. Ihr war, als würden ihrer Geschichte mit einem Ruck alle Federn ausgerupft, und sie stand nackt da; wie erstaunlich leicht es doch war, ihr Elend bloßzulegen.

Schauen Sie, sagte Ada, ihr Fall ist ein wenig kompliziert. Bezüglich der eheähnlichen Gemeinschaft muss man eigentlich nur zwei Dinge wissen: Erstens, die Gesetzeslage ist unklar, der Begriff lässt etliche Auslegungen zu und kann auf viele verschiedenartige Partnerschaften angewendet werden. Zweitens, damit von einer eheähnlichen Gemeinschaft gesprochen werden kann, müssen zwei Kriterien erfüllt sein: Zum einen ein gemeinsamer Haushalt, was bei Ihnen nicht gegeben ist und daher für uns ein Problem darstellt; zum zweiten – und das ist meiner Meinung nach das Entscheidende – muss die Verbindung in der Öffentlichkeit bekannt gewesen sein.

Die Frage ist also, ob Ihre, vor allem aber seine Bekannten von der Partnerschaft wussten und das zu bezeugen bereit sind. Können wir diese Zeugen hinzuziehen? Wussten beispielsweise die Mutter und die Schwester von dieser Lebensgemeinschaft?

Bevor Sohara antworten konnte, fügte Ada hinzu: Sie müssen davon ausgehen, dass das Vorliegen einer eheähnlichen Gemeinschaft entgegen der Interessen der beiden nächsten Angehörigen ist, denn wenn Sie nicht als Partnerin anerkannt werden, erhalten die Mutter und die

Schwester jeweils die Hälfte des vorhandenen Erbes, angenommen natürlich, dass der Verstorbene keine Kinder hatte. Hatte er aber Nachwuchs, dann wird der zum alleinigen Erben.

Das Kind ist der Alleinerbe, auch wenn ich die Lebensgefährtin war?, fragte Sohara. Es ist so, sagte Ada, wenn Sie als Lebensgefährtin anerkannt werden, dann erhalten Sie und das Kind jeweils die Hälfte, und die Mutter und die Schwester gehen leer aus. In deren Interesse liegt es also, dass es weder ein Kind noch eine Lebensgefährtin gibt. Wissen Sie vielleicht, fuhr Ada fort, in welcher Schwangerschaftswoche die Frau ist? Nein, sagte Sohara, und Ada erklärte: Das Kind muss spätestens dreihundert Tage nach dem Tod des Vaters zur Welt gekommen sein, anderenfalls hat es keine Ansprüche. Sohara rechnete geschwind nach und malte sich aus, das Ungeborene wäre ein Monster, das im Mutterleib bereits Böses gegen sie ausheckte. Dreihundert Tage wird es wohl kaum noch dauern, meinte sie. Nur wenn es von einem anderen ist, bemerkte Ada.

Für Ihre Anerkennung als Lebensgefährtin sind die Angaben der Mutter und der Schwester ausschlaggebend, erklärte Ada. Die Mutter kann meiner Einschätzung nach gar nichts mehr glaubwürdig bezeugen, sagte Sohara, sie erinnert sich kaum noch an etwas, ich fürchte, ihre Tage sind gezählt. Die Schwester ist ebenfalls nicht ganz gesund, sie wird das Geld für sich und die Mutter haben wollen, das ist klar, denn sie ist immer knapp bei Kasse gewesen und ziemlich wirr im Kopf, ich glaube kaum, dass … Was meinen Sie mit »wirr im Kopf«?, fragte Ada, befindet sie sich in einer Klinik? Ist sie geistesgestört? Ob sie offiziell als Geistesgestörte anerkannt ist, weiß ich nicht, sagte Sohara, aber sie ist äußerst labil und hat in ihrem Leben des Öfteren falsche Entscheidungen gefällt, sie wäre vor Gericht kaum eine glaubwürdige Zeugin, besonders, wenn ihre Aussage gegen unsere steht.

Unsere?, fragte Ada, gibt es mehrere Personen, die vor Gericht erklären würden, dass dieser Mann und diese Frau ein Paar waren, eine familiäre Einheit in jeder Hinsicht? Aber ja, sagte Sohara, solche Personen gibt es durchaus.

ACHTZEHN

1

Es war fast vier Uhr, als sie wieder ins Bett kroch. In
ihrem Mund lag Müdigkeit, aber sie hatte in ihrem Leben genug schlaflose Nächte verbracht, um zu wissen,
dass die Erschöpfung sie zum Narren hielt; sie schickte
sie zwar in die Federn, würde ihr aber dann in die Nasen-
höhlen kriechen, die Augenlider kitzeln und noch lange
nicht zulassen, dass sie endlich einschlief.

Wann hatte Avischai es mit dieser Person getrieben?
Wie hatte er sie kennengelernt? Und wo? Etwa im Internet? Sie stellte sich eine Liat vor, die in ihrer schicken Tel
Aviver Wohnung gesessen und nicht einmal geahnt hatte,
dass es jemanden wie Avischai gab, dass er sie mögen und
in seiner schönen Bleibe mit ins Bett nehmen würde, in
dem man so wohlig eindöste und mitten in der Nacht
ebenso wohlig erwachte. Es war hochgradig ungerecht,
es war quälend unfair, dass ein so überraschend großes
Glück der falschen Frau in den Schoß fiel.

Sie stellte sich Liats Körper vor, ohne das Gesicht, was
man eigentlich keinem antun sollte, es war fast schon
pornografisch, dazu Avischais erigiertes Glied. Liats Haut
war zunächst glatt, aber Sohara bemühte sich, sie etwas
zu zerknittern und auszuleiern, dachte sich Taille und

Bauch mit kleinen Wellen aus, Liat war schließlich keine zwanzig mehr, sie ging ja wohl eher auf die Vierzig zu. Aber wie sah ein weiblicher Körper zwischen zwanzig und siebzig aus, sie hatte es vergessen. Welche Frau erinnert sich schon daran, wie sie mit achtunddreißig ausgesehen hat, und so gestaltete sich Liats Figur in Soharas Fantasie einmal mehr und einmal weniger straff, ähnlich wie bei den trügerischen »vorher–nachher« Fotos.

Ob die beiden einander nur begegnet waren, um ein Kind zu zeugen? Ob er dafür – und nicht für die Liebe – eine jüngere Frau gebraucht hatte? Vielleicht hatten die beiden gar nicht miteinander geschlafen, vielleicht war sie besamt oder befruchtet worden, wie auch immer das heute hieß. Bei dieser Vorstellung wurde ihr etwas leichter ums Herz, aber es war eine unreine Erleichterung, denn diese Liat lauerte mit ihrem Embryo und ihrer Geschichte weiterhin am Horizont.

Sohara dachte an das Kind, das zur Hälfte Liat gehörte, einer Achtunddreißigjährigen, die Avischai seit ein, zwei oder höchstens sechs Monaten kannte, länger gewiss nicht, eine von vielen Frauenbekanntschaften im Leben eines älteren Mannes, der lange gewartet hatte, um ein Kind zu zeugen, zu lange, um es noch großzuziehen.

Er hätte es mit Sohara haben sollen. Mit ihr hätte er Zeit gehabt, es großzuziehen, sie waren beide Anfang zwanzig gewesen, als sie sich kennenlernten. So viele Jahre waren verstrichen, in denen man das hätte gründlich überlegen, diskutieren und beschließen können, um es dann eventuell wieder beiseitezuschieben und irgendwann erneut zu erwägen. Aber Avischai war unterwegs eingedöst, hatte sich dem Schlummer begehrter und deswegen verwöhnter Männer hingegeben, denen alle Türen offenstanden, damals und auch später noch, und die niemandem Rechenschaft ablegten.

2

Seit seinem Tod hätte sie es ihnen wohl hundert Mal beinahe erzählt, hätte wohl hundert Mal beinahe den Mund aufgemacht und gesagt: Avischai und ich, wir hatten ein Verhältnis. Oder: Wisst ihr, wir haben jahrelang miteinander geschlafen. Aber der richtige Augenblick schien nie da zu sein, stets waren wichtigere Anliegen zu bedenken, und wenn gerade nichts entschieden werden musste, dann tropfte der Kummer in die entstandenen Freiräume.

Es reizte sie, eine Bombe platzen zu lassen, auch einmal diejenige zu sein, die mit einer aufregenden Neuigkeit aufwartete, endlich eine jahrelang diskret gehütete Information preiszugeben wie ein am Ende des Romans enthülltes Detail, das die gesamte Handlung in ein anderes Licht rückte. Endlich, nach all den Jahrzehnten, in denen sie sich von anderen anhören musste: Ich heirate, ich bin schwanger, wir lassen uns scheiden.

Aber durfte sie überhaupt damit rechnen, echtes Erstaunen auszulösen? Eine gewisse Überraschung würden die Freunde wohl an den Tag legen, aber dann bräche in ihren Köpfen die Schlagzeile in vertraute Komponenten auseinander: Avischai, Avischais Leben, Sohara und ihre

Beziehungen, der Zeitpunkt der Enthüllung – sie waren ja alle so intelligent. Trotzdem würden sie noch Verwunderung bekunden und nachfragen, aber die Worte würden bald hohl klingen, kraftlos im Raum schweben wie das leere Bonbonpapier, mit dem man die Braut nach der Trauung auf eigenen Wunsch bewirft. Und am Ende hätte Sohara wieder einmal lediglich Mitleid erregt.

3

Gänzlich ungebeten drängte sich der Plan erneut in ihre Gedanken und wartete, ausgefeilt wie er war, nur noch auf die Ausführung. Dann tauchten Liat und das Kind auf, bislang nichts weiter als ein Name und ein Nomen, aber das würde sich bald ändern, die Existenz der beiden musste berücksichtigt werden.

Eine Frau und ein Baby betraten die Bühne. Sohara stellte sich spontan einen Jungen vor, kein Mädchen, einen kleinen Avischai, der wohl auch etwas von der feinen Bosheit seines Vaters erben würde, aber die war stets klein und fein geblieben, sogar als ihr Besitzer an Größe gewann.

Sohara nahm also nicht länger Ruthi das Geld weg, sondern einem kleinen, zweifellos erbberechtigten Jungen, und das war dann doch etwas anderes. Auch wenn der Nobelpreis ausbliebe, die Wohnung stand dem Kleinen zu, ebenso wie die Versicherungen und das Sparguthaben. So bestimmte es das Gesetz, und dem konnten weder der gesunde Menschenverstand noch das natürliche

Rechtsempfinden etwas entgegenhalten, schließlich hatte das Kind ein ganzes Leben vor sich.

Doch je bereitwilliger sie sich bemühte, ihr Projekt im Namen eines verborgenen Mutterinstinkts großmütig zu begraben, desto stärker fühlte sie sich von dieser Liat belästigt, nicht von der Mutterschaft, vielmehr von der Frische und Energie dieser Person. Das war keine verrückte Ruthi, keine senile Pnina, die sich einfach beiseiteschieben ließ. Liat war jung und offenbar auch gescheit, mindestens so vernünftig und kompetent wie Sohara selbst. Wenn sie behauptete, sie sei Avischais letzte Partnerin gewesen oder sie habe in seiner Wohnung nicht die geringste Spur von Sohara bemerkt, dann würde das vor Gericht ernst genommen werden.

Sohara bemühte sich, das Kräfteverhältnis zwischen Liat und der Clique so objektiv wie möglich zu betrachten: eine alleinstehende Achtunddreißigjährige gegen vier gut situierte Endsechziger, Universitätsprofessoren und freiberufliche Akademiker, zum Teil mit Familie. Auch wenn Liats Embryo von Avischai gezeugt worden war, der Kampf war noch nicht verloren. Sohara könnte trotzdem die Lebensgefährtin des eminenten Wissenschaftlers gewesen sein, dem leider gegen Ende ein Fehltritt unterlaufen war, und damit hätte sie nach wie vor Anspruch auf die Hälfte seines Nachlasses.

Sohara empfand sich nun selbst als kalt und fremd und dirigierte ihre Fantasie zum Baby in der Wiege, nahm es behutsam heraus, setzte es auf den Teppich und legte ihm ein buntes Spielzeug zwischen die Beine, wie sie es auf unendlich vielen Enkelbildern gesehen hatte. Der Teppich war bordeauxfarben, die Wohnung unspektakulär, ein bisschen zu dunkel vielleicht. Die gesichtslose Mutter umsorgte ihr Kind; das braune Haar zu einem Pferdeschwanz zurückgebunden, wirkte sie alles in allem zufrieden. Das Alleinerziehen fiel ihr keineswegs leicht, aber sie schaffte es.

Was wusste Sohara schon über Liat? Möglicherweise war die junge Frau wohlhabender als sie und durfte zuversichtlich in die Zukunft blicken. Vielleicht würde sie, wenn das Kind etwas älter wäre, sogar heiraten. Nicht nur der Kleine, auch Liat hatte noch ein ganzes Leben vor sich. Waren aber die ersten zwanzig Jahre des Sohnes wichtiger als die letzten Jahre Soharas? Warum sollte er das Erbe verdient haben, sie aber nicht? Er war schließlich nicht allein auf der Welt, er wurde gehegt und gepflegt.

Sie fragte sich, ob sie wohl verrückt geworden war, und antwortete mit Ja. Was wiederum bewies, dass sie es nicht war. Während des langen Alleinlebens hatte sie eine bestimmte Gewohnheit angenommen: Sie schaute vor dem Schlafengehen stets hinter jede Tür, in jeden Schrank. Suchte sie nach einem Mörder oder einer Maus? Was immer es war, sie fand es nicht. Dennoch hielt sie an diesem Ritual fest – oder vielmehr gerade deswegen: Sollte sie die Suche einmal ausfallen lassen, wartete vielleicht ein Unglück auf sie.

Wie weit entfernt sich ein Mensch im Schutz des Alleinlebens von der Normalität? Normal zu sein wünschte Sohara sich mehr als reich zu sein. Und alle sollten es erfahren, sie wollte den Stempel »geistig gesund« auf dem Handgelenk tragen, dann könnte sie das Grübeln einstellen und weitersehen. Um das zu erreichen, war sie zu allem bereit. Strebten denn nicht alle Menschen nach dem Stempel der Normalität – und keineswegs nach Geld, Ruhm oder Sex, wie man immer meinte?

Wenn das kein Minderwertigkeitskomplex war, was dann?, schoss es ihr gleich darauf durch den Kopf. Hatte sie sich in all den Jahren nicht jedem Menschen, der von jemandem geliebt wurde, unterlegen gefühlt? Wie mit einem Mangel behaftet? Vielleicht hatte Jehuda doch recht gehabt.

In ihren Gliedern breitete sich Enttäuschung aus, als hätte sie entdeckt, dass das Rätsel, das sie ein Leben lang umgetrieben hatte, weitaus spannender war als die Lösung. Am besten nicht weiter daran denken.

Sie drehte sich auf die andere Seite, wie um einen neuen Blickwinkel einzunehmen. Würde sie den Kampf gegen eine jüngere schwangere Frau, die ihr nichts getan hatte, aufnehmen? Nie im Leben. Ihr Plan stand in eklatantem Gegensatz zu dem Stoff, aus dem sie gemacht zu sein glaubte, und käme deswegen niemals zur Ausführung. Seine Unmöglichkeit umgab ihn mit einem Schutzschild, und in dieser Blase fühlte Sohara sich frei, weitere Varianten durchzuspielen.

Sie wälzte sich wieder zurück, noch war sie nicht völlig überzeugt. Wenn das alles nur ein flüchtiges Luftgespinst war, warum versuchte sie dann weiterhin feine Fäden zu weben, die das Unvernünftige mit dem Boden verknüpften, und bemühte sich, das Unerhörte mit Grautönen abzudecken, bis das eigentlich Unmögliche Gestalt annahm und immer vorstellbarer erschien?

Vielleicht sollte sie einfach einmal mit Liat sprechen und eine gütliche Einigung vorschlagen? Das würde ihnen beiden Peinlichkeiten ersparen und das Leben erleichtern. Sie könnten sich das Vermögen teilen, keine von beiden benötigte das ganze Erbe. Und falls nach Soharas Tod noch etwas übrig bliebe, könnte sie es Liat vermachen, desgleichen ihre jetzige Wohnung in Kirjat Ono. Warum nicht?

Sie schlief ein.

NEUNZEHN

1

Als sie am Samstagabend endlich in Jehudas Villa gelandet waren und in den komfortablen Polstern versanken, ohne allerdings die ersehnte Ruhe zu finden, verabschiedete Sohara sich innerlich von den unvernünftigen Grübeleien und begrub sie endgültig. Sie hatte ein solches Gespinst gewoben und sich damit immerhin virtuell an Avischai gerächt – das musste genügen. Es gab eben Dinge, die sie in diesem Leben nicht mehr fertigbringen würde.

Und was machen wir jetzt?, fragte Amos. In welcher Hinsicht?, wollte Nili wissen. Was machen wir jetzt mit Avischai?, ergänzte Amos, Sohara hat doch recht, jetzt, da er verletzt ist, können wir nicht mehr angeben, er sei an Herzstillstand gestorben. Sohara schüttelte sich wach, als sie ihren Namen hörte, obwohl sie am liebsten unsichtbar geblieben wäre. Das ist doch sonnenklar, sagte Nili. Ich gebe zu, dass es mir nicht sonnenklar war, sagte Amos.

Widerspricht sich das wirklich?, fragte Jehuda, auch wer verletzt ist, kann an Herzversagen sterben, wie Nili uns erklärt hat. Dann ist er eben verletzt worden und hinterher gestorben, mir scheint der zeitliche Ablauf nicht entscheidend zu sein. Und wenn eine Obduktion angeordnet wird?, fragte Sohara. Warum denn das?, wunderte sich Nili, es gibt keinen Grund für eine Obduktion. Schau ihn dir doch an, sagte Amos und deutete auf Avischai, der in der Nähe der Fernsehkonsole lag. Aber es gab nichts anzuschauen, denn er war mit einem Laken bedeckt. Amos fuhr fort: Jeder auszubildende Sanitäter sieht, dass ihm etwas zugestoßen ist, und wird sich nach den näheren Umständen erkundigen. Auch wenn wir ihn wieder in sein Bett legen, wo wir ihn gefunden haben?, fragte Jehuda. Das kann nicht dein Ernst sein, sagte Sohara. Ich frage ja nur, gab Jehuda zurück. Dann würde man ihn tot und verletzt in seiner eigenen Wohnung finden anstatt bei mir, erklärte er.

Jetzt sprichst du ein anderes Problem an, Jehuda, sagte Nili, nämlich, ob man uns mit seinem Tod in Verbindung bringen wird. Genau, sagte Jehuda, das auch, und Sohara fragte: Meint ihr, dass jemand uns damit in Verbindung bringen wird? Guten Morgen, sagte Amos, und Nili versicherte: Niemand wird uns mit irgendetwas in Verbindung bringen, ihr übertreibt, was haben wir denn schon groß gemacht? Selbst wenn alles herauskommt, lasst uns das mal für einen Augenblick annehmen, wir haben Avischai doch nichts angetan, ihn höchstens etwas bewegt. Woraufhin Amos sagte: Niemand von uns will morgen als Komplize der Operation Opa in der Zeitung erwähnt werden, oder? Sei beruhigt, Amos, du wirst in keiner Zeitung erwähnt werden, meinte Nili, wir nehmen uns wichtiger, als wir sind.

Sohara war unendlich müde, sie hatte all das Gerede gründlich satt und wünschte sich sehnlichst, dieses elende

Abenteuer nähme ein Ende und ihre Unsicherheiten – vor Gericht ziehen oder nicht, stehe ich das durch oder nicht, bin ich völlig verrückt oder nicht – wären bereits beseitigt. Sie wollte aus dieser misslichen Lage befreit werden und Avischai am liebsten schon unter der Erde wissen. Ich glaube, es ist klar, was wir jetzt tun müssen, sagte sie laut, wir sollten eine Ambulanz rufen, eine richtige, und den Leuten sagen, dass er tot ist – mehr nicht. Und wie willst du Avischais Verletzungen erklären?, fragte Nili. Ich würde einfach sagen, er sei die Treppe hinunterfallen oder so etwas, er könnte hier bei Jehuda gearbeitet und einen Herzinfarkt bekommen haben, keine Ahnung.

Seine Verletzungen stammen aber nicht von einem Fall, gab Amos zu bedenken, sie weisen eindeutig darauf hin, dass er von einem E-Bike überfahren wurde. Im Stillen frage sich Sohara, seit wann hier alle glaubten, Leichenbeschauexperten zu sein. Ihre Freunde schienen sich wie alberne Kinder mit Dummheiten zu beschäftigen und dabei das Wichtige zu vergessen; sie standen auf der anderen Seite des Abgrunds, der sich zwischen ihnen und ihr aufgetan hatte, wann genau das passiert war, wusste sie nicht.

Ich muss Amos recht geben, sagte Nili, das können wir nicht mehr behaupten. Und Sohara schlug vor: Wir könnten doch einfach sagen, wir wüssten von nichts. Wir wüssten von nichts, staunte Jehuda, wir sind nach Hause gekommen und haben ihn hier so vorgefunden? Warum nicht?, fragte Sohara, das ist doch das, was wir von Anfang an sagen wollten. Ja, sagte Jehuda, aber das war, bevor er überfahren wurde. Wenn wir das sagen, meinte Nili, wird er mit Sicherheit obduziert, es ist besser, irgendetwas halbwegs Einleuchtendes anzugeben, glaubt mir, das würde reichen, denn niemand hierzulande hat Interesse an einer überflüssigen Obduktion, schon gar nicht, wenn Leute wie wir involviert sind. Jetzt kommst du schon wieder mit »Leute wie wir«, Nili, das macht mich verrückt, sagte Sohara und befürchtete, sich über die falsche Sache aufzuregen, aber sie fand Nilis fürsorgliche Hingabe an Kleinigkeiten, die auf einem fundamentalen Glück zu beruhen schien, plötzlich unerträglich. Ja, ja, gab Nili zurück, ich weiß, das ist politisch unkorrekt, zum Glück hört uns hier keiner, aber Tatsache ist, wenn Leute wie wir angeben, unser Freund sei an einem Herzinfarkt gestorben, dann ist er an einem Herzinfarkt gestorben.

Obendrein sind wir siebzigjährige Senioren, das halte ich noch für das stärkste Argument, fügte Jehuda hinzu. Also ich weiß nicht, gab Sohara zu bedenken, warum sollten siebzigjährige Senioren sich nicht in irgendetwas Dummes verstricken, ich habe mir so viele Geschichten anhören müssen, dass weiße Menschen mich kaum noch beeindrucken, auch Weiße morden und vergewaltigen, sogar die eigenen Töchter. Wem sagst du das, fiel Nili ihr ins Wort, glaubst du etwa, ich wüsste das nicht?

Sohara musterte die Kinderärztin. Wie breit ist doch das Spektrum der Normalität, dachte sie, breiter als Nili, wie viel findet unter seinen Fittichen, in seinen Falten und Nischen Platz. Nicht grundlos strahlen die Normalen eine fast unerschütterliche Sicherheit aus. Sohara wurde von Neid zerfressen. Der Drang, den anderen ihren in der Dunkelheit geborenen Plan entgegenzuschleudern, stieg nun doch wieder in ihr auf: Mal sehen, wie weit eure Normalität reicht.

Eins muss uns allen klar sein, sagte Amos, jetzt hingehen und erzählen, was wirklich passiert ist, kommt unter keinen Umständen infrage, okay? Entweder haben wir Glück und er kriegt den Preis, dann können wir uns gratulieren, oder er kriegt ihn nicht, aber dann darf es nicht so weit kommen, dass man uns Fragen stellt. Dazwischen gibt es keine Option, keinen Mittelweg. Niemand gibt etwas zu, ist das klar? Du bist tatsächlich hysterisch, stellte Nili fest, und Amos entgegnete: Ich bin keineswegs hysterisch, ich bin nur nicht so leichtfertig wie du.

Sohara fragte sich, ob nur sie allein Amos durchschaute und sah, wie gern er das alles schon hinter sich hätte. Ich bin nicht leichtfertig, widersprach Nili, ich bin realistisch. Gut, sagte Amos, dann stellen wir fest, dass über die Wortwahl Uneinigkeit herrscht, denn mir sagt mein Realismus, dass wir, wenn überhaupt, nur noch einen winzigen Schritt von der Entdeckung entfernt sind, und wenn das passiert, wäre das für mich eine Katastrophe. Nili rollte mit den Augen, und Amos wiederholte: Eine Katastrophe, Nili, im wahrsten Sinne des Wortes, jetzt guck nicht so komisch, es würde meine Karriere zerstören, ich würde meine Position und Vardas Vertrauen verlieren und wer weiß, was sonst noch, möglicherweise würde Varda ihre Zulassung einbüßen. Er fuhr fort: Am Anfang waren meine Befürchtungen vielleicht übertrieben, aber jetzt sind sie absolut berechtigt, das Ganze ist ins Kriminelle abgerutscht, und Varda wird sich furchtbar aufregen. Das nenne ich eine Katastrophe, Nili! Amos, nun werd nicht gleich wütend, sagte Nili, es tut mir leid, okay?

Amos bestätigte mit einem kurzen Nicken, okay, aber Sohara sah die Anspannung in seinem Gesicht. Wieder verspürte sie die Mischung aus Stolz und Enttäuschung, die sie stets empfand, wenn sie meinte, ihre Freunde seien zu leicht zu durchschauen. Oft schien es ihr, sie würde in deren Innern embryonale Anzeichen von Aggression oder Ärger entdecken, noch bevor die Betroffenen selbst wussten, ob sie diese Regung hegen und pflegen oder abtreiben sollten.

Jetzt hört mir mal gut zu, sagte Nili, ihr seid alle offenbar, wie soll ich es nennen, auf einem Egotrip und bildet euch ein, die ganze Welt warte auf die Aufklärung des mysteriösen Todes von Professor Avischai Sar-Schalom, in Wirklichkeit aber interessiert sich kein Mensch für euch, begreift ihr das nicht? Und für Avischai interessiert sich leider auch kein Mensch, er ist tot, mausetot, weder um ihn noch um uns schert sich irgendjemand … Wenn das so ist, unterbrach Amos, warum nehmen wir dann all die Mühe auf uns, warum haben wir ihn nicht ungestört auf seinem Bett liegen gelassen? Aufgrund welcher Kriterien entscheidest du, was Verdacht erregt und was nicht? Es ist eine Sache des gesunden Menschenverstandes, gab Nili zurück.

Sohara blickte zu Nili hinüber, die dieses Gespräch von der Küche aus führte, wo sie Schränke öffnete und schloss, vielleicht wollte sie sich einen Kaffee machen.

Warum hatte Nili sich eigentlich auf diese Sache eingelassen?

Nili kam mit einer Schachtel bunter Cheerios aus der Küche zurück und wirkte auf Sohara für eine Sekunde wie ein kleines Mädchen, und sie meinte zu ahnen, was Nili sich von diesem Abenteuer versprach, gleich würde der wahre Beweggrund sich offenbaren, doch nun reichte Nili ihr die aufgerissene weiße Tüte, auf deren Grund nur noch ein paar Krümel lagen, als würde sie ihr die Antwort reichen, und Sohara fragte sich unwillkürlich, wer in Jehudas Haushalt wohl Kindermüsli konsumierte, und vergaß darüber völlig, woran sie vorher gedacht hatte.

Ich möchte bitte eines verstehen, sagte Sohara, verhält es sich jetzt so, dass wir nicht mehr aussteigen können, selbst, wenn wir es wollten? Wir können aussteigen, griff Amos ihre Frage auf, aber dann müssten wir entweder alles bis in die kleinsten Einzelheiten ausplaudern oder aber uns eine frappierende Lüge einfallen lassen. Ich bin ziemlich schockiert, gestand Sohara, vor zwei Stunden war das alles noch etwas irgendwie Halbwirkliches, man konnte jederzeit bereuen und aufgeben, und jetzt plötzlich sieht alles anders aus. Wir sollten auf jeden Fall gründlich über eine handfeste Ersatzgeschichte nachdenken, sagte Amos, ich würde, wie ihr nun definitiv wisst, nur höchst ungern die ganze Wahrheit erzählen müssen. Mir geht es genauso, sagte Sohara, das hätte mir gerade noch gefehlt, und Nili schlug vor: Lasst uns einfach behaupten, der E-Biker, dieser Gidi, hätte ihn getötet, er wird sicher nichts dagegen haben.

Zu Nili gewandt fragte Amos: Hat er sich außer den Rissen noch etwas zugezogen? Ich nehme an, ein paar Rippen sind gebrochen, meinte Nili, das habe ich beim Abtasten gespürt, möglicherweise ist auch ein Bein angeknackst, aber da bin ich mir nicht sicher.

Er muss von irgendwo hinunterstürzen, sagte Amos, ein Sturz erklärt wie nichts anderes alle möglichen Verletzungen. Der Klassiker, die Treppen?, fragte Nili. Meinetwegen muss es keine Treppe sein, gab Amos zurück. Was denn sonst?, fragte Nili. Keine Ahnung, meinte Amos, ich selbst halte einen Treppensturz für keine schlechte Idee, er hat sich im zweiten Stock im Arbeitszimmer aufgehalten, hat dort einen Herzinfarkt erlitten, taumelte nach unten und ist dabei gestürzt, das ist gar nicht weit hergeholt. Und dann?, fragte Jehuda, legen wir ihn hier unten an die Treppe und behaupten, ihn so gefunden zu haben? Weiß ich nicht, sagte Amos, aber warum nicht?

Wie nach einem Sturz von der Treppe wird er nur aussehen, wenn du ihn tatsächlich die Treppe hinunterstürzt, erklärte Nili, das gilt sowohl für die Verletzungen als auch für die Position nach dem Aufprall, so etwas kann man nicht inszenieren. Gut, sagte Jehuda, dann lassen wir ihn eben wirklich runterfallen.

Wieder fühlte Sohara sich wie eine dösende Zuschauerin, die plötzlich aus ihrer trägen Untätigkeit aufgerüttelt und einer Prüfung unterzogen wird, damit man sie schelten kann, wenn sie scheitert. Das soll doch wohl ein Scherz sein, oder?, fragte sie. Nicht unbedingt, gab Jehuda zurück, Nili hat recht, bekräftigte Amos, nur wenn wir ihn fallen lassen, wird er aussehen, als ob er gefallen wäre.

Sohara wusste, dass sie jetzt protestieren müsste, aber ihr war das Thema nicht gerade vertraut, und bevor sie ihre Gedanken geordnet hatte, verkündete Nili schon: Ich stoße ihn über keine einzige Stufe, das sage ich euch gleich. Und warum nicht?, erkundigte sich Jehuda. Warum nicht?, wiederholte Nili, weil ich nicht will. Warum nicht?, wiederholte Jehuda, aus Achtung vor dem Toten, oder was? Ich frage, weil ich es wirklich verstehen möchte. Ich halte es für unnötig und für Irrsinn, darum, erwiderte Nili, sind dir das Gründe genug? Niemand wird unsere Aussagen überprüfen, fuhr sie fort, das versichere ich euch, solche Verletzungen können aus tausenderlei Ursachen auftreten! Und wenn du dich nun irrst?, fragte Amos, ich weiß, du bist unfehlbar, aber wenn dir in diesem Fall nun doch ein kleiner Fehler unterläuft?

Sohara spürte, dass sich zwei Gruppen bildeten, Amos und Jehuda auf der einen Seite und Nili auf der anderen, und sie selbst? Sie wusste es noch nicht. Wenn ich mich täusche, sagte Nili, dann werden wir auch damit fertigwerden, was haben wir schon groß getan, was könnte man uns denn vorwerfen? Da besteht eine Meinungsverschiedenheit zwischen dir und mir, stellte Amos fest, und Nili fragte: Wo bitte? Ich kann mir nicht die kleinste Verstrickung leisten, verstehst du?, gab Amos zurück, Nili, du kannst es dir möglicherweise erlauben, aber bei uns sieht es anders aus. Was soll das heißen, was genau kann ich mir erlauben?, fragte Nili. Wir haben Beziehungen, antwortete Amos. Und ich etwa nicht?, fragte Nili. Na klar hast du die, Nili, beschwichtigte Jehuda sie, aber es ist doch nicht ganz dasselbe wie bei uns.

Sohara war inzwischen klargeworden, worauf das hinauslaufen würde, aber sie hatte nicht die Kraft, einzugreifen und sich für das seelische Wohl anderer in den Kampf zu werfen. Wir sind also beim bekannten Thema gelandet, sagte Nili, niemand von euch nimmt meine Beziehung mit Nathan ernst. So war es nicht gemeint, Nili, meldete Sohara sich nun doch, müde und fast schon mechanisch, eher im Gegenteil, eure Beziehung ist frisch genug, um so etwas zu verkraften, das ist alles, für euch stellt das noch keinen unerhörten Vertrauensbruch dar. Ich bitte dich, Sohara, sagte Nili. Und Sohara hatte nicht übel Lust, »leck mich doch« zu erwidern, aber nun kam Amos ihr zuvor und fragte: Muss ich mich etwa entschuldigen, weil ich nicht bereit bin, eine jahrzehntelange Ehe mit einem Verhältnis gleichzusetzen, das gerade einmal fünf Minuten dauert?

Richtig, Amos, gab Nili zurück, das lässt sich wirklich nicht vergleichen, ich hätte mich Nathan schon längst anvertraut, wenn ihr mich nicht davon abgehalten hättet, ich habe nämlich keine Geheimnisse vor ihm, im Gegensatz zu euch, die ihr wie zwei Infantile ein Abenteuer sucht, »ihn die Treppe runterwerfen, haha, guckt an, wir sind noch gar nicht so alt«, das alles aber vor euren Frauen verbergt. Wie bitte, empörte sich Amos, ich suche Abenteuer? Ich bin infantil? Sie meint mich, Amos, sagte Jehuda, und Nili gab zu: Das stimmt, ein wenig zumindest. Völlig in Ordnung, meinte Jehuda, ich betrachte das als

Kompliment! Ob Idith das auch so sieht?, höhnte Nili. Wie bitte, fragte Jehuda nach. Ob Idith das auch als Kompliment betrachten würde?, wiederholte Nili. Ich habe dich schon beim ersten Mal verstanden, sagte Jehuda, meine liebe Nili, du solltest dich bedanken, dass ich hier nicht weiter auf deine sogenannte Beziehung eingehe. Sogenannte, oho, sagte Nili. Jehuda, das reicht jetzt, griff Sohara noch einmal ein. Woraufhin Nili sagte: Schau doch Sohara an, die hat gar keine Beziehung – Sohara war drauf und dran, die Freundin zu erwürgen, ob die anderen ihr wohl helfen würden? –, was hat sie also deiner Argumentation nach zu verlieren? Meine Karriere vielleicht?, warf Sohara ein. Nili sah sie kurz an, bevor sie fragte: Und ich habe keine Karriere? Jetzt doch nicht mehr, oder?, fragte Sohara.

Nili starrte die anderen an, die anderen starrten Nili an, und keiner sagte auch nur ein Wort. Am Ende stand Nili auf: Meinetwegen schmeißt ihn aus dem ersten Stock, oder vom Dach oder vom höchsten Wohnturm der Stadt, ich wünsche euch jedenfalls viel Erfolg. Sohara spürte, sie müsste jetzt ebenfalls aufstehen und Nili eventuell nachlaufen, aber sie konnte einfach nicht mehr.

Nili ging zur Tür, sagte wie zu sich selbst: Wo ist meine Tasche. Als sie sie zu Füßen der Kücheninsel entdeckte, meinte wieder zu sich selbst: Ach, da ist sie ja. Sohara spürte, dass ihre Zeit ablief, doch jetzt rief Amos: Moment mal. Nili schaute auf, mit herzzerreißender Erwartung im Blick. Sohara war heilfroh, dass Amos ihr den Freundschaftsdienst abnahm, doch der sagte nur: Das Handy. Nili runzelte die Stirn, schaute kurz zum

Couchtisch und sagte: Hab ich eingepackt. Avischais Handy, zischte Amos, lass uns gefälligst Avischais Handy da. Nili starrte ihn für einen Moment an, als könnte sie sich erst wieder rühren, wenn die Beleidigung tief genug eingesunken war, zog dann Avischais Handy aus der Tasche, warf es auf den Tisch, öffnete die Tür und war weg.

2

Zuerst müssen wir ihn säubern, sagte Jehuda. Moment mal, was unternehmen wir wegen Nili?, fragte Sohara. Was sollen wir unternehmen wegen ihr?, fragte Jehuda zurück. Wollen wir sie denn nicht zurückholen?, fragte Sohara. Also ich renne ihr auf keinen Fall hinterher, erklärte Jehuda, du kannst machen, was du willst. Aber warum bist du jetzt sauer auf mich?, fragte Sohara. Ich bin nicht sauer auf dich, gab Jehuda zurück, ich bin allgemein sauer. Dann lass es bitte nicht an mir aus, erwiderte Sohara, und Jehuda sagte: Gut, entschuldige.

Erst einmal sollten wir das hier in Ordnung bringen, meldete sich Amos, anschließend können wir Nili immer noch anrufen. Und wenn sie jetzt zur Polizei geht?, fragte Sohara. Bist du verrückt geworden, entfuhr es Amos, das würde sie niemals tun. Zur Polizei, zum Rettungsdienst, zu seiner Schwester, zählte Sohara auf. Was ist los mit dir?, fragte Amos, das würde sie im Leben nicht wagen, sie würde damit doch ganz klar sich selbst schaden. Los, packen wirs an, drängte Jehuda.

Was soll ich tun?, fragte Sohara und rechnete mit einer Antwort wie »nichts, nur dabei sein, bleib einfach sitzen und pass auf«, vielleicht nicht einmal das, vielleicht nur »überleg schon mal, wie wir Nili nachher versöhnen können«. Doch nun hob Jehuda das Laken hoch, deutete auf die dreckigen Reifenspuren auf Avischais Bauch und sagte: Das müssen wir irgendwie wegkriegen.

Soll ich das etwa machen? Warum? Weil ich eine Frau bin?, fragte Sohara. Würdest du ihn lieber in den zweiten Stock zerren und von dort hinunterstoßen?, erkundigte sich Amos. Okay, sagte Sohara, aber wie soll ich das anstellen? Mit Wasser und irgendwas, meinte Jehuda.

Sohara ging in die Küche, hob einen rosa-gräulichen Lappen aus der Spüle hoch und fragte: Habt ihr irgendwo neue Lappen? Guck mal unter die Spüle, meinte Jehuda, und Sohara öffnete das Schränkchen unter der Spüle, wo sie zwar keine frischen Wischtücher fand, aber hinter dem Mülleimer eine Flasche Ajax-Allzweckreiniger mit Bleichmittel, das schien ihr passender als das danebenstehende Desinfektionsspray fürs Klo.

Sie richtete sich auf und öffnete alle Schubladen in der weitläufigen Küche, in der Jehuda sich natürlich nicht auskannte, bis sie in einem der untersten Fächer endlich auf einen Eimer und eine ungeöffnete Rolle mit dreihundertfünfzig Reinigungstüchern stieß. Sie nahm die gesamte Ausrüstung mit in den Wohnbereich und sank neben Avischai auf die Knie.

Jehuda und Amos beugten sich über sie, Sohara blickte auf, als wollte sie um Erlaubnis bitten, und Jehuda gab ihr mit eifrigem Kopfnicken zu verstehen, dass sie anfangen und sich beeilen sollte. Sie fühlte sich erniedrigt. Aber dies war ihre Stunde, vor ihr lag der tote Avischai, und sie konnte endlich einmal frei über ihn verfügen, doch sie fiel in das gewohnte Muster zurück, war auch jetzt noch bereit, für sein Wohlbefinden auf das Ihre zu verzichten.

Ich versuchs mal vorsichtig, und wenn es nicht funktioniert, dann weiß ich auch nicht, sagte sie, ohne damit irgendeine Reaktion hervorzurufen. Sie nahm einen Lappen, legte ihn behutsam über die Reifenspur und wandte sich angewidert zur Seite. Doch sofort spürte sie, dass ihre Reaktion nicht authentisch war, in Wirklichkeit war sie gar nicht mehr angewidert. Avischai war zu einem Ding geworden, der eben da war, den man mitnahm und manchmal gebrauchte.

Behutsam begann sie, an einem der Reifenabdrücke zu reiben, der tatsächlich schwächer wurde wie eine Bleistiftzeichnung unter einem Radiergummi. Sie rieb stärker, und dabei löste sich auch ein Stückchen Haut ab. Sie stoppte und schaute zu Jehuda hinauf. Das ist genauso wie neulich, als wir ihm das Hemd überzogen, du musst eben etwas vorsichtiger sein, sagte Amos. Und Sohara fragte zurück: Noch vorsichtiger?, obwohl sie in Wahrheit sanfter hätte vorgehen können. Vielleicht gibst du zuerst etwas von der Flüssigkeit direkt auf den Dreck, was ist das überhaupt? Ajax-Allzweckreiniger, sagte Sohara, aber wie soll ich ihm das so ohne Weiteres auf den Körper kippen? Wenn das eine chemische Reaktion hervorruft und ihm die ganze Haut verbrennt?

Ein Reinigungsmittel, das die Haut verbrennt, würde niemals genehmigt werden, erklärte Amos. Man kann nie wissen, sagte Jehuda, das hier ist ja kein normaler Körper mehr. Aber immerhin noch Menschenhaut, gab Amos zurück, die verwandelt sich nicht plötzlich in etwas anderes. Und Sohara fragte: Wisst ihr, was man in solchen Fällen bei Textilien macht? Sie fuhr fort: In der Gebrauchsanweisung steht dann meistens, man solle das Reinigungsmittel sicherheitshalber zuerst an einer unauffälligen Stelle ausprobieren. Also was schlägst du vor?, fragte Jehuda, sollen wir es an seiner Fußsohle versuchen? Ich hab das nicht im Ernst gemeint, Jehuda, sagte Sohara, worauf Jehuda brummte: Ach so.

Ich sage dir, seiner Haut wird nichts passieren, versicherte Amos, tu dir einen Tropfen auf den Finger und reib es ihm zwischen die Zehen, nur so zur Sicherheit. Gut, sagte Sohara, wenn ihr das wollt, wird es wohl okay sein.

Sie ließ sich einen Tropfen auf den Zeigefinger tröpfeln, aber aus dem Flaschenhals schwappte gleich ein kleiner Schwall und bildete neben Avischais Kopf eine Pfütze Ajax-Allzweckreiniger, wie Blut bei einer normalen Leiche, dachte sie. Dann führte sie ihren Zeigefinger zu den Füßen — Jehuda bückte sich und streifte rasch eine Socke ab — und legte die Kuppe in das Tal zwischen dem großen und dem zweiten Zeh. Avischai hatte dort eine Narbe, fiel ihr nun ein, eine merkwürdige Markierung, auf die er stolz gewesen war. Bei ihm war eben keine Verletzung banal, auch wenn sie nur von einem Fall aus einem Etagenbett in einer belgischen Jugendherberge stammte. Wie dumm, dass ihr das ausgerechnet jetzt in den Sinn kam, möglicherweise befand sich die Narbe am anderen Fuß.

Sie zog die beiden Zehen auseinander, als wollte sie die Wirkung der Flüssigkeit überprüfen, suchte aber nach der kleinen Narbe, musste plötzlich wissen, ob sie sich an diesem Fuß oder am anderen befand, als würde das etwas ganz Wesentliches ändern, aber sie fand sie nicht. Sie hatte ganz vergessen, wie hässlich seine Zehen waren.

Es scheint einfach an der Haut abzulaufen, bemerkte sie, und Amos sagte: Wisch es wieder ab. Alles klar, sagte Sohara, insgeheim hatte sie Lust zu protestieren, sie fühlte sich ein bisschen nuttig, beschloss aber aufgrund einer unwillkürlich spürbaren guten Laune sich großmütig zu zeigen, tupfte den Allzweckreiniger mit einem Finger wieder auf und wischte ihn an Avischais Bauch ab. Dann goss sie etwas von der Flüssigkeit über die Reifenabdrücke, riss einige Lappen aus dem Behälter, fuhr mit ihnen vorsichtig über die Spuren und bemühte sich dabei, nicht zu fest zu reiben.

3

Jehuda stand in der zweiten Etage auf dem Treppenabsatz und hielt Avischai an der Hüfte fest, der Oberkörper berührte den Boden. Soll ich ihn aufrichten?, fragte Amos. Das scheint mir einerlei zu sein, solange er auf den Beinen steht, meinte Jehuda.

Was jetzt?, fragte Jehuda, soll ich ihn einfach runterwerfen? Oder stoßen? Ich weiß nicht, wie ich das machen soll. Lass ihn einfach los, schlug Amos vor, lass die

Hüfte sausen, dann wird er ganz natürlich runterpurzeln und so landen, wie es sich eben ergibt. Was heißt hier natürlich?, fragte Jehuda, und Amos drängte: Nun mach schon. Leider ist es nicht so einfach wie es scheint, stöhnte Jehuda, Sekunde bitte.

Sohara hätte gern gesagt, dass sie draußen oder zumindest in einem anderen Zimmer warten würde, sie konnte jetzt ja ohnehin nichts mehr beitragen, und Avischai brauchte wohl kein Empfangskomitee am Fuß der Treppe, doch sie fürchtete, das würde irgendein Fass zum Überlaufen bringen und trat nur ein paar Schritte zurück, um Platz für den fallenden Körper zu machen.

Die beiden Männer steckten hier nicht die Grenzen ihrer eigenen Verwegenheit ab, sondern verschafften Soharas Fantasie weiteren Spielraum, denn ihr Plan mit der Anwältin mutete im Vergleich zum jetzigen Geschehen geradezu harmlos an.

Ich machs jetzt, verkündete Jehuda, zog einen langen Atemzug später seine Hände von Avischai zurück und presste die Arme in einer furchtsamen, hastigen Bewegung an den eigenen Körper, die Hände vor dem Bauch zu Fäusten geballt. Avischai fiel mit dem Gesicht auf die Stufen und blieb mitten auf der Treppe liegen, die Füße nach oben.

Zieh ihn weiter runter, Sohara, befahl Jehuda. Doch bevor sie etwas entgegnen konnte, versetzte Amos Avischais Beinen einen Tritt und stieß sie dann mit dem Schuh ein wenig weiter nach rechts, doch statt weiter zu fallen, verfing Avischais Kopf sich im Geländer, sodass Hals und Gesicht sich merkwürdig verrenkten und der Rücken einen Bogen bildete. Nun hing er auf der Treppe wie eine ausgeleierte Gummipuppe.

Sie musterte ihn, verletzt, lädiert, lächerlich lag er da – und unbegraben. Dabei hatten sie beabsichtigt, ihm mehr Ehre zu verschaffen. Hat er diese Misshandlung verdient?, fragte sie sich im Stillen, und die Antwort lautete eindeutig Ja.

ZWANZIG

1

Sie trat kurz aus Avischais Wohnung, stand draußen im Treppenhaus wie eine Idiotin und kehrte nach einer Weile in die Wohnung zurück, um sie mit frischem Blick in Augenschein zu nehmen. Welch ein Glück, dass Avischai nicht mehr da war, dass die Wachschichten ein Ende hatten, dass die Wohnung frei war für sie.

Es war ausgemacht, dass jeden Tag einer von ihnen in Avischais Wohnung vorbeischauen sollte, um das auf dem Rechner geöffnete Gmail-Konto und bei Outlook den Mailverkehr mit der Universität zu kontrollieren, den Briefkasten zu leeren und allgemein nach dem Rechten zu sehen. Sohara hatte sich rasch als Erste bereit erklärt, sie musste jetzt einfach dort sein. Das von Nili abgegebene iPhone hatte sie freudig an sich genommen, es dann aber leider bei Amos vergessen.

Sie ging durch die Zimmer, die Wohnung wirkte wie zuvor. Genau so wollte sie es, damit sich im Fall der Reue alles schnell wieder rückgängig machen ließe, und auch sich selbst wollte sie so: kühn und entschlossen, falls erforderlich, zumindest für zwei, drei Tage, gleichzeitig aber stets gefasst auf das Erscheinen einer anderen Frau.

Sie öffnete die Schränke im Schlafzimmer, und ihr schien, sie hätte es perfekt hingekriegt. Zwar hatte sie noch nie mit einem Mann zusammengelebt, doch die jetzige Schrankordnung entsprach ihrer Vorstellung vom Schrank eines Ehepaars oder eines Paars, das in einer eheähnlichen Gemeinschaft zusammenlebte. Der Unterschied war unwichtig, sie müsste sich nur daran gewöhnen, den Begriff zu benutzen.

Ihre Sachen wirkten in Avischais Schrank völlig natürlich; um eine authentische Wirkung zu erzielen, hatte sie einige Kleiderbügel umgedreht, sodass sie in ihre Richtung zeigten und nicht wie alle anderen ins Schrankinnere. Die meisten seiner Kleidungsstücke hatte sie an den Rand gedrängt oder in den oberen, unzugänglicheren Fächern verstaut, wie es ihr üblich und richtig zu sein schien.

Das Risiko wollte genau eingeschätzt sein: Je mehr von ihrer Garderobe sie gegen seine austauschte, desto aufwändiger würde es später werden, den ursprünglichen Zustand wiederherzustellen, falls sie diesen Schritt bereuen sollte. Schon das gerade vollzogene Einräumen hatte erstaunlich viel Zeit in Anspruch genommen.

Anschließend machte sie im Badezimmer weiter, stellte ihre Pillen ins Medizinschränkchen, sie würde ja ohnehin jeden Tag hier vorbeischauen, dazu zwei Cremes, eine fürs Gesicht, eine für die Hände. In den größeren unteren Schrank quetschte sie zwei Flaschen Shampoo und zwei lila Tuben Conditioner, eigentlich benutzte sie ein Mittel aus einer weißen Tube, doch lila schien ihr für diesen Zweck ausdrucksvoller, rosa wäre übertrieben gewesen. Als sie auch noch eine angebrochene Packung

Slipeinlagen hineinquetschte, empfand sie brennende Schuld. Das Regal in der Dusche ließ sie unberührt, falls nötig, könnte sie dort innerhalb von zwei Sekunden Seife und Duschgel deponieren.

2

Fünf vor acht nahm sie vor dem Fernseher Platz. Swetlana Alexijewitsch erhielt den Nobelpreis für Literatur. Sohara hatte nichts von ihr gelesen, nicht einmal von ihr gehört, wenn sie ehrlich war, dennoch sah sie sich die Reportage fasziniert an. Alexijewitsch strahlte ganz unliterarische normale Freude aus und umarmte jemanden, wer es war, bekam Sohara nicht mit. Sie stellte sich vor, wie Nili, Jehuda, Amos und sie am Mittwoch die Bekanntgabe entgegennehmen würden, und plötzlich schien Avischais Nicht-mehr-da-Sein ihr unerträglich, verlieh dem Ereignis etwas Sinnloses. Es würde die traurigste Nobelpreisparty aller Zeiten werden, vor allem, weil die Nachricht von seinem Ableben für die Öffentlichkeit dann taufrisch sein würde. Für seine Freunde allerdings nicht mehr, die hatten sich inzwischen irgendwie daran gewöhnt.

Und wohin sollten sie dann mit ihrer Freude? Wenn sie überhaupt springen und jubeln würden, dann sicher nur sehr verhalten und streng privat, und es wäre ihr Erfolg, den sie feierten, nicht seiner. Das alles würde Sohara ziemlich kalt lassen, schließlich wartete noch eine weitere Aufgabe auf sie, die sie allein zu bewältigen hatte.

Sobald die anderen weg waren, fiel sie schamlos über die Schubladen her, was Avischai ihr jahrzehntelang durch höflich, aber bestimmt gezogene Grenzen verwehrt hatte; jetzt jedoch winkte die Möglichkeit, sich in seiner Wohnung häuslich einzurichten. Vor lauter Wonne hätte sie beinahe in jede Ecke gepinkelt.

Die Fülle von Schubladen in jedem Zimmer versprach unglaublichen Genuss. Diese Vorstellung hatte sie bereits am Donnerstag abgelenkt, als sie alle im Wohnzimmer beisammensaßen und beratschlagten, ob sie sich auf dieses Abenteuer einlassen sollten. So sehr sie sich auch um Konzentration und um einen logisch durchdachten Beitrag bemüht hatte – die blinde Anziehungskraft jener Schubladen verführte sie zu einer bescheuerten Entscheidung, sie hatte sich viel zu leicht mitreißen lassen, nur, um irgendwann mit den Objekten der Begierde allein zu sein.

Sie bemerkte rasch, dass jede Schublade Material zu einem bestimmten Thema enthielt. Das oberste Blatt führte gewissenhaft auf, was im Stapel unter ihm lagerte, und ersparte ihr damit Zeit und Energie. Pensionsunterlagen, Rechnungen, Garantiezertifikate und sogar Gebrauchsanweisungen hatten jeweils ein eigenes Fach. Ein Röntgenbild sorgte für ein wenig Erregung, es zeigte Avischais Knie, doch darunter lagen lediglich bis ins Jahr 1995 zurückgehende Bluttestergebnisse und ein paar Krankenversicherungspolicen.

Auf seinem Forschungsgebiet kannte sie sich kaum

aus, weil es sie nicht besonders interessierte, aber seine Vorlesung auf YouTube hatte sie natürlich gesehen. Sie wusste nur das Wesentlichste wiederzugeben und tat dabei so, als würde sie seine Theorien lediglich für ihre Zuhörer vereinfachen: Stark zu sein lohnt sich auf lange Sicht nicht, den Stärksten erwartet fast immer das schändlichste Ende – das nur mal im Großen und Ganzen, in Wirklichkeit ist es natürlich viel komplexer.

Das Schlagwort »König der Klasse« hatte sich ihrem Bewusstsein besonders eingebrannt: Es hat etwas mit dem König der Klasse zu tun. Mit jedem Jahr entfernte sich dieser Begriff weiter von seinem Modell, von der Theorie, von der akademischen Ökonomie, nur Avischai blieb er selbst, blieb ganz konkret Avischai, der Mann, den sie seit ihrer Jugend kannte. Der König der Klasse. Und sie ging mit dem König der Klasse aus, sie schlief mit dem König der Klasse, wie kindisch auch immer sich das anhörte, und jetzt hatte sie endlich einmal Gelegenheit, in sonst verborgene dreckige Ecken zu spähen und die Ehrfurcht für ihn etwas herunterzuschrauben.

Doch der Mann, der nun zutage trat, glich eher dem perfekten Produkt der Betriebswirtschaftslehre, stromlinienförmig bis zur Sterilität, der alle drei Monate seinen IT-Dienstleister anrief, um einen besseren Deal feilschte und gegebenenfalls zum billigeren Anbieter wechselte.

Nichts in dieser Wohnung wirkte, als wäre es unbedacht in einen dunklen Winkel gestopft worden, es ging so weit, dass sie meinte, Avischai selbst herrschte sie aus jeder vorbildlich geordneten Schublade an: Was suchst du eigentlich? Warum wühlst du hier herum?

Ihre gute Laune war verflogen. Nach der frenetischen Durchforstung breitete sich bittere Enttäuschung aus, anschließend aber meldete sich die Einsicht, dass Avischai auch nur ein Mensch gewesen war, verletzlich, sterblich.

In der untersten Schublade im Arbeitszimmer, die sie nur noch mechanisch herausgezogen hatte, bemerkte sie eine gewisse Unordnung, ihr Blick fiel auf die Rückseiten vieler nachlässig hineingeworfener Fotos. Sie griff sich eine Handvoll, drehte sie um und betrachtete sie. Es waren größtenteils im Ausland aufgenommene Bilder, die einen jüngeren Avischai zeigten, allein vor einem Duomo oder einem Kanal, umringt von anderen Leuten in einem Lokal, lächelnd, oft in Gesellschaft asiatisch aussehender Menschen. Bilder aus den Jahren, in denen man noch mit kostspieligen Kameras fotografierte, als es noch angesagt war, sich neben Monumenten in Szene zu setzen, bevor das alles als absolut lächerlich und provinziell galt.

Sie nahm sich einen weiteren Stapel vor und entdeckte in dessen Mitte plötzlich sich selbst mit der Clique, mit Amos, Jehuda und Nili. Auf Anhieb fiel ihr die gemeinsame Reise nach Wales ein, während der sie zehn Tage lang richtig krank gewesen war und in der restlichen Zeit ebenfalls gelitten hatte. Sie stöberte noch ein wenig in der Tiefe der Schublade herum, fand allerdings nichts Interessantes mehr.

Die meisten Fotos waren schlecht, schwärzlich, verwackelt oder menschenleer, einfach nur weitere Duomo-Ansichten, die Schublade enthielt lediglich aussortierte

Aufnahmen. So eine hatte sie bei sich zu Hause auch, man warf die verunglückten Bilder hinein, die dann im Dickicht der Kommode den dunkleren Teil der Reise, das unterschwellige Missvergnügen, jederzeit zu offenbaren drohten.

Die Aufnahmen aus der Gegenwart, sofern es überhaupt welche gab, befanden sich höchstwahrscheinlich im Rechner. Warum sollte Avischai jetzt eigentlich noch fotografiert haben? Er hatte keine Enkel, keine Kinder. Sie selbst übrigens auch nicht, und trotzdem wies ihre Samsung-Galerie auf dem Handy Hunderte von Bildern auf.

Die gründlichere Erkundung des Computers hatte sie bis jetzt vor sich hergeschoben, in erster Linie, weil sie befürchtete, damit überfordert zu sein. Zwar kannte sie sich mit Word und E-Mail aus, aber das reichte ihrem Gefühl nach nicht aus, um ans Eingemachte zu gelangen.

Kaum hatte sie die Maus berührt, leuchtete der Desktop auch schon auf. Sie sah einige englisch betitelte Dateien, von denen nur eine ihr verdächtig erschien, doch als sie sie öffnete, entdeckte sie nur einen Forschungsvorschlag oder eine Seminararbeit, die sie gelangweilt gleich wieder schloss. Dann erblickte sie drei PDF-Dateien, die mit *VeganEis 1*, *VeganEis 2* und *VeganEis 4* bezeichnet waren, *VeganEis 3* fehlte. Sie öffnete *VeganEis 1* und fand nichts anderes als einen gescannten Werbeflyer für vegetarische Eiscreme, vermutlich hatte Avischai sich von dort Sorbet bringen lassen. *VeganEis 2* und *4* enthielten genau dasselbe.

Wohin jetzt? Bevor sie sich entschied, ging sie zu Gmail zurück. Keine Neueingänge. Avischai erhielt täglich Dutzende von E-Mails, die meisten von irgendwelchen Foren; die persönlichen darunter wirkten seriös und waren weitgehend mit formelhafter akademischer Vertrautheit verfasst.

Nach einem Austausch mit Liat suchte Sohara vergeblich, sie stieß lediglich auf die Vertreterin eines Möbelhauses mit diesem Namen, die ihm ein Angebot unterbreitet hatte und als Geliebte nicht infrage kam, wie eine kurze Google-Suche sicherstellte.

Weitere ältere Nachrichten waren von ihr, von Amos, von Jehuda, von Nili und enthielten zumeist Dropbox- oder YouTube-Links, auf die sie einander gelegentlich hinwiesen, über alles andere tauschten sie sich ja mündlich aus.

Eigentlich hätte sie jetzt gern mit Nili telefoniert, doch ihr fiel gerade noch rechtzeitig ein, dass sie über ihr ungehöriges Herumstöbern in Avischais Wohnung lieber Schweigen bewahren sollte. Nicht dass Nili sich darüber groß wundern würde. Sohara griff wieder nach ihrem Handy, erinnerte sich nun aber daran, dass sie ja im Streit oder so was auseinandergegangen waren. Melancholie machte sich bemerkbar. Mit wem sollte sie reden?

Sie schloss die offenen Dokumente und Fenster, klickte wie abwesend auf x, x, x, der Desktop erschien unter all dem wieder. Ihr Zeigefinger auf der Maus wollte weiter beschäftigt sein und ging zu *Mein Computer* und dann zu *Meine Bilder*, jetzt würde sie sehen, ob Avischai fotografiert hatte oder nicht.

Sie überflog die Aufnahmen, die für PR-Zwecke kannte sie bereits von seinen Büchern und Veröffentlichungen. Ihr Blick fiel auf eine Serie älterer Bilder, die ihn als Gymnasiasten und dann später als Soldaten zeigten, offenbar gescannte Originale, die sie vergrößerte, damals hatte sie ihn noch nicht gekannt. Auf einem Bild posierte er auf einer Fensterbank und schaute in die Kamera, als hielte er sich für attraktiv, aber das war er nie gewesen, dafür war sein Gesicht ein bisschen zu rund, obendrein war er unmöglich gekleidet, selbst für die 1950er.

Sohara vergrößerte ein Bild von ihm in Uniform, um den Effekt der schäbigen Klamotten auszublenden, und tatsächlich wirkte Avischai auf diesem Foto anders, schon mehr wie er selbst, zwischen den beiden Aufnahmen schienen einige Jahre zu liegen. Gern hätte sie die Bilder umgedreht und nach dem Datum gesehen.

Nachdem sie weiter nach unten gescrollt hatte, vergrößerte sie eine Serie fast identischer Bilder, die Avischai mit umgebundener Schürze in einer industriell anmutenden Küche in Gesellschaft ihr unbekannter fröhlicher Menschen zeigte. Sie schaute sich die Gesichter genauer an, insbesondere die der beiden Frauen, an denen sie aber nichts Bedrohliches finden konnte. Einer der Männer kam ihr nun allerdings doch bekannt vor, aber aufgrund der Aufnahmewinkel, die ihn meistens im Profil zeigten, war er schwer zu identifizieren. Auf einem Bild lachte er so ausgelassen, dass er ganz verzerrt, dass er kaum wiederzuerkennen war, was Sohara verunsicherte.

Ganz unten in der Datei fanden sich die neuesten Fotos, Avischai bei irgendeinem Kongress – aus der Ferne aufgenommen wirkte er winzig. Das nächste zeigte ihn mit einer etwa gleichaltrigen Frau und zwei Kindern, alle umarmten sich wie für ein Familienfoto, was gar nicht zu Avischai passen wollte und in seinem Rechner fast außerirdisch wirkte. Sohara vergrößerte das Bild und erkannte Ruthi, Ruthi, die sie jahrzehntelang nicht mehr gesehen hatte. Tatsächlich, das mussten Ruthi und ihre Enkelkinder sein.

Sohara starrte prüfend in die jungen Gesichter. Hätten das nicht auch ihre Enkel sein können? Ihre und Avischais? War sie jetzt traurig? Die Mienen der beiden ungefähr acht- bis zehnjährigen Buben verrieten nichts, es waren ganz normale Kinder, deren Zukunft sich bereits auf ihren Zügen abzeichnete.

Sohara war geübt darin, Kinder vor ihrem inneren Auge sehr schnell aufwachsen zu lassen, bis sie die hinreißende kindliche Anmut abgelegt hatten. Damit sie das Versäumte nicht zu sehr bereute, damit es nicht zu sehr schmerzte.

Sie hatte sehnlichst auf die jetzigen Jahre gewartet, weil sie meinte, es würde mit der Zeit leichter werden, immer weniger Kinder geben. Tatsächlich aber wurden immer neue Babys geboren, und Sohara musste sich weiterhin mit aller Macht auf ihren inzwischen fast auf ein Mantra zugespitzten inneren Monolog versteifen: Kinder existieren eigentlich gar nicht, jedes Kind wird zwangsläufig erwachsen.

Nun betrachtete sie Avischai und sein begeistertes Lachen. Wieso war er so glücklich? Das ärgerte sie. Die

Aufnahme trug das Datum vom vergangenen Schabbat, offenbar besuchte Ruthi ihn tatsächlich an den Samstagen. Immer mit den Enkeln? Seit wann wohl? Wann hatte die Clique das letzte Mal etwas Gemeinsames am Schabbat unternommen? Es schien ihr sehr lange zurückzuliegen.

Wollte Avischai wegen Liats Schwangerschaft vielleicht schon einmal üben? Und wer hatte fotografiert? Liat? Sohara war versucht, das Bild zu löschen, als würde sie damit auch Avischais Glück löschen, aber dann fehlte es ihr doch an Mut.

Plötzlich meldete sich die Einsicht, dass dieses dreidimensionale physische Heim mit den tiefen Schubladen jede Bedeutung verloren hatte. Der aktuelle Avischai existierte nur noch auf der Festplatte seines Rechners, und in diesem virtuellen Leben erinnerte rein gar nichts an Sohara.

Sie schloss die Bilddatei und öffnete *Meine Dokumente*, wo drei Dokumente außerhalb der Ordner herumschwebten: *Rezension nach Korrektur zum Abschicken*, *Netvision* und *Dezember 1957*. Das letzte klickte sie an, darin stand geschrieben: *Vorwort. Im Dezember 1957 war ich vierzehn Jahre alt* – das war das Vorwort, das er für Jehudas Buch geschrieben hatte. Sie kannte es. Nur Avischai war fähig, die Einführung in das Buch eines anderen mit sich selbst zu beginnen.

Sie hatte den Text in allen möglichen Fassungen mindestens fünfmal gelesen und unterdessen versucht, einen panischen Avischai mithilfe der ihr eigenen Begabung aus der Bedrängnis zu retten. In dieser Sache stand sie sogar ein wenig auf Jehudas Seite. Eigentlich war es Avischai ganz recht geschehen. Jehuda hatte ihm das Buch mit der Bitte um eine aufrichtige Einschätzung zu lesen gegeben, und erst, nachdem Avischai das Werk in den höchsten Tönen gelobt hatte – einfach großartig, originell, witzig, liest sich flüssig und Gott weiß, was sonst noch –, erst danach traute Jehuda sich, mit seinem Anliegen herauszurücken: Ich bin wahnsinnig erleichtert über dein Urteil, und ich wäre sehr froh, wenn du ein Vorwort schreiben könntest. Ich wollte dich nicht in eine unangenehme Lage bringen, deswegen bitte ich dich erst jetzt darum.

Natürlich hatte Avischai versucht, sich herauszureden und Jehuda auf Anraten von Sohara versichert, er würde ihm sehr gern etwas schreiben, aber ein Vorwort sei seinem Gefühl zufolge ein Fehler, es könnte das Augenmerk von Jehuda und seinem Werk ablenken; ja, ein Vorwort von Avischai könnte sogar als Unsicherheit ausgelegt werden – aber davon wollte Jehuda nichts wissen. Avischai würde sich nur aus der Affäre ziehen können, wenn er Jehuda die Wahrheit zumutete, das aber würde das Ende ihrer Freundschaft bedeuten, so einfach lagen die Dinge.

Vom Gedanken gequält, sein Name könnte mit Jehudas Machwerk in einem Atemzug genannt werden, hatte Avischai selbst auch diese vernichtende Option erwogen, versicherte Sohara aber dann mit einer gewissen Bitterkeit, das würde er niemals fertigbringen, und warf ihr sicherheitshalber einen prüfenden Blick zu.

Aber nun war der Nobelpreiskandidat vor der Publikation gestorben und diese Peinlichkeit blieb ihm erspart. Mit oder ohne Avischai, Jehuda würde die Veröffentlichung feiern, das war Sohara von Anfang an klar gewesen, und wenn Avischai den Nobelpreis erhielt, dann natürlich erst recht.

Jetzt kam ihr ein lustiger Gedanke: Hatte Jehuda das alles vielleicht nur deswegen angezettelt? Damit Avischai den Nobelpreis doch noch erhielte und Jehudas Buch sich besser vermarkten ließe? Eine gute Idee für eine Erzählung oder für einen Comedy-Sketch über einen Mann, der so etwas ausheckte. Schade, dass sie allein war und diesen genialen Gedanken mit niemandem teilen konnte.

Unzufrieden starrte sie in das geöffnete Dokument und stellte sich unterdessen Jehuda als Protagonisten eines Films oder einer Kurzgeschichte vor. Das war einer der Gründe, weswegen sie keine richtige Schriftstellerin war: Sie hatte auf Anhieb den realen Jehuda vor Augen. Sie beherrschte zwar das Schreibhandwerk, besaß aber nicht die zum Fabulieren nötige Fantasie. Das beschämte sie allerdings nicht, schließlich verfügte sie über genug andere Qualitäten.

Sie versuchte, Jehuda aus ihrem Kopf zu vertreiben, sein Gesicht gegen das eines Schauspielers auszutauschen, Jack Nicholson vielleicht? Aber Jehudas Gesicht schnellte wie ein Stehaufmännchen immer wieder hoch und sah sie streng an: Was soll ich denn jetzt machen? Nun sag schon, was willst du von mir?!

Warum fand sie das eigentlich in erster Linie amüsant und nahm es nicht wirklich ernst? Sie bemühte sich, ihre Gedanken zu ordnen. Was spann sie sich da zurecht? Doch warum legte ausgerechnet Jehuda so viel Wert darauf?

Das war der springende Punkt. Es ging nicht um Avischais Ehre und auch nicht um die Nachwelt, es ging vielmehr um Jehudas Buch, er wollte es unbedingt mit dem Vorwort eines Nobelpreisträgers auf den Markt bringen.

Zunächst erschien ihr das völlig grotesk. All die Aufregung allein deswegen? Aber Sohara musste sich jetzt natürlich in Jehuda hineinversetzen und nicht in einen normalen Menschen. War Jehuda zu so einem Streich fähig? Das Buch war sein Ein und Alles, zumindest war es in letzter Zeit zu seinem Ein und Alles geworden, dieses Buches wegen hatte er die innige Beziehung zu ihr bedenkenlos geopfert.

Das Bild in ihrem Kopf klärte sich allmählich. Natürlich, das war es, genau aus diesem Grund hatte Jehuda das alles inszeniert.

Sie fühlte sich wie Agatha Christie beim Knacken eines Kriminalfalls und hatte nicht übel Lust, alle Verdächtigen in einem Zimmer zu versammeln, die Umstände der Tat mit wissender Miene aufzudecken und jeden Anwesenden ob seines dreckigen kleinen Geheimnisses in Schrecken zu versetzen. Zum Schluss würde sie sich Jehuda vornehmen. Jehuda, Jehuda, Jehuda, würde sie kopfschüttelnd sagen, Jehuda, Jehuda, Jehuda. Und er würde erwidern, Sohara, Sohara, Sohara, an deiner Stelle würde ich lieber den Mund halten, und sie wüsste auf Anhieb, dass sie gut daran täte, diesen Rat zu befolgen.

4

Sie stand auf, als müsste sie die Last der Geheimnisse, ihrer und Avischais, abschütteln, und nun kam auch noch Jehudas hinzu. Warum starben die Menschen, wenn nicht, um ihre Geheimnisse endlich preiszugeben? Und bei ihr luden sie selbst posthum immer mehr davon ab, die Geheimnisse häuften sich, und die Leute, mit denen sie sie hätte teilen können, wurden immer weniger.

Wie sollte sie Jehuda jetzt entgegentreten, wie mit ihm reden, wie mit allem weitermachen?

Sie meinte, Ärger zu verspüren, aber nicht deswegen. Weswegen sonst? Vielleicht war es gar kein Ärger, sondern etwas anderes, Bedauern etwa? Wem hatte sie in dieser ganzen verrückten Woche eigentlich gefällig sein wollen, wenn nicht Jehuda? Avischai war ja tot. Sie hatte mitgemacht, damit Jehuda seine verborgene Liebe zu ihr wieder ausgrub. Das war so etwas wie zwischen Kindern und Eltern, eine Liebe, von der man sich nie lösen konnte.

Sie setzte sich heftig wieder hin und hoffte, mit der abrupten Bewegung die flatternde Schar der Gedanken zu verscheuchen, aber nun erschien auf dem Bildschirm nicht das engzeilige Gmail-Konto, das sich ihr bisher stets gehorsam geöffnet hatte, sondern die Maske zum Einloggen, die nach dem Passwort fragte, das weder sie noch die anderen kannten, denn als Avischai starb, war das Konto geöffnet gewesen und seitdem geöffnet geblieben.

Brauchst du Hilfe?, fragte Gmail, und sie dachte, genau das brauche ich, und klickte auf *Passwort vergessen*, woraufhin Gmail anbot, ihr ein Passwort aufs Handy zu senden. Sie dachte kurz nach, Avischais iPhone lag bei Amos, also: Ja, schicken.

Es war aber eine ganz andere Stimme, die am anderen Ende »Sohara?« fragte, und im Hintergrund wurde gelacht und gelärmt. Mit wem spreche ich?, fragte Sohara, ach, du bist das, Jehuda? Ich wollte eigentlich Amos anrufen, muss mich geirrt haben. Warte, warte, bat Jehuda, ich geh mal rasch raus. Nein, nein, Jehuda, ich muss Schluss machen, ich brauche Amos, er bekommt gleich eine SMS auf Avischais Handy und wird rätseln, warum. Aber Jehuda verstand sie nicht und fragte nach einer Sekunde: Sohara, hörst du mich? Jehuda, ich rufe in einigen Minuten zurück, okay?

Aber das würde sie keineswegs tun, allein der Klang seiner Stimme reichte aus, um ihre Entscheidung ins Wanken zu bringen und ihren Mund an den Geschmack der Schelte zu erinnern, mit der er sie im Verlauf der letzten Tage bedacht hatte: Du tust nicht genug, du nimmst das nicht wichtig genug – ein schöner Freund, dieser Jehuda. Aber der rief jetzt: Nein, nein, nein, ich muss mit dir reden, du glaubst nicht, was mir hier passiert ist, ich warte schon seit Stunden auf eine ruhige Minute, um euch anzurufen, ich bin ratlos. Was ist dir denn passiert?, erkundigte sich Sohara.

Idith und die Töchter haben mich in einen Hinterhalt gelockt, ich bin auf einer Überraschungsparty zu meinem siebzigsten Geburtstag gelandet. Ach ja, richtig, sagte Sohara, herzlichen Glückwunsch. Und Jehuda fragte: Begreifst du, was das bedeutet? Moment mal, ist Idith nicht im Ausland?, fragte Sohara. Guten Morgen!, meinte Jehuda, sie ist gar nicht geflogen, das hat sie nur vorgegeben, um mir hier im Norden in einem Loch namens Aloneh Abba eine Überraschungsparty zu organisieren, mit Abendessen und Übernachtung und allerlei Firlefanz, unsere ganze Familie ist da, an die fünfzig Leute, und morgen fahren wir alle zusammen wieder nach Hause. Wie nett, sagte Sohara. Wie nett?, fragte Jehuda, und Sohara begriff: Ach, du lieber Gott, oh, oh, oh!

Ihr müsst ihn wegschaffen, wir checken hier morgen Mittag um eins aus, dann sind wir spätestens gegen vier Uhr zu Hause. Viel früher, sagte Sohara, die Fahrt dauert nicht länger als anderthalb Stunden, Tirza wohnt ja dort oben, ich kenne die Strecke. Was du nicht sagst, gab Jehuda zurück, damit haben sie mich hierher gelockt, sie haben mir vorgegaukelt, Tirza wolle noch einmal mit mir über mein Buch sprechen. Wie bitte?, staunte Sohara. Lassen wir das jetzt mal, sagte Jehuda, Idith ist total verrückt geworden, auf jeden Fall müsst ihr ihn aus dem Haus entfernen, jemand von euch muss noch heute Abend herkommen und sich den Schlüssel holen.

Aber wo sollen wir ihn denn hinbringen?, fragte Sohara. Zu Amos, gab Jehuda zurück, eine andere Wahl haben wir nicht, es muss ein frei stehendes Haus sein, er fängt an zu riechen. Amos wird niemals einwilligen, Jehuda, sagte Sohara. Er wird einwilligen müssen, erwiderte Jehuda, es gibt keine Alternative, ich kann doch nicht morgen mit Idith zurückkommen, und Avischais zerschmetterter Körper erwartet uns am Fuß der Treppe, dass müsst ihr einsehen. Wenn ich es ihr wenigstens vorher erzählt hätte … aber jetzt sieht es doch so aus, als hätte ich während der Auslandsreise meiner Frau bei mir eine Leiche verstecken wollen. Amos muss Varda einweihen, daran führt kein Weg vorbei, die ganze Geschichte mit der Anwaltsprüfung ist doch sowieso Unsinn, nur eine Ausrede.

Sprich du doch mit ihm darüber, sagte Sohara. Bitte übernehme du das, bat Jehuda, ich kann einfach nicht, ich muss zur Party zurück. Er wird mich umbringen, sagte Sohara, und dich ebenfalls. Rede ihm gut zu, Sohara, mach es ihm plausibel, besprecht es miteinander, kurz gesagt: Findet gemeinsam eine Lösung. Falls ich nicht antworten sollte, erreicht ihr mich über WhatsApp, ich melde mich wieder, sobald ich kann.

5

Wieso denn »total verrückt«?, fragte Amos, das ist doch ausgesprochen nett von Idith. Okay, nett, nett, aber was machen wir jetzt?, wollte Sohara wissen. Hör zu, sagte Amos, es ist nicht nur wegen Varda, kannst du dir vorstellen, dass wir, du, Jehuda und ich, Avischai noch einmal transportieren? Das heißt ohne Jehuda und ohne Nili. Ich weiß nicht, sagte Sohara, wenn wir keine Wahl haben. Also im Ernst, sagte Amos, wer soll ihn tragen, ich etwa? Du etwa? Was für eine Vorstellung! Außerdem habe ich, ehrlich gesagt, die Kraft nicht mehr, noch einmal stehe ich das nicht durch. Ich auch nicht, gab Sohara zu.

Wir haben noch etliche andere Möglichkeiten, sagte Amos, Jehuda ist zurzeit ein bisschen hysterisch, deswegen sieht er das zu eng. Na dann erklär du ihm das bitte, sagte Sohara, wenn er nicht antwortet, schick ihm eine SMS oder kontaktiere ihn über WhatsApp, das ist das Beste. Sohara, bitte tu mir den Gefallen und sprich du mit ihm, bat Amos, ich sitze hier zu Hause mit Varda. Sohara schnaufte ungeduldig, beendete das Gespräch mit Amos und wählte Jehudas Nummer.

6

Hast du mit Amos gesprochen, fragte Jehuda, er soll sich seelisch schon mal darauf vorbereiten, dass er ihn bei sich aufnehmen muss. Warte, jetzt kommen Leute, die mir gratulieren wollen. Wie bitte?, fragte Sohara, und Jehuda sagte: Sekunde, Idith möchte mit dir sprechen, und gleich darauf fragte Idith: Nun Sohara, was sagst du dazu. Respekt, sagte Sohara, das habt ihr toll hingekriegt. Du glaubst gar nicht, wie kompliziert das war, sagte Idith, warum bist du so gestresst, Jehuda, lass mich doch auch mal kurz mit Sohara plaudern, er ist unvorstellbar aufgeregt, Sekunde, er will dich noch einmal sprechen, ich muss Schluss machen. Sohara, stöhnte Jehuda, du redest mit Amos, okay? Bye.

7

Er verlässt sich darauf, dass wir Avischai zu dir bringen, sagte Sohara. Das habe ich mitgekriegt, sagte Amos, meinetwegen kann er sich weiterhin darauf verlassen, und es schert mich weiterhin einen Dreck. Wie kann er so dumm sein und nicht merken, dass sie eine Überraschungsparty für ihn vorbereiten? Was sonst sollte ihn in Aloneh Abba an seinem siebzigsten Geburtstag erwarten? Und Sohara erklärte: Sie haben ihm vorgeschwindelt, Tirza Bar-Nes würde ihn zu sich einladen, um noch einmal über sein Buch zu reden, oder so ähnlich, und Amos sagte. Wenn er darauf reingefallen ist, dann ist er noch dümmer, als ich dachte.

8

Hör zu, Sohara, sagte Jehuda, wir haben keine Zeit zu verlieren, rede mit Amos, entweder wird Avischai zu ihm gebracht oder … Aber warum redest du denn nicht selbst mit ihm, warum muss das über mich laufen?, fragte Sohara. Weil er auf dich eher hört, gab Jehuda zurück, auf mich hört er bereits nicht mehr. Was soll das heißen, auf dich hört er nicht mehr?, fragte Sohara, aber das ist sowieso egal, Jehuda, es wird nicht klappen, Amos wird Avischai niemals zu sich holen. Ja, das habe ich inzwischen begriffen, gab Jehuda zurück, aber vielleicht geruht der Herr Professor, im Internet zwei Flugkarten ins Ausland zu buchen, ganz egal wohin, für Idith und ihre

Schwester, von heute auf morgen, weil wenn es nicht anders geht, verfrachten wir die beiden eben kurzerhand ins Ausland, das ist wohl der sicherste Weg. Moment mal, sagte Sohara, das habe ich nicht ganz verstanden. Na ja, erklärte Jehuda, ich habe mir überlegt, es wäre am sichersten, wenn die beiden weit weg sind, das ist einfacher, als Avischai zu transportieren. Aber unter welchem Vorwand willst du sie so überstürzt ins Ausland schicken?, fragte Sohara, wo ist da die Logik? Ich tue einfach so, als wollte ich Idith meinerseits überraschen, als Dank für ihre Überraschung, und besorge ihr im Gegenzug den Flug ins Ausland, auf den sie wegen mir und der Party verzichtet hat. Wenn die Tickets erst mal gebucht sind, wird sie kaum Nein sagen können.

Wenn schon fliegen, warum fliegst du dann nicht mit ihr?, fragte Sohara. Vielleicht weil ich hier sein muss?, fragte Jehuda zurück, oder willst du etwa, dass ich am Mittwoch in Rom bin? Verstehe, sagte Sohara, aber Idith findet es möglicherweise etwas merkwürdig, dass du sie an deinem siebzigsten Geburtstag mit ihrer Schwester ins Ausland schickst. Sohara, die Zeit drängt, sagte Jehuda, bitte rede mit Amos, und sie sagte nur noch: Okay, bye.

9

Was denkt er sich nur dabei, sagte Amos, ich soll jetzt im Internet zweitausend Dollar für Flugtickets hinblättern? Er wird es dir sicher zurückerstatten, sagte Sohara. Darum

geht es mir nicht, meinte Amos, es ist einfach eine blöd-
sinnige Idee, das geht nun wirklich zu weit. Könntest du
ihm das bitte selbst beibringen, fragte Sohara, ich weiß
schon nicht mehr, was ich ihm sagen soll. Moment mal,
unterbrach Amos sie, während im Hintergrund Avischais
iPhone aufdringlich klingelte, vielleicht ist das jetzt
Jehuda, ach du Schreck, das ist Gidi, dieser Biker, du
weißt schon. Antworte nicht, schlug Sohara vor. Aber
dann versucht er es später wieder, meinte Amos. Dann
antworte lieber gleich, meinte Sohara, tu so, als wärst du
Avischai, das ist sogar noch besser, antworte, antworte,
sag ihm, es sei alles in Butter, dann sind wir ihn los. Ich
dachte, wir würden Avischais Anrufe nicht mehr beantworten, erwiderte Amos, sollte er nicht inzwischen mal
gestorben sein? Für diesen Gidi sollte er lieber lebendig
sein, gab Sohara zurück, und Amos sagte: Ich habs einfach leise gestellt.

Du weißt, warum er das tut?, fragte Amos. Wovon
redest du?, fragte Sohara zurück. Ich rede von Jehuda, erklärte Amos, und von den Flugkarten und all dem, er ist
sauer auf mich, weil ich Avischai nicht zu mir nehmen
will. Das könnte sein, gab Sohara zu. Und Amos fuhr
fort: Ich würde sogar noch weitergehen und behaupten,
Jehuda ist sauer auf mich, weil ich Avischai von Anfang
an nicht bei mir haben wollte, in Wirklichkeit möchte er
Idith gar nicht ins Ausland schicken, er will mir einfach
nur etwas aufbürden, mich irgendwie bestrafen. Jetzt
übertreibst du aber, meinte Sohara, und Amos fragte zurück: Warum soll denn ausgerechnet ich die Tickets bestellen, warum bittet er dich nicht darum, und wenn es

ihm so wichtig ist, dass ich es mache, warum ruft er mich dann nicht selbst an? Du kommst auf Ideen, sagte Sohara, ich und Tickets im Internet bestellen, nein, nein, er will nur, dass ich dich weichspüle, er hat Angst vor dir. Und das völlig zurecht, sagte Amos, aber na gut, ich rufe ihn an, ist er jetzt erreichbar?

10

Im Wohnzimmer war es still. Sohara spürte, sie müsste jetzt eigentlich alarmiert sein und herumtelefonieren, bis eine Lösung gefunden wäre, aber mehr noch als die Vorstellung, Idith könnte nach Hause kommen und Avischais zerschmetterten Körper am Fuß ihrer Treppe finden, beunruhigte sie das Wissen um Jehudas Anwesenheit in Aloneh Abba, in unmittelbarer Nähe ihrer Freundin Tirza Bar-Nes.

Sie versuchte sich auszumalen, was einzutreten drohte: Jehuda könnte bei Tirza anklopfen und höflich fragen, ob er sie kurz stören dürfe, er sei Jehuda, ein guter Freund von Sohara, sie hätte ihm vor einer Weile einen Brief geschickt. Tirza würde ihn natürlich hereinbitten und sehr nett zu ihm sein. Er würde dann erklären, weswegen er sich in Aloneh Abba aufhielt, und fragen, ob er die Gelegenheit nutzen dürfe, um mit ihr über die Kritik an seinem Buch zu sprechen, die ihm Sohara weitergeleitet habe. Welche Kritik?, würde sie sich erstaunt erkundigen, und er würde antworten: Über mein Buchprojekt *Mut zur Erfindung*, erinnern Sie sich? Ich hatte unsere gemeinsame Freundin gebeten, Ihnen das Buch vorzulegen, und Sie haben mir daraufhin über Sohara eine eingehende Beurteilung zukommen lassen, die ich als sehr wertvoll empfand, das möchte ich vorausschicken.

Wie lange würde es wohl dauern, bis er dahinterkam? Nicht mehr als drei Minuten. Und dann? Er würde kein Wort mehr mit ihr wechseln, und ihre nächtlichen Pläne könnte sie vergessen, das war schon einmal sicher. Er würde ihr das nie im Leben verzeihen, wie auch sie selbst so etwas niemals verzeihen könnte.

Bedauerte sie, was sie getan hatte? Nur wenn er ihr auf die Schliche käme. Noch spürte sie an der Zungenwurzel und hinter den Ohrmuscheln die aufgestauten Kränkungen, wegen derer sie unter Tirzas Namen die verletzende Kritik verfasst hatte. Nicht alles ging auf Jehudas Konto. Viele Verletzungen von verschiedenen Freunden hatten sich angesammelt, Sohara fehlte der Mut, sie aufzuzählen.

Es war ihr niemals gelungen, Jehuda zu beeindrucken. Stets hatte sie ihm ein wenig Anerkennung geradezu abringen müssen – ich habe jetzt einen großen Kunden an der Angel, dafür schuldest du mir ein bisschen Bewunderung, man hat meine Arbeit über den grünen Klee gelobt … Freunde sollten Erfolge wie diese zu würdigen wissen, Jehuda aber hatte ihr diese Würdigung stets verweigert. Auftragsbücher zu schreiben, Memoiren für andere zu verfassen – in Wahrheit fand er das ziemlich dürftig, obwohl er es nie ausgesprochen hatte, und keine ihrer Leistungen konnte ihm das Lob abringen, das sie so dringend brauchte.

Als er sie um Hilfe bei seinem Buch bat, klang das in ihren Ohren zunächst wie eine verspätete, aber doch endlich, endlich vorgebrachte Entschuldigung, ein jahrzehntelang vorenthaltenes Eingeständnis, und während sie seinen Worten lauschte, kündigte sich in ihrem Körper bereits ein leichter Rausch an, gleich würde sie die gebührende Anerkennung bekommen. Doch dann fiel der Name Tirza Bar-Nes. Ob Sohara ihre Freundin, die bekannte Schriftstellerin, vielleicht bitten könnte …

Später ließ sie das Gespräch Revue passieren und empfand es als besonders tröstlich, dass er nicht einmal ansatzweise versucht hatte, sein Vorgehen zu rechtfertigen – natürlich habe ich zuerst an dich gedacht, aber wir stehen uns dafür einfach zu nahe, ich wollte dich nicht in eine schwierige Lage bringen oder etwas Ähnliches. Stattdessen hatte er Sohara behandelt, als wäre sie eine Anlageberaterin oder Verkäuferin und nicht etwa eine Frau, die sich tagtäglich dem Schreiben widmete, zu ihrem Vergnügen, aber auch, um ihren Lebensunterhalt zu verdienen, als hätte er nie ein Wort von all dem vernommen, was sie ihm in den letzten fünfzig Jahren von sich erzählt hatte.

Ihre Kritik an seinem Buch enthielt nichts Unwahres, alles, was sie geschrieben hatte, war richtig, zutreffend und obendrein noch feinfühlig formuliert. Sie hatte sich an manchen Stellen gefragt, ob sie nicht zu behutsam vorgegangen war, denn Jehudas Buch war wirklich nicht gut. Im Grunde hatte sie Jehuda sogar vor Peinlichkeiten bewahrt und ihm, sowie auch Tirza, die genug um die Ohren hatte, einen Gefallen getan.

Sollte sie Tirza einweihen und sie auf Jehudas möglichen Besuch vorbereiten? Ich wollte dir mit dem Ratgeber, den ein Freund von mir verfasst hat, nicht auf den Geist gehen, und weil ich weiß, wie schwer dir das Neinsagen fällt, habe ich ihm unter deinem Namen ein paar Zeilen Kritik hingeworfen. Jetzt ist er zufällig in Aloneh Abba, und ich befürchte, er könnte bei dir anklopfen, nur damit du seelisch darauf vorbereitet bist. Das hörte sich ganz plausibel an – oder etwa nicht?

Sie überdachte ihre neue Erkenntnis, dass Jehuda seinen Plan nicht zu Avischais Wohl ausgeheckt hatte, sondern allein für sich und die Promotion seines Buchs. Jehuda würde das natürlich bestreiten.

Würde er überhaupt versucht sein, an Tirzas Tür zu klopfen? Die Kritik an seinem Buch war ihm verhasst, und deshalb war ihm die Kritikerin ebenfalls verhasst, sie hatte ihn schwer gekränkt. Wenn Sohara auf etwas zählen konnte, dann war es Jehudas Kränkung. Genug gegrübelt, sie würde das erst einmal auf sich beruhen lassen. Schlimmstenfalls würden alle Beteiligten beleidigt sein. Sollten sie doch.

11

Was ist jetzt?, fragte sie, und Amos sagte, er antwortet nicht, aber hör mal zu, ich hätte da noch eine Idee, wir könnten doch das, was wir am Mittwoch erklären wollten, Idith jetzt schon erklären, schlug Amos vor. Und was würde das bringen?, fragte Sohara. Jehuda könnte seiner Frau sagen, er habe Avischai für die Zeit ihrer Abwesenheit den Schlüssel gegeben, fuhr Amos fort, damit er, sagen wir mal, im Gästetrakt ruhig arbeiten könnte, und dann wäre er dort plötzlich gestorben. So wird er statt erst am Mittwoch schon morgen tot aufgefunden, das ist dann eben nicht zu ändern.

Na dann, meinte Sohara, und Amos fragte: Das ist doch eine brauchbare Idee, oder? Sie kommen zurück und finden ihn. Ich weiß nicht recht, sagte Sohara, ich hab schon Kopfweh von all dem Hin und Her, ich komm da kaum noch mit. Ich werde noch einmal versuchen, Jehuda zu erreichen, sagte Amos, ich melde mich gleich wieder bei dir. Warte, warte, rief Sohara, schau mal eben auf Avischais iPhone nach, ob dort eine SMS mit einem Passwort eingegangen ist, und er entgegnete: Nimm mir dieses Ding endlich ab, tu mir den Gefallen. Kein Problem, sagte Sohara, aber schau doch mal bitte kurz nach dem Passwort. Sekunde, sagte Amos, ich muss es mir erst holen.

Weißt du, warum das keine gute Idee ist, fragte Sohara, und Amos fragte zurück, was ist keine gute Idee? Weil wir es bis Mittwoch durchhalten müssen, erklärte Sohara, und wenn wir morgen so tun, als würde die Idee neu geboren, dann müssen wir die ganze Vorstellung noch einmal durchspielen und können nur hoffen, dass Idith mitmacht, was sie aber wohl kaum tun wird. Natürlich wird sie das nicht tun, gab Amos zurück, bist du verrückt geworden, warum sollten wir Idith einweihen? Dann habe ich dich offenbar falsch verstanden, sagte Sohara, ich dachte, du wolltest die Idee noch einmal aufleben lassen, damit Idith sich uns anschließen kann. Um Himmels willen, warum denn das?, fragte Amos, damit sie Nein sagt und es später womöglich Varda gegenüber ausplaudert oder sonst was?

Aber wie denn nun?, fragte Sohara, Jehuda und Idith finden Avischai und rufen die Polizei oder den Rettungsdienst, die ganze Prozedur? Ja, bestätigte Amos, wenn sonst keine Wahl bleibt, dann genau so. Aber was sollen sie denen denn erzählen, fragte Sohara, die Wahrheit vielleicht? Bist du verrückt geworden?, fragte Amos, sie erzählen das, was wir abgesprochen haben, er hat bei ihnen im Haus gearbeitet, sein Herz ist stehengeblieben, er ist die Treppe hinuntergestürzt, das wird Jehuda überhaupt nicht gefallen, meinte Sohara, und Amos entgegnete nur, da kann man nichts machen.

Dann besprich du das mit ihm, sagte Sohara, und Amos erwiderte, das werde ich machen! Your google verification code?, sagte Amos. Wie bitte?, fragte Sohara. Your google verification code, wiederholte Amos, ist es das, worauf du wartest? Ja, ja, das ist es, bestätigte sie. Ich lese dir das Passwort vor, sagte er, acht, eins, zwei, fünf, acht, null. Okay, sagte Sohara, vielen Dank, lösch das aber bitte vorläufig noch nicht. Ich lösche nichts, versicherte Amos.

Acht, eins, zwei, fünf, acht, null.

Neues Kennwort?

Sohara gab S, O, H, A, R, A ein.

Schwaches Kennwort warnte Google in roten Buchstaben.

MONTAG

JEHUDA

AUF DEN WETTSEITEN IM INTERNET
STEHEN DIE CHANCEN BEI 9:1

EINUNDZWANZIG

1

Er blickte nach oben: Vor ihm ragte eine Kletterwand auf, sieben Meter hoch und mit Überhang, was den Schwierigkeitsgrad natürlich erhöhte. Es war morgens, zehn Minuten nach neun, und in seinem Magen rumorte ein Gemisch aus Zichoriensaft, Sellerieblattsalat und vier Scheiben Sauerteigbrot ohne Aufstrich. Jehuda fragte sich, ob er wohl anstelle von Avischai in der Hölle gelandet war.

Um ihn herum versammelten sich etwa zwanzig nähere Angehörige, diejenigen, die zum Übernachten dageblieben waren, aus seiner, Idiths und Schukis Familie. Vergeblich hielt er Ausschau nach einem Freund in der Not, nach einem mitfühlenden Augenpaar. Alle anderen schienen erstaunlich gut gelaunt und munter, kein Wunder, sie hatten sich, obwohl bekennende Veganer und Gesundheitsfreaks, in der Stille ihrer Zimmer bestimmt Kaffee und andere verbotene Köstlichkeiten gegönnt.

Das Problem mit Avischais Körper war noch genauso
ungelöst wie am Abend zuvor. Sie hatten besprochen,
dass Amos Flugtickets buchen sollte und Jehuda gleichzeitig versuchen würde, den Aufenthalt in der ländlichen
Herberge zu verlängern, und am Morgen wollten sie
wieder miteinander telefonieren.

Momentan aber fand sich Jehuda von der Familie um-
geben vor einer Kletterwand wieder. Das war sein Leben.
Ein Mann an seinem siebzigsten Geburtstag, eingekreist
in Aloneh Abba und mit einer allerletzten Chance, seinem Schicksal noch die dringend erwünschte Wende zu
geben.

Beim Klettern verspürte er zum ersten Mal seit seiner
Ankunft etwas Ruhe, und er nutzte sie, um über eine Lösung nachzudenken. Denn es gab eine, es gab immer eine.
Selbst wenn weder er noch Amos jetzt darauf kamen. Es
war wie im Kino, der Mörder näherte sich, die Sekunden
verrannen, doch auch dann gab es noch einen Ausweg, es
hing nur von der Findigkeit der Protagonisten ab.

In einem der unzähligen Gespräche über sein Buch
hatte Idith gefragt: Willst du etwa durch das Vorwort von
Avischai berühmt werden? Jehuda verstand gar nicht, was
sie meinte. Was war das für eine Art zu denken?

Einen ganzen Tag lang rang er mit Idiths Frage, immer
bereit, sie einfach zu ignorieren, bis sich auf einmal die
Antwort einstellte. Es ging nicht darum, dank des Freundes berühmt zu werden; das Vorwort, die Radiowerbung,
der ganze Rummel sollte lediglich dafür sorgen, dass

seinem Buch Gerechtigkeit widerfuhr, dass es im Wettbewerb eine Chance erhielt, mehr nicht. Entweder es funktionierte, oder es ging daneben.

Seine Augen suchten nach seinen Töchtern. Ganz hinten auf der anderen Seite der Halle entdeckte er Darias Rücken. Dieses Kind war schon immer anders als andere gewesen, deswegen hatte er als Vater Daria niemals zu etwas gedrängt, aber im Stillen hoffte er immer noch, sie würde zum Ausgleich für ihr Single-Dasein vielleicht einmal etwas Großes vollbringen.

Zurzeit ging sie einer selbständigen Beschäftigung nach, die sich »Schrankorganisation« nannte. Anfangs hatte Jehuda sich damit getröstet, dass seine Tochter immerhin ein Kleinunternehmen betrieb und somit als Geschäftsfrau galt, und im Geschäftsleben war die Grenze gegen oben offen, wer wusste das besser als er selbst. Aber Daria verdiente mit ihrem Unternehmen kein Geld und strengte sich, seinem Urteil nach, auch nicht genug dafür an. So hatte Jehuda lernen müssen, mit dem Gedanken zu leben, dass seine Tochter die Kleiderschränke anderer Leute aufräumte, das war es, was sie tat, und möglicherweise tat es ihr gut.

Wie konnte das passieren? Irgendwie. Daria studierte Politikwissenschaft, arbeitete anschließend im High-Tech-Bereich, ging für längere Zeit auf Reisen, nahm nach ihrer Rückkehr an einem Coaching-Kurs teil und startete ihr Schrankorganisations-Unternehmen. So war es passiert.

Jehuda dachte an Idith. Wie weit hatte sie es im selben Alter bereits gebracht! Kein Vergleich. Aber so war es heutzutage. Die Kinder wurden zwangsläufig bereits mit allerhand Talenten geboren, waren hochbegabt, und aufgrund ihrer Herkunft und ihres Wohnviertels standen ihnen alle Türen offen. In Tel Aviv musste man sich in diesen Zeiten schon sehr anstrengen, um aus dem Mutterleib ohne Talente und Aussichten herauszukriechen. Und am Ende suchten sie dann vergeblich nach ihrer Berufung und machten gar nichts. Außer, mit Verlaub, verspätete Babys.

Und ausgerechnet darauf legte es diese besondere Tochter nun ebenfalls an. Nach dem Sex gestern Abend hatte seine Frau ihm anvertraut, Daria treffe sich zu diesem Zweck mit interessierten Männern. Wo lernt sie die Typen kennen?, fragte Jehuda. Keine Ahnung, sagte Idith, ich habe nicht danach gefragt, wollte lieber diskret bleiben, wenn sie bereit ist, wird sie es mir schon erzählen.

Der Gedanke, Daria und Avischai könnten in derselben virtuellen Welt auf der Suche nach demselben unterwegs gewesen sein, also auf der Suche nach einem Menschen, mit dem sie ein Kind zeugen wollten, legte sich – zusätzlich zu allem anderen – schwer auf Jehudas Gemüt.

Obwohl, was Avischai betraf, so war er im Zweifel. Nachdem Nili entdeckt hatte, dass die plötzlich aufgetauchte junge Frau schwanger war, bemühte Jehuda sich zu glauben, es müsste unabsichtlich passiert sein. Doch im Verlauf der nächsten Tage entwickelte er, vielleicht wegen der Anstrengung, die das jetzige Abenteuer ihm abverlangte, unwillkürlich ein kleines Ressentiment und gelangte am Ende zu der Überzeugung, Avischai habe doch noch ein Kind gewollt. Das hatte er gewollt und es seinem besten Freund Jehuda verschwiegen.

Seit sich die Möglichkeit eines solchen Geheimnisses vor ihm aufgetan hatte, entfaltete sich ein ganzes Universum weiterer möglicher Geheimnisse. Er wusste, rational war das nicht, eher sogar leicht pervers, aber was wäre passiert, wenn Daria und Avischai sich bei dieser Suche begegnet wären? Es war ja schon vorgekommen, dass eine junge Frau für den Freund ihres Vaters schwärmte. Plötzlich war Jehuda froh über Avischais Tod. Damit war ein solches Malheur immerhin ausgeschlossen.

Avischai hatte sich niemals für Jehudas Töchter interessiert, sie schienen für ihn kaum zu existieren, und sobald sie sich aus der hilflosen Bindung an die Eltern gelöst hatten, sah er sie vielleicht alle fünf Jahre einmal.

Der eheliche Sex war zufriedenstellend verlaufen. Eigentlich verabscheute Jehuda auswärtigen Geschlechtsverkehr, vor allem an Orten und bei Gelegenheiten, die dafür prädestiniert waren wie Hotels und auf Reisen. Dann waren die Termine lange im Voraus festgelegt, der Druck wuchs ins Unerträgliche. So mochte sich ein Gigolo fühlen, wenn er zur täglichen Arbeit antrat, dachte er einmal. Kurz darauf befürchtete er, sich mit diesem Vergleich zu sehr zu schmeicheln.

Tatsächlich fühlte er sich immer noch zu seiner Frau hingezogen, manchmal verspürte er sogar richtige Lust auf sie. Geschah das überraschend, genoss er es besonders. Dann fragte er sich erfreut, ob vielleicht auch sie gerade Verlangen empfand, und liebte die Ungewissheit.

Möglicherweise hatte ihn das gestern gerettet: Idith war auf dem Bett eingedöst, bevor es zu irgendetwas kam, und als sie anschließend zum Zähneputzen ins Bad taumelte, wusste er nicht, ob sie überhaupt richtig wach gewesen war.

War Daria etwa seinetwegen so geworden? Aber wie denn nur? Er meinte, ein ganz normaler Vater zu sein. Täuschte er sich da? Gab es in seinem Leben vielleicht Dinge, die alle sahen, nur er nicht? Eine seiner Töchter war bereits mit einem älteren Mann liiert. Er schaute zu Daniella hinüber, die sich mit ihrem süßen schwangeren Bäuchlein an die Wand lehnte und mit ihrem iPhone spielte.

Jehuda hatte der ganzen Feminismus-Saga jahrelang misstraut, insbesondere, weil er zwei Töchter hatte. Er sah, wie viele Möglichkeiten sich ihnen boten, er sah aber auch, dass sie diese Chancen verschmähten und am Ende eine ziemlich bescheidene Wahl trafen.

Und jetzt, da Daria sich mit achtunddreißig Jahren gezwungen sah, nach einem wahrscheinlich zu alten und unpassenden Mann Ausschau zu halten, Avischai als Siebzigjähriger hingegen sich den Kinderwunsch mit unerträglicher Leichtigkeit erfüllt hatte, kochte Jehuda vor Wut. Am liebsten hätte er die Polizei gerufen und Anzeige erstattet: Unglaublich! Was da abgeht, ist eine himmelschreiende Ungerechtigkeit!

Gab es in seinem Leben möglicherweise noch weitere Dinge, gegen die er zu Unrecht gewettert hatte? Ein guter Vater war er bestimmt gewesen. Ein Vater wie aus dem Bilderbuch und noch viel mehr als das. Ließ er aber die Kindheit seiner Töchter Revue passieren, was übrigens nicht oft geschah, dann blieb er zwischen den Jahren von drei bis zwanzig wie zwischen zwei Mauern stecken, davor und danach waren die beiden für ihn fremde Wesen, waren zu Leuten geworden, die er zwar noch regelmäßig traf, über deren Leben zwischen den Treffen er aber relativ wenig wusste. Gedanken, kaum ein oder zwei Stunden alt, jedoch nicht länger zurückzuhalten, die früher nur so aus ihnen heraussprudelten, wurden heutzutage mehrmals bewässert, bis sie wild wuchsen und Wurzeln schlugen, doch war niemand mehr da, um sie zu pflücken, die Eltern schon gar nicht.

Was hatten Daria und Danielle in den letzten zwanzig Jahren von ihm gehalten, in welcher Gestalt geisterte er durch ihre Köpfe? Er spürte dumpf, dass er dort nicht so gut abschnitt wie seine Frau, hätte aber nicht sagen können, warum.

Er würde dafür sorgen, dass sich an diesem Zustand etwas änderte. Sobald diese Woche heil überstanden war und auf jeden Fall, bevor auch er ins Gras biss. Aber wie sollte er das anstellen? Daria einmal in ein Café einladen? Ohne Idith? Ohne Daniella? Das würde seltsam wirken. In ihm erwachte der Wunsch, Daria etwas zu schenken, kein Geld, etwas anderes. Aber was? Er hatte keine Ahnung, womit er ihr eine Freude bereiten könnte.

Daniella war im fünften Monat schwanger. Sie selbst zählte nach Wochen, Idith rechnete das jeweils für ihn um. Nach der Geburt wollte sie sich ein ganzes Jahr Mutterschaftsurlaub gönnen, sie hatte die Universität bereits entsprechend informiert und war im Personalbüro auf vollstes Verständnis gestoßen. Daniella war eine brillante Mathematikerin und mit ihren sechsunddreißig Jahren bereits festangestellte Dozentin an der Ben-Gurion-Universität des Negev.

Jehuda hatte in dieser Beziehung ein mulmiges Gefühl. Sie würde sich ein Jahr Auszeit zugestehen und dann noch eins, denn wie sollte sie es über sich bringen, ihren Einjährigen einer Tagesmutter anzuvertrauen. Und dann wäre sie wahrscheinlich bald wieder schwanger. Als Nili ihm erklärte, so liefe das heute, hatte er spontan protestiert: Red keinen Quatsch! Doch je mehr Zeit verstrich, desto weniger traute er seiner eigenen Einschätzung, seiner Tochter und ihren Ambitionen an der Uni, und sein Schwiegersohn Jossi hatte sein Vertrauen noch niemals genossen.

Jehuda hatte in den letzten Jahren obsessiv Artikel, Reportagen und Links über Menschen verschlungen, die noch relativ spät eine fulminante Karriere hingelegt hatten, mit sechzig Jahren debütierende Schriftsteller, die eine halbe Million Pfund Vorschuss einstrichen, außerordentliche Chefköche, die ihr Talent lange geheim gehalten hatten.

Du hast eben schon sehr früh Erfolg gehabt, beruhigte Idith ihn, mit neunundzwanzig, was willst du mehr? Begreifst du nicht, dass die meisten Leute von so etwas nur träumen können? Aber damit reizte sie Jehuda eher; er weigerte sich, eine einzige Erfindung als Erfolg zu betrachten und wollte sich damit auf keinen Fall zufriedengeben. Das Ereignis war doch eigentlich schon verjährt, und das sollte nun alles gewesen sein? Er bestand auf seinem Recht, von vorne zu beginnen.

Ihm wurde klar, dass er sehr schlecht gelaunt war. Ärger und Gereiztheit wimmelten in seinem Inneren wie Würmer und sonderten trüben Speichel ab, in dem er genüsslich herumwatete. Seine Online-Recherche über Menschen, die im höheren Alter noch Erfolge feierten, begeisterte ihn immer weniger; Autoren, die mit fünfzig von sich reden machten, gab es zwar noch, aber siebzigjährige Debütanten waren eher selten.

Seine Töchter würden es auch nicht mehr schaffen. Es würde nicht mehr eintreten. So war es eben. Daria müsste weiterhin fremde Schränke und Kommoden aufräumen; Daniella würde sich mit dem Bestehenden zufriedengeben, sie konnte schließlich nicht alles schaffen. War Universitätsdozentin denn nicht genug? An ihrer Hochschule würde sie glänzen, aber für den Nobelpreis dürfte das nicht reichen. Zu ihrem siebzigsten Geburtstag würde man ihr in Aloneh Abba eine großartige Party schmeißen, und irgendwann würde sie sterben.

Es könnte aber auch anders laufen. Über Avischai hatte Jehuda jahrelang ähnlich abfällig geurteilt und den Freund spüren lassen, er hätte einen allzu bürgerlichbraven Beruf gewählt, und es sei schade, sein Leben mit ökonomischen Theorien zu vergeuden, bis irgendwann der Nobel am Horizont aufschien und sogar in greifbare Nähe rückte.

Wann hatte das begonnen, vor fünf oder sieben Jahren? Auf jeden Fall waren Jehudas Synapsen damals angesprungen, ein Nobelpreis, das war ein Traum. Avischais Ansehen schnellte in die Höhe, die ganze Sache mit der Ökonomie erschien plötzlich hochbedeutsam, die

Risiken, die Chancen, die komplizierten Kombinationen. Er sah sich und die Clique bereits auf einem Roadtrip nach Schweden, um den Preis entgegenzunehmen und sich unterwegs richtig zu amüsieren.

Warum gelang Daniella so etwas nicht? Oder ob dieser Jossi, ihr Mann, es irgendwann mal schaffte? Leider war es immer noch am wahrscheinlichsten, dass niemand aus Jehudas Umkreis es je so weit brachte.

Er ging die Ereignisse der letzten Woche durch, die ihm jetzt allesamt albern und sinnlos erschienen. Was stellten sie da eigentlich an und wofür? Avischai würde den Nobelpreis nicht erhalten, man erhielt ihn nicht einfach so. Seine Töchter würden sterben, alle würden sterben, ohne etwas. Das galt für ihn selbst ganz gewiss ebenso.

Er schluckte den Verdruss bewusst hinunter. Wie widerlich war doch aufgestauter Missmut. Mangels anderer Optionen richtete Jehuda ihn gegen den toten Freund. Avischai hatte ihm diese ganze Nobelpreisgeschichte in den Kopf gesetzt. Im Grunde sogar noch etwas Schlimmeres: die Ahnung von einem anderen Leben, von einem Dasein voller Verheißungen.

Jehuda stellte sich Avischais im Bett liegenden Körper vor, aber die innere Kamera glitt sogleich weiter zum Fußboden seines eigenen Hauses, auf den der Leichnam inzwischen gestürzt war. Davon wurde ihm speiübel, und er spulte rasch zurück zu dem Anblick, der sich ihm vor einigen Tagen geboten hatte, als Avischai noch ungestört in seinem eigenen Zimmer ruhte, eine Zeit, die im Rückblick geradezu friedlich anmutete.

Obwohl steif und starr, trieb der Tote noch alle Freunde gnadenlos zur Arbeit an; sie glaubten, seinen undokumentierten Letzten Willen zu erfüllen, und bemühten sich, ohne viel nachzufragen, um die Bewahrung seines Andenkens, als wäre er ein im Kampf gefallener Sohn.

Bevor Jehuda seinen Groll ermessen und entschieden hatte, wie viel Platz er ihm einräumen sollte, löste sich die Filmrolle aus der Halterung und schwirrte wie wild zurück, sodass eine Sekunde später Avischai als Junge vor ihm stand. Um die Raserei zu stoppen, warf Jehuda sich mit seinem ganzen Gewicht gegen die surrende Spule, doch umsonst, Avischai rauschte an ihm vorbei, in Uniform als Artillerie-Offizier, auf der gemeinsamen Reise nach London, und kam dann endgültig in der Kindheit an, als hätte er die meiste Zeit seines Lebens in diesem Stadium verbracht, als wäre die Phase des Erwachsenseins nur ein vorübergehendes Elend gewesen. Jehuda meinte sogar, Avischai würde jetzt nie mehr, nicht einmal in seiner Fantasie, etwas anderes als ein Kind sein.

Er erinnerte sich daran, dass sie als Grundschüler einmal im Wohnzimmer der Familie Sar-Schalom die Schoa aus Pappkartons nachgebaut hatten, hier ist das Getto, hier das SS-Hauptquartier, hier ein KZ. Irgendwann hatte Avischais Katze auf das Gestapogebäude gepinkelt, und beide wussten nicht, ob sie in Lachen ausbrechen durften.

Und nun sollte dieser Junge den Nobelpreis erhalten? Jehuda fühlte sich plötzlich genötigt, den Kleinen vor dem unfairen Joch des Erwachsenwerdens zu bewahren, seine Töchter desgleichen und sich selbst ebenfalls, ja, sogar jeden, den er als Kind gekannt hatte, jeden, von dem er mit Sicherheit wusste, dass er einmal unschuldig gewesen war.

Lag hierin möglicherweise der wirkliche, der wesentliche Unterschied zwischen Kindheitsfreunden und den später Hinzugekommenen, die erst als Erwachsene als leichte Beute in sein Leben getreten waren?

Avischai wurde in zahlreichen Interviews immer wieder gefragt, ob er der »Klassen-König« gewesen sei, ob er die Inspiration für sein bekanntes Modell aus den Erfahrungen der Schulzeit bezogen habe. Nein, nein, wo denken Sie hin, wehrte er dann stets ab, ich und Klassen-König. Nein, das Original, das war mein bester Freund Jehuda Charlapp, ja, genau, der Erfinder des Tütenöffners, den können Sie googeln. Jehuda empfand dann jedes Mal heftig strömende, nie abnehmende Dankbarkeit und staunte über Avischais Großmut, der ihn ansonsten keineswegs auszeichnete und den Jehuda für den besten Freundschaftsbeweis überhaupt hielt.

Tatsächlich war immer er der Klassen-König gewesen, das stimmte, und Avischai brachte es nicht einmal zu seinem Stellvertreter, war aber durch ihre Freundschaft beschützt wie auch durch gute Noten, die damals noch etwas galten.

Wie war ihre Freundschaft überhaupt entstanden, fragte er sich plötzlich, war es wegen der Eltern gewesen? Der Gedanke verwirrte ihn, und er tauschte ihn rasch gegen einen anderen aus: Es gefiel ihm maßlos, sich selbst als König der Klasse zu sehen, denn dann schien ihm, als würde er Anteile am Ursprung des preiswürdigen ökonomischen Modells besitzen. War jetzt nicht für Avischai und ihn die Gelegenheit gekommen, gemeinsam noch etwas Großes hinzulegen, ein Finale, das einer lebenslangen Freundschaft würdig war?

Nun blinkte der Umschlag seines Buches wie ein Leuchtfeuer vor seinem inneren Auge auf, der Umschlag, wie von Gott gemacht, unangetastet, tröstlich und erregend: Mit einem Vorwort des Nobelpreisträgers für Wirtschaftswissenschaften, Prof. Avischai Sar-Schalom. Nur noch zwei Tage! Doch dann begann der Einband zu schrumpfen und rückte stetig in die Ferne, und Jehuda verspürte etwas zu lange einen spitzen Stich der Schuld.

Sechs Tage waren eine lange Zeit, sechs Tage, in denen er im Dunkel seines Inneren eindringliche Reden hielt, in denen er die Schuld mit durchaus als echt empfundener Entrüstung zurückwies, bis er mit verlorener Ehre und zutiefst gekränkt einschlief.

Zu seiner Erleichterung entdeckte Jehuda, dass die Zeit alles zu verwässern vermochte, sie verwischte streng gezogene Grenzen und belehrte die Erinnerung: Ihm allein war eingefallen, etwas derart Grandioses, Anspruchsvolles und Altruistisches zu inszenieren. Selbst nach dem Tod, per Gesetz eigentlich von allen Freundschaftsdiensten befreit, kämpfte er um das Ansehen des Verstorbenen.

Endlich war er oben angekommen. Aus dieser Perspektive sahen die da unten alle gleich aus. Ich habs geschafft, schrie er, was jetzt? Steig wieder ab, schrie der Trainer zurück.

Auf dem Handy erwarteten ihn ein unbeantworteter Anruf und zwei SMS von Amos: *Ruf mich an* und *Wo bist du?*. *Kann jetzt nicht*, gab er ein, *Schreib du mir, hast du Tickets für irgendwohin?* − *Ruf mich an, sobald du kannst*, schrieb Amos zurück, woraus Jehuda schloss, dass Amos, der ihn inzwischen gewaltig nervte, sich nicht um die Flugtickets gekümmert hatte.

Ob er sich auf seiner Party wohl amüsiert hätte, wenn die Sache mit Avischai nicht gewesen wäre? Er ließ die Ereignisse der letzten vierundzwanzig Stunden Revue passieren, schloss Avischai aber aus. Er sah sich selbst, wie er nach Aloneh Abba fuhr, er sah sich beim Pancake House Halt machen. Eine der herrlichsten Fahrten seines Lebens, eine Reise voller Verheißung, hin zu etwas Erfreulichem, all das aber in einer anderen Woche, in der Avischai entweder noch lebte oder aber bereits begraben war.

In einer stillen kleinen Pause, die sich beim Packen plötzlich ergab, nahm er die gedanklichen Bausteine kraftvoll und energisch wieder auf, die seit gestern, als er zu erschöpft gewesen war, um mit ihnen etwas anzufangen, am Boden seines Bewusstseins ruhten.

Was hatte Idith eigentlich verbrochen? Eine großartige Party zu seinem Siebzigsten arrangiert, das alles aber auf den Trümmern seines Buches, seinem Kleinod, seiner Zukunft, seiner einzig verbleibenden Chance in dieser Welt. Hatte sie denn wirklich keinen anderen Vorwand finden können, um ihn nach Aloneh Abba zu locken? Musste dafür unbedingt die Autorin Tirza Bar-Nes herhalten? Hatte seine Frau etwa gemeint, er fände das lustig, und die Freude über die Familie und die Feier würden seine Enttäuschung vertreiben?

Nun fiel ihm Idiths Reaktion nach dem fingierten Anruf wieder ein, als er ihr stolz vom bevorstehenden Gespräch mit der Schriftstellerin erzählte. Hoffentlich bist du hinterher nicht enttäuscht, oder so etwas Ähnliches hatte seine Frau gesagt, wer weiß, was diese Tirza wirklich will. Er fühlte sich wie der Detektiv in einem Thriller, der nach der großen Explosion die vorangegangenen Ereignisse allmählich rekonstruierte.

Damals hatte er sich über Idith geärgert: Du musst immer alles kleinreden und herabsetzen, warum kannst du nicht einmal positiv sein? Jetzt im Nachhinein verstand er, dass sie sich damals, als sie ihm seine große Freude ansah, erschrocken hatte. Tirza Bar-Nes will sich mit mir über mein Buch unterhalten! Der Trick hatte besser funktioniert als erwartet, und sie befürchtete, ihre schöne Idee könnte sich für ihren Mann als schrecklich enttäuschend entpuppen. Hatte sie Vergebung verdient?

Wieder stieg, drückend und dringlich, Wut in ihm auf, die sich nicht entladen durfte. Wie sollte er Idith jemals vergeben, wenn er für seinen Verdruss kein Ventil fand? Nun waren sie seit vierundzwanzig Stunden am Feiern, und Jehuda hatte Enttäuschung, Leere und Schwermut unter sprühender Munterkeit begraben und auf erwartungsvolles Nachfragen: *Na, was sagst du? Tolles Fest, oder? Oder?*, gut gelaunt antworten müssen.

5

Den abgelegenen Ort hatte er problemlos gefunden. Wohin?, fragte der Wächter am Tor, und Jehuda gab zurück: Zur Charuv-Straße, ich bin dort verabredet. Nur immer gerade aus, und dann den Schildern nach, wies ihn der Mann an. Jehuda gelangte zu einem großen sandigen Platz, parkte und stieg aus, um erst mal zu sehen, ob er richtig war, die Tasche ließ er im Auto. Um das Eckhaus Nr. 5 herum führte ein Steinpfad, den Jehuda vorgeschobenen Kopfes vorsichtig betrat. Ein schmales Tor führte zu einer Rasenfläche, und plötzlich schallte ein vielstimmiges »Herzlichen Glückwunsch!!!!« gegen sein an Stille gewöhntes Trommelfell.

Sein Herz machte einen heftigen Sprung, so musste man sich bei einer Bypass-Operation ohne fachgerechte Narkose fühlen. Seine Augen folgten der Richtung, aus der das Geschrei kam, und bemühten sich angestrengt, das Menschenknäuel auf dem Rasen in bekannte Teile zu zerlegen; merkwürdigerweise erkannte er Schukis älteste Tochter Mika als erste, anschließend deren Kinder, was ihn etwas beruhigte, dann sah er auch seinen Bruder Schuki selbst, neben dem Idith sich jetzt aus der Ansammlung löste und ihm fröhlich entgegenschritt.

Alle waren sie da: Schukis Töchter mit ihren Männern und Kindern, sogar Lihi, die in den USA lebte, dazu natürlich Schuki und seine Frau Jemima, Idith, Daria, Daniella und Jossi, Idiths Schwester Miki mit ihrem Partner, einschließlich ihrer und seiner Kinder, überhaupt erstaunlich viele Kinder.

Ihm wurde heiß, ein bekannter Schreck stieg von den Fußsohlen auf und drohte, ihn in Brand zu stecken: Hatte er zu dieser Zusammenkunft eine Einladung erhalten und sie einfach vergessen?

Idith küsste ihn, alle applaudierten und brachen in übertriebenen Jubel aus. Ihm kam plötzlich ein entsetzlicher Gedanke: Hoffentlich wollte man ihm hier nicht etwa eine Erneuerung der Hochzeitsgelöbnisse abverlangen.

Ich hoffe, du bist hungrig, sagte seine Frau, und Jehuda fragte: Wieso bist du nicht im Ausland? Alle wollten vor Lachen platzen, und erst jetzt machte er auf dem Rasen zwei Männer und eine Frau, alle drei in weißen Uniformen, aus, die an einer dampfenden und zischenden Theke hantierten. In sieben Minuten habe ich eine Verabredung mit Tirza Bar-Nes, wollte er sagen, befürchtete aber, alle könnten ihn hören und wiederum in Lachen ausbrechen.

Vielleicht fand ja, zusätzlich zu diesem Theater hier, das Treffen mit der Schriftstellerin trotzdem statt. Ist das Gespräch mit Tirza Bar-Nes noch relevant?, flüsterte er leise dicht an Idiths Ohr. Was meinst du wohl?, fragte sie zurück, und Jehuda gelang es nicht, ihren Tonfall zu interpretieren. Er versuchte es mit: Nein? Und wieder fragte Idith: Was meinst du wohl? Dann habt ihr Tirza einfach nur so gebeten, mich anzurufen?, erkundigte er sich, und Idith erwiderte: Glaubst du etwa im Ernst, dass Tirza dich angerufen hat? Wer denn sonst?, wollte Jehuda wissen. Später, sagte Idith, später erkläre ich dir alles, und damit überließ sie sich den zahlreichen küssenden und gestikulierenden Gratulanten, die sie umringten, als feierten sie beide gleichzeitig Geburtstag.

Schuki nahm ihn in den Arm und flüsterte: Alle Achtung, die haben sich echt Mühe gegeben, und laut fragte er: Ist das Büfett endlich eröffnet? Bitte sehr, greif nur zu, ermunterte Idith ihn, glaub mir, du bist hier nicht der einzige Hungrige.

Einer nach dem anderen ließen die Gäste von ihnen ab und suchten die verschiedenen Essensstände auf. Idith und Jehuda blieben allein in der Mitte des Rasens zurück, der Augenblick der Vereinigung des frischen Paares. Idith brannte darauf, ihn endlich in all die Geheimniskrämerei einzuweihen: Wir sind schon seit gestern hier, Daria und ich haben hier geschlafen, und Daniella und Jossi sind heute Morgen zu uns gestoßen, du glaubst gar nicht, wie lange wir schon mit den Vorbereitungen beschäftigt sind, das war wie ein Kommandoeinsatz, von wegen Auslandsreise, wie hab ich mir den Kopf nach einer Ausrede zerbrochen! Nach der langen atemlosen Beichte fragte sie, ohne eine Pause einzulegen: Und du hast wirklich nichts geahnt, nicht wahr, überhaupt nichts? Du hast alles geglaubt?!

Er berührte ihren Rücken. War die Geste leicht und liebevoll? War sie eher ein kleiner Schubs? Auf jeden Fall blieb die Wirkung nicht aus, und das Paar setzte sich Richtung Büfett in Bewegung. Noch wärmte ihm zwar der unterwegs genossene Pfannkuchen den Magen, doch mit einiger Konzentration gelang es ihm, Platz für ein gutes Stück Fleisch zu schaffen.

Dann fiel ihm ein, dass er nach außen hin noch immer Veganer war, und ihm wurde flau. Wenn er jetzt kein Fleisch bekäme, hielte die Party keinerlei Trost für ihn bereit. »Ach«, würde er leichthin sagen, »an meinem Siebzigsten erlaube ich mir einfach eine kleine Sünde, nur heute Abend, versteht sich.« Doch noch während er den mentalen Kampf austrug – ach plötzlich ekelt es dich nicht mehr an? Du sagst doch immer, Fleisch sei ein Krebsgeschwür mit Gemüse –, erklärte Idith: Das Catering hat Schimrit Ackerman übernommen, und Jehuda fragte: Diese Chefköchin? Was ist bloß los mit dir, Idith schüttelte den Kopf, Schimrit Ackerman hat den Bestseller *Natur vor!* verfasst, weißt du, wie schwierig es war, sie zu buchen, weißt du, was ihr Team pro Stunde kostet?

Jehuda musterte die knalligen Gerichte, die ihn anlachten wie Zicken in einer Comedyshow. Er nahm sich eine Speisekarte vom Stapel und erkundigte sich, obwohl er die Antwort bereits kannte: Dann ist das Catering heute Abend also rein vegan?

Er hatte die Wahl zwischen Kohlrabi gegrillt mit Freekeh-Füllung, Gerste-Feigen-Rosinen-Salat, Kohlkonfit auf Quitten-Linsen-Bett, Auberginenscheiben, Marillenmomos, schwarze Bohnen im Ananasring, Seitan Benedikt, Mangoldblätter mit Meerrettichfüllung, Avocadochips, Jerusalemer Artischocke auf Heirloom Blattsalat,

Soja-Roggen-Kirschbrot, Quinoasteak mit Samtsauce, Mac-and-Cheese à la vegan, Hirsekebab, Pilzschnitzel, pikantes Dinkelfilet, Tofu-Hähnchenbrust mit Fenchel-Brokkoli-Paste, Pizza Adzuki, Hokkaido-Kürbis-Falafel, Leinsamenkubbeh, Vier-Arten-Blumenkohl-Lasagne, Gujava-Schoko-Mousse, Federkohlmousse und Dinkel-Toblerone.

6

Auf der weißen weit vor den Stühlen aufgestellten Leinwand flimmerte ein Bild seiner Töchter; als es schärfer wurde, erkannte Jehuda auch den Hintergrund, den Garten seines Hauses. Wann war das aufgenommen worden? Während er zu Mittag schlief? Er geriet in Panik. Um sich zu beruhigen, bemühte er die Logik: Er saß im Kreis seiner Angehörigen, die ihm alle nur Gutes wollten, doch die Worte, die er sich im Geist vordeklamierte, riefen einen neuen Schrecken hervor. Was, wenn diese vergangenen Tage nun eine einzige Verschwörung gewesen waren? Hatten seine besten Freunde sich mit der Familie verbündet, um eine Überraschungsparty zu arrangieren, an die er sich ein Leben lang erinnern würde?

Aber Avischai war tot, daran bestand kein Zweifel. Er hob den Blick zu seiner neben ihm sitzenden Frau. Ist Avischai wirklich tot?, wollte er sie fragen, befürchtete aber, sich noch einmal »Was meinst du wohl?« anhören zu müssen.

Auf der Leinwand erwachte Daniella zum Leben. Hallo, Papa, sagte sie, und ihre stets kindliche Stimme beruhigte ihn sogleich, rief ihm in Erinnerung, wer er war. Wir wissen, dass du jetzt befürchtest, du müsstest Lobreden über dich ergehen lassen, aber keine Bange. Nun war es Daria, die weitersprach: Stattdessen werden deine liebsten Menschen vom größten mit dir erlebten Fiasko erzählen, vom Allerschlimmsten, an das sie sich erinnern. Es könnte also ein demütigender Abend voller übler Nachrede werden, Papa, vielleicht trinkst du vorher erst mal was, äh, ich meine, noch etwas. Alle lachten, und Jehuda sah sich um. Sie waren nicht da: Avischai, Nili, Sohara und Amos waren nicht da. Klar, Avischai war ja tot. Also alles okay.

Als Erster sprach sein Bruder Schuki. Er erzählte die Anekdote mit der Limonade, die er schon zig-tausend Mal erzählt hatte, und schaffte es dennoch, die Pointe zu ruinieren. Danach war Idith dran. Sie erinnerte ihn an jene Rückfahrt von Eilat: Als sie ihren Vater an der Bushaltstelle nach Aschkelon absetzten, war Idith kurz ausgestiegen, um auf dem frei gewordenen Beifahrersitz Platz zu nehmen, Jehuda aber hatte Gas gegeben und seine Frau an der Straße stehengelassen, wo sie sich, in der Erwartung, er müsste doch jeden Augenblick zurückkommen, nicht von der Stelle rührte. Es verging aber eine geschlagene Stunde, bis Jehuda das Fehlen seiner Frau überhaupt bemerkte und kehrtmachte, Handys gab es damals ja noch nicht.

Er fragte sich, ob er so etwas in einer anderen Phase seines Lebens hätte genießen können. Noch bevor er sich diese Frage beantwortet hatte, erklang eine tiefe Stimme, die er erkannte, ehe das dazugehörige Gesicht auf der Leinwand erschien. Er spürte, dass ihm die Kinnlade herunterklappte wie sonst nur in Büchern beschrieben. Avischai. Avischai gigantisch vergrößert und so vital, dass er fast schon vulgär wirkte.

»Weißt du noch, Jehuda«, fragte er, »eines Abends in der Jugendgruppe, als wir in der sechsten Klasse waren?« Nein, das weiß ich nicht mehr, wollte Jehuda antworten, den Freund beiseitenehmen und ihn bitten, ihm die Geschichte unter vier Augen zu erzählen. Doch Avischai fuhr bereits fort: »Meine Damen und Herren, es ging um Vertrauensbildung, es formten sich Zweierpaare, einem Partner wurden die Augen verbunden, und der Sehende sollte ihn an der Hand durch die Straßen Tel Avivs führen. Ich war der Blinde und überließ meine Hand meinem besten Freund Jehuda. Und nach wenigen Sekunden: Wumms! Mein bester Freund marschierte unbeirrt voran, ich aber knallte gegen einen Strommast, ich schwöre euch, es war wie im Zeichentrickfilm.«

Jehuda hob den Blick, als säße er im Kindergarten-Stuhlkreis: Wie ging es dann weiter, Avischai, wie haben wir das gelöst? Das musste er jetzt unbedingt noch erfahren, doch der Avischai auf der Leinwand stand aus seinem Sessel auf – wie hochgewachsen er doch ist, dachte Jehuda, wie viel Platz er in der Welt einnimmt – und knallte den Kopf im Spiel gegen einen Betonpfeiler in seiner Wohnung. Im Umkreis wurde gelacht, Idith kicherte: So süß, er ist total gerührt. Und Jehuda spürte, dass er weinte.

ZWEIUNDZWANZIG

1

Während Idith sich am Steuer auf den holperigen Weg konzentrierte, versuchte er etwas ins Handy einzugeben, doch jedes Mal, wenn sie wieder über ein Schlagloch manövrierte, gerieten die Buchstaben durcheinander, und die Autokorrektur spielte verrückt; nachdem er *Tuttu endlos kwas* an Amos geschickt hatte, gab er es auf.

Nach dem Einscheren in die Hauptstraße fragte Idith: Wie hat es dir denn nun gefallen, war doch gelungen, oder? Sehr gelungen, sagte Jehuda, in der Tat, sehr, sehr gelungen, und tippte unterdessen: *Wir sind unterwegs, was tut sich bei euch?* Idith unterbrach seine Gedanken: Kannst du dich nicht etwas ausführlicher äußern? Ausführlicher?, fragte er zurück, während Amos ihm auf dem Handy riet: *Geht zusammen rein und entdeckt den Toten, keine Wahl.* Ist zwischen Schuki und Jemima alles in Ordnung?, erkundigte sich Idith, und Jehuda sah, dass Amos hinzugefügt hatte: *Glaub mir, sie wird sich freuen, dass er tot ist.*

Was machst du da eigentlich immerzu an deinem Handy?, wollte sie wissen, an wen schreibst du so eifrig? An Amos und die anderen, ich berichte von unserer Party. Und was sagen sie dazu?, fragte Idith, während er entsetzt tippte: *Was??* Amos schrieb sofort zurück: *Das oder ihn entfernen, was jetzt aber schon nicht mehr zu schaffen ist, oder Idith einweihen, und dann sind wir alle geliefert.* Sie sind begeistert, versicherte Jehuda seiner Frau, total begeistert, während er Amos auftrug: *Lasst die Tür von mir aus aufbrechen und zwar sofort!!! Und dann bringt ihn schleunigst weg! Streng dich endlich mal ein bisschen an!* Sind sie beleidigt, dass wir sie nicht eingeladen haben?, fragte Idith, hast du ihnen erklärt, dass wir uns von Anfang an nur auf die Familie beschränken wollten? Damit sie verstehen, warum sie im Video nicht auftauchen, wir konnten wirklich nur die erweiterte Familie berücksichtigen, erkläre ihnen das bitte, ja? Wir haben beschlossen, dass nur die Menschen mitwirken sollten, die dich seit Kindertagen kennen. *Ich darf dich daran erinnern, dass wir ihn nirgends hinbringen können*, hatte Amos unterdessen geschrieben, Jehuda wollte gleich antworten, sah aber, dass Amos noch etwas eingab, so nutzte er die Zeit und sagte: Schuki und Jemima scheinen mir ganz gut zurechtzukommen, warum, ist dir etwas aufgefallen? Ich war ja ziemlich high.

Wir schleppen um zwölf Uhr mittags keine Leiche umher, erklärte Amos, *und dann noch ohne Nili, ja? Wir sind nur Sohara und meine Wenigkeit, d. h., ich bin allein.* Und bevor Jehuda antworten konnte, kam eine weitere Nachricht: *Ich verstehe deinen Ärger, obwohl er unbegründet ist, aber denk doch mal logisch.*

Beim Abendessen gab es eine seltsame Szene, legte Idith jetzt los, hast du das nicht gesehen? Sie wollte etwas von seinem Teller probieren, und er stieß sie weg, das war schon sehr merkwürdig, sogar für die beiden. Unterdessen traf eine weitere Botschaft von Amos ein: *Und wann, bitte, habe ich mich nicht angestrengt?? Als ich um zwei Uhr morgens im Internet nach Flugtickets fahndete??* Ist mir völlig entgangen, war es nur das, oder ist dir sonst noch etwas aufgefallen?, fragte Jehuda und an Amos schrieb er währenddessen: *Wieso soll es schwierig sein, am Sonntagabend zwei Tickets nach irgendwo aufzutreiben?* Weiß ich nicht so genau, fuhr Idith fort, Daniella hat die Szene ebenfalls beobachtet und fand es komisch, ich habs mir also nicht eingebildet. Kannst du mir das bitte noch einmal genau beschreiben, bat Jehuda, er hat sie nicht von seinem Teller essen lassen? Genau, sagte Idith, sie wollte ihm mit ihrer Gabel ein Stückchen Kürbisfalafel oder so vom Teller nehmen, und er hat den Teller weggezogen wie ein Kind, sodass sie nicht mehr drankam. War das vielleicht scherzhaft gemeint?, fragte Jehuda und las gleichzeitig Amos' neueste Nachricht: *Wann hast du zum letzten Mal Tickets von heute auf morgen im Internet bestellt, es ist nicht so einfach, wie du denkst. Meine Tochter hat mit mir am Rechner gesessen, wir haben beide die ganze Nacht lang wie verrückt gesucht.*

Das war garantiert nicht lustig gemeint, erwiderte Idith, es war ausgesprochen peinlich und sah eher aus wie die Fortsetzung eines längeren Streits oder so, Daria und Einat saßen auch in der Nähe und waren peinlich berührt, Jemima ist dann demonstrativ aufgestanden … aber du hörst mir ja gar nicht zu! Ich höre dir die ganze Zeit zu, gab er zurück, es ist nur, dass Amos gerade in einer Krise steckt. Wieso denn das?, fragte Idith, und Jehuda erklärte ihr: Du weißt doch, am Mittwoch wird der Nobelpreisträger verkündet, das stresst ihn ganz gewaltig. Jehuda war stolz auf diesen Geistesblitz, der die Wahrheit zumindest streifte. Fände er es etwa schlimm, wenn Avischai ihn gewinnen würde?, fragte Idith. Jehuda tippte auf sein Handy, um Amos zu antworten, und antwortete gleichzeitig seiner Frau: Er fände es nicht direkt schlimm, aber er steckt in einem Zwiespalt, einerseits möchte er ein guter Freund sein, aber andererseits ist eben auch nur ein Mensch und ein wenig neidisch. Jehuda wollte seine Antwort eingeben, sah aber, dass Amos noch etwas hinzugefügt hatte: *Und kann es sein, dass du die »action« super findest und dabei unser Ziel aus den Augen verloren hast? Wir wollten Avischai mit so wenig Aufwand wie möglich bis Mittwoch unter dem Radar halten und vor der Beerdigung keine unnötigen Abenteuer anfangen.* Nur fürs Protokoll, sagte Idith, ich bin für Amos. Und Jehuda schrieb: *Wieso genau fange ich Abenteuer an? Weil ich ihn bei mir zu Haus liegen lasse, um euch nicht weiter zu belästigen?* Judith fuhr fort: Wenn es in der Welt gerecht zu ginge, was es ja bekanntlich nicht tut. Was dann?, fragte Jehuda. Dann müsste Amos gewinnen, meinte sie. Ich fürchte, keiner von den beiden wird gewinnen, sagte Jehuda, und Idith erklärte: Bevor Avischai ihn kriegt, wäre es mir tatsächlich lieber, beide gingen leer aus. Was du nicht sagst, grinste Jehuda, das überrascht mich nicht. Und Idith fragte: Hat er dir überhaupt gratuliert? Na klar, sicher hat er das, erklärte Jehuda, und Idith stichelte: Wie nett von ihm! Lass gut sein, Idith, bat Jehuda, und Amos schrieb: *Du hast viel gemacht, mehr als wir alle, das bestreitet keiner, aber du vergisst manchmal, dass es auch einfach geht.* Wieso »lass gut sein«?, fragte Idith, Avischai hat deinen Geburtstag doch sonst regelmäßig vergessen. Und ich?, fragte

Jehuda, gratuliere ich ihm etwa? Wir vergessen unsere jeweiligen Geburtstage schon seit mehr als sechzig Jahren.

Von Amos kam jetzt ein Smiley, was Jehuda fast zum Platzen brachte, und Idith stichelte weiter: Aber das ist immerhin der Siebzigste! *Werd bloß nicht überheblich*, schrieb Jehuda an Amos, und Idith schnauzte er an: Aber Avischai hat mir doch gratuliert, was willst du denn noch? Warum regst du dich auf?, fragte sie, und Amos schrieb zurück: *Wer ist hier wohl überheblich?*, woraufhin Jehuda konterte: *Was würdest du nicht alles tun, nur um nichts tun zu müssen, eine solche Trägheit ist mir noch nicht begegnet!* Hat er sich wenigstens gefreut, dass wir dich mit einer Party überrascht haben?, erkundigte Idith sich. Fängst du wieder damit an?, knurrte er, und sie fragte: Was hab ich Schlimmes gesagt? So eine dämliche Frage, entgegnete Jehuda, warum sollte er sich nicht gefreut haben, sag mir das mal bitte! *Pass auf*, schrieb Amos, *mir reicht es allmählich*, und Idith sagte: Nur so, es interessiert mich einfach, was der Herr Nobelpreiskandidat über meine Idee gesagt hat, das ist alles, du bist aber empfindlich heute! Jehuda gab zurück: Warum fragst du nicht, ob Nili sich gefreut hat, oder Sohara? Warum sollte Avischai sich nicht für mich freuen? Schon gut, sagte Idith, und Jehuda fragte: Schon gut?, was soll das nun wieder heißen? Erklär mir das mal bitte. Und Idith zischte: Das soll überhaupt nichts heißen, aber mir reicht es, ich halte ab jetzt lieber den Mund.

Jehuda ließ das im Raum stehen und tippte: *Warum windest du dich dermaßen? Damit du um Himmels willen nicht die Initiative ergreifen musst und dich womöglich in Gefahr bringst?* Amos reagierte nicht, und Jehuda schrieb: *Soll*

Jehuda doch die Leiche schleppen und bei sich unterbringen, soll doch Jehudas Frau einen Tag nach der Party vor Schreck umfallen, soll doch alles den Bach runtergehen, Hauptsache Herr Prof. Barsani muss nicht eingreifen.

Amos reagierte auch diesmal nicht, Idith schwieg ebenfalls.

Dann schlag du doch etwas anderes vor, hämmerte Jehuda in die Tasten, *bemühe du dich um eine Lösung, aber keine, bei der ich wieder der Angeschmierte bin.* Er las das kurz durch und fügte hinzu: *Soll doch mal ein anderer den Kürzeren ziehen. Er ist schließlich nicht nur mein Freund, er ist auch dein Freund. Du willst doch auch, dass er den Preis erhält, nicht wahr?*

Von Amos keine Reaktion.

Oder etwa nicht?, fügte Jehuda hinzu, schickte es jedoch noch nicht ab, als Amos aber weiterhin stumm blieb, setzte er ein zweites Fragezeichen hinzu und drückte auf »Senden«.

2

In normalen Zeiten hatte er Amos besonders gern gemocht, weil er als Einzige in der Clique aussah, wie es seinem Alter entsprach und sich in aller Natürlichkeit auch so benahm. Jehuda sah sich selbst als eine Art Mentor, Coach oder großer Bruder, dessen Aufgabe es war, aus Amos herauszuholen, was in ihm steckte.

In erster Linie auf akademischer Ebene. Nicht dass Jehuda viel von Wirtschaftswissenschaften verstand, aber er hatte immerhin von Amos und Avischai gehört, dass die Glücksökonomie ein umstrittenes Gebiet war, so etwas wie das schwarze Schaf und nichts für Karrieristen. Was Amos fehlte, war eigentlich nur ein wenig mehr Selbstbewusstsein.

Überhaupt hatte Jehuda das Gefühl, am Ende würde Amos, der jahrelang bescheiden und beharrlich an Gott weiß was laborierte, die Öffentlichkeit mit einem triumphalen Durchbruch verblüffen und etwas präsentieren, was im Bereich der Ökonomie einem Anti-Krebs-Mittel gleichkam. Jehuda konnte nur hoffen, sein Freund würde damit noch vor seinem Tod zu Rande kommen.

Außerhalb des Forschungslabors gab es ebenfalls Dinge in Amos' Leben, die er nicht zu schätzen wusste. Seine Kinder zum Beispiel. Jehuda hatte schon immer großes Interesse für das Verhältnis von Eltern zu ihren Kindern aufgebracht, dieses chaotische Gerangel – offenbar, weil er selbst nicht recht wusste, was er tun und lassen sollte, und stets vom Verdacht verfolgt wurde, er versäume etwas. Sollte man mit so viel Geld, wie er hatte, nicht einen Weg finden, das Geheimnis eines erfolgreichen, glücklichen Lebens zu lüften? Wenn es auch für ihn selbst zu spät war, so doch wenigstens für Daria und Daniella.

Jehuda hörte sich Amos' Klagen verwundert an. Nun gut, Amos Sorge um seine musikbegeisterte Tochter Hagar war berechtigt, denn es zeichnete sich schon fast peinlich klar ab, dass die junge Frau niemals die Karriere machen würde, von der sie träumte. Aber der ältere Sohn Arnon wurde im Wirtschaftsmagazin *TheMarker* oft erwähnt: Er besaß bereits sechs Do-it-yourself-Möbelläden, und die Medien vergötterten ihn als Wunderkind, das den großen Ketten Konkurrenz machte.

Letztlich war noch Vardas Anwaltsprüfung hinzugekommen. Und nun jammerte Amos, Varda müsse ein makelloses Leben führen, um als Anwältin zu reüssieren, wo doch eher das Gegenteil der Fall war. Als würde sich jemand im Juristenverband – oder in der ganzen Welt – für Vardas Privatleben interessieren.

Im Allgemeinen hatte Jehuda all das eher belächelt, aber seit der Geschichte mit Avischai begann Amos, ihn zu nerven. Amos hatte, um zu begründen, weshalb er in seinem Haus keine Leiche beherbergen oder sich sonst irgendwie verstricken dürfte, allen Ernstes sowohl Vardas Prüfung als auch den barbarischen Konkurrenzkampf auf dem Möbelmarkt angeführt. Damit behinderte er nicht nur alles Weitere und in erster Linie ihn, Jehuda, er stellte Jehuda zudem als jemanden hin, dessen Leben vergleichsweise langweilig erschien, der sich Vergehen leisten konnte, weil sie nicht zählten. Und das war unverzeihlich.

3

Er schaute auf das Display und wusste nicht, was er dort erwartete, eine Antwort von Amos oder lieber keine Antwort von Amos. Sohara hätte ebenfalls ruhig ein wenig Interesse zeigen können, aber möglicherweise stand sie in ständigem Kontakt mit Amos.

Um der Wahrheit die Ehre zu geben: Jehuda wäre auch ohne Idith nicht in seine Villa zurückgekehrt. Am

Sonntagmorgen um fünf Uhr hatte er sich wie ein heimlicher Liebhaber ein Zimmer in einem Hotel genommen. Der Rezeptionist war routiniert und diskret gewesen, und Jehuda rief sich in Erinnerung, dass manche Leute in der Tat zu solchen Stunden aus dem Ausland einflogen, allerdings wohl kaum, wie er, ohne Koffer. Jedenfalls hatte er das Zimmer für weitere fünf Nächte, also bis zum Donnerstag, gebucht.

Er war nur etwa zehn Minuten mit Avischai allein geblieben, gerade so lange, wie Sohara und Amos gebraucht hatten, um über den Gartenweg zum Tor zu gehen und ins wartende Taxi zu steigen – und selbst das war zu lang gewesen. Die meiste Zeit hatte er durch einen schmalen Türspalt in die Halle gespäht und dabei Nilis Anweisung, Fenster und Türen geschlossen zu halten, wissentlich missachtet, als würde Avischai den gesamten Sauerstoff des Hauses einsaugen.

Jehuda war dafür nicht gemacht. Wenn die anderen dabei waren, ging es noch, dann konnte er den toten Körper sogar tragen, denn es war nicht der Körper, der ihn besonders anekelte, jedenfalls nicht, solange der sich nicht übergab. Aber mit Avischai allein zu bleiben, das lag außerhalb seiner Möglichkeiten.

Das hatte er bereits am ersten Tag erfasst, als er ins Schlafzimmer ging, um die Fernbedienung der Klimaanlage zu holen. Er müsste einen Weg finden, das zu umgehen und sich zur Entschädigung irgendwie anders nützlich machen.

Dabei war er an der Reihe, bis Mittwoch auf Avischai aufzupassen, aber das war ausgeschlossen. Er überließ dem Toten sein Haus und zog ins Hotel, mehr war nicht drin. Und wer sollte schon unangemeldet auftauchen? Schlüssel besaßen außer ihm nur Idith und die Töchter, die im Leben nicht spontan aufkreuzten. Wenn aber ausnahmsweise doch, wenn die ganze Inszenierung am Ende dadurch zu Fall gebracht würde, dann war er bereit, den Preis zu zahlen.

Seine absolute Unfähigkeit in dieser Hinsicht überraschte ihn, er war doch eigentlich ein durch und durch rationaler Mensch und Atheist. Avischai war tot und damit basta; außer Würmern gab es da nichts mehr. Davon war er überzeugt gewesen, bevor Avischai starb, und davon war er auch jetzt noch überzeugt, doch leider brachten ihn diese Argumente nicht weiter. In seinem Haus lag eine Leiche, der tote Körper eines toten Menschen, nicht registriert – gerade das machte ihm merkwürdigerweise am meisten zu schaffen: Avischai war nirgends als Toter aufgeführt und könnte unbeaufsichtigt womöglich alle Grenzen durchbrechen und wiederauferstehen.

4

Idith saß schweigend am Steuer. In vierzig Minuten würden sie zu Hause sein.

Lass uns noch irgendwo hinfahren, schlug er vor. Ich dachte, du bist mir böse, gab sie zurück: Na ja, sagte Jehuda, ich mag es nicht, wenn du über Avischai herziehst und unsere Freundschaft missachtest. Ich achte deine Freundschaft zu Avischai, erwiderte sie, aber ihn als Person kann ich einfach nicht achten. Wie ist das möglich?, fragte er, wenn du ihn nicht achtest, dann kannst du doch auch meine Gefühle für ihn nicht achten. Hör zu, meinte Idith, ich rede jetzt mal nur von den Eigenschaften, die sein Verhalten seinen Mitmenschen gegenüber betreffen, ja? Oh Gott, meinte Jehuda, du scheinst eine lange Liste zu haben. Hör doch erst mal zu, bat Idith, lass uns mal festhalten, dass er arrogant ist. Und das hat nichts mit seinem Erfolg zu tun, das war er vorher auch schon. Zugegeben, du bist es auch, und ich ebenfalls ein wenig, und das darf man in unserem Alter ruhig sein, obwohl in Bezug auf Arroganz niemand an Avischai herankommt, aber meinetwegen soll er sich ruhig selbst überschätzen, solange es andere nicht verletzt, so habe ich das in etwa gemeint, verstehst du?

Ich soll arrogant sein?, staunte Jehuda. Ja, und ich bin es auch, das habe ich doch gerade zugegeben, beruhigte Idith ihn, und aus gutem Grund, aber lassen wir das jetzt mal beiseite. Wovon ich rede, das ist die Art und Weise, wie dein Avischai andere Menschen behandelt, nicht seine Doktoranden. Seine Doktoranden lieben ihn, fiel Jehuda ihr ins Wort, er behandelt sie besser als jeder andere Professor. Keine Ahnung, ob sie ihn lieben oder nicht, erwiderte Idith, das mag sein. Ich rede von seinen besten Freunden, denn daran wird ein Mensch gemessen.

Inwiefern behandelt er uns schlecht?, fragte Jehuda, und Idith erwiderte: Nehmen wir nur einmal Sohara, die Ärmste ist seit undenklichen Zeiten in ihn verliebt, aber er schert sich einen Dreck darum und zeigt keinerlei Empathie für einen Menschen, der ihm nahesteht. Okay, fuhr sie fort, er erwidert ihre Gefühle nicht, das kann man ja nicht erzwingen, aber sie ist seit vielen Jahren eine enge Freundin, ganz zu schweigen davon, dass er mit ihr schläft, also im Ernst, wenn das … Erstens, unterbrach Jehuda sie, glaube ich nicht, dass Sohara in ihn verliebt ist, vielleicht war sie das früher einmal, du wirfst ihm etwas vor, was vielleicht vor dreißig Jahren aktuell war. Also wirklich, Jehuda, erwiderte Idith, es ist doch sonnenklar, dass sie in ihn verliebt ist, das würde selbst Helen Keller sehen. Weißt du was, sagte Jehuda, du bist tatsächlich arrogant, du musst zugeben, dass ich diese Menschen etwas besser kenne als du, unter anderem, weil du kein Interesse an ihrer Gesellschaft hast.

Willst du die Wahrheit hören?, fragte sie, ich glaube nicht, dass du diese Menschen besser kennst als ich. Ach, wirklich?, spöttelte er. In gewisser Hinsicht vielleicht, gab sie zu, aber ihr hängt so an- und aufeinander, dass ihr euch schon gar nicht mehr richtig wahrnehmt, ich sag nur, wie es ist, und dass du noch nicht gemerkt hast, wie verliebt Sohara in Avischai ist, also, das verschlägt mir geradezu die Sprache, frag mal Nili, wenn du mir nicht glaubst!

Nehmen wir einmal an, du hast recht, und sie ist wirklich in ihn verliebt, wie sollte er denn deiner Meinung nach damit umgehen? Was macht er falsch, möchte ich wissen, darf er nicht mit ihr schlafen, meinst du das? Genau, erklärte sie, es wäre tatsächlich besser, wenn er es nicht täte, es weckt falsche Hoffnungen und ist zudem ausgesprochen widerlich! Das haut mich jetzt um, sagte Jehuda, Avischai soll für Sohara entscheiden, dass es für sie besser ist, wenn er nicht mit ihr schläft, obwohl sie es möchte und aus freiem Willen tut. Und das soll Feminismus sein? Mit Feminismus hat das nichts zu tun, erwiderte Idith, mir geht es um menschlichen Anstand. Und ich dachte, warf Jehuda ein, heutzutage hat alles mit Feminismus zu tun. Worüber redest du jetzt eigentlich, fragte Idith, ich meinerseits rede mit dir über deine gute Freundin Sohara. Genau, sagte Jehuda, und ich möchte von dir wissen, was Avischai falsch macht.

Was er falsch macht, wiederholte Idith empört, das fragst du noch? Er präsentiert ihr seine Geliebten, seine Affären, all diese Geschichten, als ob … was soll ich sagen, ohne jedes Feingefühl, ohne Rücksichtnahme, als wäre er ahnungslos, dabei weiß er sehr wohl, dass es sie verletzt, glaub mir, er will ihr einfach nur zeigen, wo ihr Platz ist, denn es gefällt ihm, wenn Menschen in seiner Umgebung ihren Platz kennen.

Das kapier ich nicht, sagte Jehuda, wenn er mal eine neue Freundin oder Partnerin hat, darf er sie dann nicht mitbringen, um Sohara zu schonen? Er darf sie natürlich mitbringen, und Sohara ist eine erwachsene Frau, gab Idith zurück, ich habe Hunderte solcher Abende erlebt, an denen Avischai in der Rolle des erfahrenen älteren Gecken auftritt, der, im Gegensatz zu uns, den Fallstricken der Bürgerlichkeit entflohen ist, das muss er euch immer wieder unter die Nase reiben. Und das gilt übrigens auch für das Kinderthema, du kennst mich, ich habe weiß Gott kein Problem mit seiner Kinderlosigkeit, aber wie er eure Kinder behandelt, das ist unerhört. Reg dich nicht auf, meinte Jehuda, so ist er eben. Ja, sagte Idith, so ist er eben, das ist es ja gerade! Ich bin übrigens die Letzte, die sich aufregt, außer damals, als er Daniella beleidigt hat, ich gebe es zu, das ist etwas, was ich ihm nie verzeihen werde. Welches Mal meinst du, fragte Jehuda, das mit den missratenen Kindern?

Bitte zitiere genau, sagte Idith, »verdorben« hat er gesagt, diese Kinder sind verdorben. Nein, entgegnete Jehuda, er hat nicht gesagt, unsere Kinder sind verdorben, du redest Unsinn. Ich kann wortwörtlich wiederholen, was er gesagt hat, versicherte Idith, denn das werde ich bis an mein Ende mit mir herumtragen. Du hast dich mit Daniella über die Wohnung in der Mifza-Kadesch-Straße gestritten, und als sie in ihr Zimmer rannte, sagte Avischai: Das ist das Lehrreiche an großgewordenen Kindern, es ist, als beobachte man Menschen, die bereits verdorben sind, das nimmt einem jede Motivation, selbst welche in die Welt zu setzen.

Glaubst du etwa, Avischai wollte damit sagen, Daniella sei verdorben?, fragte Jehuda, das kann nicht dein Ernst sein. Avischai hätte das niemals von sich gegeben, fuhr er fort, wenn nicht allen Beteiligten klar gewesen wäre, dass er das nicht ernst meint. Nein, Jehuda, widersprach Idith, in der damaligen schwierigen, äußerst angespannten Situation war die Formulierung ausgesprochen hässlich und verletzend, aber lassen wir das, wir haben es ja oft genug besprochen. Und sein Wirtschaftsmodell, der ›Klassen-König‹, was ist das für ein Witz! Der Mann hat seit sechzig Jahren kein Kind mehr gesehen und baut seine akademische Karriere auf dem Model eines Klassen-König auf!

Es war an der Zeit, sie einzuweihen. Noch elf Minuten bis zum Gartentor. Er spielte mit dem Gedanken, ihr einfach geradeheraus zu beichten: Weißt du was, Idith, Avischai ist tot, ich habe es dir bis jetzt verheimlicht, um dir den Spaß an der fabelhaften Feier nicht zu verderben. Doch er verkniff es sich. Stattdessen schlug er erneut vor, einfach wegzufahren.

Komm Idith, wir verreisen gleich noch mal, ich meine es ernst, wir fliegen nur mit dem, was wir gerade bei uns haben spontan irgendwohin, bitte, nimm hier den Abzweig zum Flughafen. Was ist denn mit dir los?, wunderte sie sich, ins Ausland, hast du sie noch alle? Das weiß ich nicht, sagte er, ich habe Lust, meinen Geburtstag noch ein bisschen zu verlängern, denn wenn wir zu Hause eintreffen, ist alles vorbei.

Wenn du jetzt gleich wieder wegwillst, warum nicht, sagte sie. Danke, sagte er. Aber doch nicht jetzt sofort, Jehuda, sagte sie. Dann vergiss das Ausland, sagte er, wir könnten ja auch ein Hotel ansteuern, das Hilton in Tel Aviv oder so, wie Zwanzigjährige, und endlich einmal wieder miteinander reden, merkst du nicht auch, wie gut uns das Gespräch tut? Ich muss dir gestehen, sagte Idith, dass ich unter diesem Gespräch eher gelitten habe, ich stehe hinterher immer wie die Dumme da, die nichts verstanden hat. Idith, das ist doch Unsinn, sagte er, ich gebe jetzt »Hilton« ins Navi ein. Er unterbrach die in Aloneh Abba eingegebene Route, der zufolge sie ihr Ziel in acht Minuten erreichen würden.

Das Hilton, sagte sie, warum nicht, aber macht es dir etwas aus, wenn wir es auf morgen verschieben? Und ob mir das etwas ausmacht!, gab er zurück, du hast ja den Clou gar nicht begriffen, wenn wir erst einmal zu Hause sind, ist das Momentum verflogen. Aber ich habe doch überhaupt nichts dabei, wandte sie ein. Was braucht du denn?, fragte er, hol dir einfach eine Sechser-Packung Slips aus einem 24-Stunden-Laden. Das mein ich nicht, sagte sie, ich war seit Samstag nicht mehr zu Hause, ich hab nicht einmal genug Tabletten dabei.

Sie kamen dem Haus immer näher. Ich flehe dich an, Idith, halt auf der Stelle an! Jehuda, was hast du, wir sind doch in zwei Minuten zu Hause. Halt sofort an, Idith, ich spaße nicht, ich kann nicht zurück ins Haus, ich spüre so einen Druck in der Brust, dieser Siebzigste war ein gewaltiger Stress! Ich kann nicht zurück, ich kann nicht zurück! Hast du wirklich Schmerzen in der Brust?, fragte sie. Es ist ein furchtbarer Druck, Idith, stöhnte er. Willst du in die Notaufnahme, ist es so schlimm? Ja, rief er, ja, unbedingt! Gut, dann mache ich kehrt, sagte sie, simse du bitte Daria, sie soll bei uns zu Hause vorbeigehen und mir meine Tabletten bringen. Nur das nicht, ächzte er. Wieso denn nicht?, fragte sie. Wir müssen nicht ins Krankenhaus, Idith, nun halt doch endlich an, ich bitte dich, sofort bremsen und rechts ran fahren!

Sie hielt auf dem Bürgersteig vor der Metzgerei. Bitte sehr, sagte sie, wir stehen, und er sagte: Avischai ist tot, Idith, und ich bin schon längst kein Veganer mehr, und außerdem möchte ich mich scheiden lassen.

DREIUNDZWANZIG

1

Sein Puls hämmerte an ganz ungewohnten Stellen, ein Anzeichen der Vitalität oder des nahenden Todes; vielleicht würde sein Herz gleich explodieren, und er wusste nicht einmal, ob es wegen Avischai war, der ihn wie eine tote Willkommen-Fußmatte erwartete, oder wegen des Gesprächs mit Idith, wenn man das überhaupt Gespräch nennen durfte. Ich fahre jetzt zu meiner Schwester, sieh zu, dass deine Sachen bis morgen gepackt sind, hatte sie gesagt und war nicht einmal aus dem Auto gestiegen. Irgendwoher hatte er den Mut genommen, mit ihr zu feilschen: Gib mir bitte Zeit bis zum Wochenende, ja? Dann kann ich die Sache mit den Töchtern besprechen, hatte er noch hinzugefügt, obwohl das eine kaum mit dem anderen zusammenhing, aber gewirkt hatte es.

Vom Gartenweg aus meinte er, die Haustür habe einen Fleck, doch als er näher kam, erwies der Fleck sich als zwischen Türrahmen und Türblatt steckender Zettel. Jehuda musste ihn nicht lesen, um zu verstehen: Die Katastrophe, auf die sein Körper ihn vorbereitet hatte, war eingetreten – er hatte den Tag des Putzpersonals vergessen.

Er riss den Zettel an sich und stellte sich vor, dass Folgendes draufstand: *I forgot kee, wil come tomorro, kee does not work, wil come another tiim, okay?* Oder vielleicht: *I see deat persn, do not worrie, okay?* Aber Viktor, der Putzmann von der Elfenbeinküste, hatte nur geschrieben: *Pleese by new Ajax, is finisht.*

2

Er steckte den Schlüssel ins Schloss, wagte aber nicht, ihn umzudrehen, als wäre dann sein Schicksal besiegelt.

Ich werde Viktor anzeigen, dachte er, ich rufe bei der Einwanderungsbehörde an, andererseits kann er sich selbst ausrechnen, dass es sich für ihn nicht lohnt. Aber was, wenn er die Polizei schon informiert hat? Nein, das wird er nicht wagen, wer würde ihm schon glauben, ein illegaler afrikanischer Einwanderer, ein Schwarzarbeiter, man würde ihn auf der Stelle verdächtigen, den Toten auf dem Gewissen zu haben.

Gut, dass wir ihn zugedeckt haben, dachte Jehuda dann, erstens wegen der Larven, zweitens damit der Hausherr dort irgendwie hausen könnte, aber auch gut wegen Viktor. Sonst hätte er sich womöglich aufgefordert gefühlt, das Leben des Toten zu retten und bei Idith angerufen: Here was accident, com, com! Das Laken aber stellte klar, dass die Person bereits tot war, der Mörder hatte offenbar vergessen, sie zu beseitigen – Jesus!!!

Jehuda wurde bewusst, dass er nicht einmal ahnen konnte, wie jemand wie Viktor reagieren würde, welche Art Mensch er eigentlich war und wie er Viktor erklären könnte, was passiert war, kannte Viktor den Namen

»Nobel« überhaupt, wusste er, was ein akademischer Preis war, oder sollte er lieber weiterhin glauben, der Tote wäre ermordet worden. Das würde ihm zumindest etwas Angst einjagen.

Plötzlich hörte er Schritte hinter sich auf dem Gartensteig und drehte sich erschrocken um, aber es war nur Idith – es war Idith! Und jetzt stand sie schon neben ihm.

3

Willst du nicht aufschließen?, fragte sie. Jehuda starrte sie an, sie wollte doch zu ihrer Schwester! Doch sie erwiderte nur seinen Blick und meinte: Meine Tabletten. Jehuda schaute von ihr zur Tür, Idith wartete noch einen Moment und öffnete dann, ungeduldig wie jemand, der immer alles selbst machen muss, die Eingangstür sperrangelweit und spazierte hinein. Kalt wie im Eiskasten, rief sie aus, und stinken tut es auch, wir müssen unbedingt lüften. Jehuda folgte ihr, und die Kälte des mit Avischai auf sechzehn Grad heruntergekühlten Hauses knallte gegen seinen heißen Kopf; die Gedanken an den Mann von der Elfenbeinküste begleiteten ihn hinein und beschmutzten den auf Hochglanz polierten Boden wie Schuhe, die in Hundekot getreten waren. Eingangs- und Wohnbereich strahlten nur so vor Sauberkeit – und von Avischai keine Spur.

DIENSTAG

NILI

AUF DEN WETTSEITEN IM INTERNET
STEHEN DIE CHANCEN BEI 9:1

VIERUNDZWANZIG

1

Sie saß neben der Kücheninsel. Er bestückte den Geschirrspüler. Den stecke ich jetzt schon zum dritten Mal rein, ohne ihn zwischendurch benutzt zu haben, sagte er und hob einen Teller hoch, er wird und wird nicht sauber. Nili befürchtete schon, er würde das gute Stück zu Boden schmettern. Vielleicht solltest du mal den Filter wechseln lassen, schlug sie vor, wenn du versichert bist, kostet das nichts. Du hast deine Spülmaschine versichert?, staunte er. Machen das nicht alle?, fragte sie. Er stellte den Teller behutsam zurück in die Maschine und meinte, dein Leben muss aber aufregend sein! You ain't seen nothing yet, meinte sie nur.

Seltsamerweise verspürte sie während der ganzen Unterhaltung einen Anflug sexueller Erregung, den der letzte Satz noch ein wenig verstärkt hatte, aber etwas anderes drängte sich nun in den Vordergrund, und sie beschloss, die Erregung im Sinn zu behalten wie eine Zahl bei einer langen Kopfrechnung.

Obwohl ein Pulsieren in der Schläfe ihr Gefahr signalisierte, hörte sie sich selbst sagen: Weißt du übrigens, dass Avischai eine junge Frau geschwängert hat? Welcher Avischai, fragte Nathan, dein Avischai? Nili wollte sich rasch vergegenwärtigen, in welche Verzweigungen sich das Gespräch verirren und was wohl das gefährlichste Ergebnis sein könnte, doch dann gab sie die Anstrengung aus lauter Trägheit leichtsinnigerweise auf und unterwarf sich bereitwillig der bereits überschrittenen Grenze: Ja, genau, mein Avischai.

Wann denn?, wollte Nathan wissen. Irgendwann kürzlich, gab sie zurück, wir haben es erst vor einigen Tagen erfahren. Wie alt ist er eigentlich?, erkundigte Nathan sich, und Nili verkniff sich in letzter Sekunde »ungefähr so alt wie ich« und sagte stattdessen: So um die neunundsechzig, siebzig. Hoppla, meinte Nathan, ein fruchtbarer junger Spund, und Nili fügte hinzu: Wie sich herausgestellt hat.

Ist es ihm denn recht? Will er das Kind?, fragte Nathan. Das ist noch unklar, meinte Nili, präziser lässt sich das zurzeit nicht formulieren. Unklar?, fragte Nathan, was soll das heißen? Gleichzeitig erkundigte sich Nili: Hast du schon einmal eine Frau geschwängert? Ihre Frage überlagerte seine, und er meinte nachdenklich: Ob ich schon einmal eine Frau geschwängert habe, nicht dass ich wüsste. Nie im Leben?, hakte sie nach. Warum wundert dich das?, fragte er. Nur so, sagte sie, immerhin, fünfzig Jahre herumvögeln, da kann ja mal was passieren. Wieso fünfzig?, fragte Nathan, bei mir sind es höchstens vierzig. Nili rechnete kurz nach: Tatsächlich? Ich schwöre, sagte er. Sie unterdrückte den Wunsch, sich nach der Jahreszahl seiner Entjungferung zu erkundigen, ihre leichte sexuelle Erregung war allerdings inzwischen abgeklungen.

Vielleicht bin ich ja unfruchtbar, sagte er. Vielleicht, meinte sie und fragte sich, ob sie ihn jetzt trösten müsste oder ob er niemals Kinder gewollt hatte.

Freut er sich wenigstens, dein Avischai?, wollte Nathan wissen, und Nili sagte: Ich muss dir was erzählen. Nathan wandte sich ihr zu, vorauseilenden Ärger im Blick. Nein, nein, beruhigte sie ihn, das hat mit uns nichts zu tun. Okay, sagte Nathan, soll ich mich hinsetzen? Gute Idee, meinte Nili, nimm Platz.

2

Seit sie wutentbrannt aus Jehudas Villa gestürmt war, waren zwei Tage vergangen, in denen sie mit keinem aus der Clique gesprochen hatte. Sie hatte impulsiv gehandelt, ohne Plan, nur halb entschlossen, aber je länger niemand nach ihr suchte, niemand sie um Verzeihung bat, desto mehr schmerzte die Kränkung, und in ihrer Brust nistete sich der süchtig machende Genuss einer fatalen Verletzung ein.

Vierzig Jahre lang hatte sie sich auf diesen Moment vorbereitet, hatte ihn so heimlich geprobt, dass der Vorgang am Rand ihres Bewusstseins ihr selbst verborgen blieb. Als der Moment dann kam, brachte sie nicht den Mut auf, ihnen die Wahrheit vorzuhalten: Lasst Nathan aus dem Spiel, ein halbes Jahr hin oder her, das ist Unsinn, in Wirklichkeit bin ich es doch, die ihr nicht für voll nehmt. Wir, ihr und ich, wir sind seit vierzig Jahren befreundet, kein halbes Jahr und keine zwei Jahre!

Am nächsten Tag hatte Jehuda um zwei Uhr angerufen, sie sah seinen Namen auf dem Display, aber die Beleidigung ließ sich nicht so schnell vertreiben, und als sie sich endlich entschloss zu antworten, hatte er aufgelegt. Falls er es noch einmal versucht, hebe ich beim ersten Klingeln ab, nahm sie sich vor, aber ein zweiter Versuch blieb aus. Je länger sie wartete, desto tiefer begrub sie das Verzeihen unter der Beleidigung, und die Beleidigung begrub sie unter der Wut: Er hatte sich nur kurz gemeldet, um seine Schuldigkeit getan zu haben, wäre es ihm ernst gewesen, hätte er sich mehr Mühe gegeben.

Möglicherweise hatte sie einen Fehler begangen, aber welchen? Je öfter sie die letzten Tage Revue passieren ließ, desto vernünftiger fand sie ihre Entscheidungen, an ihnen war eigentlich nichts auszusetzen. Ohne sie, Nili, hätte das Ganze niemals stattgefunden. Sie war stolz auf ihren Anteil wie auf ein Kind und leitete daraus einen hartnäckigen Besitzanspruch ab. Wie sollte es ohne sie gedeihen?

Wenn sie jetzt einen Rückzieher machten, ginge alles den Bach runter: die Lösungen, die brillanten Geistesblitze, die kleinen heroischen Akte, die seelische Belastung und sogar die Idee selbst, die es wert war, vor dem Untergang bewahrt und bekannt gemacht zu werden. Hatten nicht auch die geistigen Urheber Anerkennung verdient? Dann aber machte sie sich klar, dass die Idee ja nur dann ans Licht käme, wenn das Unternehmen scheitern würde.

Was würde dann passieren? Jetzt, da sie nicht mehr dabei war, meinte sie, es geschähe ihnen ganz recht, dennoch betrübte diese Vorstellung sie zutiefst. Vielleicht war es ihr Fehler gewesen: Sie hatte die Trauer über Avischais Tod zu rasch in hektische Aktion umgesetzt.

Als die Freunde sich an jenem Samstagabend um Avischais Bett versammelten und Sohara Nili fragte, ob sie geweint habe, stellte Nili erstaunt fest, dass sie nicht nur nicht geweint hatte, es war ihr nicht einmal in den Sinn gekommen, als hätte jemand den mit Trauer verbundenen Aspekt des Todes hinweggefegt. Nun aber, da sie darüber nachdachte, zeigte sich diese erschreckende Option, vor der die Freunde mithilfe eines grotesken Vorschlags in ein absonderliches Abenteuer geflohen waren.

Trauer über Trauer, unbefriedigende Trauer, rationale Trauer, reife Trauer, sie kannte sie alle nur zu gut; dabei war Avischai in einem Alter gestorben, in dem man das Recht zu sterben besaß, und die Zurückbleibenden hatten eigentlich kein Recht, sich zu beklagen.

Nili hatte schon immer gespürt, dass Jehuda eine Art Scharlatan war, der in Krisenzeiten schwache Momente seiner Mitmenschen ausnutzte. So etwas Ähnliches hatte er mit seinem abenteuerlichen Plan getan, und Nili war trotz ihres feinen Gespürs der Verführung erlegen. Jehuda hatte den Freunden quasi ein Anti-Dying-Mittel aufgeschwatzt, das nicht wie ein Anti-Aging-Mittel die Faltenbildung verzögerte, sondern den Tod.

Ob sie nun dabei war oder nicht, Nili wünschte dem Unternehmen ganz bestimmt kein Scheitern. Doch in ihrem Kopf nahm der Plan unwillkürlich etwas Fantastisches an wie ein Flashback in einem schlechten Film. Die Erinnerung an die vergangenen Tage verblasste, Avischai schien bereits vor sehr langer Zeit gestorben zu sein, sie fing an, sich daran zu gewöhnen, wie auch an die Vorstellung, dass er den Nobelpreis nicht bekommen würde. Er war doch auch ohne diese Ehrung auf höchst angenehme Art und Weise von der Bühne abgetreten.

Um ehrlich zu sein, eigentlich weiß ich gar nicht, wie ich dir das erzählen soll, gestand sie, und er stöhnte: Hilfe! Nili ging gar nicht darauf ein und fuhr fort: Du wirst das alles für dich behalten, wenn ich dich darum bitte, nicht wahr? Und Nathan fragte: Wie soll ich dir darauf antworten, ich weiß ja nicht einmal, worum es geht?

Sie blieb für längere Zeit stumm, einfach nur um nachzudenken, er jedoch dachte, sie warte auf eine Bestätigung, und so sagte er nach einer Weile: Gut, gut, ich verspreche zu schweigen wie ein Grab.

Avischai, begann sie, Avischai hatte einen Herzinfarkt oder so was. Wann denn?, wollte Nathan wissen. Vor ein paar Tagen, sagte Nili. Vor ein paar Tagen?, fragte er, und das hast du mir verheimlicht? Ist er im Krankenhaus? Nein, sagte Nili, er ist nicht im Krankenhaus, er ist tot. Machst du Witze?, fragte Nathan, und Nili schaute ihn an, wie um zu sagen, wo denkst du hin. Avischai ist tatsächlich tot?, fragte er, und sie sagte: Ja.

So ein Schock, sagte er, gerade hast du mir doch noch erzählt, er hätte eine Frau geschwängert. Ja, sagte Nili, das stimmt auch, das war natürlich vorher. Klar, sagte Nathan, kann ich mir denken, seit wann ist er denn tot? Seit einer knappen Woche, das ist der springende Punkt, ich befürchte, das klingt jetzt idiotisch, aber du weißt, dass Avischai Nobelpreiskandidat war? Nicht der einzige natürlich, fuhr sie fort, aber es besteht eine reale Chance, dass er ihn in diesem Jahr erhält. Nein, das wusste ich nicht, gestand Nathan, wie schön für ihn, für diese Kindergartentheorie? Klassen-König, korrigierte Nili und erklärte weiter: Er hat also eine reale Chance, eine ausgezeichnete sogar, in diesem Jahr müsste es endlich klappen, insoweit man diese Sache einschätzen kann.

Gut, nickte Nathan. Nili sprach weiter: Morgen wird das Komitee den Gewinner auf dem Gebiet der Wirtschaftswissenschaften bekannt geben, sagte sie. Gut, nickte Nathan, und Nili fuhr fort: Um den Nobelpreis zu erhalten, muss man allerdings unter den Lebenden weilen, das heißt, das Komitee muss im Glauben handeln, dass der Ausgezeichnete am Leben ist, damit das Ganze rechtsgültig wird. Ist er aber zwei Tage zuvor gestorben, und das Komitee hatte es nur noch nicht erfahren, dann ist der Gewinn ebenfalls gültig. Nathan nickte, und Nili schloss: Kurz und gut, deswegen weiß noch keiner, dass Avischai tot ist.

Außer dir?, fragte Nathan. Genau, bestätigte sie, außer mir, Jehuda, Amos und Sohara, und jetzt gehörst auch du dazu. Ihr verheimlicht der Welt seinen Tod?, fragte Nathan. Im Prinzip ja, gab Nili zurück, und sollte er leer ausgehen, werden wir ihn eben »tot auffinden« und begraben lassen. Auch wenn er gewinnt, werden wir ihn begraben lassen, natürlich, aber falls es klappt, geht er immerhin als Nobelpreisträger in die Geschichte ein.

Entschuldige, Nili, aber wozu soll das gut sein, oder habe ich etwas nicht mitgekriegt? Wozu das gut sein soll, weiß ich auch nicht so recht, meinte Nili, nehmen wir mal an, du hättest die Aussicht, als Nobelpreisträger zu sterben oder nicht als Nobelpreisträger zu sterben, was wäre dir lieber? Wenn ich tot wäre und nicht wüsste, dass ich als Nobelpreisträger gestorben bin, wäre mir das höchstwahrscheinlich schnuppe, meinte er. Na gut, sagte Nili, dich scheint der Preis kaltzulassen.

Zumindest theoretisch, bestätigte er, ich kann nicht behaupten, dass ich seinetwegen Wissenschaft betreibe. Das hat Avischai auch nicht getan, entgegnete Nili, aber weißt du, wenn es zum Greifen nahe ist, scheint es schwer zu sein, den Gedanken daran aufzugeben, dann wird es fast zur Obsession. Okay, wenn du meinst, sagte Nathan, ich kann mir allerdings kaum vorstellen, wie etwas, das nach meinem Tod passiert, als Erfüllung eines Traums gelten kann. Lassen wir das, sagte Nili, du weißt nicht, wie oft wir das diskutiert haben, und am Ende haben wir uns entschieden, es zumindest zu versuchen, weil Avischai das unserer Meinung nach gewollt hätte, so siehts aus.

Nathan dachte einen Moment nach und sagte dann: Das ist total absurd, merkst du das nicht selbst? Wieso soll das absurd sein?, fragte sie. Na ja, wenn einer stirbt, erklärte er, dann lässt er die Nichtigkeiten dieser Welt endlich auf ewig hinter sich, aber ihr scheint zu meinen, dass euer Freund selbst aus dem Jenseits noch dem Ruhm nachjagt. Nicht Avischai jagt dem Ruhm nach, stellte Nili fest, wir machen das für ihn, er hat keineswegs darum gebeten.

Aber wenn es rauskommt, spekulierte Nathan, wird niemand es für möglich halten, dass seine besten Freunde von sich aus auf diese völlig verrückte Idee verfallen sind, man wird vielmehr denken, er sei dermaßen auf die weltliche Ehre erpicht gewesen, dass er euch um diese Farce gebeten hat. Ihr mit eurem Übereifer schadet seinem Ruf, und als Mensch wird Sar-Schalom am Ende ausgesprochen schlecht dastehen.

Willst du etwa behaupten, man würde vermuten, Avischai hätte die Anweisung hinterlassen, seine Freunde sollten ihm im Falle seines Todes den Nobel sichern? Fändest du das normaler als das, was wir jetzt aus eigenem Entschluss für ihn tun?, fragte Nili. Weißt du was, sagte Nathan, auch wenn er keine solche Anweisung hinterlassen hat, sein Geist schwebt über diesem Versuch, denn ihr handelt doch unter dem Eindruck, er erwarte das von euch.

Nathan, im Ernst, niemand wird so etwas denken, sagte Nili, das ist eine völlig verquere Vorstellung, du reduzierst den Wert der Freundschaft. Wer hat hier völlig verquere Vorstellungen?, fragte Nathan, wer versteckt eine Leiche, damit fängt es schon mal an, und weißt du was? Was denn, fragte Nili. Ich würde sogar noch weitergehen, sagte Nathan: Es ist etwas dran, es ist tatsächlich etwas dran. Auch wenn er nicht darum gebeten hat, wird er am Ende ausgesprochen schlecht dastehen. Ihr hättet so etwas nicht für jeden getan, das hast du selbst gesagt, ihr macht das, weil ihr wisst, dass er so ein Typ ist, der selbst aus dem Grab noch nach Anerkennung giert. Ob er es nun ausdrücklich verlangt hat oder nicht, spielt dabei gar keine Rolle.

Nathan, sagte Nili, und Nathan sagte: Nili. Und Nili sagte: Es reicht, auf so etwas wird keiner kommen. Wenn du es sagst, meinte er, wo ist der teure Tote eigentlich, in seiner Wohnung? Bei Jehuda, sagte Nili. Bei Jehuda?, staunte Nathan, hat ihn der Herzinfarkt dort erwischt? Nein, sagte Nili, der hat ihn in seiner eigenen Wohnung erwischt, aber wir mussten ihn von dort wegschaffen, weil seine Schwester unerwartet aufkreuzte, aber lassen wir das. Wie bitte?, wunderte sich Nathan, nicht einmal seine Schwester weiß Bescheid? Niemand weiß Bescheid, bestätigte Nili, das habe ich dir doch schon gesagt.

Dann verstehe ich nicht, wie ihr in transportiert habt, in einer Ambulanz oder so? Von wegen Ambulanz, sagte Nili, meinst du, wir hätten eine Ambulanz rufen können? Aber wie denn sonst?, fragte er. Das möchtest du lieber nicht wissen, gab sie zurück. Sags mir trotzdem, bat er. Gut, sagte sie, Jehuda hat ihn mitten in der Nacht auf den Schultern zu einem Van geschleppt. Nili, du nimmst mich auf den Arm, sagte er. Ich schwöre dir, das tue ich nicht, sagte sie. Du nimmst mich schon die ganze Zeit auf den Arm, beharrte er, da bin ich mir sicher. Nathan, beim Leben meiner Kinder, das tue ich nicht, ich bin doch kein Teenager mehr. Glaubst du, ich könnte so etwas erfinden? Doch Nathan blieb beharrlich: Nie und nimmer habt ihr das fertiggebracht, ich war doch die ganze Woche mit dir zusammen! Nicht die ganze Woche, stellte sie richtig: Egal, sagte er, du warst bester Laune.

Allein deswegen bereute sie es, ihn eingeweiht zu haben, er hatte ihre Schande bemerkt, sie hatte nicht richtig getrauert, und das hatte sie sich nur erlauben können, weil Nathan ahnungslos gewesen war. Bester Laune war ich garantiert nicht, erwiderte sie, ich war auf einem Trip, Nathan, und was ich dir erzähle, ist wahr, zudem gab es auf dem Weg zu Jehuda noch einen Zwischenfall, das alles hat mir einen Adrenalinstoß versetzt, ich kam gar nicht zum Nachdenken oder zum Trauern.

Nili, wenn du mich auf den Arm nimmst, dann ist alles aus, verstehst du? Nathan, glaubst du im Ernst, ich könnte so etwas erfinden? Ist das überhaupt legal?, fragte er. Sagen wir mal, es ist grenzwertig, gab sie zurück, wir gehen ein gewisses kalkulierbares Risiko ein.

Ich bin entsetzt, Nili, ich bin tatsächlich entsetzt, wie konntest du mir so etwas vorenthalten? Ich meine das nicht als Vorwurf, sondern eher im Sinne von: Wie warst du nur fähig, das für dich zu behalten? Was sollte ich denn machen?, fragte sie, wir hatten beschlossen, es nicht einmal unseren Lebenspartnern zu erzählen, ich durfte dir also nichts sagen, aber du kannst mir glauben, dass ich es liebend gern getan hätte. Das ist ja unglaublich, stöhnte er, ich bin fassungslos, ihr müsst wahnsinnig geworden sein.

Gut, sagte sie, entsetzt, fassungslos, hast du sonst noch etwas zu sagen? Sonst noch?, fragte er, was sollte es sonst noch zu sagen geben? Gute Frage, meinte Nili, du könntest mir zum Beispiel sagen, was du von der Idee hältst. Er dachte nach und fragte dann: War das etwa dein Einfall? Nein, sagte sie, das ist auf Jehudas Mist gewachsen, aber ist das jetzt noch wichtig? Sag mir, was du wirklich denkst, sei bitte ganz offen, das interessiert mich. Jehuda also, sinnierte er. Was ändert das?, fragte sie. Eigentlich nichts, gab er zu, es wundert mich allerdings, dass ein Vater, ein Mann mit Kindern, eine solche Idee ausbrütet.

Ich sehe den Zusammenhang nicht, sagte sie, und er erwiderte: Machst du dir denn keine Gedanken darüber, was deine Kinder dazu sagen würden, wie würden sie das finden, was würde das mit ihnen machen? Was haben sie damit zu tun?, gab Nili zurück, warum sollten sie es überhaupt erfahren? Darauf kannst du dich nicht verlassen, meinte Nathan, oder doch? Er fügte hinzu: Ich weiß es natürlich nicht, lasse mich aber gern belehren, ich bin ja selbst kein Vater.

Sie schwieg für eine Weile und überlegte dann laut: Und wenn sie es erführen? Tja, sagte Nathan, was dann, keine Ahnung, sag du es mir. Sie sind erwachsen, sagte Nili, um sie mache ich mir keine Sorgen. Nili, gab er zurück, versteh mich bitte richtig, ich sorge mich nicht um sie, ich sorge mich um dich. Du meinst, sie könnten es mir verübeln?, fragte sie. Aber sicher, sagte er, sie könnten dir böse sein, sie könnten entsetzt sein, sie könnten enttäuscht sein, viele emotionale Reaktionen sind möglich, die Mutter versteckt die Leiche eines Freundes und stellt wer weiß was mit ihr an, bewegt sie, transportiert sie, vom Lügen und Betrügen ganz zu schweigen, es ist etwas durchaus Extremes, was ihr da anstellt, Nili. Sagen wir mal, argumentierte er weiter, meine Eltern hätten so etwas fertiggebracht, dann hätte das mein Bild von ihnen auf den Kopf gestellt und unsere Beziehung in Frage gestellt, selbst wenn ich es erst mit sechzig erfahren hätte, so meine ich es.

Sie wollte widersprechen – das stimmt doch gar nicht –, aber was war, wenn er recht hatte? Ihr Widerspruch würde ihre Eignung als Mutter vielleicht nur noch mehr untergraben, und wie sollte sie sich dann später einmal aus der Affäre ziehen und ihm beweisen, dass sie eine gute Mutter war und es immer gewesen war?

Sie versuchte sich auszumalen, was geschähe, wenn ihre Kinder es tatsächlich erführen. Vielleicht bei einer gemeinsamen Schabbatmahlzeit. So ähnlich, wie man eine Scheidung ankündigt. Wäre das schlimmer als eine Scheidung oder weniger schlimm? Es schien ihr weniger schlimm zu sein, viel weniger schlimm sogar, aber kurz darauf wurde sie unsicher. Sie hatte an dem Abenteuer von Anfang an teilgenommen, hatte aus der Nähe beobachtet, wie eine Komplikation zur nächsten führte, wie die Katastrophen sich fast von allein steigerten; sie hatte das Projekt nach Kräften verteidigt, sie hatte Entscheidungen getroffen, die vor Ort angemessen waren und einer Logik folgten, die einzig und allein auf diese Lage zugeschnitten war. Sie hatte den größeren Zusammenhang aus den Augen verloren und es auch gar nicht anders gewollt.

Sie schämte sich, weswegen hatte sie selbst nicht daran gedacht? Noch beschämender fand sie es allerdings, dass sie zu ihrer Verteidigung in Gedanken vorbrachte: Genau, Nathan, du bist eben kein Vater, du kannst das nicht verstehen.

Ihre Angst wuchs, es war zu spät. Er kannte sie nicht als Mutter, er kannte sie eigentlich überhaupt nicht, was war schon ein halbes Jahr, da musste sie den Freunden nachträglich recht geben, und sie selbst war offenbar total durchgedreht. Nathan war eben nicht Amos oder Sohara, er konnte es sich jederzeit anders überlegen mit

ihr, denn noch hatte er die unabdingbare Freundschafts-
klausel: Diese übergewichtige Nili ist normal, sie ist wunderbar, und selbst wenn sie sich etwas Unerhörtes leistet,
gehen wir mit ihr durch dick und dünn, nicht unter-
zeichnet.

Woran denkst du, Nili, fragte er. Und du, Nathan,
woran denkst du?, fragte sie zurück. Ich mache mir
Sorgen um dich, sagte er, es geht mir allein um dich, im
Ernst, euren Avischai habe ich genau zweimal getroffen,
bei allem Respekt, wie sollte ich da behaupten, es küm-
mere mich, ob er den Nobel bekommt oder nicht. Lassen wir das mal beiseite, meinte Nili, ich möchte wissen,
was du über unsere Idee denkst. Was ich wirklich denke?,
fragte er. Natürlich, sagte sie. Schwer zu sagen, gab er
zurück, wenn ihr das tatsächlich durchziehen wollt, dann
halte ich das für keine gute Idee.

Warum ist es keine gute Idee?, wollte sie wissen.
Nathan schien laut zu denken: Ich weiß es nicht genau,
meiner Einschätzung nach wird es nicht funktionieren.
Warum nicht?, fragte sie. Weil ihr keine geborenen Lügner seid, darum. Wenn es hart auf hart kommt, seid ihr
nicht durchtrieben genug. Wir lügen schon seit fast einer
Woche rechts und links, sagte sie. Nein, ihr spielt Theater, sagte er, ihr lügt nicht, da besteht ein Unterschied,
ihr macht das praktisch zur Unterhaltung, beantwortet
hier und da eine SMS, was solls, aber wenn ihr, sagen wir
mal, die Polizei anlügen müsstet?

Wieso denn die Polizei, stutzte sie, was hat die damit
zu tun? Dann vielleicht die Ärzte im Krankenhaus, oder
nein, vergiss die Ärzte, denken wir doch einmal an das

Komitee in Stockholm, ihr müsstet das Nobelpreiskomitee anlügen, nicht wahr? Ich kann nicht glauben, dass wir in meiner Küche so ein Gespräch führen. Wie wollt ihr euch mit jemandem aus dem Komitee unterhalten, wollt ihr dann etwa auch lügen? Siehst du das alles nicht? So eine patente, kluge Frau wie du, Nili!

Genau, Nathan, genau deswegen, weil – wenn wir das alles schaffen, dann ist das keineswegs mehr der Traum einer Fantastin. Gut, meinte er, wir werden es ja sehen. Genau, sagte sie, das werden wir, außerdem wird Avischai höchstwahrscheinlich nicht gewinnen, dann war das alles eh für die Katz, und Nathan meinte: Warten wir's ab.

Nach einer kurzen Weile sagte er: Sorry, nein, ihr werdet doch wohl kaum all diese schwedischen Professoren vom Nobelpreiskomitee belügen, und dann noch auf Englisch. Stell dir das nur mal konkret vor, Nili, ihr steht da im Stockholmer Schloss auf dem Podium vor Hunderten von Kameras und Journalisten aus Israel und aller Welt und nehmt den Preis entgegen, die Urkunde, die Medaille, den Scheck, was auch immer, ja? Siehst du das vor dir?

Er hat recht, dachte Nili plötzlich, und der Gedanke beruhigte sie auf Anhieb, so ähnlich musste es ein, wenn man die Nachricht vom Tod eines pflegebedürftigen Elternteils erhielt. Das Interesse an Avischai war wie weggefegt, es war ihr tatsächlich egal. Sie liebte ihren toten Freund, aber der Nobel ließ sie kalt, schließlich war sie selbst noch lebendig und hatte eigene Probleme zu lösen, sie brauchte ihre Kraft für etwas anderes, für das vor ihr liegende Leben mit Nathan anstatt für Avischais

Nachruhm, und da galt es jetzt dringend etwas zu prüfen und zu klären.

Was war das für eine Geschichte mit Jehuda?, erkundigte Nathan sich. Welche Geschichte mit Jehuda?, fragte sie zurück. Du hast vorhin angedeutet, auf der Fahrt zu Jehuda sei etwas passiert … Geübt und fast schon gewohnheitsgemäß durchkämmte Nili das sich vor ihr öffnende Gebiet wie ein Minensucher; sie machte jedoch mittendrin Halt, obwohl das Feld noch nicht völlig geräumt war, ja, gerade deswegen hielt sie inne, sie brannte darauf, ihn noch einmal in Angst und Schrecken zu versetzen, ihn auf die Probe zu stellen, denn darum ging es jetzt, ihre halbjährige Beziehung musste auf den Prüfstand, und so fragte sie: Du weißt doch, was Dekompositionsflüssigkeit ist, nicht wahr?

3

Und jetzt liegt er zerquetscht in Jehudas Villa, ist das die aktuelle Lage? Ja, sagte Nili und beschloss bei sich, ihm die Treppenepisode zu ersparen, ihren wütenden Abgang würde sie ohnehin weglassen, fürs Erste jedenfalls, denn sie wollte Nathan keineswegs allein, ohne Freunde und ohne Rückhalt, gegenüberstehen.

Jetzt aber war die Zeit der Lüge gekommen: Nathan sollte glauben, die Leiche müsste unbedingt zu ihm nach Hause gebracht werden. Natürlich würde das nicht wirklich geschehen, es gab ja gar keinen Anlass dazu, aber sie sah in seinem Mitmachen den ultimativen Liebesbeweis.

Eure Ehefrauen würden es strikt ablehnen, mein Freund aber hat zugestimmt, nach nur einem halben Jahr!, das verdaut jetzt erst einmal.

Also war sie war drauf und dran, ein neues Kartenhaus zu errichten. Ihre Gedanken überschlugen sich, und in ihrer Panik blickte sie sich um, als suchte sie Inspiration bei den Wandkacheln oder den glänzenden Bodenplatten, die von jeder Art Kinderdreck verschont geblieben waren und in ihr die Lust weckten, sie bis zur Unkenntlichkeit zu beschmutzen, das ganze Haus unwiderruflich mit einem Gestank zu verseuchen, vor dem es kein Entrinnen gab.

Leider ist jetzt ein Problem aufgetreten, begann sie, plötzlich wollen seine Töchter ihn besuchen. Wessen Töchter?, fragte Nathan. Jehudas Töchter, sagte Nili, Idith, die Mutter, ist im Ausland, Daniella und Daria möchten ihrem Vater Gesellschaft leisten, kurz und gut, wir brauchen ein Privathaus, in dem wir Avischai unterbringen können. Warum unbedingt ein Privathaus?, fragte Nathan, und Nili erklärte: Wegen des Geruchs, wir befürchten, er könnte zu riechen anfangen. Warum habt ihr mich nicht um Rat gefragt, sagte Nathan, ich kenne mich in diesen Dingen ein wenig aus. Nili erinnerte sich wütend an die Beschränkungen, die man ihr auferlegt hatte. Die anderen haben es mir verboten, sagte sie.

Er kann weder zu mir noch zu Sohara noch zu Amos, bei mir ist es unmöglich, wie du weißt, die Kinder, die Enkel, es geht zu wie im Taubenschlag. Und bei Sohara?, erkundigte er sich. Und Nili sagte: Sie lebt ja in einer Wohnung und nicht in einem alleinstehenden Haus, der

Geruch, wie gesagt. Und bei Amos geht es natürlich auch nicht, wegen seiner Frau.

Was für eine Geschichte!, meinte Nathan, und Nili überlegte laut: Obwohl jetzt, da ich hier bin, denke ich … Sie machte unwillkürlich und ungeplant eine Pause, in die hinein Nathan fragte: Jetzt, da du hier bist, denkst du …? In seinem Tonfall lag gespielte Naivität, er war kein Dummkopf, er ahnte es bereits, wartete aber darauf, dass sie es aussprach, und das tat sie: Vielleicht bringen wir Avischai einfach hierher. Zu mir?, fragte er, und Nili nickte: Ja, hierher, zu dir, in dein Haus, es wäre ja nur bis morgen.

Er sah sie mit großen Augen an, seine Zunge fuhr im Mund hin und her, was mochte das bedeuten? Nun beschlich sie das Gefühl, ihn überhaupt noch nicht zu kennen.

Wo wollt ihr ihn denn ablegen?, fragte er. Wo immer du sagst, gab sie zurück, oder sollen wir das entscheiden, ziehst du es vor, nichts davon zu wissen? In dein Bett kommt er garantiert nicht, wir könnten ihn einfach irgendwo auf dem Boden deponieren. Nathan senkte den Blick auf die ziemlich dunklen grauen Granitplatten, als würde er sich das ausmalen. Aber wenn du dich aus der Sache lieber raushalten möchtest, dann natürlich nicht, sagte Nili, den Nachsatz »ich hätte dafür vollstes Verständnis« verschluckte sie in letzter Sekunde.

Na gut, sagte er. Wirklich?, fragte sie. Ja, sagte er, aber ich werde nicht da sein, und morgen Abend ist auch er nicht mehr da, verstanden? Nili bedauerte, nur um einen Tag und nicht um eine ganze Woche gebeten zu haben, das hätte den Preis, den Nathan zu bezahlen bereit war, erhöht und ihren Triumph gesteigert. Aber er hatte eingewilligt, diese Tatsache durfte sie den Freunden bei der nächsten Begegnung unter die Nase reiben.

Während sie noch diesem Gedanken nachging, schob sich sein Gesicht erwartungsvoll in ihr kindliches Frohlocken und schwebte ihr entgegen, jetzt und hier, in seinem Haus. Offenbar erhoffte er sich eine Belohnung, und für eine Sekunde wusste Nili, dass sie geliebt wurde.

FÜNFUNDZWANZIG

1

Ungeduldig wartete sie vor einem Halteschild. Sie war spät dran.

Eigentlich hatte sie das mit ihrer Schwester bereits im August verabredete Treffen kurzfristig absagen wollen. Smadar würde an diesem Tag in Tel Aviv sein, weil ihr Sohn eine Auszeichnung von der Demokratischen Schule, an der er als Lehrer unterrichtete, erhalten sollte. Sie wollte die Gelegenheit für einen Kaffee mit Nili nutzen, und Nili hatte gönnerhaft zugesagt, damals schien der Oktober noch eine Ewigkeit weg zu sein. Als aber Smadar am vergangenen Schabbat anrief, schien ihre Stimme von einem anderen Stern zu kommen, aus der Prä-Nobelpreis- und Prä-Mortem-Ära, und Nili empfand die Erinnerung an das Treffen als höchst störend.

Oh je, ich weiß gar nicht, ob ich das schaffe, log sie und wollte es irgendeinem medizinischen Befund der Kinder oder der Enkel anlasten, aber wir können uns ja am Dienstag noch endgültig austauschen, lass mich mal schauen, ob sich das verschieben lässt. Als Smadar dann am Dienstag rührend gehorsam wieder anrief – das Treffen mit ihrer großen Schwester war ihr tatsächlich wichtig –, musste Nili sich eingestehen, dass sie momentan nicht das Geringste zum Wohl der Menschheit beizutragen hatte, der Zeitpunkt für einen Kaffee mit ihrer Schwester konnte günstiger gar nicht sein, eine gute Gelegenheit, diese Verpflichtung abzuhaken. Wenn sie sich jetzt nicht aufraffte, würde es ihr zu einem späteren Zeitpunkt möglicherweise noch schwerer fallen.

Beiläufig hob sie den Blick zu den Werbeflächen, die sie auf der linken Straßenseite begleiteten, und entdeckte grellen grünen Nagellack, wie sie ihn schon einmal gesehen hatte, und zwar an Avischais Liat. Sie wunderte sich immer, wenn ihr etwas auffiel, das mit Mode zusammenhing, es war ganz untypisch für sie, und nun fiel ihr ausgerechnet der grüne Nagellack auf. Merkwürdig, die grelle leuchtende Farbe musste ihre Aufmerksamkeit erregt haben.

Die Hand mit den lackierten Fingernägeln hielt grünliches Eis in einem Becher, und Nili las: *Nicht nur Schwangere schmachten nach saurem Eis – Veganille, Israels erste vegane Eisdiele, Jehuda-HaMakkabi-Straße 15, exklusive Sorten auf Bestellung.*

Die von ihrem Exmann Ram geplante Eisdiele war also eröffnet worden, aus lauter Gewohnheit wurde Nili für einen Moment richtig aufgeregt. Tatsächlich war der Ausschnitt vor ihrer Windschutzscheibe bis zum Horizont mit einer ganzen Reihe dieser Tafeln angefüllt. Das muss ihn ein Vermögen gekostet haben, dachte sie, und nun landete ihr Blick unwillkürlich auf dem nächsten Plakat in der Reihe, auf dem die Hand mit den grellgrünen Fingernägeln keinen Eisbecher hielt, sondern ein Plastikstäbchen mit einer Art Fenster darin, in dem sich zwei Streifen zeigten. Nili begriff nicht gleich, was sie da sah, und suchte die ganze Serie ab; das textfreie Bild mit dem Plastikstäbchen tauchte nur in gewissen Abständen zwischen den Eisbechern mit dem Slogan *Nicht nur Schwangere schmachten nach saurem Eis* wieder auf.

Sie tastete in ihrer Handtasche auf dem Beifahrersitz nach Avischais iPhone, um das Foto zu öffnen, das Liat ihm geschickt hatte, aber dann fiel ihr ein, dass sie das Handy ja unter Zwang abgegeben hatte. Also schaute sie wieder auf das Plakat, es war mit Sicherheit das gleiche Bild. Liat hatte Avischai offenbar keine freudige Schwangerschaftsankündigung geschickt, sondern die Vorlage für dieses Werbeplakat. Aber was hatte Avischai damit zu schaffen?

Nili riss das Steuer nach rechts wie bei einer Verfolgungsjagd, wurde aber prompt von einem Hupkonzert und einem Verkehrsstau gebremst; die Haube ihres Wagens schielte auf die verstopfte Nebenfahrbahn, sie steckte fest und musste wieder warten wie eine Idiotin.

SECHSUNDZWANZIG

1

Kaum hatte sie an die Tür geklopft, betätigte sie, ohne auf eine Antwort zu warten, auch noch die Klingel. Moment bitte, rief eine träge, müde Frauenstimme von drinnen, die den Hinweis offenbar nicht verstanden hatte. Nili verlor bereits jetzt die Geduld; sie stellte sich eine schlabbrige Trainingshose und ein zerknautschtes Tanktop vor, bequeme Klamotten, die nach Geschlechtsverkehr rochen, das hatte ihr gerade noch gefehlt, sie würde zum ersten Mal auf die neue Freundin ihres Ex-Mannes treffen.

Die Tür ging auf. Nili brauchte eine Sekunde, um das Erschrecken auf dem Gesicht der Frau zu erkennen, bevor sie die Frau selbst erkannte. Vor ihr stand Liat, Avischais Liat. Nilis Blick suchte die Fingernägel – waren sie grün oder nicht? –, als könnte hier des Rätsels Lösung liegen, aber sie waren ganz natürlich und unlackiert.

Hi, sagte Liat und schrie, ohne den Blick von der Besucherin zu wenden, Ram! Nili erschrak, wie merkwürdig zusammenhanglos das alles war, da stand ein Mensch vor ihr und riss urplötzlich den Mund auf, um zu schreien wie am Spieß, als stünde ein Mörder hinter ihr. Oder wirkte gar sie selbst, Nili, wie eine Mörderin?

Ram tauchte aus der Tiefe der Wohnung auf, aus der Nähe fand Nili ihn sehr gealtert, das machte ihr etwas Mut, obwohl sie nicht wusste, welche Ermutigung sie noch brauchte. Nili, sagte er überrascht, komm herein, Tul-Tul, Nili, Nili, Tul-Tul. Wir hatten bereits das Vergnügen, sagte Tul-Tul, und Nili fiel der Satz »Was ist eigentlich mit ihr los« wieder ein, den Liat über sie an Avischai geschrieben hatte. Dieser Satz hatte sich ihr stärker eingeprägt als jeder andere, nicht nur ihr Gedächtnis, ihre ganze Persönlichkeit hatte ihn aufgesaugt, ähnlich wie jenen Satz aus ihrer Kindheit: Sie widert mich an. Den hatte ein Mitschüler über sie in sein Tagebuch eingetragen, ausgerechnet ein Junge, mit dem sie befreundet war und der sich auf diese Weise selbst erklärte, warum sie nur seine Freundin, nicht aber seine Sexualpartnerin sein könnte, und natürlich hatte er das Recht gehabt, seinem Tagebuch einen solchen Satz anzuvertrauen.

Sie hatte ihm niemals gestanden, dass sie diesen Eintrag gelesen hatte, hatte es auch sonst niemandem gesagt, nicht einmal ihren Psychologen, mit denen sie durch das Umschiffen jener wenigen Worte viel Zeit und ein Vermögen vergeudet hatte. Immerhin hatte sie in jenen Jahren gelernt, woran man die wirklich bedeutsamen Verleumdungen erkennt: Es sind die, die man nicht zu wiederholen wagte außer im Stillen vor sich selbst.

Rams Augenbrauen zogen sich erstaunt zusammen, und er fragte: Wo hattet ihr das Vergnügen? Bei Avischai, erklärte Liat; seine Miene verfiel, als er begriff und sich erinnerte. Ich geh nur schnell ins Bad, entschuldigte sich

Liat und ließ ihn mit Nili allein. Tu das, sagte er, und Nili fragte, ist das etwa deine Freundin?

Es war ihre erste Äußerung seit Betreten der Wohnung. Ja, sagte Ram, bitte komm doch weiter herein. Aber was hatte sie bei Avischai zu suchen?, fragte Nili, und wieder bat Ram sie doch weiter einzutreten und fragte: Was hast du … begann er seinen Satz, ohne ihn zu beenden. Was soll ich haben?, fragte sie, trat vorsichtig ins Wohnzimmer, als befürchtete sie, eine weitere Enthüllung könnte sie anspringen, und nahm sehr aufrecht auf dem Sofa Platz.

Kaffee?, fragte Ram. Nein danke, sagte sie. Sekunde, sagte Ram, ich mach mir selbst schnell einen. Nili blieb stumm und stellte sich vor, er würde durchs Küchenfenster zu fliehen versuchen, aber er kam kurz darauf mit einem Becher Kaffee in der Hand zurück.

Du bist also Tul-Tul schon einmal begegnet, sagte er. Und Nili fragte: Was wollte sie bei Avischai? Okay, sagte Ram, das ist eine lange Geschichte. Dann schieß los, forderte sie ihn auf.

Avischai hat Geld in unsere Eisdiele investiert, er ist lediglich finanziell beteiligt, nur ein Investor, ein sogenannter stiller Teilhaber. Nili wusste weder, worauf Ram hinauswollte, noch kannte sie den Unterschied. Er fuhr fort: Außerdem ist Ruthi unsere Beraterin in Sachen Glukose, er hat sie hinzugeholt, aber er selbst hat sonst nichts weiter mit der Geschäftsführung zu tun. Was geht denn Avischai eure Eisdiele an?, wunderte sich Nili, und Ram erklärte: Du weißt doch, dass er vegan lebt, in dieser Hinsicht ist er unserer Idee verbunden, glaube ich, und natürlich auch durch Ruthis Mitarbeit.

Woher wusste Avischai, dass du die Eröffnung einer Eisdiele planst?, fragte Nili. Er hat davon gehört, gab Ram zurück, das ist doch nicht weiter ungewöhnlich. Und von wem hat er davon gehört, von dir etwa?, fragte sie. Ja, gab Ram zu. Wieso denn das, staunte sie, habt ihr noch Kontakt? Ja, sagte Ram, gelegentlich. Seit wann denn das?, drängte sie ihn weiter, und er meinte: Weiß ich nicht mehr so genau, schon eine ganze Weile. Wie bitte?, fragte Nili, soll das heißen, seit unserer Scheidung? Ja, mehr oder weniger, räumte er ein. Und sie stellte fest: Das ist doch schon ziemlich lange her, und ich dachte, eure Freundschaft wäre eingeschlafen, ihr selbst habt mir doch erzählt, dass ihr nicht so richtig zusammenpasst oder so was, das hat Avischai mir gesagt. Kann sein, sagte Ram, aber anschließend haben wir uns doch sehr gut verstanden. Das ist ja nicht zu fassen, meinte sie, ihr seid seit sechs Jahren praktisch hinter meinem Rücken befreundet, aber warum habt ihr das verheimlicht? Ich hätte doch nichts dagegen gehabt. Na ja, sagte Ram, wir hatten den Eindruck, es würde dich stören. Aber wie kam dieser Eindruck zustande, fragte sie, ich habe eure Freundschaft doch unterstützt.

Ram schüttelte zweifelnd den Kopf: Lass gut sein, Nili, bat er, Avischai und ich meinten zu spüren, du hättest jeden von uns lieber für dich, keine Vermischung der beiden Bereiche sozusagen. Nili erwiderte: Ich sollte dich und auch Avischai für mich wollen?, was ist das für ein Unsinn, ich teile ihn doch mit zumindest drei weiteren engen Freunden. Mag sein, sagte Ram, ich will mich da nicht einmischen, aber ich gebe zu, dass es mir schwergefallen wäre, dir von meiner wachsenden Freundschaft zu Avischai zu erzählen. Wenn dir etwas schwerfällt, ist das dein Problem, mein Lieber, gab Nili zurück, soll ich etwa auch daran schuld sein?

Natürlich nicht, räumte er ein, aber ich gestehe, dass ich nicht weiß, wie ich mich im umgekehrten Fall gefühlt hätte. Womit habe ich diese Strafe verdient?, fragte Nili. Um Himmels willen, sagte Ram, wieso denn Strafe, davon kann doch keine Rede sein. Ach nein?, fragte Nili, mein bester Freund und mein geschiedener Mann verheimlichen mir ihre Freundschaft, wie würdest du das nennen? Ganz ehrlich, Nili, wir haben niemals über dich gesprochen, und wenn doch, dann nur Gutes, versicherte er. Nili fragte sich im Stillen, ob sie ihm das glauben sollte und ob darin überhaupt ein Trost lag; gleichzeitig stellte sie sich unwillkürlich vor, worüber die beiden sich wohl unterhalten hatten, Weiber, Weiber, Weiber, Sex und Dating höchstwahrscheinlich, was sonst? All das also, worüber Avischai mit ihr gern und oft gesprochen hatte – und mit ihrem Ex-Mann offenbar auch.

Auf einmal musste sie unbedingt wissen, ob Avischai Ram von seinem späten Kinderwunsch erzählt hatte, und während sie noch darüber nachdachte, wie sie Ram diese Information entlocken könnte, begannen zwischen ihren Schläfen verschiedene Gedankenfragmente zu pulsieren und herumzutanzen: Liat ist Tul-Tul. Tul-Tul ist Rams Freundin. Nicht Avischais. Wer wollte Kinder? Avischai eigentlich nicht. Vor Erstaunen über ihre neue Erkenntnis schnellte ihr Kopf in die Höhe. Moment mal, sagte sie, dann war das Foto, das Liat an Avischai geschickt hat, also nur für die Anzeige gedacht? Meinst du die Werbung für unsere Eisdiele?, fragte Ram, ja, sagte Nili, was sollte es denn sonst gewesen sein, fragte Ram, und kurz darauf, wo hast du das Bild überhaupt gesehen?

Nili überging diese Frage geflissentlich, obwohl ihr schon fast alles egal war; sollte Ram nachhaken, würde sie ihm wahrheitsgemäß antworten – der Nobelpreis und Avischais Tod schienen nur noch Überreste einer anderen Ära zu sein –, aber Ram ließ sie noch einmal davonkommen, seine Position in diesem Gespräch war denkbar schwach. Dann liegt also gar keine Schwangerschaft vor, sagte Nili zu sich selbst, zu ihm oder zu keinem, aber da sie von Ram weder »Nein« noch »nicht dass ich wüsste« hörte, setzte sie ein »oder?« hinzu, um sich zu vergewissern.

Die Wahrheit, sagte Ram, Tul-Tul ist zufällig tatsächlich schwanger, und Nili rief sich rasch die Story in Erinnerung, die sie sich in den letzten Minuten zusammengebastelt hatte – wer war Tul-Tul noch mal? Dann sagte sie: Ach, Liat ist zufällig tatsächlich schwanger? Ja, bestätigte Ram mit einem stolz-verschämten Lächeln im Gesicht, und Nili fragte: Von dir? Ram schüttelte sanft den Kopf und warf ihn ein wenig schräg zurück, wie um zu fragen: Von wem denn sonst?

SIEBENUNDZWANZIG

1

Sie hasste die Stadt Jaffa, und sie hasste Smadar, die jetzt treuherzig in einem durchgestylten Café mit arabischem und hebräischem Namensschriftzug auf sie wartete. Nili erschrak; ihre Schwester sah tatsächlich aus wie ein krebskranker Mensch, dessen Schicksal beschlossene Sache ist. Für die Kahlheit des Schädels sollten riesige Ohrgehänge, Halsketten und Armreifen entschädigen, die der skelettartige Körper kaum noch zu tragen vermochte. Zwischen den grazil herumschwebenden Kellnerinnen mit asymmetrischen Haarschnitten wirkte Smadar wie ein grotesker Gruß aus der Zukunft, der alle jugendliche Schönheit zu verhöhnen schien.

Nili hatte ihre Schwester zuletzt vor sechs bis acht Wochen gesehen, länger war es nicht her. Doch jetzt kam ihr das wie eine lange, eine erstaunlich lange Zeit vor. Wie hatte Smadar es in ihrem Zustand nur geschafft, sich durch all die Tage zu schleppen, ohne am Wegrand liegenzubleiben?

Geht es deinen Töchtern wieder gut?, erkundigte sich Smadar. Warum sollte es ihnen nicht gut gehen?, fragte Nili. Du hast etwas von einem Notfall gesagt, erinnerte Smadar ihre Schwester, und Nili fiel wieder ein, dass sie ihre Verspätung mit so etwas begründet hatte, eine frei erfundene, unverantwortliche und gefühllose Ausrede, ihr wäre es vor wenigen Minuten noch sogar recht gewesen, wenn Smadar das Treffen ganz abgesagt hätte. Ach so, ja, ja, alles wieder gut, flunkerte sie rasch.

Sie musterte Smadar. Ihrer Schwester war etwas viel Schlimmeres passiert als ihr selbst, das machte sie sich jetzt klar. Nili dachte an Avischai, auch er war gestorben, vielleicht wurde sie auf diese Art bestraft, Menschen in ihrer Nähe starben, bis sie, Nili, begriffen hätte, dass ihr Leben im Grunde schön war, dass alles gut war. Aber der Gedanke an Avischai machte sie wütend, wieder spürte sie die Kränkung vonseiten der Freunde wie einen Hieb, vertrieb sie aber rasch und fragte: Na, und wie wars?

Es war wunderbar, sagte Smadar, wirklich, eine herrliche Veranstaltung, die Demokratische Schule ist etwas ganz anderes, ein unglaublicher Unterschied, man tritt durch das Tor und spürt es sofort. Wie schön, sagte Nili. Smadar sah enttäuscht aus, und Nili überflog die Anstandsregeln, wonach müsste sie sich noch erkundigen? Habt ihr fotografiert?, fragte sie. Ja, sagte Smadar, jemand hat dort Aufnahmen gemacht, ich leite sie dir dann weiter. Unbedingt, sagte Nili, schick mir alles, schade, dass ich die Feier verpasst habe. Ja, das ist wirklich schade, meinte Smadar.

Wie fühlst du dich?, fragte Nili. Gar nicht so schlecht, gab Smadar zurück. Und Nili spürte, wie sehr die Stimme ihrer Schwester ihr bereits auf die Nerven ging und die guten Absichten von soeben hinwegfegte. Was heißt das, fragte sie zurück, was geschieht jetzt? Das Gleiche wie immer, meinte Smadar. Und das wäre?, fragte Nili. Ich bin krank, sagte Smadar, ich betrachte das als chronische Krankheit, weißt du, eigentlich bin ich nicht kranker als du oder jeder andere, nur dass ich im Unterschied zu euch genau weiß, was ich habe. Nicht kranker als ich, was willst du damit sagen?, fragte Nili, du hast Krebs! Das stimmt, ich habe Krebs, gab Smadar zu, aber ich habe auch eine Katzenfellallergie. Und was hast du?

Die Frage verstehe ich nicht, sagte Nili. Was hast du, fragte Smadar, was ist mit deinem Körper los? Mein Cholesterinwert ist zu hoch, gab Nili zurück. Und was tust du dagegen?, fragte Smadar. Was ich dagegen tue?, ich nehme Tabletten, das tue ich dagegen. Und was tust du gegen den Krebs?, fragte Smadar, du kannst das Wort ruhig aussprechen, Krebs. Nili fürchtete, sie würde gleich verrückt werden, war sie etwa eine der abergläubischen Alten, die »das Wort« nicht in den Mund zu nehmen wagten? Was für einen Unsinn Smadar verzapfte.

Sie war versucht, ihrer Schwester von Avischais Tod zu erzählen, ihr einen echten Tod zu präsentieren, Avischai ist tot, weißt du? Damit sie registrierte, dass in der Welt tatsächlich gestorben wurde. Und außerdem dachte sie, bevor Smadar die Nachricht weitertragen kann, wird sie schon nicht mehr da sein.

In Bezug auf Krebs und Tod, was unternimmst du, um am Leben zu bleiben?, fragte Nili. Zorn loderte auf in ihr, sie hatte das Recht, so unverblümt zu fragen, denn der Tod stand auf ihrer Seite, sie kannten sich. Smadar zuckte kaum merklich zusammen und sagte dann: Ich lebe, Nili, genau wie du, ich lebe und hoffe das Beste, ich

esse gut. Smadar war drauf und dran, die Gesprächs-
zügel an sich zu reißen. Besser als du, Nili, wenn wir
schon beim Thema sind. Nili schaute bestürzt auf die
Tischplatte – hatte sie womöglich aus Versehen etwas
bestellt? –, aber vor ihr dampfte lediglich eine Tasse
Kräutertee.

Sie fühlte sich gefangen in dieser hoffnungslosen Unterhaltung, an der sie eigentlich gar kein Interesse hatte,
was tust du dagegen, was tust du nicht – als ob das etwas
änderte, die Fragerei war sinnlos, war kaum mehr als
die belanglose Füllung des Gesprächs, wie zerknülltes, in
fabrikneue Schuhe gestopftes Seidenpapier, bemühter
Eifer, der die Vergeblichkeit zu überspielen versuchte.
Mit oder ohne Chemotherapie, Smadar müsste sterben,
warum mischte Nili sich überhaupt ein?

Eine schreckliche, drängende Angst griff nach ihr. Es
war die letzte Gelegenheit. Sie sollte endlich den Mund
öffnen und mit Smadar reden, mit ihr reden wie mit einer Schwester, wie im Beichtstuhl, wie in Filmen, wie in
Träumen, endlich einmal alles zur Sprache bringen, Ram
und Avischai, Liat und die Schwangerschaft, Nathan,
ihre Dates, die Demütigungen, sich selbst. Warum nicht?
Was würde groß geschehen, wenn sie das alles einmal
herausließe? Es würde ihre Schwester glücklich machen,
sie würden sich in die Arme fallen, Smadar würde leichter sterben. Wer, wenn nicht sie, Nili, war in der Lage,
den ersten Schritt zu tun? Die Bekenntnisse würden
ohnehin nur kurz außerhalb ihrer selbst existieren, Smadar würde sie kaum länger als ein paar Wochen mit sich
herumtragen.

Nili vergab Sohara, sie vergab Jehuda, sie vergab Amos, und sie empfand jetzt fast so etwas wie Mitleid mit ihnen, die Freunde hatten sie nur zu schützen versucht, wo sie selbst es nicht schaffte; auch ihre engsten Freunde waren im Ungewissen über die wahre Nili geblieben, weil sie ihnen so viel verschwiegen hatte. Sie hatte behauptet, für ihre Enkeltöchter keine Geduld zu haben, anstatt von ihrer Angst zu sprechen, die Kleinen könnten von ihr die Neigung zur Fettleibigkeit geerbt haben; ihre Begegnungen mit Männern hatte sie zu unterhaltsamen Anekdoten umgearbeitet; plötzlich trauerte sie um sich selbst wie um Avischai, der so plötzlich gestorben war. Sie aber lebte noch.

Sie schaute Smadar an, und Smadar schaute immer fragender zurück. Nein, noch war es unmöglich, noch brachte sie all das ihrer Schwester gegenüber nicht über die Lippen, aber den Freunden würde sie sich anvertrauen. Doch auch der Todkranken wollte sie etwas mit auf den Weg geben, eine Art Ersatz: Du siehst gut aus, wirklich! Smadar schaute sie verständnislos an, und Nili setzte hinzu: Man sieht, dass du dich richtig ernährst und deinen Körper pflegst. Im Ernst?, fragte Smadar. Im Ernst, bestätigte Nili, ich sollte das auch tun. Wir könnten das zusammen tun, schlug Smadar vor, wenn du willst, kann jede von uns sich einmal in der Woche wiegen und die andere auf WhatsApp informieren, wobei ich natürlich zunehmen muss, sie lächelte. Und Nili nickte: Das machen wir.

ACHTUNDZWANZIG

1

Wunderbarerweise fand sie einen Parkplatz in der Ma-
zeh-Straße, von dort waren es nur noch ein paar Schritte
bis zur Villa. Nachdem sie unzählige Male an der Haustür geklingelt hatte – dass im Erdgeschoss Licht brannte,
sah man schon von der Ecke aus –, antwortete er ihr endlich auf dem Handy: Ich bin nicht zu Hause, ich bin im
Hotel. Aber bei euch brennt Licht, sagte sie, und er wiederholte: Ich bin im Hotel.

Unterwegs überlegte sie, wer sich wohl in der Villa
aufhielt. Wenn es Idith war, musste das Ganze aus dem
Ruder gelaufen sein.

Sie marschierte durch sich öffnende Glastüren, nickte
dem Mann an der Rezeption mit der Sicherheit eines
Gastes zu, fuhr mit dem Lift in die zweite Etage, fand das
Zimmer Nummer zwölf und klopfte zunächst zaghaft
an, kurz darauf etwas stärker.

Die Tür wurde geöffnet. Vor ihr stand Jehuda in kurzen Hosen und einem weißen Fruit-of-the-Loom-T-Shirt.
Nili, trompete er wie ein Jugendleiter, der seine Zög-
linge zum Appell rief. Na, wie gehts, erkundigte sie sich
ohne Fragezeichen. Er riss die Tür sperrangelweit auf,
und sie marschierte hinein.

Auf dem Boden lagen Take-away-Boxen, auf dem Tisch Reste chinesischen Essens, sie erspähte Rippchen, teilweise noch nicht abgenagt, in Sesam panierte Schnitzel und ein Rindfleischgericht. Wie konntest du mich nur mit diesen beiden Dumpfbacken allein lassen, das werde ich dir nie verzeihen. Rippchen?

MITTWOCH

AMOS

AUF DEN WETTSEITEN IM INTERNET
STEHEN DIE CHANCEN BEI 8:1

NEUNUNDZWANZIG

1

Die Nachricht vermochte seine Laune nicht zu verbessern. Seine Frau war nun also Rechtsanwältin. Er fühlte sich merkwürdig, als hätte das Denkvermögen sein Alter endlich eingeholt.

Möglicherweise von Jehuda und seinen blöden Einfällen inspiriert, hätte er Varda zur Feier ihres Erfolgs gern zu einer Reise irgendwohin eingeladen, dann müsste er morgen nicht in seinem Haus zu einem neuen Tag erwachen, dem ersten von wer weiß wie vielen seines Lebens, das von nun an vielleicht aus lauter Aufschüben bestünde, erst die Woche Avischai, dann eine Woche Rom beispielsweise, in der nächsten müsste man mal schauen, nur um Himmels willen kein Sterben mehr.

Er stand auf weiter Flur allein da. Avischai war abgetreten, hatte das Feld großmütig geräumt und ihm den Boden der Ausflüchte unter den Füßen weggezogen. Jetzt kam es nur noch auf ihn an; nach zwanzig, dreißig Jahren würde ihm vielleicht Gerechtigkeit widerfahren, der Preis würde den sexuell Unattraktiven, den Small-Talk-Nullen dieser Erde zugesprochen werden. Wo sonst, wenn nicht in den Wirtschaftswissenschaften, wäre das möglich?

Avischai war gestorben. War vorzeitig verschieden. War in einem Augenblick noch da und im nächsten tot gewesen. Wie jemand, der eine unfaire Abkürzung nimmt und aus dem Rennen ausscheidet, sobald er eindeutig die Oberhand hat.

Amos wünschte sich Avischai für eine gewisse Weile zurück, vielleicht um ihm ein langsames Dahinsiechen zu ermöglichen, dir bleiben noch sieben Monate, noch drei. Was täte er, wenn Avischai noch einmal ins Leben zurückkehrte? Ihm schien, dass er dann ehrlich sein und alles eingestehen würde – und Avischai täte das dann womöglich auch. Du hast mich beneidet?, würde er Avischai fragen. Ich habe dich beneidet! Worum denn nur, würde Amos sich wundern, und Avischai würde erwidern: Worum, fragst du, als gäbe es nicht genug! Ihm schien, in einem Film mit Bette Midler hätte sich etwas Ähnliches zugetragen.

Vielleicht hätte Avischai erst einmal krank werden müssen, sterbenskrank, um die Freunde rechtzeitig auf Trab zu bringen. Aber nun war ein Knopf zu heftig gedrückt, ein Gift zu stark dosiert worden, und die Behandlung hatte dem Patienten das Leben gekostet.

Gab es in seinem Umfeld noch mehr Menschen, die einen Schritt zu überspringen und auf der Stelle zu sterben drohten? Varda, Hagar? Er schüttelte diese Überlegungen ab. Gern hätte er die Augen geschlossen, doch die Gedanken schienen die schweren Lider von innen zu durchstechen und am ganzen Augapfel zu zerren.

Er brauchte unbedingt Ruhe.

Sie saßen bereits seit dem Morgen in Avischais Wohnung. Sohara hatte dort übernachtet und bewirtete sie in Anbetracht der Tatsache, dass dort niemand mehr lebte, überraschend häuslich. Auf dem Tisch standen Gemüsestangen, mehrere Dips, Brot und ein warmer Nudelsalat. In Vorbereitung auf das kommende Ereignis aßen sie mit Appetit, allerdings in Eile.

Die Verkündung kommt per Telefon, der Gewinner wird angerufen, Amos wusste das, war aber dennoch unwillkürlich angespannt, als wäre unklar, wodurch die Nachricht sich schließlich ankündigte, durch das Klingeln des Telefons, ein Klopfen an der Tür, ein Handy-Zwitschern oder den Gong im E-Mail-Eingang – so viele Töne und Tore, die Wohnung schien ganz und gar porös. Amos stellte sich sogar vor, die Botschaft käme durchs Fenster geflogen, ein putzig gekleidetes Männlein schwang sich auf einem Seil durch die berstende Scheibe und verkündete, vielleicht zum Schall von Fanfaren: Hört, hört, ihr Leute, der Nobelpreis geht an Avischai Sar-Schalom.

Sohara schaltete den Fernseher ein, aber als das Geplapper des Frühstücksfernsehens durch die Wohnung geisterte, zeigte sich, wie sinnlos das war, keine »Breaking News« oder kein »Live from Sweden«. Sohara zappte sich durch die Kanäle, bis Jehuda sie bat: Mach aus, mach aus, wenn überhaupt, kommt es über Facebook. Doch Sohara kletterte hoch zu bislang unbestiegenen Gipfeln der Fernsehsender, zu den exotischen fremdsprachigen

Kanälen und fragte: Wieso denn Facebook, findet die Bekanntgabe auf Facebook statt? Die Bekanntgabe vielleicht nicht, meinte Nili, aber es könnte über den Feed kommen, dort habe ich schon oft herausgefunden, wer den Literaturnobelpreis erhalten hat. Und den Wirtschaftsnobel?, fragte Sohara. Nein, meinte Nili, den ehrlich gesagt nicht, und Jehuda meinte: Wenn schon, dann höchstens bei Amos. Das möchte ich bezweifeln, erwiderte Amos, zog das Handy hervor, öffnete seine Facebook-Seite und erklärte nach eifrigem Herumsuchen: Bis jetzt nichts, aber eins muss euch klar sein, wenn es bei Facebook oder Sky-News auftaucht, bedeutet das ein Nein für Avischai, aber wir wüssten immerhin Bescheid. Aber es ist doch schon vorgekommen, warf Nili ein, dass man den Kandidaten nicht erreicht und dann erfährt er es aus dem Fernsehen, mit Alice Munro war das damals so, man hat sie einfach nicht zu fassen gekriegt. Das mag passieren, meinte Amos, aber nicht, wenn der Kandidat neben seiner Festnetzlinie mit dem Handy im Schoß in seiner Wohnung sitzt.

Wie lange mögen sie wohl mit der öffentlichen Bekanntgabe warten, nachdem sie den Kandidaten informiert haben?, fragte Nili, wie lange sollen wir hier noch auf heißen Kohlen sitzen? Das geschieht so gut wie gleichzeitig, sagte Amos, ist der Kandidat benachrichtigt, wissen es die israelischen Sender oder eben CNN eine Sekunde später. Ich sehe, du kennst dich aus, stichelte Sohara, und Amos erwiderte: Was glaubst du wohl, wie viele Nobelpreisträger ich kenne, und die sprechen anschließend über nichts anderes mehr, besonders in den Wirtschaftswissenschaften. Bis jetzt ist jedenfalls nichts da, sagte Nili. Habt ihr »Nobelpreisgewinner Wirtschaftswissenschaften« auch mal ohne Anführungszeichen eingegeben?, fragte Jehuda. Das heißt nicht Gewinner, sagte Nili, sie benutzen ein anderes Wort. Nobelpreisträger, verbesserte Amos. Es ist noch nichts da, meldete Nili.

Jehuda tippte eifrig in sein Handy, Amos wusste, dass Jehuda den Suchkünsten der anderen misstraute, Nili schien etwas Ähnliches zu denken, ihre Zunge spielte mit den Zähnen, ein Zeichen unterdrückten Unbehagens. Es bringt jetzt nichts, obsessiv zu recherchieren, erklärte Nili, vielleicht können wir uns darauf einigen, einmal stündlich nachzuschauen, sonst machen wir uns nur verrückt. Jehuda starrte weiterhin auf sein Handy, und Nili sagte: Jehuda! Eine Sekunde bitte, gab er zurück, und Nili fragte: Hörst du mich denn nicht? Jehuda klickte noch zwei, drei Mal mit dem Daumen auf die Tastatur, wahrscheinlich zurück, zurück, zurück, bevor er den Blick zu Nili hob: Doch, doch, sagte er, ich höre, ich höre dich, Nili, jedes Wort.

3

Jehuda hatte am Montag um zwei Uhr nachmittags angerufen, und Amos hatte spontan tief eingeatmet, um genügend Luftvorrat für ein großzügiges Verzeihen zu speichern, aber der Jehuda am anderen Ende der Leitung hörte sich kaum noch wie Jehuda an. Avischai ist weg, Amos, sagte er mit zitternder Stimme, als würde er sagen:

Amos, Avischai ist tot, du musst unbedingt herkommen. Wohin ist er denn verschwunden?, fragte Amos. Keine Ahnung, gab Jehuda zurück, vielleicht war es unser Putzmann, keine Ahnung, jedenfalls ist er nicht mehr da, Amos, was soll ich jetzt nur machen? Dein Putzmann hat Avischai weggeschafft?, fragte Amos, wo hat er ihn denn hingebracht? Keine Ahnung, ich bin nach Hause gekommen, und Avischai war weg, ich hatte vergessen, dass montags Putztag ist.

Und vorher war er noch da?, fragte Amos. Na klar, sagte Jehuda. Und jetzt ist er nicht mehr da?, fragte Amos, und Jehuda erwiderte: Amos, bitte komm sofort vorbei. Wo bist du denn?, fragte Amos. Zu Hause, sagte Jehuda, das heißt, draußen vor dem Haus. Hast du den Putzmann angerufen?, fragte Amos. Warum sollte ich das tun?, fragte Jehuda zurück. Du hast ihn also nicht angerufen?, vergewisserte sich Amos, das solltest du aber, frag ihn, was passiert ist. Ich soll ihn anrufen und fragen, ob er hier eine Leiche gesehen hat? Nein, das nicht, gab Amos zurück, aber ... ach, ich weiß auch nicht, ruf einfach an und warte ab, was er zu sagen hat. Amos, komm her, okay?, bat Jehuda noch einmal, ich warte im Garten auf dich. Warum denn im Garten?, wunderte sich Amos. Weil ich es drinnen nicht aushalte, erklärte Jehuda. Gut sagte Amos, ich steige jetzt ins Auto und fahre von Herzlia aus direkt zu dir.

Jehuda saß vorne am Gartenweg und rauchte. Amos brauchte einen Moment, wie beim Spiel »Finde den Unterschied«, aber als er es erfasste – Jehuda rauchte, Jehuda rauchte wieder! –, stellte das aufquellende Glücksgefühl für einen Augenblick alles andere in den Schatten.

Komm, sagte Amos, gehen wir rein. Amos, ich kann nicht hineingehen, erwiderte Jehuda. Wovor hast du denn Angst?, fragte Amos. Keine Ahnung, sagte Jehuda, und wenn sie mich nun drinnen erwarten und mich erpressen wollen? Wer sollte dich drinnen erwarten?, fragte Amos. Keine Ahnung, sagte Jehuda, der von der Elfenbeinküste und seine Kumpane, Viktor stammt von der Elfenbeinküste. Vielleicht lauern sie mir nicht auf, aber vielleicht haben sie der Leiche etwas angetan? Keine Ahnung.

Willst du mir mal eben den Schlüssel geben?, fragte Amos. Ja, sagte Jehuda überraschend prompt, als entspräche das genau seinem Plan, und streckte ihm den Schlüssel hin, Amos nahm ihn an sich und sagte: Gut dann, ich bin gleich wieder da.

Er steckte den Schlüssel ins Schloss und öffnete die Tür mit gebotener Vorsicht. Avischais Geruch stand deutlich wahrnehmbar in der Luft, aber Avischai selbst war tatsächlich verschwunden. Amos verspürte eine gewisse Angst, Jehudas Villa war groß und geräumig, gleichzeitig aber fühlte er sich ein wenig wie Superman, ein Nerd-Superman, auch eine solche Version müsste es heute eigentlich geben. Hatte er nicht den Biker-Unfall gemeistert und mit seiner improvisierten Vorlesung am ersten Tag das ganze Unterfangen gerettet? Er war nicht der, für den sie ihn hielten, er würde für Avischai alles tun, was menschenmöglich war.

Jehuda hatte ihn aus guten Gründen als Ersten angerufen, trotz ihrer Auseinandersetzung, trotz allem. Tiefe Dankbarkeit für die ausgleichende Gerechtigkeit erfüllte ihn, ein Gefühl, wie man es sonst kaum je geschenkt bekommt: Endlich und zu guter Letzt hatte er triumphiert, in dieser Logik steckte etwas Heldenhaftes.

Hallo, rief er und sah sich prüfend um. Im Fußboden am Fuß der Treppe schien ein tiefes Loch zu gähnen, aus dem ihm etwas entgegenschrie. Er scheute sich, weiter einzutreten, im Kino hätten die Zuschauer jetzt den Blick abgewandt. Aber er befand sich nicht im Kino. Der Eingangsbereich war leer, das Wohnzimmer auch, Amos spähte unter jedes Sofa, das Bücken fiel ihm schwer, und er erledigte es rasch, um die Peinlichkeit abzukürzen.

Die Tür zur Gästetoilette riss er mit einer scharfen Bewegung auf, aber auch dort versteckte sich niemand, nicht einmal hinter dem Duschvorhang. Er schloss die Tür der Toilette hinter sich, um sich dann fast auf Zehenspitzen mühsam die Treppe hochzuziehen, sie widerte ihn an.

Oben wurde der Geruch stärker, er folgte ihm durch den langen Gang, kalt, wärmer, heiß. Vor der Tür zum Gästezimmer summte ein Fliegenschwarm, den er mit kräftigem Handwedeln vertrieb. Dann öffnete er die Tür. Auch dort lauerte ihm niemand auf, warum auch, eine irrationale Vorstellung, die Jehuda ihm eingepflanzt hatte.

Erst nachdem sein Herzschlag sich beruhigt und seine Augen sich daran gewöhnt hatten, dass es nichts Besonderes zu sehen gab, dass alles normal war, drängte der Gestank, der offenbar still auf seine Stunde gewartet hatte, sich in seine Nasenlöcher. Und nun entdeckte Amos ihn: Avischai oder vielmehr seinen Umriss, vom Laken bedeckt, mit dem er heraufgeschwebt zu sein schien wie mit einem fliegenden Teppich, der seine Last unter sich anstatt auf sich trug. Über ihm kreisten Fliegen wie eine Schar von Klageweibern.

Amos rückte das Laufband ein wenig zur Seite, hielt sich die Nase zu, näherte sich dem Bett und hob eine Ecke des Lakens behutsam an. Es war der abscheulichste Anblick seines Lebens.

Rasch verließ er das Zimmer und schloss die Tür hinter sich, lief mit Riesenschritten die Treppe hinunter und durch den Eingangsbereich hinaus, bis er mit unglaublicher Erleichterung, als wäre er dem Toten entkommen, endlich draußen im Garten stand.

Jehuda wandte sich fragend zu ihm um. Er ist oben, sagte Amos. Avischai?, fragte Jehuda vorsichtig zögernd. Ja, bestätigte Amos, im Gästezimmer mit dem Laufband, dein Viktor muss ihn dort abgelegt haben, um unten sauber zu machen, das Gästebett schien ihm offenbar der geeignete Ort zu sein. Ist er okay?, fragte Jehuda. Okay würde ich es nicht gerade nennen, sagte Amos. Ich meinte, ist er noch so wie vorgestern?, korrigierte sich Jehuda. Amos verlangte eine Zigarette.

Sie saßen schweigend in Avischais Wohnzimmer. Irgendwann fragte Nili: Hast du was von Idith gehört? Ich simse manchmal mit Miki, gab Jehuda zurück. Ach, sie ist bei Micki?, fragte Nili, und Jehuda sagte: Einstweilen.

Amos fühlte sich wie jemand, der ein Kapitel übersprungen hat; etwas war passiert, und ihn hatte man nicht informiert. Er war kurz gekränkt. Schließlich hatte er Jehuda beigestanden und war im Augenblick der Not an seine Seite geeilt, dennoch war offenbar etwas Wichtiges geschehen, von dem er nichts wusste.

Miki, Idiths Schwester?, fragte er. Idith ist vorläufig bei ihr, erklärte Sohara. Bis wir Avischai weggeschafft haben?, fragte Amos. Weiß Amos es etwa noch nicht?, fragte Nili. Wir lassen uns scheiden, erklärte Jehuda.

Amos war außerordentlich bestürzt, wollte aber nichts Dummes äußern, und während er noch im Kopf zwischen mehreren möglichen Reaktionen hin und her sprang, die alle wie Beileidsbekundungen bei der Schiwa entfernter Verwandter klangen, wandte Sohara sich an Jehuda und fragte: Bist du eigentlich traurig? Amos sah erstaunt und dankbar zu ihr hinüber, das war jetzt die angebrachte Frage. Ob ich traurig bin?, wiederholte Jehuda. Natürlich ist er traurig, mischte Nili sich ein, eine Trennung ist etwas schrecklich Trauriges, selbst wenn die Entscheidung gut und richtig ist und alles eitel Sonnenschein, traurig bleibt es dennoch, und Jehuda gestand: Ja, ich bin tatsächlich traurig. Nun fiel auch Amos endlich eine Frage ein, nämlich ob die Trennung irgendetwas mit Avischai zu tun habe, aber sie erschien ihm in diesem Moment unangebracht.

Jehuda, ist es dir überhaupt recht, dass wir darüber sprechen, oder sollen wir lieber das Thema wechseln?, fragte Sohara. Wir können meinetwegen gern darüber sprechen, gab Jehuda zurück, aber ich weiß gar nicht, was es da viel zu reden gibt. Gut, sagte Nili, darf ich den anderen erzählen, wie ich dich gestern Abend vorfand? Wie hast du mich denn vorgefunden?, fragte Jehuda. Mit Take-away-Boxen, erklärte Nili. Bitte sehr, sagte Jehuda, nur zu. Jehuda ist wieder unter die Fleischfresser gegangen, verkündete Nili, und Amos reagierte erleichtert mit: Das kann doch nicht wahr sein!, obwohl er eigentlich gar nicht überrascht war, schließlich hatte er Jehuda rauchen gesehen. Tut mir aber bitte den Gefallen, verlangte Jehuda, und erspart mir Entsetzensschreie, dafür fehlt mir die Kraft, deswegen habe ich es ja bis heute verschwiegen.

Jetzt übersprangen sie alle ein Kapitel, das spürte Amos auf Anhieb, denn niemand traute sich zu fragen, was »bis heute« bedeutete, das könnte womöglich als Entsetzensbekundung ausgelegt werden. Herzlichen Glückwunsch, Jehuda, sagte er, willkommen im Kreis der verkalkten Alten. Danke, danke, meinte Jehuda, good to be back. Und Amos freute sich, den richtigen Ton getroffen zu haben, aber mehr fiel ihm dazu leider nicht ein.

Wow, sagte Jehuda, möchtet ihr eine unglaubliche Geschichte hören? Wenn sie wirklich unglaublich ist, gehe ich vorher noch schnell aufs Klo, sagte Nili, bitte warte so lange, damit stand sie auf. Und Jehuda meinte:

Ich weiß nicht, wieso ich euch das noch nicht erzählt habe, es trug sich zu, als wir an meinem Geburtstag wegen Avischai unter Hochdruck standen. Warte auf mich, rief Nili vom Flur aus. Sei unbesorgt, sagte Jehuda, ich gebe nur schon mal den Kontext. Nili verschwand hinter der Toilettentür, und Jehuda meinte: Was waren das nur für verrückte Tage. Aber es muss doch auch nett gewesen sein, meinte Amos, dieser ganze Geburtstagszauber, die ländliche Herberge, oder konntest du es nicht genießen? Von wegen genießen, protestierte Jehuda, weißt du, was sie für mich am Morgen danach organisiert hatten? Eine Kletterwand! Was ist denn das?, erkundigte sich Sohara, und Jehuda erklärte: Man wird angeseilt und muss an einer Wand hochklettern. Sie haben dort einen ganzen Park mit Kletterwänden, siebzehn Meter sollte ich mich am frühen Morgen hochhangeln. Aha, sagte Sohara, aber es wäre nicht fair, Nili etwas derart Amüsantes vorzuenthalten. Ich warte ja auf sie, versicherte Jehuda.

Das Schweigen bis zu Nilis Rückkehr schien übertrieben, es konnte als respektvoll aber auch als spöttisch ausgelegt werden. Ob die Sache mit Nili, über die noch nicht gesprochen worden war, sich je wieder einrenken ließ? Mit Jehuda hatte sie sich offensichtlich ausgesöhnt, in seinem Gefolge war sie zurückgekehrt und hatte sich zu ihnen gesetzt, als wäre nichts geschehen. Vielleicht meinten die anderen, Nili hätte sich entschuldigt, und Nili meinte, die anderen hätten sich entschuldigt, auf diese Weise war die Begegnung für alle einfacher.

Momentan trugen die Freunde eine übertriebene Fröhlichkeit zur Schau, und Amos fragte sich, wann die gute Laune wohl auf ein normales Maß abklänge, oder ob die Freundschaft selbst am Abklingen sei.

Nili kehrte nach verhältnismäßig langer Zeit bedrückt wie jemand, der gerade A-a gemacht hatte, ins Wohnzimmer zurück: Wisst ihr, was sich in Avischais Schrank abspielt? Vollgestopft mit Cremes und Shampoo. Welchen Schrank meinst du, fragte Sohara, das Badezimmerschränkchen? Ja, sagte Nili, er hat da eine ganze Sammlung angehäuft. Warum schnüffelst du in seinen Schränken herum?, fragte Sohara. Er ist doch tot, sagte Nili. Na und, fragte Sohara. Es kann ihm doch jetzt egal sein, meinte Nili. Dann kann es ihm ebenfalls egal sein, ob er den Nobelpreis bekommt oder nicht, erwiderte Sohara. Das ist wohl kaum vergleichbar, meinte Nili. Möchtest du etwa, dass man nach deinem Tod in deinen Schränken herumschnüffelt?, fragte Sohara. Es wäre mir ehrlich gesagt schnuppe, gab Nili zurück, sie werden höchstwahrscheinlich in schmutzigeren Dingen als in Schränken herumschnüffeln, schlimmstenfalls finden sie Kondome. Ihr benutzt Kondome?, fragte Jehuda. Jetzt nicht mehr, gab Nili zurück, aber am Anfang. Gut für ihn, meinte Jehuda. Warum gut für ihn?, fragte Nili, warum nicht gut für mich? Dann eben gut für euch beide, räumte er ein, kann ich jetzt endlich meine Geschichte loswerden?

Vielleicht gehören die Cremes seiner Schwester, meinte Sohara. Warum nicht zugeben, dass hier gelegentlich weibliche Wesen ein und aus gingen, das nimmt dir nichts von deinem Wert, Sohara, meinte Nili. Was soll das nun wieder heißen?, wunderte sich Sohara. Nichts weiter, meinte Nili. Nein, nein, Nili, du wolltest damit doch etwas sagen, beharrte Sohara. Ich wollte damit sagen, dass du in Avischais Leben eine wichtige Rolle gespielt hast, erklärte Nili, weiter nichts.

Sohara schaute nachdenklich und irgendwie unzufrieden drein, aber Nili hatte ihre Aufmerksamkeit bereits Jehuda zugewandt und sagte: Wolltest du nicht einen Witz erzählen? Eine Geschichte, stellte er richtig. Wir alle haben in Avischais Leben eine wichtige Rolle gespielt, sagte Sohara. Und Nili warnte: Treibs nicht auf die Spitze, Sohara.

Amos fand Nili jetzt plötzlich unverschämt und aufdringlich, sie hatte einen Dämpfer verdient; er dachte an die von ihr aufgebrachte angebliche Vaterschaft Avischais, darüber war noch gar nicht gesprochen worden. Und nun quälte Nili Sohara derartig arrogant, dabei hatte sie selbst sich kaum mit Ruhm bekleckert, sondern für unnötige Kopfschmerzen gesorgt und alle aus der Bahn geworfen. Nili, es reicht, sagte er. Was reicht?, fragte Sohara. Es reicht, der Mann wird in einigen Stunden unter die Erde gebracht, die Geheimniskrämerei hat ein Ende. Wieso in einigen Stunden?, fragte Nili. Na ja, sagte Amos, ob Preisträger oder nicht, in einigen Stunden wird Avischai begraben, du wirst doch dann seinen Tod nicht länger verbergen wollen, oder?

Daran habe ich nicht gedacht, gestand Nili, das habe ich noch gar nicht richtig kapiert, wow, jetzt klopft mir aber das Herz. Das erschüttert mich jetzt aber auch, sagte Sohara wie zu sich selbst, als würde sie ein ganz anderes Gespräch fortsetzen. Amos legte ihr eine Hand auf die

Schulter, wusste aber nicht, was er sonst noch für sie tun sollte, und Jehuda fragte Nili: Bist du okay, brauchst du ein Glas Wasser? Weiß selbst nicht, was mit mir los ist, meinte Nili, plötzlich fühle ich mich maßlos gestresst. Wieso denn?, fragte Jehuda. Weiß auch nicht, gab sie zurück, plötzlich erscheint mir das alles so echt.

Amos hatte den Eindruck, Sohara würde womöglich gleich in Tränen ausbrechen, und er verstärkte den Druck auf ihre Schulter, aber es wurde eher ein Kneifen daraus. Unterdessen wandte sich Jehuda an Nili: Erst jetzt erscheint dir das alles echt zu sein? Dabei haben wir es doch schon fast hinter uns. Ganz im Gegenteil, erwiderte Nili, wir haben noch fast alles vor uns, jetzt müssen wir damit heraus, und das Lügen geht weiter. Nein, Nili, meinte Jehuda, jetzt können wir doch bekanntgeben, dass er tot ist, was der Wahrheit entspricht, sieh das mal von dieser Seite. Aber so ist es doch gar nicht, erwiderte Nili in einem Ton, in dem »und das weißt du ganz genau« mitschwang. Selbst, wenn es nicht so ist, kann es so betrachtet werden, meinte Amos. Ich weiß nicht recht, gab Nili zu bedenken, Nathan sagt, dass …

Sie hielt inne, und Sohara fragte: Nathan sagt was? Nein, meinte Nili, er behauptet nur immer, ich wäre eine schlechte Lügnerin. Hast du ihn etwa eingeweiht?, fragte Amos. Bist du verrückt geworden?, entgegnete sie. Ganz sicher nicht?, hakte Amos nach, und Nili sagte: Jehuda, dein Telefon klingelt. Das ist nicht meins, erklärte Jehuda, und jeder bemühte sich herauszufinden, wessen Kind da weinte, bis Nili erklärte: Das ist Avischais Festnetz.

6

Sie stand rasch auf und spürte dem Läuten nach, ich glaube, das alte Telefon steht im Schlafzimmer, sagte Sohara. Nili ging dorthin und kehrte mit dem klingelnden Gerät in der ausgestreckten Hand zurück. Nun antworte doch, forderte Jehuda sie auf, sie aber drückte ihm das Ding in die Hand, er setzte seine Brille auf, hielt das Display etwas von sich weg, stellte fest: unbekannter Anrufer, und nahm das Gespräch dann mit geschäftlicher englischer Intonation an: Hello!?

Während er lauschte, ruhten aller Blicke auf ihm; er legte rasch auf und sagte: Spendenaufruf für das Grabmal unserer biblischen Mutter Rachel.

7

Eins müsst ihr wissen, sagte Amos, wenn sie anrufen, dann sorgen sie dafür, dass ein Bekannter am Gespräch teilnimmt, damit du nicht etwa denkst, sie würden dich auf den Arm nehmen. Was bedeutet »ein Bekannter«?, fragte Nili. Na ja, sagte Amos, das kann ein bekannter Professor sein, oder jemand vom Komitee, dessen Stimme du identifizierst, nur damit du weißt, dass der Anruf authentisch ist. Willst du damit sagen, dass manche Leute sich mit dem Nobelpreis gegenseitig foppen?, fragte Jehuda. Offenbar ist das vorgekommen, antwortete Amos. Unfassbar, meinte Jehuda, achtzigjährige Professoren binden einander am Telefon Bären auf? Er antwortete sich gleich selbst: Aber es kann natürlich sein, dass mancher es einfach nicht glauben will und nur mit einem honorigen Dritten an der Strippe zu überzeugen ist, diese Erklärung scheint mir logischer zu sein. Ja, nickte Amos, da magst du recht haben.

Amos lag eine Frage auf der Zunge, deren Wirkung auf die anderen – noch normal oder eventuell schon entlarvend? – er nicht einschätzen konnte, doch seine Neugier und die Zeit drängten, und so stellte er sie: Glaubt hier jemand, dass er ihn tatsächlich bekommt?

Das kann man nicht wissen, sagte Jehuda. Ich glaube eher nicht, bekannte Sohara. Also nein?, fragte Amos. Nein, bestätigte Sohara. Aber warum denn nicht?, fragte Nili. Keine Ahnung, meinte Sohara, ich halte es für unwahrscheinlich, meint ihr im Ernst, gleich läutet das Telefon, und Avischai hat den Nobel gewonnen? So läuft es aber doch, warf Nili ein, ein solcher Anruf ist für keinen normal, wer darf so etwas schon erwarten? Wir sind relativ gut vorbereitet, aber vielleicht klappt es deswegen nicht, wir sind zu erwartungsvoll!

Also ich muss bekennen, dass ich keinerlei Intuition spüre, meldete sich Jehuda zu Wort, ich bin total ahnungslos, es könnte Ja sein, es könnte Nein sein. Ich neige irgendwie zu einem Ja, meinte Nili, weiß auch nicht, wieso, zumindest war ich mir in den vergangenen Tagen ziemlich sicher, aber jetzt spüre ich den Stress und verliere den Glauben an meine Urteilsfähigkeit.

Amos lauschte ihnen gespannt, als sähe er einem Drama im Gerichtssaal zu und müsste die Glaubwürdigkeit der Parteien beurteilen. Wisst ihr, warum ich ein Nein eher für möglich halte?, fragte Sohara. Lass hören, sagte Nili. Zu viel Happy End, erklärte Sohara, das ist unrealistisch, so geht es im wirklichen Leben nicht zu. Ich verstehe, was du meinst, gab Nili zurück, aber für mich selbst löse ich das mit dem Gedanken, dass das nichts ist, was dir und mir passiert, und wenn einer mir verspräche, es würde dennoch eintreten, dann würde ich erwidern, dass mir so etwas Gutes einfach nicht passiert, das wäre ja wie ein Oskargewinn. Aber warum sollte es Avischai nicht passieren? Das ist weit genug von mir entfernt und lässt Raum für Neid, verstehst du? Dann ist es immer noch etwas, was einem anderen geschieht, und ich darf mich fragen, verdammt noch mal, warum nicht mir?

Stell dir doch mal vor, es wäre ein Roman, sagte Sohara, in dem es nur darum geht, bekommt er ihn oder bekommt er ihn nicht. Und am Ende, ruckzuck, bekommt er ihn einfach. Dann würde man sagen, dass wäre ein grottenschlechtes Buch, mit dem denkbar banalsten Happy End. Nicht zwangsläufig, warf Jehuda ein, es kommt außerdem noch darauf an, wie es geschrieben ist, warum sollte ein Buch, das gut endet, automatisch schlecht sein?

Amos fragte sich, wann Jehuda wohl zum letzten Mal ein Buch gelesen hatte, er schrieb doch immerzu nur an seiner eigenen Geschichte. Meistens ist das doch so, meinte Sohara. Nein, entgegnete Nili, das stimmt nicht, das ist eine extrem oberflächliche Betrachtungsweise, Sohara. Gut, sagte Sohara, dann reden wir eben nicht von einem schlechten Buch, aber du wirst zugeben, dass ein Roman mit Happy End es an Kunstfertigkeit und

Raffinesse vermissen lässt, Gut gegen Böse, und das Gute siegt, das ist einfach zu simpel, das kommt im wirklichen Leben nicht vor.

Wieso denn das, fragte Jehuda, passiert im wirklichen Leben etwa nichts Gutes? Und wenn Gutes passiert, dann soll das unrealistisch sein?, wobei er das Wort »unrealistisch« gewollt geziert aussprach. Er tat Amos direkt ein wenig leid, er hatte sich offensichtlich im Netz des Gesprächs verfangen und verteidigte jetzt nicht mehr Avischai, den Nobelpreisgewinn und das gemeinsame Abenteuer, sondern sich selbst und sein eigenes Schreiben.

Es ist nun einmal so, dass die Dinge im wirklichen Leben ambivalent und komplex sind, erklärte Sohara, Gutes passiert, Schlechtes passiert, aber das meiste ist weder eindeutig gut noch eindeutig schlecht. Okay, sagte Jehuda, wenn Avischai nun aber zum Schluss etwas Gutes widerfährt, dann bedeutet das ja nicht, dass er noch nie etwas Schlechtes oder Komplexes erlebt hat, und außerdem: Wenn er den Nobelpreis erhält, kann man das nicht gerade als Happy End bezeichnen, schließlich ist der Mann tot. Das ist Geschmackssache, erklärte Sohara, wenn ich ein Buch mit Happy End lese, dann bin ich enttäuscht, das sage ich dir ganz ehrlich, es sei denn, es handelt sich um ein Genre, in dem man damit rechnet.

Dann wäre ein trauriger Ausgang also besser?, fragte Nili, betrachten wir es doch einmal anders: Die Handlung kreist um die Frage, ob er den Nobelpreis erhält, Spannung, Action, und am Ende kriegt er ihn nicht, aus der Traum. Da bleibt doch der Leser frustriert zurück und fragt sich, was das alles sollte. Nein, das finde ich nicht, widersprach Sohara, aber mir sind offenbar andere Dinge wichtig als euch.

Diese Diskussion mag interessant sein, meinte Amos, aber sie ist irrelevant, denn wir haben es nicht mit einem Roman zu tun, sondern mit dem realen schwedischen Nobelpreiskomitee, das seine Entscheidung mit Sicherheit bereits getroffen hat, nur kennen wir sie noch nicht.

Haben wir denn im Augenblick etwas Besseres zu tun, als ein Grundsatzgespräch zu führen?, spöttelte Sohara, und Jehuda wollte wissen: Seid ihr denn auf meine Geschichte gar nicht mehr gespannt? Hey, rief Nili, bitte mal herhören, jetzt ist Jehuda dran, und alle Augen richteten sich erwartungsvoll auf ihn.

Kurz und gut, begann er, ich komme also in Aloneh Abba an, die Rede ist vom vergangenen Sonntag, ja?, und da überrascht meine Familie mich mit dieser Party. Zumindest kann ich jetzt nach Herzenslust schlemmen, denke ich mir, und was glaubt ihr wohl, was an meinem siebzigsten Geburtstag serviert wurde? Was denn, fragte Nili. Ich lese euch jetzt mal die Speisekarte vor, sagte Jehuda, bitte bedenkt, es war mein siebzigster Geburtstag. Er zückte sein iPhone und las alles vor, von Kohlrabi gegrillt mit Freekeh-Füllung zu Tofu-Hähnchenbrust mit Fenchel-Brokkoli-Paste und Pizza Adzuki. Was ist denn das?, unterbrach Nili ihn. Gute Frage, meinte er, aber dann fragte Nili noch einmal: Was ist denn das, hört ihr das auch? Das ist bei mir, das muss mein Telefon sein, murmelte Sohara und zog ihr inzwischen verstummtes Handy hervor, es alarmiert mich zu jeder vollen Stunde. Jehuda, schau doch mal eben bei Google, vielleicht hat sich was getan.

Amos wollte nicht, dass Avischai gewann. Amos wollte, dass Avischai nicht gewann. Er saß da und wartete. Saß da und wünschte sich genau das.

Anfangs hatte dieser Wunsch ihn beschämt, später war er wütend auf Avischai, weil er die Scham ausgelöst hatte, aber das war jetzt alles vorbei, als hätte die ganze vergangene Woche nur dazu gedient, eine auf dem Grund seiner Seele ruhende dunkle Wahrheit auszugraben: Das Glück deines Freundes wird dich niemals glücklich machen. Du freust dich über seine Freude, das mag sein, du freust dich an seiner Seite. Aber die wahre Freude, die in deiner Seele Spuren hinterlässt, die in dir weiterlebt und mit dir durch die Tür hinausgeht, die empfindest du nicht.

Die Sprache weiß um den Unterschied und hat den Ausdruck geprägt »ich freue mich für dich«, aber es heißt nicht, deine Freude macht auch mich glücklich. Die Freude für einen Freund sitzt auf der Haut wie ein Kleidungsstück, das du in Gesellschaft trägst und ablegst, wenn du allein bist. Sie ist nicht wirklich die eigene.

Das war doch nur natürlich, oder? Das musste natürlich sein, denn er war wohl kaum der einzige derart schlechte Mensch. Aber wie sollte er das je herausfinden? Mit anderen über einen solchen Sachverhalt zu sprechen, erschien gänzlich unmöglich, es funktionierte ja nicht einmal zwischen dem Ego und dem Selbst.

Wenn diese stumme Erkenntnis ihr hässliches Gesicht aus den Sümpfen der seelischen Tiefen erheben und aus der Mundhöhle kriechen würde, wer würde je wieder einen Blick in den Spiegel zu werfen wagen? Davon war Amos überzeugt. Beinahe überzeugt. Vielleicht sorgte dieses »beinahe« für den Fortbestand der Welt. Keiner durfte sich hundertprozentig sicher wähnen, stets bestand die Chance, dass der Nachbar besser war als man selbst. Nur so ließ es sich leben, nur so erhielten sich Dynastien, nur so entwickelten sich Freundschaften, die allesamt auf diesem furchtbaren Geheimnis fußten, auf einer universell unterschlagenen Lüge.

Jähes, brutales Läuten an der Eingangstür verscheuchte seine Grübeleien. Alle sahen einander erschrocken an. Amos fiel ein, was Varda oft sagte: In Filmen und Serien erschrecken sich immer alle, wenn es an der Tür klingelt, warum eigentlich? Jetzt verstand Amos jenes Erschrecken, und er sehnte sich plötzlich nach Varda.

Jehuda ging zur Tür. Dort fragte er: Ja, bitte? Und dann: Von wem? Die Antworten waren im Wohnzimmer nicht zu hören, aber sie hörten, dass Jehuda die Tür aufschloss. Amos erhob sich ebenfalls. Jehuda hielt mit Mühe einen fast schon geschmacklos großen Blumenstrauß in der einen Hand und kritzelte mit der anderen seine Unterschrift flüchtig auf einen Zettel, der auf dem Helm des Boten ruhte.

Als er Amos aus dem Augenwinkel wahrnahm, fragte er: Hast du vielleicht mal zehn Schekel? Amos zog sein Portemonnaie hervor und sammelte sieben Ein-Schekel-Münzen zusammen, während Sohara von hinten einen Zwanzig-Schekel-Schein schwenkte. Jehuda sammelte alles Geld zusammen und drückte es dem Boten gut gelaunt in die Hand, um dann die Tür hinter ihm zu schließen.

Mit dem Strauß vor dem Bauch baute Jehuda sich im Wohnzimmer auf und rief: Das ist es! Tatsächlich?, fragte Nili. Und Sohara fragte: Es?, was meinst du mit es? Ich glaube, er hat ihn gekriegt, Avischai hat gewonnen!, erklärte Jehuda. Mach doch erst mal den Umschlag auf, riet Amos, und Nili wunderte sich: Jemand soll es vor ihm selbst erfahren haben? Ich finde das auch unlogisch, meinte Sohara, während Jehuda mit dem Umschlag kämpfte, der mit zu vielen Klammern an die Zellophanhülle geheftet war.

Schwer zu sagen, meinte Amos und bemühte sich, aufgeregt dreinzuschauen. Guckt euch nur mal die Dimensionen an, prahlte Jehuda, wozu sonst sollte jemand einen solchen Strauß schicken, halt mal eben, das Ding geht nicht ab. Jehuda drückte Amos das bombastische Bouquet an die Brust, riss den Brief voller Ungeduld ab und überflog den Text der Karte, die umgehend auf dem Tisch landete: Also, den Kerl bring ich um!

Sohara nahm die Karte an sich und las vor: *Guten Tag, Avischai, da ich dich telefonisch nicht erreiche (solltest du nicht mit mir reden wollen, habe ich dafür vollstes Verständnis), erlaube mir wenigstens, dich auf diese Weise um Entschuldigung zu bitten. Ich fühle mich miserabel. Wenn ich irgendetwas für dich tun oder dir etwas abnehmen kann, angefangen bei alltäglichen Dingen bis hin zum Ausfüllen von medizinischen oder versicherungstechnischen Formularen, so stehe ich dir jederzeit zur Verfügung. Ich hoffe sehr, dass es dir weiterhin gut geht. Ich bitte dich nochmals um Verzeihung. Gidi Nachman.* Dann folgt eine Telefonnummer, fügte Sohara hinzu.

Nachdem Sohara einen Blick auf die Vorderseite geworfen hatte, wedelte sie die Karte munter vor den Gesichtern der anderen herum: Ein Kaninchen lag mit einem Fieberthermometer in der Schnauze auf einem bettähnlichen Lager und darüber stand in fetten Lettern *Gute Besserung!*

9

Amos musterte den Strauß auf dem Tisch. Der erste von vielen, dachte er. Wenn dieser Gidi von Avischais Ableben aus der Zeitung erfuhr, würde er sich womöglich schuldig fühlen. Man kannte solche Fälle, den Betroffenen schien nichts zu fehlen, und dann starben sie unerwartet an inneren Blutungen oder einer Gehirnerschütterung. Das Verbrechen der Clique hatte ein Opfer verlangt, und es hieß Gidi Nachman.

Wenn dieser Gidi nun meinte, auspacken zu müssen? Das war beileibe keine theoretische Überlegung, und Amos wandte sich an die Runde: Und wenn Gidi nun liest, dass Avischai gestorben ist, und vermutet, es sei seinetwegen passiert? Das wäre doch eine merkwürdige Koinzidenz, meinte Sohara, wenn jemand erst drei Tage, nachdem er überrollt wurde, stirbt, und Jehuda fragte: Wieso sollte Gidi von Avischais Tod erfahren? Wenn Avischai den Nobel nicht bekommt, wird Gidi im Leben nichts davon hören, und wenn Avischai ihn bekommt, höchstwahrscheinlich auch nicht.

Glaubt mir, sagte Amos, wenn in der Zeitung steht, Avischai Sar-Schalom sei einem Herzinfarkt erlegen, wird Gidi das nur allzu gern hinnehmen und sich höchstens noch ein wenig schuldiger fühlen als vorher, der Bursche hat ohnehin schon Angst vor uns. Wollen wirs hoffen, stöhnte Nili, meine Güte, bin ich geschafft.

<h1 style="text-align:center">10</h1>

Vor ungefähr zehn Jahren war er bei Sohara zu Hause gewesen, als sie sich für ein Date schön machte, auf das sie schon seit Wochen, wenn nicht seit Monaten, hingearbeitet hatte.

Damals stellte noch kaum jemand sein Bild ins Internet und Sohara schon gar nicht, denn sie hielt sich wegen ihres Berufes für eine Art Persönlichkeit des öffentlichen Lebens. Die anfängliche Kennenlern-Korrespondenz hatte sie nach Möglichkeit in die Länge gezogen, die anschließenden Telefonate ebenfalls, bis sie endlich von der Intelligenz und Eloquenz des Kandidaten, den für sie entscheidenden Eigenschaften, überzeugt war.

Amos begleitete sie durch die ersten Phasen, von »tatsächlich, es gibt da jemanden, weißt du«, über »ich glaube, wir sind beide verliebt, das ist gegenseitig, absolut gegenseitig, nein, nein, du hättest ihn am Telefon hören müssen«, bis hin zu »es sieht ganz so aus, als würden wir uns nächste Woche treffen«.

An jenem Donnerstag saß Amos auf Soharas Sofa und wartete darauf, dass sie elegant und geschminkt aus dem

Bad trat. Als sie erschien und sich zu ihm setzte, sah sie auch ziemlich schön aus, ziemlich schön für ihr Alter jedenfalls, und sie warteten gemeinsam.

Er hätte eigentlich weggemusst, aber sie bat ihn, bei ihr zu bleiben. Du gehst dann eben zwei Minuten nach uns aus der Wohnung, wirf die Tür einfach ins Schloss, ich mag jetzt nicht allein sein.

Der Mann klingelte pünktlich, und Sohara hüpfte zur Tür. Amos hörte ein kurzes Gespräch im Flur, dann kehrte Sohara allein zurück: Er sucht nur kurz einen besseren Parkplatz, und dann ziehen wir zu Fuß los. Und sonst?, fragte Amos. Er sieht toll aus, sagte Sohara, aber ehrlich gesagt, um den guten Eindruck zu zerstören, den ich durch unsere Korrespondenz und die Telefonate gewonnen habe, müsste er schon ein richtiger Affe sein. Na, wunderbar, sagte Amos. Sohara blieb noch eine Weile stehen und setzte sich dann hochgestimmt in einen Sessel.

Amos erinnerte sich genau an jenen Augenblick; wie ein Stein fiel das Gewicht der verrinnenden Zeit auf sein Herz, wenige Sekunden, bevor die Einsicht auch Sohara traf: Der Mann würde nicht mehr zurückkommen. Schlimmer als alles andere waren vielleicht jene Sekunden, die Amos hilflos in Erwartung der hereinbrechenden Katastrophe zubrachte, bis der Erdrutsch Sohara unter sich begrub.

Und nun saß er hier bereits seit einigen geschlagenen Stunden aller Google-Suchen überdrüssig mit den Freunden beisammen und wusste in einem Augenblick, der sich durch nichts vom vorangegangenen unterschied, schlagartig, dass Avischai den Nobelpreis nicht gewonnen hatte.

Erschrocken blickte er in die Gesichter der anderen, hatte sich das Wissen vielleicht allen zugleich mitgeteilt? Er fürchtete sich vor den Reaktionen, deren Wesen und Dauer er nicht einschätzen konnte, doch nichts im Raum veränderte sich. Er öffnete den Browser, vollführte rasch eine heimliche Suche, die ergebnislos blieb, schaute kurz in die Mailbox und legte das Handy zur Seite. Er könnte sich natürlich auch täuschen, was wusste er schon?

11

Acht Minuten nach zwölf – Amos hatte immerzu auf dem Handy nach der Uhrzeit geschielt, als würde er sich über die Verspätung der Bekanntgabe wundern, weswegen der genaue Zeitpunkt sich ihm einprägte – sagte Jehuda: Na gut, dann eben nicht.

Amos schwieg schuldbewusst wie ein Geheimnisträger, und Nili fragte: Was soll das heißen? Jehudas Gesicht blieb ins Handy vertieft, als er antwortete: Ein Angus Deaton hat ihn bekommen. Das darf nicht wahr sein, stöhnte Sohara. Hurensöhne, fluchte Jehuda, und Nili bekannte: Das ist jetzt aber ein komisches Gefühl.

Deaton also, das kommt nicht ganz unerwartet, bemerkte Amos, und Jehuda fragte: Wenn das so klar war, wozu haben wir das Ganze dann veranstaltet? Amos verkniff sich die Entgegnung »gute Frage«, und Nili räumte ein: Na ja, wir wussten schließlich immer, dass eine solche Option bestand, da kann man nichts machen, so läuft es eben. Ja, knurrte Jehuda, so läuft es eben, und Nili wunderte sich: Sag mal, was ist denn mit dir los? Was soll mit mir los sein?, fragte Jehuda. Ich verstehe dich nicht, auf wen bist du sauer?, wollte sie wissen. Ich bin auf niemanden sauer, erklärte Jehuda. Aber du machst ganz den Eindruck, Nili ließ nicht locker. Ich finde die Situation beschissen, fauchte er, das wird ja wohl noch erlaubt sein, oder?

Na klar ist das erlaubt, gab Nili zu, und Sohara pflichtete ihr bei: Sicher ist das erlaubt, aber wir sollten bedenken, dass uns niemand etwas schuldet. Wie meinst du das?, fragte Jehuda. Nun, erklärte Sohara, nur weil wir uns so viel Mühe gegeben haben, bedeutet das noch lange nicht, dass uns der Preis zusteht, möglicherweise hat dieser Angus ihn mehr verdient als Avischai, da lässt sich nichts machen, schließlich sind wir keine Kinder mehr. Aber mein Freund ist Avischai und nicht dieser Angus, ereiferte sich Jehuda. Und Sohara beschwichtigte ihn: Ja, das muss man dir lassen, du bist ein echt guter Freund.

Sie schwiegen ein wenig. Irgendwann sagte Jehuda: Gut, wir müssen jetzt einige Dinge in Gang setzen, ich werde Ruthi Bescheid sagen, die kann es dann der Mutter beibringen. Warte noch einen Augenblick, bat Nili, lass uns etwas Zeit, das alles zu verarbeiten, Ruthi kann noch eine halbe Stunde warten. Aber das Begräbnis sollte noch heute stattfinden, erklärte Jehuda, wir haben es lange genug hinausgeschoben, und es ist besser, wenn der Raum für Fragen so klein wie möglich bleibt.

Ich sage euch gleich, dass ich um halb eins wegmuss, gab Amos bekannt, ich habe Varda versprochen, sie nach der Prüfung abzuholen. Gut, meinte Sohara, dann lasst uns die verbleibende Viertelstunde noch in aller Ruhe mit Amos verbringen, und wenn er dann geht, veranlassen wir das Notwendige. Okay, Sohara, sagte Jehuda, und worüber willst du inzwischen reden? Wenn sonst niemand ein besonderes Anliegen hat, würde ich tatsächlich gern etwas mit euch besprechen, oder richtiger, euch um etwas bitten, gab Sohara zurück. Dann schieß los, forderte Nili sie auf.

DREIBIG

1

Die fünf schritten in einer Formation dahin, Amos und Varda bildeten den Schluss, eine Art Stützmauer für die bröckelnde Rückenfront der drei anderen, einmal fiel Sohara etwas zurück, dann wieder Nili oder Jehuda. Amos dachte kurz, es könnte sich um ihr letztes Beisammensein handeln, und Jehuda hätte ihn durch die Trennung von Idith aus der Clique ausgeschlossen, denn nun war er, Amos, der Einzige, der noch in einer langjährigen Partnerschaft lebte.

Sie liefen in der Mitte des Zugs mit, bildeten ungefähr das Ende des ersten Drittels der unzähligen Trauergäste, von denen Amos bisher noch keinen einzigen erkannt hatte. Er verspürte nicht den leisesten Wunsch, sich unter sie zu mischen, richtete vielmehr den Blick zu Boden, wie es auch die anderen taten. Hob er das Gesicht, dann geschah es Vardas wegen, die völlig unschuldig neben ihm herging und ab und zu etwas loswerden musste. Nur zu gern ließ er sich vom Begräbnis zumindest noch für ein paar Stunden vor der Findigkeit seiner Frau beschützen.

Sie war ausgezeichneter Laune, die sie nun natürlich unterdrücken musste. Amos stellte sich vor, wie sie die

Füße ungeduldig in die Regenstiefel gezwängt hatte, in denen sie jetzt zum Grab marschierte und dann wieder aus dem Friedhof heraus, damit sie möglichst bald allein im Auto säßen und sie ihrer Freude endlich Luft machen durfte. Er fühlte sich schuldig. Warum denn?, würde sie sicher wissen wollen, du bist doch nicht der, der den Zeitpunkt des Todes bestimmt.

Sie hatte das staatliche Anwaltsexamen bestanden. Davon war sie überzeugt, als er sie am Mittag von der Prüfung abgeholt hatte. Die offiziellen Ergebnisse lagen zwar noch nicht vor, aber es war ausgezeichnet gelaufen, einfach großartig; durchgekommen war sie auf jeden Fall und vielleicht sogar mehr als das, aber warum jetzt spekulieren? Hauptsache, ich habe es endlich hinter mir, Amos, endlich, kannst du es glauben? Amos küsste sie, wartete noch mit dem Anlassen des Wagens und sagte: Avischai ist tot.

Bis zu der Sekunde, in der er die drei Worte hervorbrachte, hatte er noch überlegt, wie er es ihr mitteilen sollte: »Ich freue mich sehr für dich, Varda, aber ich muss dir die Freude jetzt leider verderben«, oder einfach »Varda, ich muss dir etwas erzählen«, aber das klang ihm zu dramatisch. Vielleicht »wir müssen die Party um ein, zwei Tage verschieben«, das wäre vielleicht besser, aber als der Moment dann kam, versagten seine Kräfte, und er beschränkte sich auf das Allernotwendigste.

Sie war entgeistert, so entgeistert, wie es sein musste; in ihrer Ausgelassenheit war sie vielleicht anfangs versucht gewesen, die Mitteilung als Scherz auszulegen, doch gleich darauf füllte ihre Trauer den Innenraum des

Autos und drängte allen Frohsinn durch die geschlossenen Scheiben hinaus.

Varda hatte Avischai sehr gern gemocht, und das nicht nur, weil Avischai seinen Freund Amos sehr gern gemocht hatte; Avischai hatte in Vardas Leben eine wichtige Rolle gespielt. Als hätten die Augen seiner Frau die Schichten der unwürdig verflogenen Tage durchbohrt, quoll nun endlich auch in seinem Herzen ein Brunnen der Trauer auf, einer ursprünglichen Trauer, die Amos in sich begraben hatte, noch bevor man den Verstorbenen begrub.

Die beiden fuhren schweigend heim, und in dieser seltsamen Zeitspanne verlor er zwischen gelben Ampeln und Abzweigungen die Orientierung, was das Maß der gegenseitigen Nähe betraf; sie schien fast willkürlich hin und her zu schwanken zwischen völliger Fremdheit und seelischer Eintracht, zwischen dem, was gesagt werden durfte, und dem, was nicht.

2

Was in den Stunden nach halb eins, als er sich verabschiedet hatte, um Varda abzuholen, abgelaufen war – wen sie angerufen hatten, was sie in welcher Version erzählt hatten, wie die Leute reagiert hatten –, erfuhr Amos nicht. Vardas Anwesenheit hatte ihn vor den Einzelheiten bewahrt, nur eine WhatsApp-Zeile war eingetroffen: *Beerdigung achtzehn Uhr dreißig Friedhof Yarkon*, und das war ihm ganz recht.

Er hatte im Auto auf Varda gewartet, gebeutelt von Schuldgefühlen, die zu Ärger mutierten; Ärger über die Freunde – den einen toten und die drei lebendigen –, aber auch über seine Frau, um deren Prüfung sich zu sorgen er vergessen hatte. Dann fiel ihm plötzlich ein, dass es ja eine Art Zuflucht namens Internet gab.

Neue E-Mails hatte er nicht; er surfte zu einigen Nachrichtenportalen, wusste aber nicht genau, wonach er suchen sollte. Schrieb man über den frisch gekürten Preisträger oder bereits über Avischais Tod? Den Namen Angus Deaton fand er schließlich im Dickicht der Wirtschaftsseiten wieder.

Avischais Wikipedia-Eintrag, der nun wohl in der Zeit erstarren würde, kam ihm in den Sinn, und er rief die entsprechende Seite auf. *Avischai Sar-Schalom, geb. 23.12.1943,* das wird bald in *Avischai Sar-Schalom (1943–2015)* geändert werden, dachte er. Mit welchem Jahr würde sein eigener nichtexistenter Eintrag wohl enden, 2014, 2015, 2030, 2040? Wie auch immer, noch war er am Leben.

Er scrollte hinunter zur letzten Zeile, die ihm entgegensprang wie eine eifrige Schülerin, die ihm weiteres Lesen ersparen wollte, sie war noch unverändert: *Gilt seit einigen Jahren als führender Nobelpreiskandidat in den Wirtschaftswissenschaften.* Wann würde man den Text aktualisierten? Nach einigen Stunden, nach einigen Sekunden? In den mysteriösen virtuellen Monstern ging immer alles blitzschnell. Würde vielleicht die ganze Zeile als irrelevant gelöscht werden?

Sein Zeigefinger bewegte sich so flink nach rechts oben, als hätte er ein Leben lang von dieser Bewegung geträumt; die Fingerkuppe war eigentlich zu breit für das winzige Rechteck, in dem *Edit* stand, doch die Seite öffnete sich sogleich, er steuerte den Cursor nach unten bis zum Wort *Gilt*, markierte das »i« und ersetzte es durch ein »a«. *Galt seit einigen Jahren als führender Nobelpreiskandidat in den Wirtschaftswissenschaften.* Nun würde sich niemand bemüßigt fühlen, diesen Satz zu löschen.

3

Aus der Ferne erkannte er Avischais Mutter, die von einem Unbekannten gestützt wurde, höchstwahrscheinlich einem Mitarbeiter des Pflegeheims. Er hatte sie jahrelang nicht gesehen, sie war so alt geworden, dass die Trauer sich von den anderen Verwüstungen ihres Gesichts nicht abhob.

Wenn die Clique gegen jemanden gesündigt hatte, dann gegen die Mutter, aber Amos rief sich in Erinnerung, dass sie senil war, was Sohara ihnen am Mittag wie nebenbei mitgeteilt hatte: Die Mutter ist senil, ein wenig früher oder später, das dürfte ihr egal sein, wartet noch fünf Minuten, ich möchte euch um etwas bitten.

Amos war irgendwie sicher gewesen, dass sie von Geld anfangen würde, worum sollte sie sonst noch bitten? Und er hatte bereits über eine Abwehrstrategie nachgedacht, als Sohara sagte: Ich möchte jemanden kennenlernen. Das stand ohne jeden Zusammenhang im Raum, was meinte sie damit? Zunächst vermutete Amos, es gehe um etwas Kriminelles, im Sinne von »ich brauche jemanden, der etwas Verbotenes für mich erledigt«, so sehr hatte die letzte Woche seine »Settings« durcheinandergebracht. Wieso jemanden kennenlernen?, fragte Nili, meinst du einen Partner für eine Liebesbeziehung? Ja, sagte Sohara, und ich möchte, dass ihr mir dabei helft.

Amos wusste nicht, was er sagen sollte, das Ansinnen war zu seltsam. Dir helfen, wie?, fragte Jehuda. Ich weiß es auch nicht genau, sagte Sohara, bitte denkt nach, ob ihr vielleicht jemanden kennt, der zu mir passt, fragt andere Leute, behaltet das irgendwie im Hinterkopf, oder werdet sogar ein bisschen aktiv. Denkst du etwa, fragte Jehuda, wenn wir jemanden wüssten, den wir dir vorstellen könnten, dann hätten wir es nicht schon längst getan? Hätten wir ihn etwa vor dir versteckt? Das wohl kaum, meinte Sohara, aber ob ihr theoretisch mein Bestes wollt oder bereit seid, es aktiv voranzutreiben, das macht einen Unterschied. Versprecht mir, dass ich heute in einem Jahr mit jemandem zusammenlebe, dass ich einen Partner habe.

Ich bin dabei, sagte Nili. Ich bin auch dabei, sagte Jehuda, aber ich verstehe das Timing nicht. Ach wirklich?, fragte Nili, das verstehst du nicht, Jehuda? Okay, aber ist es so dringend, dass es noch vor Avischais Begräbnis besprochen werden muss? Sei beruhigt, Jehuda, meinte Sohara, die Totengräber brauchst du mir nicht vorzustellen. Gut, gut, sagte Jehuda, ich dachte schon, das hätte irgendetwas miteinander zu tun. Und Nili sagte: Alle Achtung, Sohara, so ist es richtig, ich werde mal nachdenken und auch herumfragen.

Der Rabbiner begann etwas zu sagen oder zu singen, und Amos wollte sich konzentrieren, nicht auf den

Rabbiner, sondern auf den Augenblick, um Avischais willen. Nun wurde er zu Grabe getragen, ohne dass jemand Fragen stellte. Dabei waren sie gut vorbereitet, waren auf alles gefasst, hatten jede Menge Lügen auf Lager – und dann durften sie alles für sich behalten. Amos fand es direkt ein wenig beleidigend, es rückte ihre Anstrengungen in ein armseliges Licht.

Eigentlich war es unglaublich, dass Avischai von einem Rabbiner begraben wurde, dass er ein normales religiöses Begräbnis auf einem normalen städtischen Friedhof erhielt, das warf ein Schlaglicht auf ihr Scheitern: Es war ihnen nicht gelungen, Avischai über die Menge zu erheben. Von den Verrücktheiten der letzten Tage erschöpft, hatten sie nicht mehr die Energie aufgebracht, den distinguierten säkularen Rahmen zu organisieren, den Avischai verdient hatte.

Oder war auch das schon egal? Die Vorstellung erheiterte Amos für kurze Zeit, bis er sich eingestand, dass es Avischai gewiss nicht egal gewesen wäre. Nach dem Tod gab es zwar kein Leben mehr, es gab die Leere, aber gewisse Grundsätze galten wohl immer noch. Amos musterte die in ein Tuch eingeschlagene Leiche, die neben dem offenen Grab lag. Oder hatte Avischai seine Prinzipien inzwischen aufgegeben?